CW01646806

EL TESORO DE LA CIUDAD PERDIDA

JESÚS NIEVA

EL TESORO DE LA CIUDAD PERDIDA

KAILAS

KF4

El tesoro de la ciudad perdida

© 2015, Jesús Nieva
© 2015, Kailas Editorial, S. L.
Calle Tutor, 51, 7. 28008 Madrid
kailas@kailas.es

Diseño de cubierta: Rafael Ricoy
Diseño interior y maquetación: Luis Brea Martínez

ISBN: 978-84-16023-75-2
Depósito Legal: M-18256-2015

Impreso en Artes Gráficas Cofás, S. A.

Todos los derechos reservados. Esta publicación no puede ser reproducida, ni en todo ni en parte, ni registrada en o transmitida por un sistema de recuperación de información en ninguna forma ni por ningún medio, sea mecánico, fotomecánico, electrónico, magnético, electroóptico, por fotocopia. o cualquier otro, sin el permiso por escrito de la editorial.

www.kailas.es
www.twitter.com/kailaseditorial
www.facebook.com/KailasEditorial

Impreso en España – *Printed in Spain*

¡Ay de mí en tu ausencia!
Clama con tanta dulzura
Armónico el yaraví,
Llama con voz de ternura,
Ávido de amor, mi vida,
Triste por verte partir.

PRIMERA PARTE

1

El descubrimiento de la ciudad perdida de los incas

Diario de Hiram Bingham.
Perú. 23 de julio de 1911.

PERMANECÍ SENTADO UNOS instantes sobre una roca. Me incliné sobre el arroyo y bebí pausadamente de las frescas aguas del río Urubamba. Consulté de nuevo los mapas. Nos encontrábamos a más de tres mil metros de altura. La humedad y el sudor constante aumentaban el riesgo de deshidratación. Invité a mis compañeros jadeantes a hacer lo mismo antes de iniciar una nueva ascensión por otra pequeña senda en busca de la ciudad perdida de Vilcabamba.

El relato manuscrito del fraile agustino Calancha, peruano pero hijo de un encomendero español, hablaba de «La ciudad del refugio» y estaba fechado en la época de la colonización. Según Calancha, fue residencia y refugio del último inca, Manco Capac II. Yo había leído con entusiasmo aquellas viejas historias y crónicas de conquistas y estaba convencido, como otros muchos, de que aquella ciudad sagrada era algo más que una leyenda. Se trataba única y exclusivamente de encontrarla antes que los demás. Ahora, al tercer día de vagar por senderos imposibles, recorrer el profundo cañón excavado por el río con sus paredes interminables y desbrozar el terreno sin descanso, nos sentíamos sobrepasados por la naturaleza.

La vegetación volvió a cerrarnos el camino. Al elevar la vista, la imagen del sol comenzaba a desvanecerse, rojizo, entre el desfiladero en forma de U. Contemplé la cara de mis compañeros. Estaban tan exhaustos como yo, de modo que decidí regresar y buscar refugio con la desilusión pesando en las botas y, sobre todo, en nuestras mentes. El ritmo cansino y lo intrincado del terreno nos fueron acercando la noche.

Guiados por los porteadores indios, llegamos a una aldea. En la expedición me acompañaban Cameron, geógrafo; mi inseparable amigo Bradis, quien, además de excelente topógrafo, se ocupaba de obtener fotografías para los reportajes; un naturalista, el imprescindible ingeniero Eaton, y un médico. Además, las autoridades peruanas habían impuesto la compañía de un sargento de policía, que a la postre se mostraría como un experto montañero.

Fuimos bien acogidos por las gentes sencillas del poblado. Quisieron obsequiarnos con unas papas cocidas en salsa picante de queso y nueces que ellos llamaban «ocopa» y se completó la cena con «anticuchos», carne de corazón de res aderezada a la parrilla. Los expedicionarios valoramos gratamente los manjares, dada la austeridad diaria de aquellas gentes y la nuestra en el devenir de los últimos tres días por la selva.

Al terminar, los hombres permanecimos alrededor del fuego. Yo no encontraba el ánimo para intervenir en la conversación, me limitaba a observar a mis compañeros. El viejo Melchor, un campesino que habitaba en el valle con su familia, se explicaba con ritmo pausado. El tiempo, que tanto me apremiaba a mí, parecía no tener importancia para él.

Las chispas que saltaban de los leños al fuego se unían al elevarse con el resplandor fulgurante de las estrellas, que parecían cercanas, vistas desde las montañas. Era el ambiente propicio para las historias y las leyendas. Melchor nos dedicó algunas de ellas, oídas tantas veces de boca de sus antepasados: el Ser Supremo tomó la forma de águila o gran ave solar, y descendió un día al gran árbol del mundo... Las cinco águilas, cuerpos resplandecientes que producían sombras errantes sobre los cerros y las montañas... Sabía el impacto que provocaba en unos expedicionarios norteamericanos.

El cansancio fue haciendo mella y los hombres decidieron retirarse a descansar. Yo, en cambio, prolongué de modo intuitivo la charla con el viejo Melchor Arteaga, al que pregunté por el objetivo de nuestro viaje.

—La ciudad existe, señor —respondió Melchor—, pero ¿para qué la desean ustedes encontrar? Ya nada vive allí ahorita mismo. Hace mucho que las llamas se están en el valle. A nadie ya interesa subir a la vieja cumbre. Ya nadie cree en el Intihuatana.

La referencia al Intihuatana despertó mi interés y, mientras me incorporaba ligeramente, continué la conversación. Había estudiado en la universidad la leyenda de la gran piedra rectangular en la que los sacerdotes incas decían atar al sol la última noche del solsticio de invierno para que no se alejase y regresara en primavera para devolver la vida a la madre Tierra.

—¿La ciudad era un lugar de culto al Sol? —le animé a continuar.

—Sí, señor. Allí vivía el rey y había templo. La niebla está siempre entre el poblado y el valle, y uno está entre las nubes más cerca del cielo que del río, y desde la piedra más alta se reza al Sol.

—Melchor, ¿tú has estado en esa ciudad?

—El viejo Pillán me ha dicho tantas veces... pero dice que la historia solo es quechua. Así le enseñaron. El viejo Pillán vive cerca. Le llaman así por el «Gran guerrero celeste Pillán». Él dice que es hijo de los últimos guerreros incas. Yo nunca le he hecho mucho caso... Somos campesinos... Trabajamos mucho...

Encontré en aquella historia la última oportunidad para conocer directamente la versión de la ciudad perdida y en Arteaga el guía con el que hacer un último intento.

Amaneció lloviendo copiosamente. Apenas había podido pegar ojo pensando en lo que me había contado Melchor y me levanté muy pronto, ansioso por ir a visitar al viejo. Me preparé convenientemente con mis botas altas, la mochila ligera con algunas cuerdas y algo de alimento, el impermeable y los guantes.

Dejé que mis compañeros descansasen hasta mi regreso y, acompañado por Arteaga, tomé la senda hacia la cabaña del anciano.

El viejo Pillán nos recibió cordialmente en su casucha. Había quedado casi ciego con los años. Se sintió emocionado de poder relatar una vez más, pero ahora a petición de alguien, la historia de los grandes guerreros incas y de la última ciudad habitada. Sus padres se la contaron muchas veces a él en quechua, la lengua sagrada. Con la mirada perdida, como si las palabras brotasen de la mismísima tierra donde estaban enterrados todos sus antepasados, de forma profunda y pausada, comenzó su relato:

—Eran los años de mayor esplendor del Imperio de los incas. Reinaba el gran jefe Huayna Capac, el más grande entre todos y el que había conseguido extender su territorio hacia los cuatro puntos cardinales, pero las profecías habían de cumplirse, y el declive se acercaba, tal y como estaba escrito.

»Todo empezó cuando llegaron a nuestra tierra seres lejanos. Ocurrió que el rey Huayna Capac se había retirado a pasar el invierno a la fortaleza de Sacsayhuaman. Cuando se enteró, por boca de los mensajeros procedentes de los tambos, postas distribuidas por toda la red de caminos, de la llegada de seres extraños, quiso tener mayor conocimiento del hecho: de dónde y cómo habían llegado, cuántos eran y qué les había traído a su tierra. Los sacerdotes del Sagrado Consejo de Orejones estudiaron las antiguas escrituras y profecías: estaba escrito que Viracocha, el Dios Supremo, llegaría un día en barco desde el otro lado de los mares.

Yo observaba la cara del viejo Pillán, que mantenía cerrados sus ojos casi ciegos. Con las manos unidas iba recitando la historia, repetida mil veces en su memoria, como una oración. Yo conocía aquella leyenda, al menos una versión parecida referida a otros pueblos. Le pedí que continuase acariciándole las manos.

—La gran noticia fue celebrada durante días y fue el gran motivo del sacrificio anual en el Inty Raymi, el solsticio de invierno. Cuando el gran sacerdote, el *huyllac humu*, se aproximó a la gran piedra sagrada, el Intihuatana, un enorme temblor de tierra sobrecogió a los cientos de personas que presenciaban la ceremonia sobre el césped de la plaza. —El anciano gesticuló representando el gran temblor, tal vez como había visto hacerlo de niño junto al fuego—. El gran sacerdote —continuó— comunicó al rey que las escrituras hablaban de que la llegada del gran Dios sería acompañada de grandes fenómenos. El sacerdote sacrificó la llama de un año con el *tumi*, el cuchillo ceremonial de oro engastado con turquesas con la figura en la empuñadura de Maym-Lap, el caudillo legendario con brazos abiertos. La sangre caliente se esparció por el altar. Los sirvientes llevaron una gran soga hecha de docenas de lianas entrelazadas y recubierta de oro y, tras invocar con un gran grito a Inti, el dios Sol, la anudaron a la gran roca donde permanecería atada hasta la llegada de la primavera.

Yo también había leído la leyenda del Intihuatana, pero en boca de aquel anciano adquiría todo su sentido original. Me encontraba absorto siguiendo el relato y esperé tranquilamente a que Pillán recobrase el aliento y continuara con sus recuerdos.

—Pero los siguientes mensajeros no trajeron buenas noticias. El gran dios de barba negra no respondía a los augurios. Su apariencia era feroz; tenía cuerpo humano hasta la cintura y de animal sorprendente con pies de plata en la mitad inferior, y venía acompañado de muchos como él.

»La descripción resultaba más aterradora por cómo contaban que brillaban sus cuerpos y sus armas afiladas y largas, capaces de matar desde sus altos brazos con un tajo. A veces también lo hacían a distancia, con ruido y humo que penetraba en los cuerpos de los guerreros incas.

»Huayna Capac escuchó con atención. Se sentía seguro en la creencia de ser descendiente directo del dios Sol, hijo de Topa Inca, conquistador de toda la tierra conocida.

»Las noticias que siguieron aumentaron su temor. En las primeras batallas los seres brillantes mataron cruelmente a muchos de los suyos, incluidos mujeres y niños. Huayna Capac llegó a la conclusión de que aquel no era su Dios, sino un demonio, y su avance era inevitable.

»Huayna Capac, gobernante juicioso, comenzó a tomar decisiones importantes: llamó a la guerra a los hombres disponibles; retiró a mujeres y niños de los territorios más próximos a los invasores y mandó habilitar uno de los asentamientos de las montañas, aquel que su padre mandara construir años atrás como templo y que era el refugio de inmensas riquezas, unas propias, obtenidas de extracciones de las minas próximas, y otras fruto de conquistas a extranjeros: todo el oro del Collao, de los Aymaraes y de Arequipa, el llegado del Chimú, de Quito y de Chile. Las traídas por los ejércitos de Pachacútec que volvieron cargados de oro, plata, *umiña* y esmeraldas... y tantas otras.

Era evidente que aquella ciudad, además de poseer un enorme interés arqueológico, poseía todo el atractivo de haber sido el depósito de enormes tesoros. Pillán lo estaba definiendo como el último reducto de las riquezas de sus antepasados. El anciano continuó su relato. Yo esperaba ansioso el momento en que me dijese que aquella ciudad seguía en pie y el modo de acceder a ella.

—El general Capac Yupanque —continuó—, hermano del Inca y vencedor de los yungas de Chimú, llegó a reunir en el suelo de la plaza de Cajamarca, donde más tarde habría de ponerse el sol de los incas, el botín arrebatado a la ciudad de Chanchán y a los enemigos sometidos al Gran Chimú y a su corte perfectamente ataviada y enjoyada, en el que se contaban innumerables riquezas de oro y plata y, sobre todo, de piedras preciosas y conchas coloradas, tenidas en mayor estima que la plata y el oro. Todo eso lo mandó transportar y también dispuso que allí se refugiasen las *acllahuasis*, vírgenes dedicadas al culto del Sol, y las «Mujeres Elegidas», adoctrinadas en las escuelas para servir en los palacios de los nobles y en los templos sagrados. Para que se cumpliese esta misión, mandó llamar a uno de los hombres de mayor confianza, que ya lo fuera de su padre, Warmicocha. Por último, él mismo tomaría el mando del ejército para oponerse a sus enemigos.

De nuevo el anciano Pillán interrumpió su relato dando muestras de fatiga. Su respiración se hacía audible en aquella choza de barro. Sus labios temblaban, a la par que su mirada perdida parecía buscar en las sombras las imágenes que se ahuyentaban de su memoria. Yo quise ayudar a enlazar el relato.

—¿Y qué decidió el rey para detener a los españoles? —le dije.

—Huayna Capac convocó a sus tres hijos y dispuso para ellos distintas órdenes: primero llamó a Huáscar, que era el segundo en edad e hijo de la Coya, hermana de su padre, señora principal. Este ostentaba con orgullo su descendencia directa al trono por ser el primer hijo de la favorita del rey. Esbelto, caminaba erguido ante su pueblo. Su padre decidió que permaneciese en retaguardia. De sucederle algo, él ocuparía directamente el trono.

—¿El segundo? —le pedí, acompañando el relato.

—El segundo se llamaba Atahualpa, el primogénito; pero era hijo de una india quilaco llamada Tupac Palla. No obstante, a los ojos de su padre era el primero en valor. Poseía en sí todas las cualidades que un padre y una esposa pudieran desear: hábil guerrero, educado en las tradiciones de su pueblo, elegante y a la vez justo y bondadoso. No había duda de que era el preferido de Huayna Capac, pero era hijo de su segunda mujer, lo que le relegaba en el orden de dinastía. Así, lo eligió para acompañarle en la batalla.

»Huáscar era querido en el Cuzco y en todo el reino por los naturales, por ser el heredero de derecho. Atahualpa era bien visto por los capitanes viejos de su padre y por los soldados, porque anduvo en la guerra desde su niñez demostrando unas dotes inigualables. Con nadie se había de sentir tan seguro ni tan dichoso como con aquel hijo nacido para la guerra.

—¿Y quién era el tercero?

—Manco Capac, el más joven. A él le encargó que, junto con Warmicocha, trasladase a las mujeres, los niños y a todo el séquito real a la ciudad de las montañas construida a los pies de la vieja cumbre: Machu Picchu. Manco Capac era demasiado joven para intervenir en los combates, pero había recibido una educación esmerada y sabría preparar la ciudad para acoger a las sacerdotisas y a la corte real en caso de ser necesario. Su misión cumplía también una función sagrada: el tótem de Viracocha, una hermosa figura de oro macizo de veinticinco centímetros de alto, representación del poder divino en los reyes incas, se depositaría en el templo de tres puertas en la nueva ciudad refugio, así se preservaría de los invasores.

—De modo que resguardó en la ciudad todo su legado material y espiritual para enfrentarse a aquel poderoso enemigo. ¿Cómo fue posible que un ejército tan numeroso y bien preparado sucumbiera ante los españoles? —pregunté. Pero él indicó con la mano que tuviese paciencia, que todo llegaría en su momento.

—La decisión del sabio rey no satisfizo al soberbio Huáscar. Sintió envidia de su hermanastro, sabedor de que en él recaería el honor del guerrero. En un pueblo de conquistadores, ser rey, sin más mérito que ser el primogénito, no era una honra. Entró en los aposentos de su padre y le exigió la concesión de una parte del ejército para que él mismo pudiese tomar las decisiones que creyese oportunas.

»Acosado por tantas contrariedades, el rey acabó accediendo, pensando que, al otorgarle el ejército de las tierras del sur, le alejaría lo suficiente como para reflexionar y permanecerle fiel.

—Pero no fue así, ¿verdad?

—No. Partió Huáscar al sur con su esposa, Yanama, la hija mayor de Warmicocha, en tanto el rey realizaba los preparativos para el combate.

»Tan solo un mes más tarde, falleció el rey debido a unas extrañas fiebres que los curanderos no supieron atajar. De ese modo el reino quedó dividido en dos, y con ello quedó roto el fundamento del Tahuantinsuyo. Entre tanto, Atahualpa seguía defendiéndose del acoso incesante de los hombres blancos.

—¿Qué ocurría mientras tanto en la ciudad? —le pregunté, impaciente por conocer el secreto de mi principal objetivo.

—Wairachina, segunda hija de Warmicocha, se había instalado con el resto del séquito en la ciudad de la Vieja Cumbre. Subía cada noche hasta la cima de Machu Picchu para rezar por su amado, Atahualpa. Desde niños se habían declarado su amor, aunque sabían que solo el rey podía otorgarles el favor del matrimonio sagrado, como correspondía a los hijos del Sol. Su hermana le enviaba noticias del rey Huáscar y le advertía de su tiranía para con sus súbditos y de la crueldad con la que se comportaba. Yanama le comunicaba sus temores de que la precipitada muerte de Huayna Capac fuera consecuencia del odio que su hijo legítimo había albergado y de la envidia que sentía por su hermano. Cuando Wairachina supo que Huáscar, acompañado de su hermana y de su amado Atahualpa, se dirigían a la ciudad, entendió el motivo: los hermanos, a pesar de su odio, necesitaban unirse para tratar de vencer a un enemigo superior.

—¿Y qué ocurrió en aquel encuentro?

—Manco Capac lo organizó todo con sumo cuidado. Las *acllahuasis* prepararon las ceremonias reales, y las Doncellas Elegidas, entre las que se encontraba Wairachina, se ocuparon de los aposentos y de llenar los depósitos con el agua de la amplia red de canales que circulaban por la ciudad.

»Atahualpa llegó primero deseoso de encontrarse con Wairachina. Pasearon juntos mucho tiempo y se prometieron matrimonio una vez fuesen expulsados los enemigos. Aquella noche compartieron lecho. Por su parte, ella le comunicó las sospechas de su hermana Yanama. Atahualpa siempre había desconfiado de su hermano, y lo que oyó de boca de su amada confirmó su sospecha de que su padre había fallecido envenenado por orden de aquel.

»El encuentro fue un auténtico fracaso. Huáscar no admitió participar en la ceremonia en honor del rey Huayna Capac, enterrado en el torreón junto al palacio real. Atahualpa ya no pudo soportar más tanta afrenta y acusó a su hermano del asesinato de su padre. El enfrentamiento fue atroz. Atahualpa, más fuerte y hábil, acabó sometiendo a su hermano y ordenó que fuese encerrado bajo vigilancia. Al día siguiente emprendería camino a Cajamarca con 300.000 hombres.

—¡300.000 mil hombres! —exclamé impresionado a la par que sorprendido por el relato de las circunstancias de aquel enfrentamiento que la historia reseñaba como desastroso para los incas.

—Y faltaban los soldados de su hermano. Ocurrió que Atahualpa se creía seguro teniendo retenido a Huáscar, pero había menospreciado la astucia y maldad de este, quien había dejado ordenado entre sus tropas que si no regresaba tratasen de llegar a acuerdos con el invasor. La humillación fue mayor al reconocer entre sus adversarios a muchos de su propia raza. De inmediato ordenó que se ajusticiase a Huáscar, pero ya era tarde. Víctima de esta traición, Atahualpa fue derrotado y hecho prisionero en Cajamarca

»Huáscar había sido liberado por sus soldados y estos comenzaron a asaltar los aposentos reales. Cuando Yanama percibió el ultraje, temió por su hermana Wairachina, prometida de Atahualpa, y, ayudada por su padre Warmicocha, le proporcionó un sirviente fiel que le ayudase a escapar. Warmicocha entregó a su hija una bolsa con algo que había recogido apresuradamente de la casa de las tres puertas, y después la acompañaron hasta la puerta del Camino del Inca, por donde huyó. Nunca más se supo de ella.

»Huáscar pasó a cuchillo a toda la guardia de su hermano y robó cuantos tesoros había en la ciudad. Manco Capac soportó impasible el asalto de su cruel hermano mayor, hasta que descubrió que el sepulcro de su padre había sido profanado. Esto desencadenó en el joven toda la furia del guerrero inca que corría por sus venas y persiguió a Huáscar hasta darle alcance y matarlo con sus propias manos. Después, organizó el ejército para ir en auxilio de su otro hermano. Atahualpa murió días después ajusticiado por los españoles públicamente, al igual que lo sería años más tarde el mismo Manco Capac. Su hijo, Tupac Amaru, protagonizó la última revuelta contra los españoles, y corrió la misma suerte que su padre y su tío.

»Nuestro pueblo fue sometido más por la desilusión de creer que nuestros dioses les habían abandonado que porque no fuesen capaces de seguir luchando.

»Así, la ciudad de Machu Picchu permaneció oculta en las alturas, con sus mujeres y sus eunucos, sin tesoros ni dioses, hasta que fueron falleciendo y sus tumbas fueron cubriéndose de maleza y serpientes.

De esta manera terminó el relato el viejo Pillán.

Regresamos a la aldea. La temperatura de cuatro grados en el valle hacía prever que más arriba haría frío de verdad. Traté de animar a mis compañeros para prepararlo todo, pero el cansancio de los días pasados y el mal tiempo mermó su voluntad. Intenté persuadirlos con las nuevas noticias del viejo Pillán, pero ya nadie quería oír más historias ni leyendas. Solo encontré el apoyo del campesino Melchor, quien también se había emocionado con el relato del pobre ciego. Decidido a salir de dudas, y con Melchor de guía, me dispuse para la ascensión, pero el sargento Carrasco tenía orden expresa de acompañarme donde quiera que yo fuese para poder dar cuenta de cuanto pudiera ser descubierto; no en vano se creía que la ciudad, de existir, podía contener grandes tesoros; así que los tres, después de una ligera comida, emprendimos la marcha, y nos perdimos enseguida en una neblina gris.

Haciendo caso al viejo, caminamos hacia el este, junto al río Urubamba, más de ocho kilómetros para acabar encontrando un puente de piedras construido por los indios medio derruido y casi oculto por el espeso ramaje. Una única soga hecha con lianas entrelazadas y de gran grosor a casi dos metros por encima del puente permitía el paso sujetándose fuertemente a ella con ambas manos. La corriente era abundante y el ruido del agua chocando en las rocas causaba una fuerte impresión. Pasado el puente y recobrado el pulso tras el esfuerzo y el miedo, comenzamos a subir aquella inmensa ladera entre maleza y lodo. Esta se volvió tan empinada que tuvimos que continuar agarrándonos a la vegetación o a la hierba primero y a gatas después. El campesino nos advirtió del peligro que suponían las serpientes, en esa zona con veneno mortal, pero ya nada parecía poder detener nuestro ímpetu, resueltos como estábamos a solucionar aquello de una vez para siempre. Tras tres largas horas de ascensión, exhaustos y totalmente cubiertos de agua y barro, alcanzamos el final de la pendiente. Al mirar hacia abajo, el paisaje aparecía nublado y gris, pero imaginamos cómo podría ser en un día claro.

En un pequeño claro encontramos una choza de paja en la que habitaban dos indios. Nos repusimos al calor del fuego y alimentándonos con unas pocas papas cocidas. Nos contaron que muy cerca, entre la maleza y al pie de Huayna Picchu (como en quechua se denomina a la joven cumbre), había unas ruinas. No esperamos más y salimos los tres con renovadas esperanzas de ver cumplido, por fin, nuestro objetivo. No tardamos en divisar un espectáculo increíble: decenas de terrazas se elevaban hacia lo alto en una gigantesca escalinata que cubría la ladera, y más arriba, cubiertas de matorrales y atestadas de serpientes, ruinas de edificaciones con gruesos muros inclinados que habían permanecido intactos por el tiempo. Al fondo, como dos titanes mitológicos, dos picos, uno más alto que otro. Allí estaba por fin. Había merecido la pena.

Al regresar, quise agradecer al viejo Pillán el descubrimiento de la ciudad perdida. Me acerqué de nuevo a su choza. Todo estaba en silencio. Entré en la cabaña y vi al anciano sentado en el taburete con los ojos cerrados y el semblante sereno. Cuando me acerqué algo más pude observar que tenía un objeto entre sus manos, algo que parecía guardar con una suave caricia. No respondió a mis llamadas y comprendí que había fallecido. Le abrí con cuidado las manos y contemplé con admiración el objeto que guardaba: una figurilla de oro de unos veinticinco centímetros que representaba al dios Sol.

2
El suceso

New Haven, Connecticut. Sábado, 15 de enero de 1912.

GEORGE SE APROXIMÓ al grupo que se arremolinaba en torno al féretro. Se oía al sacerdote recitando versos en latín. Buscó con la mirada y encontró rápidamente la figura femenina de la hija del difunto. Vestía un traje negro demasiado amplio, pensó, para su enjuta figura. Tenía la cabeza cubierta con un sombrerito del que caía un velo que dejaba entrever su rostro lloroso y macilento.

Le deprimió el ambiente, repleto de tumbas de mármol y cruces semioxidadas. Todo estaba envuelto en el tono gris de fina lluvia que completaba el cuadro en blanco y negro de aquella triste mañana. Se le antojó tan sórdido que por un momento lamentó aquel oficio que le iba a obligar, de modo ineludible, a familiarizarse con la muerte. Según el informe de la comisaría, el muerto era James Chapman, de cincuenta y cuatro años, profesor de la Universidad Yale, viudo y con una hija de diecinueve. Le habían encontrado en su despacho de la universidad con un fuerte golpe en la cabeza producido, sin duda, con un objeto de piedra que hallaron junto a él, algo así como un pequeño tótem del que no se especificaba nada más, dados los limitados conocimientos de los primeros agentes que se desplazaron al lugar de los hechos. Sin duda se trataba de un homicidio. Este era su primer caso en el recién estrenado destino.

El ruido de la tierra sobre el féretro le obligó a centrarse de nuevo en el grupo que tenía delante. Recordó las clases de la academia y quiso recoger visualmente cuantos datos pudiese de entre las personas que asistían al entierro.

Estaban colocadas en dos sectores: en un primer plano, las que acompañaban al sacerdote y rodeaban el féretro, y más atrás, y de modo disperso, distintos grupos de personas de muy distintas condiciones, incluidos jóvenes fácilmente identificables como universitarios. Después de observar a las más cercanas al sacerdote, solo pudo concluir que eran de clase social alta en su mayoría por los trajes que vestían. Los sombreros y capas correspondían a personas probablemente del mundo académico, y hasta quiso jugar a adivinar quién sería el rector de la universidad, profesores cercanos, familiares o amigos íntimos.

El estereotipo de rector que se le ocurrió se correspondía con un hombre de unos sesenta años, con traje negro y capa de paño gris marengo, con sobrecapa sobre los hombros en volante, fina barba blanca bien recortada y chistera negra de piel. Le acompañaba un joven semejante en elegancia cuya relación con él no se atrevió a establecer; vestía un traje que, a pesar de sus escasos conocimientos de moda, se le antojó muy moderno y de lujo, y se le veía muy afectado y que trataba de aproximarse a la hija del difunto, única mujer joven del grupo.

Aquellos otros tres caballeros podían ser profesores, algo menos elegantes, pero que igualmente se correspondían a estereotipos académicos, con pelo y barbas cuidados, botines de piel y manos limpias que sostenían los paraguas. Se sintió un poco absurdo en el juego y hasta se consideró inexperto por ser incapaz de extraer nada concreto de aquel intento. «Bueno —se dijo—, todos empiezan en el oficio alguna vez y, de un modo u otro, yo he comenzado. Lo importante es que estoy aquí, que tengo un caso y que he de tratar de poner todo el interés en resolverlo».

Volvió de nuevo al manual de la academia, donde había aprendido que la mayoría de las muertes en centros públicos eran debidas a dos motivos fundamentales: el robo, si se trataba de alguien externo; y la envidia, o lo que es lo mismo, la ambición por el poder, si el agresor resultase alguien próximo. Como el informe no especificaba nada sobre roturas, desorden o indicios de robo, destacó la importancia de observar a las personas más cercanas. Si solo doce componían el ámbito social más próximo al difunto, se le facilitaban mucho las cosas, al menos como investigación en primera instancia.

Cuatro empleados a sueldo del cementerio bajaban la caja con recias cuerdas, tarea que en otros ambientes realizaban los propios familiares, y algunos de los asistentes comenzaron a arrojar flores a modo de despedida.

Quiso continuar con su análisis y hasta consiguió sentirse satisfecho al comprobar que el más joven de los asistentes era zurdo por el modo en que se cambió el paraguas de mano para proceder a arrojar la suya con la mano izquierda, aunque tampoco sabía establecer el sentido práctico que podía tener este dato. Se sentía incapaz de imaginar cómo se podría llegar a saber si el arma del crimen había sido utilizada con una u otra mano.

Llegó el momento de la despedida y los primeros en acercarse a la joven fueron dos caballeros de mediana edad, que, tras coger su mano derecha, realizaron una leve inclinación. Eran modales cultos y algo desfasados para lo que se acostumbraba; no obstante, nadie de los presentes pareció extrañarse, antes bien, lo repitieron el anciano de luenga barba blanca y bastón con empuñadura de marfil y el varón que, al quitarse su chistera para saludar, mostraba su cabeza calva. Vestía este último un gabán con piel interior que sobresalía en las solapas. Dedujo que la señora que le acompañaba sería la propia, pero mostraba escasa familiaridad con la hija del difunto, pues, aunque su saludo pareció afectuoso, solo le aproximó una de sus mejillas mientras susurraba unas palabras de condolencia. Creyó excesivo el despliegue de pieles de astracán y joyas para tal acontecimiento, pero supuso que aquellas damas siempre se sentían insatisfechas con su vida social y no desperdiciaban un acto público para hacer alarde de su situación de privilegio. Acabados los saludos, el resto de los asistentes siguió a la pareja formada por los dos jóvenes, la hija y su acompañante, de camino a la pequeña caravana de cabriolés que esperaban con sus cocheros de lujo a la vieja usanza. La joven pareció desvanecerse por un momento, y fue entonces cuando la última de entre los asistentes más cercanos, una señora mayor de vestido algo más modesto, se acercó para sostenerla de modo más ostensible. Sin duda, se trataba de la gobernanta o mujer de confianza de la casa.

Cada cual fue montando en sus respectivos coches de caballo y se fueron alejando hacia la salida del cementerio. Solo el joven elegante se apartó del grupo y se dirigió a un vehículo de propulsión por gasolina. Reconoció inmediatamente con envidia el último modelo de Ford, el Ford T. Algún día él podría tener acceso a uno de aquellos que estaba empezando a adquirir la policía. El hombre que le esperaba en el flamante vehículo le entregó unos grandes guantes de piel y un chaqué más apropiado para la conducción junto con una gorra y unas gafas de cristal. El joven abrió la puerta negra, se instaló en el asiento y, tras revisar los distintos elementos del vehículo, lo puso en marcha con estruendo y tomó el camino de la salida.

George sacó del bolsillo de su chaqueta una pequeña libreta de tapas de piel y hojitas blancas, regalo de su madre al obtener su primer empleo, y comenzó a escribir con un lápiz recién estrenado cuanto creyó de interés para el caso. Bueno, pensó, esto ya está en marcha.

Kate seguía sentada en su camastro de madera de ébano con las manos apoyadas en sus mejillas acaloradas, todavía con el vestido del funeral y el velo vuelto hacia atrás. Se sentía incapaz de comprender los motivos de cuanto había ocurrido. Su padre estaba muerto, según todos los indicios, asesinado. Había sido un hombre muy querido por sus colegas de la universidad, con un vasto conocimiento de la profesión que le situaba en primera línea entre los científicos de Yale y probablemente de Estados Unidos. Sabía del aprecio que la mayoría de sus alumnos sentían por él. Muchos de ellos le seguían visitando o escribiendo después de varios años de haber terminado sus estudios para requerir su consejo en relación con publicaciones o investigaciones.

No entendía nada. Allí sentada, en el silencio de la noche y en la más absoluta soledad, volvió a sentir el aroma único de su casa, un olor especial que evocaba recuerdos de la infancia. Cuántas veces lo había añorado, y, ahora que estaba allí, se mezclaba irremisiblemente con el de naftalina de su vestido negro prestado.

Miró a su alrededor. Había pasado tan pocos días en casa los últimos años que su habitación apenas había cambiado desde que era niña. Las mismas muñecas, el caballito de madera, los cuadros infantiles en las paredes. El tiempo parecía haberse detenido, y ahora un salto al presente le trasladaba a la realidad menos deseada en el lugar más anhelado. ¿A quién le interesaban los documentos, investigaciones y demás trabajos de un profesor universitario? La policía no se había dirigido aun a ella, probablemente por respeto a su dolor, pero temía que había de ser el primer tema de conversación a la mañana siguiente. Instintivamente, y más por aplacar sus nervios y su curiosidad que por la esperanza de encontrar algo, bajó al despacho de su padre.

Al principio solo observó. De nuevo se recreó en el aroma a papel antiguo, al cuero de las sillas y la madera de los muebles. Cerró los ojos. Todo era igual que si él se encontrase allí. Removió entre los papeles, libros, folios y objetos, pero la esmerada educación que le había procurado no incluía conocimientos universitarios científicos. «La mujer no tiene sitio en la ciencia», repetía su padre una y otra vez cuando su hija se le acercaba en aquel despacho revuelto y semioscuro. Siempre lo encontraba inmerso en sus libros, consultando manuales, escribiendo notas y observando con meticulosidad obras de arte u otros objetos que a veces se traía para someter a una investigación exhaustiva.

James Chapman era muy apreciado por el rector de la Universidad de Yale y hasta por el mismo gobernador del distrito de Connecticut por su ingente tarea en el prestigioso Museo de Arte de la propia universidad, que dirigía desde hacía doce años. Su contribución a la incorporación de cientos de obras y objetos valiosos, traídos de todo el mundo, le había procurado una fama y un puesto de honor entre la élite de científicos y arqueólogos.

Se detuvo frente a una máscara de madera africana de enorme boca ovalada. Desde niña había jugado con máscaras de madera como aquella, y correteado por la casa con lanzas y corazas. Su padre aceptaba el juego y hasta llegaba a unírsele, para lo que aplazaba por unos minutos sus tareas. Tenía verdadera vocación por la arqueología, pero su destino a los catorce años fue la residencia para señoritas de la señora Fitgerald, experta dama en educación para niñas de clase social elevada, con la que colaboraban profesores y maestras provenientes de los mejores centros del país.

Se sentó en la butaca de lectura de su padre y pasó con delicadeza sus manos por los reposabrazos, como si el mueble fuese parte de él. Y así, recostada y con los ojos cerrados, recordó el internado al que nunca más regresaría: las clases de Filosofía del viejo señor Beddoes, quien a veces se dormía en el sopor de las tardes de primavera para regocijo de las chicas. Mademoiselle Louise, de origen francés y refinadas maneras, todo un ejemplo de la finura y las normas sociales que debía conocer y acatar toda señorita que se preciara. Las clases de piano y violín del extravagante profesor Andrews, con sus largas patillas y cabellos desordenados, imbuido en su quehacer y de escasas palabras. La lectura de los poetas del XIX, tanto europeos como americanos, completaban las clases regulares, ampliadas con la práctica en costura y las «Reglas para la distribución y correcto uso de los elementos del hogar». Esbozó una sonrisa al recordar cómo le sonó por primera vez a los catorce años aquel título estrambótico en boca de mademoiselle Louise.

La señora Rose entró en el despacho, lo que la distrajo de sus pensamientos. Lo hizo ya con su indumentaria habitual de ama de llaves y se dirigió a Kate con delicadeza y ademán consolador.

—Hija, habremos de asumir que tu padre ya no está. Sé que eres fuerte y saldrás adelante. Quiero que sepas que siempre estaré a tu lado. Quizás ahora mismo no te consuele, pero mi compañía y mi apoyo incondicional es cuanto puedo ofrecerte en este instante.

Tomó con dulzura su mano y continuó con las palabras que creyó obligadas para su cargo y responsabilidad. Kate oyó, como si proviniera de lejos, algo parecido a «Sé que es duro, pero tendrás que empezar por hacerte cargo de cuanto ha dejado tu padre, ya sabes...», y desconectó hasta que sus pensamientos se hicieron tan presentes que acabó por convertirlos en lenguaje.

—¿Por qué nunca quiso que me acercara?

—¿Qué? —preguntó extrañada Rose por lo inesperado de la cuestión.

La joven comprendía a Rose en su papel de asistenta y dama de confianza, porque también había sido su compañera, amiga, confidente y madre desde que tuvo uso de razón. Volvió a pasar la mano por el sillón y reclinó su cabeza sobre él.

—Tú conocías a papá. Su mundo era su trabajo, sus investigaciones y su museo, pero estoy segura de que me quería.

—¡Claro que te quería! Con toda su alma. ¡Qué cosas tienes, hija!

—Entonces, ¿por qué no quiso nunca compartir conmigo algo de su mundo? Yo apreciaba cuanto hacía, me gustaba, y él, en cambio, me apartaba, como si quisiera repelerme de su actividad. Me alejó de sí a aquel internado desfasado y fuera del mundo real, al menos del que yo conocía en esta casa desde niña.

A Rose no se le ocurrió otra cosa para consolarla que restar importancia a cuanto decía, insistiendo en el amor paternal y en que a veces los padres actúan así, les encanta mostrarse distantes y fuertes, como si ello fuese fundamental para una educación firme y sin fisuras. Era necesario que comprendiese todo el amor de aquel hombre enigmático, pero a la vez tan humano, que tantas veces se refería a su hija querida añorándola en la distancia, pero que nunca lo demostró en su presencia.

—Tu padre nunca dejó de pensar en ti, querida. No obstante, quiso procurarte la esmerada educación que una dama debe poseer y así prepararte para la vida de una auténtica señorita; y no creas que en estos tiempos resulta nada fácil, cuando una ve a qué estamos llegando. La mujer parece querer reclamar un protagonismo fuera de lugar. No tienes más que ver a esas cantantes descocadas, a esas que se dejan fotografiar con trajes inapropiados para delirio de toda clase de hombres, y aun algunas que montan en esos vehículos que no han de traer sino desgracias por las calles...

Pero Kate seguía con la cara entre las manos y Rose regresó también al tono dulce de madre.

—Hemos de aprender a vivir solas y a recomponer nuestras vidas, y tu padre hizo bien cuanto hizo, porque ahora gozas de una buena posición.

—Quieres decir que con la educación esmerada que poseo podré buscar un marido maravilloso, muy bien situado. Un marido que me hará feliz y me proporcionará un hogar y una familia que yo dirigiré con mis modales refinados y mi buen gusto, y así podrá sentirse orgulloso ante su círculo social y sus amigos. ¿Eso es lo que él me proporcionó? —Y se levantó bruscamente arrojando el sombrerito con velo de gasa negra contra el suelo—. ¡Odio ese mundo! ¡No es el mío! ¡Ansío libertad! ¡Viajar! —Señaló los objetos de arte que había a su alrededor—. Sentir el placer de cuanto existe y espera ser descubierto. —Cogió una figurita de madera que representaba a una mujer india—. Eso era mi padre y eso admiraba de él. Quise darle tiempo para que lo comprendiera y ahora es demasiado tarde.

—Hija, nada te ha de faltar... Cuando falleció tu madre eras solo una niñita y me hizo responsable de un papel que él era incapaz de desempeñar. Adoraba a tu madre, y también hubo de reponerse a su pérdida, si bien lo hizo a costa de implicarse en exceso en su trabajo, lo reconozco, pero se le notaba tan feliz, tan realizado con cuanto hacía... ponía tal pasión. Yo le he visto defender sus ideas ante sus colegas en reuniones que tenían en esta misma casa y, sin duda, tu padre era el hombre más íntegro, honrado y leal que he conocido.

—¿Mi padre era apasionado en la defensa de sus ideales?

—Por supuesto. Siempre decía que a un hombre íntegro le bastan muy pocas ideas, pero ha de tenerlas muy claras. Y si alguien tocaba alguna de ellas, no veas cómo se ponía.

—¿Llegaban a discutir entre amigos?

—¡Oh, sí! Tenían discusiones muy fuertes y con frecuencia, sobre todo con tu tío, que era con quien más confianza tenía. Tu padre y tu tío Richard siempre han tenido el mismo carácter, el indomable carácter irlandés, pero en sus ideas se fueron distanciando mucho con los años. Por las últimas conversaciones se podría decir que eran ya muy pocas las cosas en las que coincidían. Ya sabes lo prepotentes que son todos estos intelectuales que siempre quieren tener razón. De todas formas, ahora tomarás una infusión calentita y te acostarás, porque me temo que mañana va a ser un día ajetreado.

Subieron de nuevo a la habitación y, mientras le ayudaba a quitarse la ropa, Kate no dejó de pensar en las últimas palabras de Rose.

—Solo una cosa más. ¿Mi padre te daba a conocer de algún modo los trabajos en los que estaba inmerso, o tú llegabas a intuir...?

—Tu padre era un auténtico profesional que mantenía una gran reserva en cuanto hacía y te puedes imaginar que su trabajo jamás era motivo de conversación para una asistenta, pero una tiene medios de enterarse, y nada de lo que ha ocurrido en esta casa me ha pasado desapercibido, porque una tiene oídos y vista, y tu padre tampoco se preocupó nunca de cerrar los cajones con llave. Yo entraba a limpiar, y veía, sin mucho interés, ya sabes... periódicos con noticias subrayadas encima de la mesa, fotografías de lugares y personas, una agenda abierta con grandes signos... Pero ya hablaremos de eso más adelante, chiquilla. No vayas a pensar que soy una cotilla. Ahora procura descansar.

3

Bingham, el aventurero

Cuando Rose entró en su habitación a la mañana siguiente eran ya las once y un tímido sol de invierno se coló en ella al descorrer los hermosos visillos de la estancia. Con voz dulce pero decidida se dirigió a la jovencita:

—Buenos días, cariño. Siento despertarte, pero tenemos visita.

Utilizaba el plural en clara connivencia con su tutelada, signo evidente de asumir el cargo no solo con satisfacción sino, además, con clara implicación. Mientras ella estuviese presente no había de sentirse sola, parecía querer decir.

—Sí, ya se —dijo Kate desperezándose—. Ha venido la policía para hacernos unas preguntas.

—No has acertado. Aquel joven tan tímido del cementerio habrá preferido esperar, de modo muy correcto, a que descanses. —Kate la miró con cara de extrañeza. Ella estaba demasiado emocionada para fijarse en nada, pero Rose había mantenido alerta su instinto femenino y sus dotes de observación en todo momento y sin duda estaba pendiente de los asistentes al funeral, tanto en la iglesia como posteriormente en el cementerio. Se había fijado en todos y cada uno de los asistentes y en su comportamiento—. Este otro —continuó Rose—, en cambio, es viril, alto y fuerte, y no ha soportado la tentación de venir a visitar a una chica tan guapa por más tiempo.

Las palabras de Rose actuaron de resorte y ánimo en la joven, que se incorporó en la cama. Le sorprendió la descripción tanto como el tono de su amiga, mucho más alegre de lo esperado. Quizá había pasado mucho tiempo fuera y había olvidado el verdadero carácter de Rose, disimulado ciertamente el día anterior por las obligadas formas protocolarias de su cargo.

—¿Ah, sí? ¿Y de quién se trata? No tengo muchas ganas de recibir a nadie y menos a desconocidos.

—Es el señor Hiram Bingham, colaborador y amigo de tu padre —dijo mientras le acercaba una jofaina de agua caliente y sacaba del armario un vestido apropiado. Apenas habían tenido tiempo de deshacer el ligero equipaje que pudo traer consigo del internado. El resto llegaría más adelante.

—¿Y tú le conoces?

—Bueno, digamos que es un hombre demasiado guapo para no haberme fijado en él las dos veces que ha venido por casa. Cuando me entregaba el gabán y el sombrero, quedaba empequeñecida por tanto músculo.

Siguió hablando de modo aparentemente desinteresado, al tiempo que recogía el vestido negro prestado para la ocasión que Kate había dejado la noche anterior en la misma percha en la que se lo había encontrado.

Kate se dio cuenta de que jugaba con ella. Al menos, ponía algo de ánimo en aquella fatídica mañana en la que se reencontraba con su hogar del modo más trágico.

—¿Y cuál es el motivo por el que un señor se presenta en casa con tal premura un día tan poco indicado?

—Lo desconozco. No es mi función hacer preguntas indiscretas a las visitas, y sí la tuya, mal que te pese, ocuparte de los asuntos de esta casa, como te dije ayer.

—Tus ironías suenan a descaro, ¿sabes? No me he librado del internado para tener que soportarte a ti. —Y mientras pronunciaba aquellas palabras, comprendió que no había hecho sino entrar en el juego de Rose, cuya única pretensión era desocupar su mente de tan dramático suceso y proporcionarle argumentos para levantarse, como estaba haciendo—. Puedes decir a tu «admirado señor» que espere. Y, mientras tanto, tú puedes atenderle cortésmente y ofrecerle algo de beber. ¿O ya lo has hecho?

—¡Ja! —exclamó Rose mientras salía cerrando la puerta tras de sí.

Kate se sentía reconfortada descargando adrenalina. Era como en las discusiones con sus amigas de internado por sus preferencias masculinas. Su amiga Carol, de largos cabellos pelirrojos rizados y vestidos siempre con lazos extravagantes, era la preferida para las bromas. Siempre se tomaba en serio las indirectas como si fuesen dirigidas a ella. Así que, en los momentos de aburrimiento, las ironías eran de lo más socorrido para que Carol respondiese y así pasar un rato divertido. Sonrió interiormente recordando lo enamoradiza que era, motivo por el que siempre se apropiaba de cualquier comentario picante sobre los chicos. Al fin se levantó de la cama para asearse.

El señor Bingham tenía una apariencia juvenil a pesar de sus treinta y seis años. Al menos eso le pareció a Kate al acercarse. Cuando se levantó y le ofreció su mano, reconoció que Rose no exageraba en su descripción. Bien por su juventud, su educación recatada o la emoción todavía contenida, Kate fue incapaz de mantener la mirada de su interlocutor, pero de reojo pudo observar la sonrisa pícara de Rose desde el otro lado del salón. Bingham tenía delante unas tostadas con mermelada y una taza de té.

—¡Oh!, discúlpeme la intromisión y el no haber resistido a la amable invitación de la señora Martin. Permítame que me presente. Me llamo Hiram Bingham, colaborador en tareas de exploración de su padre y, a través de él, de la Universidad Yale. En primer lugar, quiero decirle que he quedado muy impresionado con el repentino fallecimiento de su padre y deseo expresarle mis más sentidas condolencias.

—Gracias, señor Bingham.

—Su padre fue mi mejor profesor en la universidad. Era muy joven entonces y tenía un gran entusiasmo. Yo, y todos mis compañeros, estoy seguro, le admirábamos. Él nos trasmitió algo más que conocimientos de Historia y Arqueología, como puede deducir por mi trabajo. Mantuvo el mismo entusiasmo toda su vida... Más tarde, también compartimos departamento cuando accedí al puesto de profesor de la universidad, pero estaba claro que lo mío era el campo y la naturaleza, y dejé las aulas.

—Es usted muy amable al venir en estos momentos.

—La verdad es que la noticia que recibí por telégrafo era demasiado escueta y necesitaba tener información de primera mano sobre lo ocurrido.

—Bueno, yo acabo de llegar y todo lo que sé es que apareció con un fuerte golpe en la cabeza en su despacho de la universidad. La policía se ocupa del caso. Todo es muy extraño, pero es cuanto puedo decirle.

—Comprendo. —Siguieron unos segundos de silencio—. Parece que existen circunstancias un tanto extrañas que descartan el accidente. El accidente es fácilmente identificable... En fin. Su padre y yo estábamos llegando a un entendimiento profesional muy intenso en el que teníamos depositadas grandes esperanzas y, me temo, ahora estas quedan truncadas.

La conversación introducía matices que despertaron el interés de Kate. Aquel hombre podía aportar datos sobre la actividad actual de su padre y, de paso, información pertinente a esa muerte inexplicable.

—¿Y qué tipo de vínculo profesional mantenían usted y mi padre?

—Bueno, digamos que desde que terminé mis estudios en la universidad, su padre y yo establecimos una fluida comunicación y siempre me aconsejó en mis proyectos y publicaciones. Esa relación fue creciendo como compañeros. Algunos de ellos acabaron dando muy buenos resultados y ambos obtuvimos provecho. Él para la universidad y su museo y yo para mi currículum profesional, que aumentaba sin duda las posibilidades de ampliar el número de proyectos y su alcance. Hace seis años pude mostrarle abundante material de América Latina, sobre todo Venezuela y Colombia. Hace tres, ambos nos entusiasmamos con la civilización inca. La universidad aprobó el proyecto de Perú y el resultado no pudo ser más gratificante, puesto que nos llevó al último reducto inca en las montañas de los Andes. Buscamos durante días aquel lugar que citaban de modo incierto los cronistas y solo una casualidad y la ayuda de un campesino y un indígena nos condujeron a las ruinas de Machu Picchu, «La Vieja Cumbre». Por eso, ahora, su padre y yo, estábamos preparando el regreso a la ciudad para comenzar las excavaciones. Teníamos depositadas muchas esperanzas en descubrir misterios ocultos en esas ruinas…

Kate percibió tal entusiasmo en sus palabras que quedó gratamente impresionada por aquel espigado hombretón. No entendía muy bien quiénes eran los incas ni el lugar impronunciable al que acababa de referirse, pero, por la forma de hablar, parecía ser de gran importancia. Asentía con un ligero movimiento de cabeza tratando de disimular su más absoluta ignorancia. No era capaz de situarlo ni temporal ni espacialmente, pero tampoco era el momento oportuno para tales averiguaciones ni más explicaciones.

—Ya veo. Es usted expedicionario y un auténtico aventurero.

Rose intervino.

—Si lo desea la señorita, le serviré también un té mientras continúan la conversación.

La seriedad de Rose no engañó a Kate, a quien le seguía latiendo el corazón de forma acelerada. Demasiado tiempo encerrada en el internado, creyó, para no sentirse bloqueada ante la presencia de un hombre que le parecía prototipo de cuanto ella anhelaba.

—Su padre estaba realizando gestiones en la universidad para subvencionar este último proyecto y, ciertamente, parecían avanzadas. Tanto, que yo me encontraba en Nueva York elaborando la lista de necesidades materiales y agilizando los trámites con la embajada peruana.

—¿Y... lleva mucho tiempo recorriendo lugares exóticos? —se interesó Kate, sin atreverse a mirar a su interlocutor directamente a los ojos. En el internado había aprendido que no era correcto mirar a un hombre directamente a los ojos si no era para entablar con él una relación personal, y eso en el caso de estar establecido de modo previo.

—Hace tiempo que busco documentos relacionados con civilizaciones perdidas. Su padre tenía gran parte de culpa, porque a veces me informaba de su localización e incluso me proporcionaba su traducción a través de otros profesores especialistas de la universidad. Lo hallado en esta ocasión es de una extraordinaria riqueza, y creemos que se trata solo de la punta de un iceberg de lo que puede resultar toda la manifestación cultural de un pueblo extinguido.

Kate se sintió fuera de la realidad. Aquello era demasiado hermoso. Entraba en conexión con un mundo tantas veces soñado. Aquel hombre suponía la encarnación de su padre y el vínculo más cercano con sus ideales y sentimientos, y decidió que debía aferrarse a él.

—Desearía conocer los detalles de modo mucho más concreto, si a usted le parece. —Al percibir la cara de Rose con las cejas arqueadas en un gesto que parecía decir: «¿Estás cometiendo el descaro de concertar una cita el primer día? Esos no son modales de señorita», Kate reaccionó rápidamente—. ... Por si yo pudiese hacer algo al respecto de su proyecto, lógicamente.

—Es usted muy amable. No sabe cuánto se lo agradezco. ¿Sabe? Su padre era un hombre maravilloso, pero en la universidad no todo el mundo es como él y hay demasiadas personas que no creen en sus ideales. Francamente, sin su padre no creo que fructifiquen. A no ser que decidiesen mantener en su memoria sus últimos proyectos. En eso sí creo de verdad que usted podría serme de gran ayuda. Disculpe que sea tan sincero en unos momentos tan delicados, pero ¿sabe? Su padre me hablaba muchas veces de usted, y la imagen transmitida me inspira la confianza suficiente para este atrevimiento. Ya he invertido mucho tiempo, dinero y esfuerzo en esto y hasta creo que era el proyecto en que más ilusionado había visto nunca a su padre. En fin, no quisiera resultarle fastidioso ni que la urgencia desbordase los buenos modales de los que ya me estoy alejando. Sabe usted que me tiene a su entera disposición.

En ese momento sonó la campanita de la puerta, y Rose se dirigió a abrir.

—Además, entiendo que hoy tendrá usted muchas visitas y yo no he de distraerle de modo tan egoísta. Muchas gracias. Su padre no me refirió detalles de su aspecto físico, pero es usted toda una mujer que además demuestra una gran entereza. Conocerla ha sido para mí un auténtico placer.

Kate también se sentía impresionada, pero, haciendo gala de lo aprendido una vez más, solo acertó a emitir un «Muchas gracias» de despedida mientras aquel hombre estrechaba de nuevo su mano con dulzura. Había aparecido en su vida tal y como había leído en su infancia que se descubre un espejo resplandeciente que esconde en sí una puerta mágica a través de la cual podría descubrir el mundo fascinante de lo imaginado y jamás vivido.

—Bien, entonces quedamos para la semana que viene. ¿Le parece el martes a las diez? —manifestó Kate con cierta timidez-

Bingham extrajo la agenda de su chaqué y consultó la fecha.

—El martes, 25, a las diez, si usted cree que tendrá tiempo suficiente. Llegaré en el tren de Nueva York. Muchas gracias.

Kate asintió con un gesto leve y sin apenas alzar la mirada. En ese momento se cruzaron con un joven repeinado que sujetaba su sombrerito de hongo con ambas manos y saludaba tímidamente.

—Buenos días. Perdonen que les interrumpa. Me llamo George Barcroft y soy sargento de policía.

4
El duelo de la familia Chapman

SOLO HABÍAN PASADO unas horas y el salón de la casa bullía con la presencia de personas que se habían acercado a dar el «pésame» a la recién llegada hija del difunto. Rose se había ocupado de encargar a la cocinera todo tipo de alimentos que los visitantes degustaban en platitos de la mejor porcelana mientras, en pequeños grupos, especulaban sobre lo sucedido. Por lo general, mantenían con Kate una breve conversación de cumplido y regresaban a los lugares más discretos del salón. Solo la llegada de su tío Richard y su primo Jeremy resultó un alivio para ella, que empezaba a sentirse agobiada ante la avalancha de desconocidos.

Jeremy llevaba media cara sucia por el polvo y amplios círculos en torno a los ojos marcados por las gafas de conducir. Se despojó de su gabardina y dedicó una amplia sonrisa a Kate mientras la rodeaba con sus brazos.

—Hola, Katy. —Así acostumbraba a llamarla desde niña—. No sabes cuánto me alegro de verte. Apenas tuvimos ocasión de hablar ayer y estaba ansioso por hacerlo. Me llevé una enorme sorpresa al ver a una hermosa mujer en lugar de mi pecosilla prima. ¿Cuánto hacía que no nos veíamos? ¿Dos, tres años al menos?

—Desde las navidades de hace dos años, cuando nos reunimos para cenar. Recuerdo que a Rose casi se le quema el pavo y que tú me defendiste cuando me empeñé en tomar mi primera copita de champán.

—Es cierto. Fue una gran velada. Tenías ganas de comer y beber como si llevases meses sin hacerlo en aquel internado. Te animaste tanto que acabaste tocando el piano. —A ambos se les escapó una sonrisa.

—Y tu padre y el mío cantaron juntos «Verdes montañas de Irlanda».

El recuerdo que tenía Kate de su primo era el de un joven apuesto, emprendedor y ambicioso. Número uno en la Universidad, experto en Economía y Finanzas, que aspiraba a un importante cargo social. Jeremy había sido el primero de su promoción en la escuela secundaria demostrando sus dotes y capacidad de trabajo. A los diecisiete años ingresó en la Universidad de Yale, y eligió los estudios de Economía que tanto impacto social estaban causando en la moderna América que comenzaba a instaurarse. A ello añadía su especial elegancia y su predilección por todo lo que fuese moderno y avanzado. Su primo era el joven americano del futuro. Siempre lo había pretendido y, al verlo, podía asegurar que se encontraba en vías de conseguirlo.

—Siento lo ocurrido. He hablado con la policía esta misma mañana y me han dicho que ya tienen un hombre especialmente dedicado a investigar este caso.

—Sí. Lo sé. Lo he conocido esta mañana. Me ha pedido permiso para realizar un registro exhaustivo del despacho de papá y para poder llevarse su agenda de trabajo.

—Sabes que usaremos toda la influencia desde la universidad para resolver este feo asunto. Papá ha estado hablando con el gobernador y le ha prometido también el máximo interés por parte del juez encargado, así como de las instituciones... pero, bueno... sin duda lo más importante ahora eres tú.

Kate se sintió sobreprotegida en exceso y hasta creyó percibir ciertos modos de superioridad masculina en un hombre que se otorgaba responsabilidades con respecto a ella. Quizás estaba demasiado cansada o tal vez seguía viendo al joven que recordaba y no al prometedor profesor de la universidad con grandes dotes que ahora era su primo.

Su tío Richard se acercó también, con serenidad y gesto compungido.

—Lo siento de veras, hija. No esperaba que volviésemos a encontrarnos en estas circunstancias, pero la vida a veces nos tiene preparadas estas adversidades. Es francamente triste que ocurran tan luctuosos sucesos en pleno siglo xx, cuando uno espera que el progreso nos proporcione eficaces métodos de convivencia entre seres humanos, pero es evidente que somos incapaces de cambiar nuestros instintos básicos y los fundamentos más intrínsecos de la naturaleza humana.

Jeremy lanzó una mirada de reprensión a su padre por aquel saludo tan metafísico, más propio de una de sus clases de filosofía que de un encuentro con un ser querido.

—Creo, Jeremy, que deberías asearte. Mi hijo se empeña en conducir ese artefacto por todo el distrito en aras de la modernidad y ya ves que el resultado consiste en cubrirse de polvo. Una de las contradicciones de estos jóvenes que con tal de adoptar las innovaciones son capaces de transgredir el aspecto más básico de la elegancia, la apariencia personal.

—Papá, Kate no es uno de tus alumnos y no has de impresionarla con tus teorías sobre la civilización actual.

—La higiene nada tiene que ver con teorías y sí mucho con la educación... Y pensar que ese artefacto le ha costado ¡290 dólares!...

Jeremy miró a su prima con un gesto cómplice y subió las escaleras, mientras el tío Richard cogía de la mano a Kate y la sentaba junto a él.

—No sabemos qué ha podido ocurrir, hija. Ha sido algo tan inesperado para todos que no encuentro motivos ni palabras... La universidad ha quedado convulsa ante tamaña tragedia y por su propio bien ha de procurar esclarecer los hechos antes de que quede empañado su buen nombre. Cómo ha podido suceder esto con una de las personas de mayor renombre de la universidad, sin ningún motivo aparente y del modo más dramático que se pueda imaginar. Me duele porque es mi hermano del alma, y además de eso, su pérdida supone para mí el vacío de un compañero inseparable con el que he estado unido siempre, unidos a través de la familia, en los mismos centros educativos, en las mismas experiencias docentes y humanas. No puedo imaginar una vida sin James a mi lado.

Kate lloraba y enjugaba sus lágrimas con un pañuelito de hilo. Richard ya no quiso continuar, al darse cuenta de que todas las miradas del salón se dirigían a ellos y su sobrina lo estaba pasando francamente mal. Dejó transcurrir unos instantes en los que cogió la mano de la joven y, acariciándola con las suyas, trató de tranquilizarla.

—Por otro lado, he de decirte que todos estamos de acuerdo en que percibas una paga de por vida en compensación por los servicios prestados por tu padre durante todos estos años. Supongo que te habrá dejado rentas suficientes, pero es lo mínimo que la universidad ha de hacer por ti.

Kate se limitaba a escuchar con enorme respeto. La magnitud de la institución parecía absorber todo el protagonismo de cualquier conversación. Sintió un fuerte pinchazo en la cabeza que parecía le iba a reventar por las sienes. Llevaba un día en casa y comenzaba a hartarse de que todo gravitase en torno a aquella universidad. Si tal poder de atracción tenía en todos los seres que la rodeaban, también habría de ser la clave para entender la muerte de su padre. Así que se hizo fuerte para iniciar el diálogo del modo más directo.

—No será muy difícil saber con quién había quedado mi padre ese día, ¿verdad, tío? O quién entra y sale del recinto.

No esperaba el viejo Richard que la conversación de Kate discurriera por esos cauces. La información de niña de internado que tenía de su sobrina no coincidía con ese temperamento, pero tampoco creyó oportuno esquivar la pregunta.

—Bueno, es lo primero que ha preguntado la policía y lo primero que hemos comentado todos. Con quién había quedado tu padre ese día, quién pudo visitarle... pero no parece tan fácil, por lo visto. Tu padre acostumbraba a quedarse hasta muy tarde, más de lo normal, porque no tenía otros vínculos familiares... me refiero en casa... Incluso en ocasiones se quedaba la noche entera. De eso sabe un poco Rose. No me hagas mucho caso, pero el crimen parece haber ocurrido a altas horas de la madrugada. El guarda se había ido a dormir y todo permanecía cerrado.

—Comprendo.

Kate reparó en que debía recomponer el papel de hija en aquellos momentos y permaneció en silencio. Fue su tío quien se sintió un poco molesto por lo que podía parecer falta de interés por parte del familiar más directo.

—Me gustaría que mañana te acercaras a la universidad; allí te mostraré con mucho gusto cuanto desees.

Jeremy se acercaba repeinado y sonriente.

—He invitado a tu prima a que nos visite mañana en la universidad —le dijo Richard.

—¡Ah, estupendo! En ese caso vas a tener ocasión de probar mi Ford T. Te mostraré mis dotes de consumado piloto. Ya va siendo hora de que disfrutes de los placeres de la vida lejos de ese internado en el que te han mantenido retenida injustamente. —Sus palabras sonaban a coqueteo masculino, pero le agradaba la actitud complaciente de su primo. Aquello iba a ser una gran experiencia y decidió no rechazarla—. Si te parece, vendré a recogerte a las nueve.

—Muy bien, espero no asustarme demasiado.

—No te preocupes, tiene amplia experiencia en pasear a señoritas, y a ellas parece agradarles —dijo su padre con cierto tono de reproche.

—No hagas caso, Katy. Pasear en automóvil es un placer nada comparable a cuanto hayas conocido hasta ahora. Ese coche es capaz de alcanzar 67 kilómetros por hora, pero hasta ahora no lo he pasado de 40. Quizás contigo hagamos un intento... —bromeó.

—Temo que acabaría mareada, o muerta de miedo.

—Pues no se hable más. Mañana a las nueve.

5
La Universidad de Yale

ERAN LAS NUEVE y treinta y cinco de la mañana del 17 de enero cuando entraron en el despacho del rector. Se mantenía lo que parecía ser una intensa reunión de autoridades. Sentados a la extensa mesa de madera maciza, muy oscura, se encontraban, además de su tío Richard, un señor mayor con larga barba blanca y vestido con chaleco y pajarita a quien había visto en el funeral. También reconoció al señor calvo tan elegante que había asistido con su señora. En un extremo de la mesa se hallaba el joven sargento de policía a quien había recibido en su casa el día anterior, que pareció ruborizarse con la inesperada presencia femenina. Dos personas más, a quienes no había visto nunca, completaban el grupo. Sobre la mesa, tres periódicos junto con otros documentos y carpetas.

—¡Ah, ya estáis aquí! —exclamó el rector en cuanto aparecieron los dos jóvenes por la puerta—. Permítanme que les presente. Esta es mi sobrina Kate, la hija de nuestro querido James. Te presento al insigne señor Grisham, decano de la universidad y rector durante muchos años. —El anciano de la barba blanca y pajarita estrechó la mano de Kate sonriente—. El señor Crawford, alcalde de New Haven, que ha tenido la bondad de acercarse para colaborar con nosotros en este asunto —y señaló al señor calvo cuyo traje iba en consonancia con el abrigo de piel del funeral—. El jefe de Policía del distrito de Nueva York, el señor Morrison, acompañado por el jefe de Policía local, Arthur Logan, y el joven sargento de policía asignado especialmente al caso, a quien creo que ya conoces, el señor...

—Barcroft —dijo suavemente, casi con temor a alcanzar excesivo protagonismo con la aclaración.

—Eso es, Barcroft. Entre todos estamos intentando establecer los puntos relacionados con el incidente y la mejor estrategia que seguir. Quizá desees preguntarles algo.

—¡Oh, no! —respondió con timidez Kate, empequeñecida en aquella reunión de personas tan importantes—. Solamente deseo agradecerles el interés que manifiestan y su ayuda. Estoy segura de que realizarán perfectamente su trabajo. He venido solamente para conocer el despacho de mi padre y poder identificar su trabajo y sus efectos personales.

—Como ven, señores —continuó Richard—, el aspecto humano es el denominador común de los Chapman. Hemos de preocuparnos por proteger a nuestros jóvenes que tanto merecen y esperan de esta emergente sociedad.

El viejo señor Grisham intervino con afecto.

—Quiero que sepa el enorme aprecio que he sentido por su padre durante todos estos años. Su padre, más que un compañero, era para mí un hijo con quien he compartido lo mejor de mi vida. Comprendo que difícilmente se pueda superar el vacío de una persona como él y le aseguro que aquí en la universidad su nombre será recordado durante generaciones.

—Es usted muy amable.

Pareció tan sincero en su manifestación que Kate se propuso desde aquel momento que habría de mantener una conversación privada con aquel hombre de tan singular apariencia bondadosa.

Jeremy invitó a Kate a acompañarle de camino al despacho de su padre por los amplios pasillos de madera de la primera planta. Se sumó a la pareja el joven policía, interesado en seguir identificando el mayor número de detalles tanto del recorrido como del lugar exacto en que se había producido el crimen.

El despacho, por otro lado, resultó ser lo que esperaba: una amalgama de viejos libros en estanterías, pocos muebles, pero de calidad, y muy desgastados por el uso. Todo rebosaba de objetos revueltos.

El corazón le dio un vuelco cuando contempló, marcada con tiza, la señal en el suelo del cuerpo sin vida de su padre. Llevó sus delicadas manos de niña de internado a la boca y dos reguerillos de agua cayeron por sus mejillas mientras se echaba hacia atrás apoyándose en un viejo reloj de péndulo.

El policía, ávido de encontrar cualquier indicio fuera de lugar, se fijó en la hora que marcaba el viejo reloj de péndulo. Sacó su reloj de bolsillo, lo abrió disimuladamente. Las 9'45. El reloj de péndulo marcaba las 2'37, pero el péndulo seguía funcionando normalmente. Lo anotó en su libretita.

Kate se recuperó y continuó observando el despacho lentamente. Jeremy se mantuvo a cierta distancia. Un poco más atrás todavía estaba situado el joven George, observando con timidez cuanto interesaba a Kate o los gestos que esta hacía al contemplar los distintos objetos. Por fin, Kate descubrió sobre la mesa y, casi envuelta en papeles, la fotografía de una niña pequeña sentada, y se identificó a sí misma. En la esquina superior izquierda había una dedicatoria escrita a lápiz «Para mi papá». Era su propia letra de niña. En la parte posterior de la fotografía su padre había añadido sobre el cartón: «Kate hablando. Era enero. 1897». Kate rompió a llorar y así estuvo durante unos minutos, en los que Jeremy trató de consolarla. Frotándose los ojos, continuó revisando cajones y descubrió en uno de ellos un reloj de cadena, que, al abrirlo, dejó entrever una pequeña fotografía de su madre en la tapa interna.

—Supongo que no habrá ningún inconveniente en que te lo quedes —dijo Jeremy mientras miraba de soslayo al joven George, quien asintió con un ligero movimiento de cabeza.

Jeremy quiso que su prima visitase también la galería de Arte.

—Fue fundada en 1832. Contiene una colección que ha llegado a la categoría de los principales museos de arte en los Estados Unidos. Actualmente estamos pensando en construir un edificio dedicado exclusivamente a este museo. Esto se nos empieza a quedar pequeño. Como puedes ver, se encuentra repleta de obras de arte antiguo, medieval, renacentista, oriental, precolombino y africano, material arqueológico, trabajos de los grandes maestros europeos y americanos de prácticamente todos los periodos —decía mientras iba señalando con la mano y dando tiempo a que su prima disfrutase con cada uno de los objetos—. Además, aquella sección del fondo acoge una rica colección de arte moderno. Gran parte de todo esto se debe a la dedicación de tu padre y su empeño por engrandecerlo. Quiero mostrarte algo digno de admirar. Se trata de esta hermosa viola tenor de 1689. —Y señaló el instrumento indicado, que se encontraba dentro de una vitrina de cristal. La apariencia era esplendorosa—. También quiero que veas la última adquisición importante del museo. —Una pequeña vitrina en el centro de la sala acogía una única figura de oro de unos veinticinco centímetros—. Representa al dios Sol de los incas. El señor Bingham lo localizó en su última expedición a Perú. Fue una suerte que pudiese traerlo. No resulta tan fácil conseguir la propiedad de una de estas reliquias. Lo cierto es que en esta ocasión tu padre puso grandes reparos a que se quedase en la universidad, pero una vez aquí... costaba más trabajo devolverla que quedárnosla.

Era la segunda vez que Kate oía hablar de esos incas del Perú y de un objeto relacionado con ellos. Empezaba a comprender que no era casual que su primera relación con Hiram Bingham hubiese girado en torno a aquella civilización y que ahora, en su primera visita al museo de la universidad, se encontrase de nuevo con el mismo tema.

—¿A qué te refieres con que mi padre puso objeciones esta vez?

—Dijo que no era solo por el valor material. Estaba convencido de que el objeto suponía un rasgo de identidad de un pueblo y que solo ellos debían poseerlo.

Kate observó la figura resplandeciente. Aquello debía constituir un gran hallazgo para Bingham y un gran éxito también para la universidad. También pensó si aquel ídolo tendría algo que ver con la siguiente expedición. ¿Iba a ser puramente científica o el oro macizo sería el reclamo para nuevas excavaciones?

—¿De qué época es esta figura? Quiero decir, en qué época vivieron exactamente esos incas del Perú.

—Bueno, yo no soy ningún experto, como bien sabes, pero teniendo en cuenta que las crónicas hablan de que la llegada de los españoles supuso un fuerte golpe para este pueblo, y eso ocurrió en 1492, supongo que estamos hablando del siglo XVI y que en el siglo XV gozarían de todo su esplendor.

La visita continuó en la enorme sala que componía el museo de Historia Natural Peabody, inaugurado en 1866 y que según Jeremy contenía una de las mayores colecciones científicas de América del Norte. Le enseñó las numerosas muestras mineralógicas y ornitológicas de la universidad, la segunda colección más grande de artefactos de dinosaurios en los Estados Unidos, y al apatosauro, más conocido como brontosauro, más grande e intacto del mundo. Realmente era un museo donde se coordinaban las exhibiciones públicas, la investigación, la conservación, la enseñanza, y el aprendizaje en una coyuntura dinámica educacional.

Para terminar, regresaron al edificio central y visitaron la enorme biblioteca, con miles de ejemplares perfectamente ordenados y clasificados. Jeremy quedó convencido de que había conseguido impresionar a su prima por la magnitud de las distintas instalaciones universitarias. Al bajar de nuevo al *hall* coincidieron con el señor Grisham, que, al verla tan pálida, entendió que quizás la visita la había impresionado por el recuerdo de su padre y le propuso, afectuosamente, salir a dar un paseo por el jardín. Kate aceptó con gusto.

Dejaron atrás el viejo edificio central de estilo colonial de Nueva Inglaterra y se internaron en los jardines exteriores, entre magníficos árboles que les proporcionaban sombra y agradable frescor. A lo lejos se divisaba el pueblecito de New Haven con sus casas de una sola planta.

—¿Cómo era mi padre, señor Grisham? Quiero decir, aquí en su mundo.

—No le voy a descubrir nada nuevo, supongo. Ya se lo habrán dicho todo: muy trabajador, honrado y con un gran interés por las humanidades y las ciencias.

La conversación con aquel profesor ya no era la de una alumna, como había ocurrido en el internado. Por eso, Kate, mientras caminaba con las manos en la espalda y los ojos ligeramente caídos, pensaba a la vez en esa extraña sensación en la que por primera vez en su vida mantenía una relación así como persona adulta, comunicaba sus pensamientos como una mujer y no como una joven aprendiz. Se sentía segura de sí misma; había llegado el momento de actuar tal y como tantas veces le habían anticipado que tendría que hacer cuando se encontrase en el mundo exterior. Estaba convencida de que podía hacerlo. ¡Tenía ganas de hacerlo! Por eso deseaba hacer notar su seguridad mostrándose directa y sincera.

—Y eso en qué se traduce exactamente.

—Bien. Su padre mantuvo siempre una línea de actuación acorde con las tradiciones más sublimes de esta institución: engrandecer al hombre. Alcanzar una cultura que favoreciese las actitudes de las personas para con sus semejantes. Aprender de la historia, que es aprender de la conducta humana a través de los siglos para renovarla y mejorarla. El humanista cree en el hombre tanto como en el sentido de su existencia.

—Yo he estudiado Historia, pero mi aprendizaje era puramente memorístico, lleno de datos. No entiendo que de ahí se logre obtener nada que impulse al hombre a nuevos comportamientos, es... demasiado aburrido, para entendernos. —El señor Grisham sonreía, quizás porque identificaba en Kate a sus alumnos de primer año—. Todo está tan lleno de guerras, enfrentamientos, fechas de batallas y de pactos que dan lugar a otros enfrentamientos. Grandes hombres que mandan a la muerte a muchos pequeños hombres. No sé. La literatura tiene otro encanto. A mí me gusta Walter Scott: *El pirata*, *Ivanhoe*, *La novia de Lammermoor*.

—Ya veo. Te gustan los autores románticos con sus relatos de aventuras. Lord Byron era mi preferido. *El Corsario*.

—¡Me entusiasma! Y el poeta Oscar Wilde... Además, la señorita Elyzabeth era tan encantadora en las lecturas... La señorita Elyzabeth era mi profesora de Literatura en el internado donde he estado formándome hasta ahora.

—Así es. Muchas veces los conocimientos se facilitan a través de una persona que resulta atractiva en sí misma y convierte en atractivo todo lo que transmite. Tu padre era un gran trasmisor y un idealista aventurero, como presumo que eres tú.

—No veo cómo podría serlo. La historia es real y trágica, y su teoría en clase, un montón de datos. La novela y la poesía son trasmisión de sentimientos, ilusiones maravillosas y esperanza de felicidad.

—Tu padre tenía una peculiar manera de conjugar la historia con los más elevados ideales. Y voy a contarte cuál era su secreto. Si tomas una anécdota, un hecho histórico, y lo repites tantas veces que llegas a hacerlo tuyo, también llegas a identificarte con su sentido, solo que supone aceptar ese sentido tal y como procede de su origen, de quien lo ha contado por primera vez. Si, por el contrario, haces de él el objeto de tu análisis, buscas todas las interpretaciones posibles y además lo complementas con todos los vínculos que eres capaz de establecer a través de él, creas una nueva visión que es más completa, más real. Le imprimes el particular sello de tu modo de entender la vida, tu ser. Servirá de base para que otros hagan lo mismo y se avance en la visión de cuanto es el mundo. Eso también es trasmitir algo más que datos y, si lo prefieres, también es una peculiar forma de crear. Lo que sucede es un prisma de infinitas caras, ¿me entiendes?

—Bueno, supongo que el concepto de eso que usted define es «crítica» o «sentido crítico». Y mi padre creía en esa forma de analizar la realidad porque era muy crítico con la sociedad de su tiempo.

—Tu padre era el perfecto tallador del prisma. Ser un gran historiador es recoger muchas versiones del mismo objeto de estudio. Pero solo los grandes historiadores trabajan con tanta delicadeza y precisión para alcanzar una joya digna de admiración. Para conseguir acercarse a la precisión absoluta necesita lupas de inmensa potencia. Para que me entiendas la metáfora, necesita rodearse de personas que le ayuden en esa multivisión o policromía de la sociedad. Le interesaba tanto el desarrollo colonial de las grandes potencias como el conocimiento cultural de las pequeñas etnias perseguidas y discriminadas o explotadas en muchos casos por las primeras. La evolución ideológica de la vieja Europa repercute en el pensamiento de todo el mundo y alcanza hasta los parajes más recónditos de la Tierra. La nueva América trata de imitarla e interviene en la política social de pequeños países y rincones lejanos. Y hasta esos rinconcitos minúsculos suponían el objeto de su estudio, si era capaz de conseguir datos.

—Y por eso formaba equipo con hombres como Hiram Bingham.

—¡Ah!, ya veo que has conocido a Hiram. Fue un alumno aventajado de tu padre que se convirtió en su mejor ayudante. Digamos que era la potente lupa de tu padre en el mundo, ahora que están tan de moda los artilugios telescópicos y microscópicos. El viajero infatigable que aportaba cuantiosos datos al departamento de esta facultad. Supongo que te habrá hablado de su último proyecto. Conociendo a Hiram, no se habrá andado por las ramas. Siempre tiene prisa por partir.

Habían llegado hasta el puente de piedra sobre el río. Ambos se detuvieron para contemplar el curso del agua. Kate recordó aquellas poesías en que se hablaba de la vida como el eterno fluir. La conversación resultaba tan agradable que Kate quiso tensarla un poco más, al menos hasta donde pudiese.

—Hay algo que no entiendo, señor Grisham. Desde que he llegado nadie ha dejado de alabar a mi padre. Su imagen es digna de un pedestal, pero...

—¿Pero?... Sigue, hija.

—Ya sé que puede parecerle algo descarado, pero usted me parece un hombre sincero y... —Grisham se detuvo y miró a Kate a los ojos, sabedor por su experiencia docente de que aquella era «la pregunta» de Kate y todo lo demás solo el preámbulo—. Rose me dijo que últimamente mi padre tenía frecuentes discusiones en sus encuentros con colegas en mi casa. El señor Bingham, entre líneas, también insinuó que sin mi padre no habría proyecto y que no todos en la universidad pensaban como él...

—Desde luego, tu mente es analítica y no memorística. Lástima que en Estados Unidos la mujer todavía no sea admitida en la universidad como en Europa. ¿Sabías que en Suecia incluso se ha autorizado a una mujer a dar clases?

—No, no lo sabía.

—Supongo que tú habrías podido ser una gran alumna y una excelente profesora. Sí, tienes razón. Es un tema muy delicado y difícil de explicar. La universidad está dando un giro ideológico del que yo mismo soy la primera víctima. Mi gestión de la universidad no resultaba rentable... Ya ves, he quedado relegado para dar paso a un nuevo movimiento social que se instituye como resultado de la fusión del poder civil y el académico.

—Y eso es malo, ¿verdad? —dijo Kate siguiendo el hilo de aquella reflexión.

—Para que me entiendas: los viejos valores del honor, el valor y la justicia, tan románticos y que a ti tanto te agradan, han sido sustituidos por los nuevos de riqueza, prestigio y poder. Han invadido nuestra sociedad actual y han removido, de paso, los cimientos de la educación donde deben generarse estos nuevos valores. La riqueza es la clave. La riqueza... El trabajo, el instinto de superación y la voluntad de éxito son las fuerzas capaces de generar riqueza. Se impone la teoría evolucionista con su principio selectivo, según el cual solo los más fuertes de cada especie son capaces de sobrevivir e imponerse. Es la lucha económica, financiera y comercial. Eso es esta América actual.

—Creo que se está refiriendo usted a mi primo Jeremy —interrumpió con una ligera sonrisa Kate.

—Sin duda tu primo es el más claro exponente de esta ideología que lo invade todo. Wallace Wattles acaba de publicar un libro titulado *La ciencia de hacerse rico*, creo que es el libro de cabecera de tu primo. Pero también tu tío se ha ido adaptando presionado por las fuerzas civiles. Ya has visto al alcalde, cada día más presente por estos lugares. Nunca antes se había preocupado un alcalde por la universidad si no era en el discurso de apertura anual. El convenio con las instituciones traiciona el espíritu de librepensamiento de estos muros. Nuestras viejas tradiciones tenían sentido. Tu padre era el hombre con mentalidad más abierta que yo haya conocido, pero eso no significaba que hubiera de plegarse a la adopción por el pueblo de nuevas teorías sociales aún sin comprobar como si fuera lo más conveniente, algo que solo la historia demostrará.

Pasaron unos instantes en que ambos permanecieron en silencio contemplando el suave discurrir del agua y escuchando su relajante sonido entre las piedras del puente. Kate fue quien volvió a la conversación dispuesta a abordar de lleno esta vez el tema que ocupaba su mente sin descanso.

—¿Usted cree que esto que me está contando tiene algo que ver con la muerte de mi padre?

—No lo sé, hija. Yo ya no sé qué pensar. Solo soy un viejo cansado y demasiado dolido por tantos años de esfuerzo poco reconocidos. Un viejo que últimamente abusa del alcohol, a quien la ira le ciega y quizás ha dicho más de lo que debiera. Me gustaría pensar que tu padre ha muerto por unos ideales en los que creía, eso dignificaría de algún modo su muerte.

—Quisiera formar parte de esa mentalidad de mi padre. Quiero acceder al último proyecto que planteó a la universidad y que iba a llevar a cabo el señor Bingham.

—Pues entonces habla con tu tío. Estoy seguro de que no te lo negará. O con tu primo, que se acerca. En estos momentos nuestro joven profesor tiene más influencia que yo en esta docta casa.

Efectivamente, Jeremy se aproximaba a ambos decidido sin duda a llevar a cabo lo que él creía que iba a ser su tarea de salvamento. No podía imaginar que el viejo Grisham pudiese encontrar un solo tema de interés para su prima. El astuto profesor debió leer el pensamiento a Jeremy e introdujo al nuevo interlocutor.

—Comentábamos el gusto común por los escritores románticos ingleses, Jeremy. Claro que para un experto economista y asiduo lector del *Journal of Political Economy* como tú, eso debe parecer algo trivial y desfasado —y pronunció esta última palabra con pretendida ironía.

—No olvide profesor que las materias comunes de nuestra universidad obligan a conocer las artes y letras en su totalidad antes de la especialidad. Es el inconveniente que tiene la educación femenina, que ha de limitarse a la educación de posgrado en el mejor de los casos —y dirigió una mirada de soslayo a su prima—. ¿A qué románticos concretamente os referíais?

—Walter Scott y Lord Byron con su espíritu aventurero. La rebeldía de Oscar Wilde... —repuso el profesor.

Kate permanecía en silencio. Le hubiese gustado tener unos minutos más de conversación a solas con el señor Grisham, pero era evidente que su primo deseaba recuperar su compañía.

—Buena elección. Todavía recuerdo aquello de «La mujer es un sexo decorativo. Nunca tiene nada que decir, pero lo dicen de una manera encantadora. Representa la mujer el triunfo de la materia sobre el cerebro». *Retrato de Dorian Gray* —dijo, mirando al infinito, vocalizando cada palabra y lanzándola como un dardo hiriente contra el viejo profesor, que fruncía el ceño.

—«Al igual que los hombres representan el triunfo del cerebro sobre la moral», querido Jeremy. Termina la frase, para ser justos. Además, has elegido tu cita de la única novela de Wilde. Yo le recuerdo en su visita a los Estados Unidos hace años. Causaba furor —respondió Grisham, firme pero sereno, teniendo en cuenta a la joven dama presente.

—Sí, olvidaba que Oscar Wilde dirigía una revista de moda. Supongo que esa era su contribución a la defensa de la mujer y sus nobles ideales.

Kate no daba crédito a tal derroche de soberbia. La cultura de su primo era superior a lo que imaginaba, pero su uso contra el viejo profesor hacía que sintiera un arrebato de odio. No era cultura, era perversidad o más bien altanería. Trataba de impresionarla a costa de un hombre sabio ya jubilado y, probablemente, cansado de una pugna institucional que había acabado por relegarle a un rincón. Jeremy adoptaba el rol de un joven púgil que quiere hacer alarde de fuerza.

—Pero, claro —continuó—, están también las sufragistas encabezadas por madame Pankurst, otro tipo de ideal romántico inglés, sin duda.

—Pero que no ha de despreciarse en su influencia, porque muy pronto alcanzará sus resultados. Olvidas que desde el pasado 11 de marzo ya se ha instaurado el Día Internacional de la Mujer Trabajadora, Jeremy. Y con ello llegamos de nuevo al aspecto social y a los sistemas de producción.

—El caso de las ciento cuarenta mujeres muertas en aquel incendio solo significa la noble aportación de toda la sociedad, incluidas las mujeres, a levantar este país, al progreso. No todas las causas nobles terminan en el suicidio romántico, profesor. Hay quien sostiene que es más noble triunfar y engrandecer con ello al país que se representa.

—Claro, claro... El noble ideal del héroe americano. Siempre pensando en lo mejor para América... Pero hay quien piensa que ese incendio no fue un accidente casual, que las mujeres reivindicaban unos derechos que se les niega día tras día en aras de un mayor enriquecimiento de unos pocos propietarios. La reivindicación del trabajo digno frente al enriquecimiento con la excusa de la industrialización y el progreso. Y después de industrializar el país y mecanizarlo con tan adelantados inventos y comprobar que el pueblo no es más feliz, ¿qué viene?

—¡Nada puede impedir el progreso! —Kate sintió que la respuesta había dolido a Jeremy y este alzaba la voz sin darse cuenta—. Nuestro país lo ha entendido y lucha por ser líder mundial, una gran potencia...

—No obstante, tu prima quiere proponerte algo más concreto con lo que empezar su contribución a la sociedad.

El señor Grisham quiso así terminar una conversación que podía volverse incómoda para la joven. También Jeremy captó la intención de su interlocutor y volvió la mirada hacia su prima. La sonrisa tensa de su rostro pareció relajarse de nuevo. Fin del combate, pensó Kate, y vuelta a las formas de caballero educado hacia la joven dama. Había mostrado sus armas frente a un competidor en el ámbito de las letras y probablemente ahora se trataba de impresionar a su prima con modos más sutiles que la cultura, algo, sin duda, fuera del alcance de una señorita.

—Bien, veamos esa propuesta que, viniendo de mi prima, no ha de carecer de interés.

—El señor Bingham me habló de cierto proyecto que preparaba con mi padre.

—¡Ah!, se trata de eso. Sí, el profesor Bingham colaboraba con tu padre en la Facultad de Arte y ha recibido en un par de ocasiones subvenciones para algunas expediciones a Sudamérica, según creo.

—¿Qué posibilidades hay de que el actual proyecto aprobado por la facultad continúe? Tengo entendido que mi padre tenía un enorme interés en él y me gustaría que la universidad lo continuase en su honor o como homenaje a su memoria, no sé... que no se trunque ahora.

—Bueno, no conozco los detalles, pero hoy mismo hablaré con papá y veremos qué se puede hacer. Creo haberles oído hablar de la reestructuración de todo el departamento. La ausencia de tu padre será difícil de cubrir, pero la vida ha de continuar.

—Por ello —aprovechó para añadir el señor Grisham— Kate agradecería que se continuase con el plan anual y se siguiese con la expedición del señor Bingham.

—Bien. Si eso es todo, no creo que haya de encontrarse mayor inconveniente, ¿verdad, profesor?

Quiso fingir autoridad en su interlocutor quizá porque veía cierta proximidad entre él y su prima y no le convenía parecer irrespetuoso.

—Incluso puede que la idea resulte beneficiosa para todos. Y ahora, con su permiso, Kate y yo volveremos a disfrutar del paseo en coche para regresar a casa. También el mecanicismo está siendo tratado por la lírica, profesor, por muy extraño que le parezca. Ya se ha escrito algún poema cantando las cualidades y el placer de los vehículos a motor.

—Nadie pone en duda que la literatura acoge la excentricidad y las modas —dijo, con la tranquilidad propia del viejo que ha vivido tanto que nada le sorprende—. Pero eso corresponde a un espíritu deshumanizador, y, por tanto, ajeno al verdadero espíritu de las letras. Cuida de tu prima, Jeremy. Es una gran chica.

—Lo haré, profesor.

—Adiós, señor Grisham —se despidió cariñosamente Kate.

—Es un gran tipo —dijo entonces Jeremy a su prima mientras se alejaban—. Un poco oxidado, pero un gran tipo.

6
Las claves

New Haven. 18 de enero de 1912.

ROSE SEGUÍA SERMONEANDO a Kate por haber accedido el día anterior a montar en ese vehículo espantoso, tan poco apropiado para señoritas. Le recordaba que tenía una reputación que mantener ante un círculo social tan selecto y tan crítico, mientras Kate mantenía la mirada perdida en el plato y el pensamiento en la conversación con el señor Grisham. Además, tendría que limpiar el vestido, que había quedado hecho un asco, y planchar el pañuelo totalmente arrugado con el que sujetaba el sombrero.

Sonó la campanilla de la puerta. Era el repartidor de correspondencia, que entregó un sobre marrón procedente de la universidad. Al abrirlo, Kate se encontró con unas hojas de papel. La primera era una página del periódico *The New York Herald* en la que se veía una imagen de niños trabajando. A pie de foto se leía: «Lewis H. Heine, "Niños trabajando en una mina de carbón"». Comenzó la lectura del artículo, que criticaba los abusos de una de las muchas empresas estadounidenses de extracción de metal que incluían entre sus trabajadores a niños de corta edad y cuestionaba el enriquecimiento y la prosperidad a costa de víctimas inocentes procedentes de barrios marginales. Apenas acabó, pasó al segundo recorte de periódico, que correspondía a *The Sun* y comentaba una jugada de ajedrez en el último campeonato neoyorquino. El titular decía: «Mate en tres movimientos». Al no encontrar ninguna relación ni sentido aparente entre ambos, pasó decidida al tercero, que le produjo una enorme conmoción al identificar en la frase escrita a mano la caligrafía de su padre.

«Aparecen esos amigos amados. Caen rayos para salvar males».

Kate se quedó absolutamente confundida. Rose la observó y se abalanzó rápidamente sobre los papeles para comprobar qué era lo que había provocado que, de repente, Kate palideciese. La joven solo pudo decir una frase antes de echarse a llorar:

—Es de papá.

—¿Que es de tu padre el qué?

—¡Este envío... los recortes... la letra! —dijo muy nerviosa, entre sollozos—. ¡Lo ha enviado papá!

—Pero ¿qué dices, hija? No tiene sentido —exclamó Rose mirando el sobre por ambos lados—. El matasellos es de hace ocho días, o sea, que tu padre estaba vivo todavía… aunque la letra... no cabe duda de que es la suya... ¿Por qué había de enviar esto tu padre a su propia casa?

El grado de excitación era máximo en ambas mujeres. Cuando Kate logró reponerse, trató de encajar ese sobre en el contexto global de lo ocurrido. Unos días antes, no hubiera creído a nadie que le hubiese dicho que iba a anhelar la tranquilidad del internado, pero estaba allí y sentía por todo su cuerpo un temblor que le hizo desfallecer, y se dejó caer en el diván. La mente le daba vueltas a gran velocidad en torno al sobre y su contenido. Rose le llevó un vaso de agua y atrajo hacia su hombro la cabeza de la joven. Kate seguía concentrada y no se dio cuenta de que hablaba en voz alta y era Rose quien le contestaba.

—Cálmate, hija. No te precipites. Sabe Dios de dónde ha salido este sobre y por qué ha llegado aquí. Lo mismo se trata de un sobre traspapelado y enviado con retraso por alguno de los compañeros de trabajo de tu padre.

—¿Con la letra de papá? No. No tiene sentido. Alguien le envía a mi padre un artículo, una jugada de ajedrez y una frase escrita por mi propio padre y mi propio padre escribe la dirección de su casa en el sobre.

—¡Ay, hija, no sé, esto me pone muy nerviosa!

—Te pone muy nerviosa porque no le ves la lógica. Si la tuviera, no estaríamos alteradas. Es algo evidente. Papá, fuese por los motivos que fuese, se envió este sobre a sí mismo... —Tras unos segundos, volvió a palidecer ostensiblemente al encontrar en su mente agitada una idea que apenas se atrevía a pronunciar y que, por fin, expresó con un hilillo de voz—... O, puso su nombre en el sobre y se lo envió para preservar su contenido y, en el caso de que le ocurriese algo, se acabase abriendo en su propia casa.

—¡Por Dios, hija! —exclamó Rose, incorporándose de pronto—. Piensa en lo que dices...

Rose estaba absolutamente convencida de que Kate, tan joven, idealista y romántica se habría topado con algo similar a lo que ahora mismo estaba sucediendo en alguna de las muchas novelas leídas. Eso no ocurría en la realidad. No podía acontecerles a personas de carne y hueso. Sucedía a los personajes de ficción ideados por esas mentes tan imaginativas de las que brotaban las novelas. Por todo ello, trató de tranquilizar a su pupila una y otra vez, pero Kate se negaba a entrar en ese mundo de sensatez que proponía Rose. Lo intentaba con todas sus fuerzas, porque, entre otras cosas, significaba poner fin al problema del sobre, pero su mente analítica le llevaba una y otra vez a la misma conclusión.

Se trataba de tres documentos sin conexión aparente. Un artículo sobre el trabajo de los niños en las minas, una práctica habitual que a ella le parecía deleznable. Sin duda, James Chapman debía identificarse con la crítica feroz que hacía el articulista sobre el tema, pero no encontraba el motivo por el que aquel artículo pudiese ser guardado en un sobre y reenviado a su propia casa.

En todo caso, ¿qué relación podía tener aquel artículo con una partida de ajedrez?

Su padre tenía varios juegos en el despacho, de madera de Egipto, de marfil de África, que ella recordase… pero no sabía que fuese gran aficionado, ni que jugase partidas por correo o nada similar.

¿Y la frase? La frase era de lo más intrigante. Hablaba de los amigos más próximos, los más amados, pero entre ellos estaba Judas. ¿Y los rayos que caían para salvar males tenían connotaciones de ira, prevención de plagas o grandes catástrofes?… ¿muerte?

—Decididamente —volvió a hablar con voz suave y profunda a la vez—, este sobre lo envió mi padre a su casa.

Rose se dio por vencida y trató de entender el punto de vista de la joven.

—Si eso fuese cierto, significaría...

—Podría significar que intuyó de alguna forma lo que podía pasarle... Lo sé.

—No veo claro lo que dices. Es una idea descabellada.

—Pues no hay más que dos explicaciones: o se lo envió a sí mismo o a mí sabiendo que tarde o temprano habría de verlo. ¿Qué sentido tiene enviarse a sí mismo algo que él ya conoce? El mensaje es para otra persona... Es algo misterioso, pero no le veo otra explicación.

—¿Por qué? ¿Por qué ha de tratarse de un misterio? Tú siempre recurres a los misterios y las fantasías. —Kate la miró de modo desafiante. No entendía aquello de «siempre», cuando se habían visto tan poco en los últimos años y ya no era la niña que ella conocía—. Existe la posibilidad de que lo enviase aquí por alguna razón que desconocemos...

Kate no dejaba de pasar los papeles una y otra vez. Volvía a leerlos y no encontraba nada en ellos que le ofreciera una explicación.

—Aciertas al decir que la razón la desconocemos, pero el destinatario soy yo. O tú... porque aquí no vive nadie más.

—¡Jesús! Hija, no quisiera verme mezclada en esto... No todo ha de tener el sentido que buscas. Creo que todo lo que está pasando estos días resulta absurdo. Nos ha pillado francamente desprevenidas.

—¡Eso es! —dijo de pronto—. Mi padre deseaba darme a conocer algo.

—¿Algo? ¿Algo de qué?

Pero Kate no escuchaba y seguía inmersa en sus pensamientos. Comenzó a mostrarlos de manera espontánea y como a borbotones.

—De repente mi padre elige dos recortes de periódico y escribe una línea sin sentido, los mete en un sobre y los envía a su casa. La letra del sobre también es suya, no hay duda, lo que descarta que fuese enviado por ninguna otra persona... Viene de la universidad y nadie nos ha advertido... y eso demuestra también el total desconocimiento de este envío y que quiso hacerlo de modo confidencial.

—¿Por qué confidencial? ¿Quieres ir más despacio?

—Imagínate que mi padre siente el peligro y desea ocultar algo... Se siente solo... Cualquier cosa que guarde o escriba puede ser fácilmente encontrada en su despacho de la universidad. Algo que no se atreve a depositar en otros, porque no se fía de nadie...

—Tu padre tenía buenos amigos. Bueno, quizás últimamente no tantos... Pero en todo caso tenía a quien contarle lo que hacía y lo que pensaba.

—¿Y si esta vez se trataba de algo demasiado peligroso para quien lo supiera o poseyera? Quizás no quiso implicar a nadie de su círculo habitual.

—Por Dios, no digas eso, hija.

—¡Mi padre ha sido asesinado, Rose! Es más lógico pensar que lo han matado por algo concreto que por una simple casualidad, ¿no es cierto? El contenido del sobre trata de llamar la atención. Pudo escribir con el mismo esfuerzo una carta explicándolo todo, pero no lo hizo, lo que significa que quiere preservar el mensaje oculto, pero a su vez que es importante que sepamos algo.

—¿Por qué estás hablando continuamente de asesinato? —repuso Rose en un intento desesperado de desviar el rumbo de todas aquellas conclusiones de Kate—. ¿Y si hubiese sido un accidente?

—¿Un accidente? ¡A estas alturas y con todo lo que sabemos me hablas de un accidente!

—¡Ay! No sé, hija... No sé lo que me digo. Todo es muy extraño... Necesitamos ayuda, Kate. Tu primo...

—¡No! Si hubiese querido que lo conociesen otras personas, como mi primo o el tío Richard, se lo habría confiado a ellos, que los tenía muy cerca, y no lo habría enviado aquí.

—Eso es cierto, pero de ser así significa también que quería que lo abriese alguien de esta casa, y yo me descarto...

—Eso ya lo he dicho yo antes.

—Sí, ¡ya sé que lo has dicho, porque tú piensas más deprisa que yo! Pero no me entra en la cabeza que tu padre enviara esto aquí pensando... en que...

—¡Sigue!

—¡Ay, hija, no me pongas más nerviosa! Me tiemblan las piernas solo de pensar en mensajes secretos y envíos para ser leídos después de muerto. No sé, es demasiado complicado. Y sobre todo, el creer que adelantase tanto su pensamiento como para llegar a la conclusión de que tú lo habrías de leer. Pero, si además, ¡no dice nada! ¿Tú entiendes algo?

Si no hubiese sido por el momento tan dramático, Kate habría sonreído al identificar una vez más a la bondadosa Rose, siempre ingenua y siempre buscando el lado bueno de las cosas, pero a su vez tan simple. De aquel primer sentimiento por las palabras de Rose fue pasando a otros más profundos que surgían de dentro, de su alma.

Había puesto tanta atención en solucionar aquel misterio que apenas había caído en la cuenta de lo que significaban las palabras de Rose, entre simples e ingenuas, que ella había estado presente en el pensamiento de su padre. Rose observó cómo palidecía y retenía las lágrimas. Su silencio era reflejo de un sentimiento interior que la trasladaba a tantos momentos vividos y a otros tantos pensamientos que habían pasado por su mente los últimos años. Las frías noches de invierno en el internado le habían arrancado lágrimas y reproches. No solo el frío penetraba en su interior. La soledad cala hasta los huesos, y no la reduce el alba.

Rose interrumpió sus reflexiones.

—Después de todo, eso contesta a tu pregunta de ayer. Tu padre no te mantenía tan lejos de su actividad. Quizás, y sin que tú te dieses cuenta, te consideraba digna sucesora de su trabajo, quizás la única que podía hacerlo. ¡Oh, Dios mío! ¿Por qué habré dicho esto? Nos va a traer problemas.

—«Aparecen esos amigos amados... caen rayos para salvar males». ¿Qué quiere decir? ¿A qué amigos se refiere? ¿Con «rayos» alude a las consecuencias de una tormenta, o sea, su muerte? ¿Cuáles son los males?

—No te obsesiones con ideas extrañas. Solo llevas aquí unos días y te han sucedido demasiadas cosas. Tantas, que tu cabeza estará a punto de estallar. Así que tómatelo con calma si puedes, hija, porque, si no, corres el riesgo de equivocarte gravemente. Yo no sé si tu padre quería o no mandarte un mensaje o si quería que lo conocieras, pero estoy segura de que contarle a alguien todo esto te ha de hacer un gran bien y te ayudará a aclarar tus ideas. Quizás lo hizo simplemente para que alguien de confianza lo hiciese llegar a la policía.

—Para eso lo hubiera mandado él directamente, ¿no crees? No. No es para la policía.

—¡Vale! Pero tal vez... quizás el señor Grisham... No sé, estoy hecha un lío.

La campanilla de la puerta sonó y ambas esperaron ansiosas para conocer la identidad de la visita. El tímido policía, con su sencillo traje pulcrísimo y su sombrerito de hongo en las manos, saludó al tiempo que se sonrojaba.

—Perdonen que las moleste nuevamente. ¿Puedo pasar?

Fue ese «puedo pasar» y no anunciar el motivo de su visita lo que alertó a Kate.

—¿Se sabe ya algo del asesinato de mi padre?

—No. Todavía no tenemos información suficiente. Escuchen, ha ocurrido otra desgracia.

—¿Otra desgracia? —se anticipó Rose. Estaba muy nerviosa y alterada—. Hable usted pronto, porque no sé si soportaré más sobresaltos.

El joven policía permanecía en silencio con la cabeza baja meditando el modo de comunicar la noticia haciendo el menor daño posible, pero no lo encontraba.

—Bien. Hable usted, se lo ruego —insistió Kate mucho menos agresiva en el tono.

—Es que... han encontrado un segundo cadáver.

—¡Jesús! —exclamó de nuevo Rose—. ¿Otro cadáver?

—¿Y de quién se trata? ¡Hable, por favor!

—Se trata del señor Grisham... ha sido hallado ahogado en el río. Lo siento.

—¡Cielo santo! —gritó Rose escondiendo su rostro entre las manos.

La exclamación de horror dio paso a las lágrimas y a la queja de incomprensión. Las dos mujeres se abrazaron, mientras el joven sargento permanecía en silencio y con la cabeza baja. Por fin, transcurridos unos segundos, Kate se atrevió a preguntar:

—¿Qué ha ocurrido?

—No se sabe muy bien. Alguien llegó esta mañana corriendo a la Jefatura de Policía para decir que había un cadáver en la orilla del río, muy cerca del puerto. Los primeros comentarios de quienes le conocían han sido que bebía demasiado y regresaba a casa a altas horas en condiciones deplorables.

—Quiere decir que la versión oficial es que iba borracho y se ha caído al río, para abreviar.

Su tono sonaba a enfado y reproche al mismo tiempo porque no hubieran aportado ninguna solución todavía al suceso de su padre. George lo entendió y, bajando la cabeza, quiso dar explicaciones a modo de disculpa.

—Bueno, es muy pronto para decirlo y probablemente tendremos una idea más completa de lo ocurrido cuando leamos el informe del forense.

—El informe del forense... —continuó Rose entre lágrimas y visiblemente enojada—. Todo lo solucionan ustedes con informes y buenas palabras, pero estoy segura de que al pobre señor Grisham lo han matado, como al señor James, y ustedes lo saben y son incapaces de hacer nada. Y si esto sigue así, habrá más desgracias y no sabemos por qué —y siguió llorando abrazada a Kate.

Transcurrido unos minutos, Rose fue serenándose y volviendo lentamente a sus tareas. Creía que su papel tenía que consistir en demostrar más fuerza y entereza que Kate, y ello suponía cuidarla. A medida que colocaba el mantel en la mesa y unas tazas para servir unas tilas fue observando también la cara de George, alargada, con pequeños ojos verdes tristes, y muy repeinado. Le pareció tan chiquillo como Kate y sintió remordimientos por haberle chillado. Había permanecido todo ese tiempo en silencio sin saber cómo aliviar el llanto y el dolor de las dos mujeres. Cabizbajo, muy serio y sin abrir la boca. Mostraba una actitud muy distinta a la de esos policías que no respetan ni el sentimiento ni la intimidad de las personas a las que han de interrogar. Se diría que había venido más a acompañarlas en el duelo que a cumplir con sus tareas profesionales. Fue Rose quien rompió el silencio.

—Supongo que al menos habrán encontrado pistas, o como quiera que lo llamen ustedes, sobre el motivo de su muerte.

—¿La muerte del señor Grisham?

—¿No dice usted que creen que se cayó? Yo me refiero al señor Chapman.

—¡Ah! Bueno... De eso quería hablarles, pero si este no es el momento adecuado —respondió mientras contemplaba a Kate que todavía permanecía llorosa en el sillón sin levantar la cabeza.

—Diga usted.

—Miren, yo...

—Sí, continúe —le pidió Rose, mientras Kate alzaba la cabeza para dirigirle la mirada.

Un enorme escalofrío recorrió la columna vertebral del sargento cuando sus ojos se cruzaron con los de Kate. Su pelo rubio, suelto sobre los hombros, el rostro brillante por la humedad de las lágrimas y los ojos vidriosos, interrogantes, casi le hicieron enmudecer. Comenzó con un ligero tartamudeo su explicación.

—Yo... quería decirles... que hago todo lo posible... sin embargo, no encuentro indicios —fue soltándose a medida que iba hablando y recordando las palabras que había preparado de camino a la casa—. He consultado a las personas inscritas en la agenda del señor Chapman, y me he remontado a los dos últimos meses. He indagado quién pudo ver algo desde las ventanas o en la calle, he hablado con todas las personas cercanas buscando cualquier argumento parecido a un móvil... es... como si de repente... el señor Chapman fuese un recuerdo lejano y nadie pudiese aportar nada.

»Por otro lado, sus entrevistas con alumnos y profesores se habían hecho cada vez menos frecuentes, como si se hubiera ido aislando y encerrando en ese despacho. Respecto de sus clases, los alumnos dicen que las impartía con el mismo entusiasmo de siempre, quizás se le veía un poco más melancólico; no saben definirlo exactamente ni se arriesgan a pensar en la causa, y, si les voy a ser sincero, hasta creo que es una impresión que se han formado después del trágico final y no antes. Si le ocurría algo, fuera lo que fuese, no quiso que se trasluciese al ámbito académico. No sé... es muy extraño.

Tanto Rose como Kate percibieron en él un tono de disculpa por su inexperiencia y por no poder ofrecer mayores resultados. Apareció de nuevo la fibra maternal de Rose para aceptar la situación.

—Eso indica que está usted haciendo todo lo que puede, no obstante, debe proseguir, porque tarde o temprano aparecerá algo, ¿verdad? ¿No es eso lo que dicen ustedes, que tarde o temprano se acaba por descubrir a los asesinos, que cometen errores?

—Sí... Bueno... más bien en la academia nos enseñan que el trabajo y el empeño suponen un cincuenta por ciento y el otro cincuenta la experiencia y la intuición para saber dónde y cómo buscar.

—Pues bienvenido al club de los inexpertos y perdidos —exclamó Rose con una sinceridad que le brotaba del fondo de su corazón.

—Yo... pienso que es usted, señora, quien puede aportar un poco de luz en todo este misterio. Usted conocía sus costumbres, convivía con él, sabía de sus hábitos, su carácter...

Kate, que había permanecido en silencio, también entendió lo que quería decir el joven policía. Dirigió rápidamente su mirada a Rose para pedirle que afrontase la pregunta y respondiese lo más pormenorizadamente a su requerimiento.

—Tú me dijiste que nada de lo que ocurría en esta casa te pasaba inadvertido. Quizás algo de lo que has visto últimamente podría ayudarnos.

Rose se sintió un poco abrumada por la responsabilidad que había de asumir. De repente, sentía que ella podía ser clave para resolver un presunto doble asesinato. Se sentía una mujer sencilla, acostumbrada a trabajar pasando inadvertida y a no ser el centro de atención de nadie, y mucho menos de un policía y de la persona más querida para ella, que ahora era la señora de la casa.

Toda su vida había transcurrido al servicio de los habitantes de aquella casa, que, a fuerza de años y confianza, se habían constituido en su única familia. Comprendió que debía responder al requerimiento que se le hacía del modo más eficaz posible. No tenía cultura ni había recibido una educación esmerada, pero albergaba una increíble intuición femenina y la capacidad de entender que proporciona muchas veces a los sirvientes su especial cercanía a aquellos para los que trabajan.

—Es cierto que últimamente tu padre, el señor Chapman, se iba retrayendo más y más. Pero no fue de repente. Poco a poco se notaba que iba retrasando su llegada a casa, se encerraba en su despacho, dormía menos y le costaba comunicarse. Yo tampoco sabía que eso fuese exactamente igual en la universidad, más bien lo achaqué a que estuviese más urgido por solucionar cuestiones profesionales que requerían su concentración. Las comidas transcurrían en un silencio absoluto o en unas pocas palabras más de cumplido y de demostración de buenas formas que de un intento de comunicarse conmigo. Otras veces había tenido malas temporadas y problemas concretos, y con el tiempo volvía a ser el mismo, pero esta vez le veía más metido en su mundo y sin que le preocupase su casa lo más mínimo. Desconozco el porqué de esa actitud, pero puedo asegurar que el tema era serio, a juzgar por la duración y la intensidad de lo que creo era una tremenda crisis.

—Bien, eso tiene sentido —repuso el policía—. Solo falta encontrar el motivo que le había llevado a ese estado.

—Últimamente no tenía objetos de arte o apuntes de esos objetos en su mesa, sino más bien largas parrafadas bien escritas, a modo de cartas... y las últimas semanas... un libro extraño... sin encuadernar... atado en su extremo con liza, y con muchos dibujos. Estuvo muchos días seguidos sobre la mesa... y una agenda, o diario con poemas.

—¿Quizás el último proyecto con el señor Bingham? —intervino Kate.

—El señor Bingham figura en la agenda del señor Chapman, efectivamente, y me confirmó por telégrafo que, puesto que ha de venir para hablar con usted el martes próximo, no tendría inconveniente en responder a mis preguntas. ¿Es algo importante? Si es importante, podría acercarme a Nueva York.

Kate explicó a George todo lo que sabía de la expedición programada para realizar excavaciones en las dichosas ruinas recién descubiertas en Perú y que le había visitado con el fin de solicitar su ayuda para continuar con ello.

—Está bien. Es digno de interés y no hay que dejarlo pasar. ¿Qué más puede aportar que me ayude?

—No sé... Tal vez...

Rose miró a Kate encogiéndose de hombros, mientras esta abría los ojos viéndole las intenciones. Realizó un ligero gesto de negación con la cabeza que no pasó inadvertido a George. Este entendió rápidamente que había algo que se le ocultaba.

—¿Hay algo más que yo deba saber? —George estaba tan desesperado en aquel caso que optó más por un tono de súplica que de exigencia—. Por favor... les ruego que si saben algo me lo comuniquen.

Y fue aquello lo que conmovió a Rose.

—Hemos recibido un extraño sobre esta mañana.

Kate le cortó inmediatamente. Estaba convencida de la importancia de la confidencialidad de aquel mensaje, pero Rose estaba segura de que dos mujeres desvalidas no eran suficientes para resolver aquel embrollo y debían confiarse a alguien. Aquel joven parecía albergar buenas intenciones y tenía tantas ganas de encontrar una respuesta como ellas.

—Es un sobre personal que nada tiene que ver...

—Sí tiene que ver, al menos eso es lo que tú has insistido en hacerme entender. Tú misma dijiste que era muy importante y que podía ser un mensaje de tu padre... —se interrumpió al ver que Kate se volvía y rompía de nuevo a llorar—. Hija, necesitamos contárselo a alguien, y estoy segura de que el señor...

Estaba un poco harto de que nadie recordara su apellido. Le hacía sentir tan menospreciado que decidió pasar del plano profesional a otro más cercano.

—Puede llamarme George, señora.

—El señor George nos ayudará.

—Tengan por seguro que no es otra mi intención. Guardaré escrupulosa confidencialidad sobre cualquier documento personal, pero deben confiarme todos los datos que puedan.

George estaba ansioso, quizás por fin tuviera algo que le ayudase a avanzar en la investigación, tras tres días de indagaciones infructuosas.

—Kate —solicitó Rose—. Déjame que se lo enseñe al señor George.

—¡Haz lo que quieras; de todos modos lo vas a hacer!

Su afirmación sonó a reproche y a dolida resignación, acentuado por un gesto de retirada de la escena que conmovió a su asistenta.

—Solo si tú lo aceptas, querida.

Se detuvo inmediatamente. Llevaba tres días intentando poner orden en su cabeza al embrollo de pensamientos y emociones. Su espíritu luchador se impuso a los deseos irrefrenables para evitar el dolor de los sucesos. Tardó en responder unos segundos, pero comprendió que ya estaba anunciado y no se entendería su negativa.

—Está bien. Prometa que no ha de hablar de esto con nadie mientras yo no dé mi consentimiento.

—Tiene usted mi palabra —le contestó, mirándola con ojos penetrantes.

Cada vez que se enfrentaba a ella, se ponía muy nervioso y le latía con fuerza el corazón. Trató de no descentrarse, mientras Rose ponía aquellos papeles sobre la mesa. George los miró uno a uno con enorme desilusión. No eran precisamente lo que esperaba.

—¿Saben qué significa esto?

—No exactamente —respondió Rose—. Kate piensa que fue enviado a casa por el propio señor Chapman desde la universidad, lo que resulta muy extraño. La frase suelta está escrita por el señor Chapman, aunque desconocemos su significado. Explícale lo que piensas Kate.

—No podría afirmar nada con seguridad… El artículo es muy crítico en la defensa de los niños. La jugada de ajedrez parece no tener relación con nada. Una jugada suelta que no tiene nada que ver ni en el tiempo ni en el lugar con nada que se corresponda con mi padre ni con esta casa. Por último, la frase es enigmática. Se refiere a amigos y a que caen rayos. Pudiera ser que alguien de entre sus amigos tuviese algo que ver y se hubiese provocado «una tormenta»; que la discusión o tormenta o lo que sea hace caer rayos. O sea que, simbólicamente, puede representar algo malo que debe suceder para evitar males mayores o algo así.

Volvieron a leer la frase y fueron incapaces de encontrar nada que les ayudase.

—Primero necesito saber las circunstancias en que ese sobre ha llegado a sus manos.

Kate refirió que lo habían recibido minutos antes por el cartero y que la dirección estaba escrita con la letra de su padre y el matasellos era el de la universidad. También, del modo tan locuaz en que ella lo hacía, volvió a explicar todas las preguntas y respuestas que se habían ido planteando ambas interlocutoras, acompañándolo de gestos y tonos que hacían el relato más interesante. Tan extensa verborrea agotó al sargento, que, encogiendo la barbilla y apretando los labios, quiso aportar una conclusión.

—Mi opinión es que, efectivamente, este sobre viene intencionadamente a esta casa enviado por su padre y que, para entenderlo, si es que de un mensaje se trata, se han de tomar los tres comunicados como partes de un todo, es decir, se trataría de un puzle que para ser completado debe reunir los tres mensajes en su conjunto, puesto que juntos han sido entregados. Por ello, hemos de averiguar qué tienen en común la mina y los niños y la jugada de ajedrez con la frase, lo que debe ser indicativo de algo concreto que ahora mismo escapa a nuestro entendimiento.

—Ya he pensado quiénes pueden ser los amigos o si los rayos se refieren a su muerte —continuó Kate—. Parece claro que quiere comunicarnos quiénes pudieran ser las personas de las que tenía sospechas de que pudieran hacerle algo...

Transcurrieron unos momentos en los que los tres siguieron concentrados cada cual en su correspondiente hilo conductor de razonamientos. El primero en romper el silencio fue el joven policía.

—No, no lo creo. Creo que se equivoca, señorita Kate. Su padre quiere comunicarle algo que le sea de utilidad. Por todo lo que he investigado estos tres días, he llegado a la conclusión de que lo que más importaba a su padre era su trabajo... además de usted, por supuesto... Si su padre pretendía comunicar algo confidencial, tal y como usted piensa y parece más probable a la vista de estos papeles, el mensaje sería el contenido de lo que trata de preservar, que a su vez podía ser tan importante que fuese motivo de interés de otras personas. En todo caso, jamás pretendería mostrarle la identidad de tales sospechosos, porque aún no habían cometido ningún crimen y, de tener la certeza de que lo iban a cometer, él mismo los habría denunciado, ¿no les parece? Además, un crimen sin ejecutar, para usted, no tendría más utilidad que la denuncia. ¿Para qué exponerla ante unos delincuentes? Eso es un trabajo policial.

Tanto Kate como Rose quedaron impresionadas por el razonamiento del jovencito. Era muy tímido, pero manifestaba excelentes dotes de análisis, sobre todo porque se expresaba con enorme seguridad, mostrando una autoridad propia de alguien con gran experiencia. Ninguna de las dos rechistó ante su teoría.

—Hemos de encontrar la clave, y no me refiero a cada palabra en particular como el símbolo de algo, sino a la frase entera como mensaje único. Observe que la frase no parece tener sentido en sí misma. Normalmente el contenido tiene matices distintos que no son fácilmente sintetizables en una frase, por eso hay distintos aspectos para que captemos la globalidad.

Había hablado en plural, y para Kate no pasó desapercibido que el joven policía se había involucrado de lleno en el trabajo. Formaban parte de un mismo equipo.

—No creo que se corresponda a un verso poético si se refiere a eso. No tiene coherencia entre el primer y el segundo párrafo. Yo más bien he tratado de realizar un ejercicio retórico, como me enseñaron en los comentarios literarios.

—Sí, a eso me refiero exactamente. Además, todo indica que, si usted es la destinataria del sobre y su contenido, las claves para solucionarlo también las ha de poseer usted.

George se sentía entusiasmado de poder demostrar sus cualidades. Los puzles habían sido uno de sus entretenimientos preferidos, porque así lo aconsejaban en la academia. En aquel momento solo pensaba en encontrar algo útil para ayudar a Kate. Sentía su aroma cada vez que se acercaba. Podía percibir el latido de su corazón en la ligera elevación y el descenso del vestido a la altura del pecho. Ponía enorme cuidado en que no notara su mirada en el ligero escote de su vestido, hacia el que sus ojos se empeñaban una y otra vez en dirigirse de modo tan inconsciente como persistente. La fascinación se entremezclaba con los remordimientos por dejarse llevar por aquellos sentimientos e inclinaciones mientras trabajaba, pero era superior a sus fuerzas.

—¿No tiene idea de cuáles pueden ser las claves?

—Creo que no. Hace tanto tiempo que no compartía nada con mi padre…

—Pues habrá de remontarse a la época en que se hacían confidencias o él le contaba ciertas experiencias, historias… algo en común entre ustedes.

—¿Se refiere usted a cuando jugaba con ella de niña? —intervino Rose. Ante las miradas de ambos jóvenes, quiso aclarar que no interrumpía gratuitamente, sino porque quería ser de ayuda—. Cuando eras pequeña tu padre jugaba mucho contigo…

—Ya lo sé Rose, pero de eso hace tanto tiempo que seguramente ni él pensaría que podría acordarme…

El sargento quiso serenar la situación.

—¿Tiene usted un ajedrez?

—Sí, en el despacho de mi padre.

—Bien, pues vamos a ver esta jugada. ¿Conocen ustedes el juego del ajedrez?

—Mi padre me enseñó algunos movimientos de pequeña y también practicábamos algo en el internado. A las chicas no nos hacía mucha gracia, pero la señora Fitgerald era toda una experta y casi nos obligaba a jugar con ella.

—Pues entre usted y yo trataremos de reproducir estos movimientos.

Colocaron las piezas y estudiaron los tres movimientos establecidos una y otra vez anotando los pasos. George se había desprendido de su chaqueta y remangado la camisa. Sus rápidos movimientos trataban de aliviar el acaloramiento y hacer remitir los nervios. Con el lápiz en la mano anotaba las siglas y trataba de darles un significado coherente. Tras haber situado estratégicamente el alfil, surgía con un movimiento inesperado la dama y el caballo se situaba en posición de ¡jaque…mate!

—El caballo, de nuevo el caballo —exclamó—. Es increíble que una pieza secundaria sea en esta jugada la clave del mate. Me enseñaron que Philidor, ya en el siglo XVIII, daba una muestra de esta jugada con la técnica llamada W doble. El mate de rey, alfil y caballo es de las más complejas en este juego. No está elegido al azar. Su padre quiere indicar algo con el caballo, dada la complejidad de esta jugada que quizás no se produce sino en una de cada quinientas partidas. Pero en esta ocasión la variante de la dama la hace más previsible… La reina blanca se coloca enfrentada al rey negro, arrinconándolo directamente, y el rey, en su intento de buscar una salida, cae ineludiblemente en el cuadro del caballo.

—El caballo y la reina —añadió Kate.

—Sí, cierto. La reina... No olvidemos que va dirigido a usted. La reina mirando cara a cara al rey rival y dejándolo sin salida. ¡Usted y el caballo! Debe encontrar una relación con esos dos conceptos. ¿Ha leído las nuevas teorías de Sigmund Freud? Es la gran novedad en la academia al estudiar Criminología. Su padre tal vez ha querido utilizar un método parecido basado en la asociación de conceptos en el subconsciente. La realidad se ha introducido a modo de recuerdos en el cerebro. Es una realidad latente, que no se manifiesta pero que está ahí, y, cuando vemos o sentimos algo que tiene que ver con aquella realidad, se nos manifiesta de modo patente y sin saber por qué.

—No he leído a Freud, pero entiendo lo que quiere decir. Mi padre ha pretendido con este método tan peculiar impactarme tanto que, forzosamente, me ha de guiar a algo que yo ya he vivido antes. Pero no se me ocurre qué.

—No se preocupe, Kate. —A la chica no le pasó desapercibida la familiaridad adquirida. Tampoco las miradas de soslayo del joven hacia ella, su respiración alterada, sus manos nerviosas cuando estaba tan cerca dándole explicaciones, el modo en que se volvía rápidamente si coincidían sus miradas. Había soñado tantas veces en el internado estar tan cerca de un hombre que las circunstancias no evitaban que, por momentos, la atracción masculina se impusiese por encima de todo lo demás—. Es —continuó— como el juego en que para saber quién es su mejor amiga se pregunta sobre cosas que solo ambas conocen. Debe encontrar algo que compartían su padre y usted y que tiene que ver con el caballo, real, simbólico o imaginario.

Rose observaba muy atenta cuanto se decía. No hubiera dado nada unos minutos antes por que aquel joven tímido fuese capaz de resolver algo. Quizás Kate reconociese que no había sido tan mala idea.

—Quiere usted decir que el mensaje utiliza una especie de lenguaje o simbología que mi padre sabía que yo entendería. Mi padre sabía cuánto me gustaba la literatura. Se lo hice saber en cartas y en los efímeros periodos de vacaciones en los que me veía interesada por la lectura. Incluso llegó a regalarme varios libros de poemas.

—Bien, entonces creo que podemos estar en la línea correcta, ¿no cree?

—En el colegio recuerdo que mi amiga Chris y yo inventamos un idioma. Consistía en añadir «ncun» a partir de la última vocal acentuada y terminar con la misma vocal. Por ejemplo: «Nosó<u>ncuno</u>tras hablá<u>ncuna</u>mos un<u>cunu</u> idió<u>ncuno</u>ma distin<u>cunin</u>to».

—Muy original, pero puede entenderse.

—Sí, pero una vez adquirida la habilidad y pronunciado a alta velocidad, daba resultado.

—En este caso intuyo que se trata de una clave más que de un idioma. Mientras se esfuerza usted en resolver eso, pensemos también en la mina de carbón.

—¡No, espere! De pequeña mi padre y yo jugábamos al juego de las palabras. Recuerdo que decía que los acrósticos eran demasiado simples y se podían ocultar palabras de otros modos. Por ejemplo: «El caballito de ajedrez, salta primero dos y después tres». —La frase salió seguida como por encanto—. ¡Dios mío! ¡Cuánto tiempo hace que no la pronunciaba! Pero la rima es tan simple que sale sola.

—¿Y eso qué significa? —indagó Rose.

—Significa que el mensaje se esconde recomponiendo letras de distintas palabras, y para dificultar su localización, varía el número de letra en cada palabra saltando de la segunda a la tercera. De no saberlo, es casi imposible entenderlo. Rose, déjame la frase.

Rose se la acercó rápidamente y Kate señaló con el lápiz letras siguiendo el recién recordado sistema de su padre. Fue subrayando la segunda letra de la primera palabra y la tercera de la siguiente y así sucesivamente.

«A**p**arecen es**o**s a**m**igos am**a**dos. C**a**en ra**y**os p**a**ra sa**l**var m**a**les».

«P-O-M-A- A-Y-A-L-A»

—Parecen dos palabras distintas. Ayala puede ser un apellido español. ¿**«Poma Ayala»**?

—¿Le dice algo esto?

Incapaces de hallar otra explicación, necesitaban saber si ese «Poma Ayala» se refería a algo o alguien concreto. En todo caso, quedaba claro que Kate no conocía nada relacionado y habría que recurrir al tercer documento: el artículo de la fotografía con los niños en la mina. Todo resultaba muy impreciso, pero era la primera información sobre la que trabajar desde que había empezado la investigación. George comunicó su intención de viajar inmediatamente a Nueva York a conversar con el señor Bingham. Le pareció, al igual que a Kate, que la universidad era el epicentro de todo aquel asunto, pero el señor Bingham tocaba de modo tangencial todos los temas: su nombre aparecía en la agenda, estaba vinculado a la universidad y, sobre todo, era el protagonista tanto de los últimos proyectos del señor Chapman como del siguiente, que parecía que le tenía tan abstraído.

Las ganas de empezar a encontrar alguna respuesta sumadas a las de no querer ver a su primo, que no iba a tardar en aparecer, impulsaron a Kate a solicitar viajar a Nueva York. Esto pilló desprevenidos tanto a George como a Rose, pero la insistencia y la angustia que mostraba en su petición hizo que al final se acordase el viaje de los tres al día siguiente a primera hora.

7
Lo que muestra y esconde la gran ciudad

De New Haven a Nueva York. 19 de enero de 1912.

La estación de la ciudad de New Haven tenía veinticinco años, pero su aspecto era más bien sucio en los alrededores y precario en el andén, con una estructura metálica acorde con la emergente industria metalúrgica local. Compraron los billetes de segunda y esperaron la salida del tren de las diez a Nueva York, a tan solo ciento veinte kilómetros.

George disimulaba su emoción. Cuando se encontraba, días atrás, en el funeral, no pensó que también su trabajo podía incluir acompañar a Kate, por quien se sentía francamente atraído. Se sentó enfrente de las dos mujeres. Rose seguía interpretando su papel, aunque cada vez se iba sintiendo más cómoda con aquel joven. Le preocupaban mucho más las decisiones que estaba tomando Kate.

Conversaron de todo aquello que iban viendo por la ventanilla. Pasaron muy próximos al próspero puerto de New Haven. Grandes hileras de vagones de carbón y madera aguardaban para embarcar de camino a otros puertos marítimos. Salieron al campo y la niebla de la localidad fue desapareciendo para dejar paso a una suave luz de enero que mostraba tierras ocres, árboles pelados y algunas casitas rodeadas de huertos. Los escasos conocimientos de agricultura de George le permitieron identificar plantaciones de tabaco y algunos árboles frutales, pero la mayor parte de los cultivos eran, sencillamente, cereales. La industrialización se había desarrollado de un modo veloz y eficaz en los núcleos urbanos, pero la pobreza seguía presente en el campo, lo que había propiciado la llegada masiva de jornaleros a la gran urbe de Nueva York.

Rose recordaba su infancia en uno de aquellos pueblecitos, similar a los que ahora divisaban. Iba narrando a los dos jóvenes su infancia bajo una gran hambruna y con enormes deseos de alejarse de aquel ámbito de miseria y subsistencia. No en vano, a pocos kilómetros de allí, se encontraba una de las mayores urbes del mundo, con casi seis millones de habitantes, si se incluían las urbanizaciones adyacentes, generalmente de inmigrantes o emigrantes en situación precaria. Kate comprendió lo que quiso decir el señor Grisham al respecto del progreso y los grandes adelantos técnicos en ese comienzo del siglo XX y se mantuvo en silencio recordando al infortunado profesor.

El tren transcurría, la mayor parte del tiempo, paralelo a la costa en dirección suroeste. Solo tardaron un par de horas en aproximarse a los grandes núcleos de bloques apiñados con las paredes sucias y las calles llenas de barro y, poco a poco, fueron adentrándose en la gran ciudad de Nueva York.

Kate tenía un vago recuerdo de la vez que su padre la llevó cuando era pequeña y, desde luego, la imagen que conservaba era mucho más idílica que lo que contemplaba ahora. A lo lejos se divisaban enormes edificios. Aquello debía ser el centro de la gran ciudad y a lo que se refería todo el mundo cuando hablaban de las maravillas de Nueva York.

George comentó el fenómeno por el cual el ferrocarril, con sus sucias vías y el humo del carbón, había conseguido que los edificios y las calles se alejaran de su recorrido. Lo que ahora se presenciaba por la ventanilla era el lado menos agradable de la ciudad, pero eso cambiaría en el momento de salir de la estación.

La Gran Central Terminal de Nueva York era, en sí misma, un espectáculo grandioso cuyas proporciones les hacían sentirse empequeñecidos. Los ojos del amplio vestíbulo eran dos enormes ventanales de más de quince metros de altura por los que penetraba una suave luz policromada por el efecto del vidrio. Al fondo, dos viejos vagones del tren DeWitt Clinton habían quedado como recuerdo de los primeros ferrocarriles americanos, ya sustituidos por los más modernos de principios de siglo.

Las calles, tal como anunciara George, estaban perfectamente asfaltadas y rebosaban de actividad. Ante ellos pasaba una multitud de personas y coches de caballos de todo tipo y grandes carrozas de transporte público tiradas hasta por seis percherones. Carretas con diversas mercancías, con fardos o barriles, realizaban su habitual carga y descarga. También circulaban algunos vehículos a motor ruidosos, los cuales causaban algún que otro sobresalto a los viandantes y a algunos animales, que se apartaban bruscamente por el sonido del tubo de escape o el claxon.

Percibieron la entrada al subsuelo por una escalera. Llevaba a la primera línea de metro, que se acababa de construir. Recorría la ciudad por un estrecho túnel, y propiciaba que la gente pudiera trasladarse más rápidamente entre los barrios más céntricos. Aquello sí que había supuesto un importante avance que, sin duda, animaría a construir nuevas líneas hasta configurar toda una red subterránea.

Tomaron un coche, denominado «Sociable» por los asientos ubicados para acomodar a cuatro personas, dos a dos, y enfrente unas de otras. Kate y Rose volvieron a sentarse juntas, y George se situó enfrente. Les llevó por la 43 este, y cruzó la avenida Madison para salir a Bryant Park y tomar la Quinta Avenida girando a la izquierda. Y la recorrieron de norte a sur disfrutando de cuanto se ofrecía a sus ojos. Pasaron por el deslumbrante Madison Square Park, en Manhattan. Rose profería exclamaciones de admiración a la vista de los escaparates, sobre todo los de moda femenina. No recordaba ya lo que suponía ver grandes avenidas plagadas de comercios y artículos expuestos detrás de las vidrieras. Olvidaron las preocupaciones y durante un buen rato la gran ciudad les absorbió por completo en una contemplación casi mística. Sus miradas llenas de sorpresa iban de izquierda a derecha, y señalaba con las manos unos a otros las cosas que les llamaban más la atención. Rose incluso gesticulaba ostensiblemente levantándose para indicar con su índice.

Al salir de la plaza Madison pudieron contemplar los primeros edificios de más de veinte pisos de altura que en la ciudad habían dado en llamar «skyline», entre ellos el más impresionante, el Flatiron Building. Sin duda la ciudad de Nueva York no tenía nada que envidiar a las más prósperas de Europa, como Londres o París. Así se acercaron a la plaza de Washington Square y pasaron junto al arco Washington que daba inicio a la Quinta Avenida por su extremo sur. Giraron a la izquierda en dirección suroeste a Broadway y Bowery, y después en dirección sur hasta llegar al puente de Brooklyn, por el que salieron de las calles de Manhattan.

El horizonte mostraba el otro lado del río como un magnífico palacio de torres y perfiles irregulares que se dibujaban recortados en el cielo con caprichosas formas rectangulares y puntiagudas.

Se podría decir que aquel paseo fue el primer momento de tranquilidad para Kate desde que recibiera el aviso de regresar a su casa.

—Es una vista magnífica. ¿Saben? Mi padre se dedicó toda la vida a recorrer las calles de Nueva York con un vehículo y un caballo como estos. Era cochero de alquiler. Yo le acompañaba muchas veces. Él se sentía entretenido y yo disfrutaba de los recorridos. Cuando el coche iba ocupado, me dejaba montar junto a él en el pescante y a veces también coger las riendas, aunque el viejo *Wilt* no necesitaba que se le guiase. Las calles estaban mucho más oscuras y el oficio era peligroso... —pareció entristecerse por un momento—. Con mi padre fui viendo la evolución de los coches de caballos y ahora también aprecio la de los automóviles. Es mi gran afición. La luz eléctrica, por ejemplo, también se está aplicando a los medios de locomoción. El señor Westinghouse inventó el freno de aire comprimido en el ferrocarril, por lo que esos vagones de la estación han quedado totalmente desfasados, pero también dice que muy pronto todos los trenes funcionarán con electricidad. Y quién sabe si los automóviles. El de su primo es sensacional... aunque creo que usted ya ha montado en él...

Tanto Kate como Rose apreciaron cierto tono de envidia que delataba un interés especial por la chica. Ambas estaban sorprendidas por la naturalidad con la que aquel joven tímido expresaba sus vivencias personales y, sin querer, evidenciaba sus emociones sobre Kate. Quiso cambiar rápidamente de tema, antes de que notaran que se había ruborizado de nuevo, al sentir sobre sí la mirada directa de ambas.

—Pero no quiero aburrirles con mis aficiones.

Era la segunda vez en los pocos días que llevaba fuera del internado que sentía lo que podría denominarse atracción por un hombre, al menos, por entablar una conversación cercana con él. En el caso de George era muy distinto que con el expedicionario. El joven despertaba en ella una especie de instinto maternal que le hacía querer comprenderle y aproximarse más. Lo de Hiram había sido distinto; se había sentido subyugada por su madurez, su seguridad, el dominio que apreciaba en él de cuanto había alrededor. Ella y sus amigas del internado habían hablado mucho de hombres, pero nada de esto se podía entender sin la experiencia. ¿Cuántas veces se había preguntado qué sentirían los hombres por ella o si les resultaría atractiva?

Le pidió que continuara.

—No nos aburre en absoluto. Tiene usted razón en que es una vista magnífica. Su padre, sin duda, le enseñó a contemplar la ciudad y no solo a recorrerla, estoy segura —dijo Kate buscando la comodidad del policía, quien sonrió con agradecimiento.

Kate despertaba en él las emociones más profundas. Su padre había supuesto en su vida un modelo de esfuerzo y sacrificio por establecer a su familia en aquella gran urbe. Solo contaba diez años cuando una noche alguien le asestó una puñalada para robarle la recaudación del día. El niño, lloroso, juró que un día sería policía. Ahora, acompañado de aquella joven dama de la alta sociedad, daba gracias a su padre por haberle enseñado a luchar hasta la muerte por su familia y su trabajo.

Al terminar de cruzar el puente de Brooklyn se encontraron en un barrio más modesto, como mostraban sus casas adosadas con escaleritas en la entrada. Allí fue donde se reunieron con Hiram Bingham.

Bingham se sintió muy impresionado por la noticia del fallecimiento del profesor Grisham, a quien también admiraba desde hacía muchos años. Y entendió la premura de la visita del policía. Inmediatamente se interesó por el motivo de que la señorita Chapman le acompañara, lo que constituía para él una agradable sorpresa.

Entre los tres le resumieron lo mejor posible cuanto creyeron de interés, incluido el supuesto mensaje de los tres papeles encontrados en el sobre y la conclusión a la que habían llegado respecto a la frase escrita con la caligrafía del señor Chapman. Habían llegado previamente al acuerdo de que la confidencialidad en nada ayudaba a resolver aquel asunto tan espinoso y que, seleccionando cuidadosamente a los interlocutores, podrían esclarecerlo. Hiram era amigo del padre de Kate, y asiduo colaborador. Si querían obtener información de él, tenían que ser claros. Y no se equivocaron.

—Creo que puedo ayudarles —afirmó seguro como siempre un sonriente Hiram—. Efectivamente, «Poma Ayala» es el nombre de un cronista inca. Felipe Huamán Poma de Ayala.

La declaración del profesor fue recibida con una exclamación de júbilo. Habían sido capaces, solo con su intuición y raciocinio, de captar una idea que al principio se les antojaba disparatada o, cuando menos, poco probable.

—Se trata del autor de un códice descubierto recientemente por un profesor danés amigo de tu padre, quien tuvo la deferencia de enviarle una copia. Él me la enseñó en mi última visita a la Universidad Yale. Data de 1615. Huamán Poma era descendiente de Tupac Yupanqui. Supongo que eso no les dice mucho. Escribió un libro titulado *Nueva Crónica y Buen Gobierno*. Contiene más de mil páginas acompañadas de dibujos muy expresivos, puesto que no dominaba bien el castellano. En su obra describe el Incario que los españoles destruyeron, denuncia con valentía el estado en que se encontraban los indígenas y enjuicia los acontecimientos de su tiempo. Hace tres años, el director de la Biblioteca de Gottinga, Richard Pietschmann, lo descubrió en la Biblioteca de Copenhague, encuadernado en pergamino; el manuscrito n.º 2232 de la Colección Real contenía la crónica del indio peruano. Numerosas divagaciones y las inevitables sospechas de los detractores de España han surgido alrededor del viaje de este manuscrito hasta Dinamarca. Tu padre —comenzó a tutearla— estudió el camino seguido por la *Nueva crónica* y la encontró en España, en una noticia de la biografía del Conde Duque de Olivares. Pietschmann dice que la biblioteca del Conde Duque, en la que había numerosos manuscritos de América, fue comprada, en parte, por Cornelius Pederson Lerche, que fue embajador danés en Madrid entre 1650 y 1653 y residió en dicha ciudad hasta 1662. Este los llevó a Dinamarca.

—¿Quiere decir, en definitiva, que ese libro era importante para ustedes en el proyecto común?

—Ya lo creo. La crónica de un fraile llamado De La Calancha fue fundamental para dar al fin con la ciudad perdida en nuestra última expedición. Tu padre estaba convencido de que los datos que aportaba este otro cronista podrían ayudarnos a entender muchos de los enigmas que encierra la ciudad. Desconocemos cómo está distribuida y por qué. Qué significan los distintos habitáculos, si son templos o viviendas y de qué tipo. En definitiva, el modo de vida de los incas y su organización social.

—Pero nada de esto que usted nos cuenta parece ser motivo para un asesinato, ¿no cree? —intervino George.

—No, que yo sepa. El profesor James dedicó mucho tiempo a estudiar este manuscrito y a interpretar los numerosos grabados. Nada hace pensar en algo peligroso o digno de ser robado.

—Según la agenda del señor Chapman —George extrajo de su bolsillo su libretita de piel y la abrió por la página que llevaba marcada—, usted se entrevistó con él el pasado 3 de diciembre.

—Es posible. Yo también tendría que consultar la mía, pero más o menos fue por esas fechas.

—¿De qué hablaron entonces?

—Fijamos los puntos de interés para la siguiente expedición. Nuestros objetivos iban a ser fundamentalmente arqueológicos, por lo que también pensamos en las personas más adecuadas para el trabajo. Del anterior equipo solo nos acompañarían esta vez Bradis, para ocuparse de la limpieza de la vegetación, y George Eaton para el reconocimiento geológico. En cambio, tendríamos que tomar un amplio grupo de nativos para las excavaciones. Además, deberíamos llevar todo lo necesario para completar el trabajo de campo. No saben el material que hace falta para colocar, recomponer y catalogar los objetos que salen de una excavación. En definitiva, objetivos de tipo técnico.

—¿Notó usted algo raro en el comportamiento del señor Chapman?

—Nada digno de mención. No sé, quizás se mostró mucho más escéptico respecto de conseguir las ayudas de la universidad esta vez. Y fue algo crítico con su hermano, el nuevo rector. No entendía que pusiese tanto interés en los aspectos económicos y que redujese gastos y partidas de facultades de gran tradición y prestigio. Creía que se estaba dejando influenciar por agentes externos y carecía de personalidad para mantener su independencia. Tenía la suficiente confianza conmigo como para hacerme esa confidencia.

—¿Y cree usted que la tenía también como para haberle comunicado cualquier asunto que pudiese resultar peligroso? —preguntó Kate—. Quiero que me entienda, señor Bingham. ¿Por qué cree usted que mi padre dirigió el sobre a su casa directamente, o sea, a mí, pudiendo enviárselo a usted, por ejemplo? Se supone que usted habría de entender mejor las claves por su lenguaje técnico común.

—No encuentro una respuesta lógica a eso, y créeme que siento no poder ser de más ayuda. Para mí resulta tan extraño como pueda serlo para ti. ¿No han pensado que pudo tratarse de un simple robo? —Observó las miradas escépticas de sus tres visitantes y se arrepintió inmediatamente de lo que acababa de decir—. Quizás el asunto por el que ha muerto no sea de mi competencia o tu padre no pensó que yo fuese la persona idónea para entender lo que pretendía.

—Pero ¿cree descabellado que en el tiempo que transcurrió entre el 3 de diciembre y el 14 de enero mi padre pudo encontrar algo muy importante y se dedicase a ello con todo su interés? Tiene que haber una explicación para el comportamiento de los últimos días y el envío de ese sobre.

—De lo que no cabe ninguna duda es de que concurren circunstancias que descartan un simple crimen por robo —añadió George—. Buscamos algo que no acertamos a concretar y que atrajo al o a los que cometieron el asesinato.

A Bingham se le notaba muy desconcertado con la teoría. Parecía ir un paso por detrás de los tres visitantes. No había asimilado todavía el fin último de la investigación.

—¿Algo que provocó el interés de alguien y decidieron conocerlo y no robarlo, ya que desestima usted el simple robo? ¿Y qué podía ser? El códice de este inca no sé si merece un interés más allá del estudio humanístico. Richard nunca escondió sus conocimientos, antes bien, los publicaba en cuanto había desarrollado su estudio. Lo siento, no encuentro una explicación.

En ese punto, Kate decidió pasar al otro asunto importante que quería comentar con Bingham.

—Yo sí creo que le podría ayudar a usted. Traté el asunto de esta expedición con mi primo y prometió hablarlo con mi tío. Según él, no tendría que haber mayor inconveniente para que se llevase a efecto.

El rostro de Hiram cambió por completo, mostrando una enorme satisfacción por la noticia.

—No sabe cuánto se lo agradezco. Supone mucho para mí.

—¿Cuándo cree usted que puede tardar en tener todo listo para el viaje?

—No sé, dos o tres semanas. Lo que me cueste confirmar los permisos con la embajada y hacer los preparativos para el viaje —dijo Hiram entusiasmado por ver una salida a su proyecto.

—¿Tendría mucho inconveniente en admitir en su equipo a una mujer?

La pregunta cayó como un rayo acompañado de un fuerte estruendo sobre los presentes. Rose, abriendo ostensiblemente los ojos y moviendo con frenesí los brazos, intervino rápidamente, asustada por la pregunta.

—¿Estás loca? ¿Cómo se te puede pasar por la cabeza semejante estupidez? ¡Solo Dios sabe los peligros a los que han de enfrentarse estos hombres por esos mundos, rodeados de nativos y en medio de selvas y animales salvajes...! ¡Es algo que no voy a permitir de ninguna manera!

A Bingham le resultó graciosa la descripción que la señora Rose hacía de su trabajo, aunque estaba de acuerdo con ella en que la idea de Kate era una locura.

—La señora Rose tiene razón. No se trata de un juego. En una expedición de estas características se corren grandes peligros y se necesita una preparación y una experiencia con las que tú no cuentas.

—Es cierto, pero no soy una niña. Soy joven y fuerte y sabré adaptarme. Puedo caminar el tiempo que se me pida y no me quejaré de los alimentos ni de las condiciones para dormir —y dicho esto cambió el tono por el de súplica—. Es muy importante para mí, señor Bingham. Nada me ata ahora mismo a New Haven, por el contrario, deseo alejarme lo más posible de esa universidad. Y, sobre todo, he de encontrar respuestas a la muerte de mi padre. Entiéndame. Entiéndeme tú también, Rose. No puedo dormir pensando en él, y lo haré mucho menos después de todo lo que ha pasado hoy. Siento como si de repente me hubiese despertado de un sueño y me encontrase con otra realidad, y para poder avanzar, necesito encontrar caminos y respuestas.

—Lo que te pasa es que estás confundida por todo lo que ha pasado, con un grado enorme de excitación, y no sabes lo que dices.

Las palabras de Kate produjeron en Bingham un efecto de comprensión y en George de admiración. Bingham la comprendía porque su vocación se remontaba a la época universitaria y era tan joven como Kate cuando se propuso comenzar a viajar y llevó a cabo sus primeras experiencias como alpinista. Aquella decisión no fue en absoluto del agrado de sus padres, de familia acomodada, que para nada entendían aquella dedicación. La educación universitaria se ejercía en las aulas y no pasando penurias por los cinco continentes. Algo así fue lo que afirmó su padre. Él también hubo de imponer su vocación a su familia y amigos. También a él le recordaron los riesgos que contraía y nunca hizo caso. El inconveniente de ser mujer era serio, pero él no se consideraba un hombre retrógrado y la mujer estaba consiguiendo en el siglo XX tantos logros que aquello solo era cuestión de tiempo. Además, recordó, y así se lo hizo saber a la señora Rose, que entre colegas ya habían tratado ese tema, y la mujer de un conocido expedicionario inglés llamado Alfred Maudslay le había acompañado en 1908 a Nicaragua, donde encontraron la mayor «estela» del mundo maya. Mientras él trabajaba, su esposa cocinaba y escribía detalladamente el diario. Solo quería entender la razón última.

—¿Estás huyendo de algo o piensas encontrar algo?

—No lo sé. Es una intuición —dijo profundamente concentrada en sus palabras—. Creo que debo ir, siento también la necesidad de encontrarme a mí misma.

George quiso tomar parte también en la conversación desde su punto de vista policial.

—No obstante, queda todavía por resolver el tema de la mina, ese tercer recorte de periódico.

Pero inmediatamente se puso colorado al pensar que sus palabras podrían interpretarse como un intento de que Kate no se marchase. ¿Se le notaría demasiado lo mucho que lo atraía?

—Ya lo he pensado, pero tenemos tiempo de tratar de entenderlo, si usted desea seguir con ello, lógicamente, y también de leer ese manuscrito. ¿Sabe dónde está, señor Bingham?

A estas alturas de la conversación la estima de Bingham por Kate había aumentado considerablemente.

—Pues, si no me equivoco, estará en el despacho de tu padre en la universidad o en la biblioteca. Y te dejaré, además, ya que muestras tanto interés, el diario de mi última expedición donde encontrarás todos los detalles del viaje y el modo casual y maravilloso como conseguimos encontrar la ciudad perdida. Tal vez te ayude a decidir si sigues dispuesta a venir.

—¡No irá de ninguna manera! ¡Soy responsable de esta niña y ella tiene obligación de obedecerme, y digo que no irá!

—No grites, Rose, por favor, o estos señores pensarán que no tienes otros argumentos que la imposición. Y tú no eres así. ¿Verdad?

Rose se sentía fuera de lugar. No terminaba de encontrar el modo de tratar a aquella joven, que cada vez la desorientaba más y le resultaba más sorprendente. Pero, en el fondo, su carácter le agradaba. Era su modo decidido de afrontar las cosas, resuelto y convincente. No había duda, había salido a su padre. ¿Estaría completamente decidida a realizar aquel viaje? Su resolución indicaba que no era algo improvisado; sin embargo, ella no podía ni imaginar algo tan descabellado. Jamás podría emprender un viaje de esas características, y aquello la ponía muy nerviosa, porque significaba separarse de la joven cuando más la necesitaba. Debía convencerla para que renunciase a aquella locura.

El señor Bingham se ofreció para acompañar a Kate y Rose a visitar algunas calles de Nueva York y a buscar un hotel donde pasar la noche. En tanto, George decidió acercarse a la central para presentar los informes de los últimos días y recoger a su vez el del forense.

Al subir las escaleras hacia el despacho del capitán se encontró con el veterano sargento Williamson, que tanto le había ayudado en la academia cuando realizaban prácticas. Williamson era un irlandés con amplio bigote pelirrojo que se unía con sus pobladas patillas, lo que le concedía aspecto de hombre duro. A ello contribuía también su enorme constitución física y sus ademanes de hombre curtido en mil batallas. Respetado en el departamento, nadie se explicaba por qué no había ascendido en la cadena de mando, a pesar de acumular los méritos necesarios por edad, cumplimiento del deber y desempeño durante años de sus funciones con absoluta corrección. Siempre lo ponían de ejemplo ante los jóvenes reclutas. Ciertos rumores que circulaban, salidos de no se sabía dónde, insinuaban que hacía años pudo haber estado involucrado en un feo asunto, por el que se habría enfrentado con el poder establecido, y aquello pudo marcar su carrera.

—¿Qué hay, chico? Me he enterado de que ya te han asignado un asunto importante.

—Hola, señor Williamson. Sí, es cierto —contestó George con orgullo—. No sé si es importante, pero al menos sí muy complicado, y esta mañana se ha complicado mucho más con una segunda muerte muy próxima al primer asesinato.

Williamson se pasó el pulgar y el índice por su amplio bigote a contrapelo y, sacando los labios en ademán de fastidio, detuvo el paso. Quedó como petrificado en la escalera. Bajó los mismos dedos por su garganta como queriendo digerir las palabras que a continuación iba a pronunciar y que quizás no debiera culminar. Sin volverse hacia George, que estaba apunto de continuar su marcha en el afán de entregar su primer informe, le espetó:

—Quisiera decir que me alegro, pero en cambio voy a advertirte; ten cuidado, chico —y en un tono más confidencial—. Ese asunto es lo que los policías llamamos «granizo».

La observación pilló desprevenido al joven sargento. Estaba tan entusiasmado con su caso, tan orgulloso, que en ningún momento se había parado a pensar el motivo por el que se le había encargado. Había dado por supuesto que había un orden establecido en la asignación, y este, sencillamente, le tocaba a él.

—¿Y por qué?

—Porque viene de muy alto, todo el mundo espera que se derrita enseguida y puede hacerle mucho daño al que le caiga encima. ¿Me entiendes?

—No estoy seguro —dijo titubeando George, mientras palidecía.

—Pues te lo explicaré claramente y, si afirmas que lo he dicho, lo negaré. Lo que espera el capitán cuando entres en su despacho es que entregues un informe impreciso donde se diga que no has encontrado nada y que pasas el asunto a la central. Punto. Tú te desentiendes, mandarán a otro que explicará a los familiares que se sigue trabajando y quedará archivado. Hazme caso, chico —dijo mientras se marchaba—. Tienes un gran futuro como policía, pero a veces a los novatos les pasan estas cosas.

George tuvo que sentarse en un banco. Le daba vueltas la cabeza y el corazón se le había disparado. «No, no es posible. Pero, sí. ¿Por qué habían de confiarme a mí un caso importante? ¡Cómo no se me había ocurrido antes! Un don nadie como yo en un caso importante. Y por qué. ¿Mi trabajo en la academia? ¿Mis dotes? Quizás en el informe constaban mis aptitudes. Eso pensé. ¡Idiota! Cualquiera del departamento con un mínimo de experiencia me da cien vueltas. Me correspondía, los demás estarán ocupados, me dije. Ni por un momento pensé que podía ser una encerrona... Tal vez Williamson se equivoca. Es un hombre oscuro... ¿Qué relación puede tener él con la concesión del trabajo? ¿Y si no se equivoca? ¿Significa eso que el departamento está corrompido? ¿Por qué? ¿Y por qué tiene tanto interés para ellos este asunto? ¿Qué tiene que ver el estudio histórico de los incas o cualquier otra civilización perdida con un asesinato y con las presiones en Nueva York? Esto es de locos. ¿Y qué pinto yo en esta locura? ¡Ah, claro! Soy la persona ideal, porque acabo de llegar y no entiendo nada».

El capitán pasó junto a él y le sacó de aquel monólogo interior. Llevaba el uniforme azul perfectamente planchado y la gorra en su mano izquierda. Con paso firme y decidido, apenas miró hacia el banco donde se encontraba sentado George.

—Veo que está usted de vuelta, Barcroft. ¿Qué tal en New Haven? Pase y enséñeme su informe.

El capitán lo leyó por encima.

—Es usted muy meticuloso en sus notas y estoy convencido de que ha hecho un buen trabajo. Solo echo en falta las conclusiones a las que ha llegado.

—Es que... aun no lo considero acabado. —George no quiso citar el tema del sobre, pero había prometido a Kate que iba a continuar con la investigación. Ahora temía que se le apartase—. Verá, hay todavía algunos indicios que quisiera verificar.

—Mire, Barcroft, yo lo veo así. Un ladrón entra en la Universidad Yale para robar alguno de esos objetos valiosos que guardan en el museo, ya sabe, esos objetos de oro, figuras antiguas, piedras valiosas, qué sé yo... todo eso que suelen tener y que a veces también tienen en otras habitaciones; encuentra la puerta del despacho de este profesor abierta y entra sin sospechar que a esas horas pudiera encontrarse allí. Pero el profesor regresa, el ladrón se pone nervioso y le ataca con el único fin de escapar rápidamente. Si se hubiese llevado algo, que no es el caso, en principio, puesto que nada se ha denunciado, pronto aparecería el objeto en cuestión y seguiríamos la pista a través del comprador.

Como no falta nada, se supone que al golpear al profesor y ver la gravedad de lo que había hecho, salió huyendo. No hay huellas, no hay robo, no hay testigos. No hay nada. Fin.

—No obstante, no se forzó ninguna puerta ni ventana...

—¿Y no se le ha ocurrido que el ladrón pudo entrar tranquilamente por la tarde, cuando todo está abierto y los alumnos en las clases, y esperar escondido hasta que se sintió solo y seguro?

—Aún así, también pudo ser que el motivo de que no robara nada fuera que no lo encontró. Quizás vuelva.

—En ese caso, habrá otra denuncia y aplicaremos el sistema de localizar el objeto robado.

—Sí, pero ha fallecido hoy mismo otro profesor de la misma universidad.

—Tengo conocimiento de ello, pero no parece que tenga nada que ver. Quizá la muerte de su compañero le afectó demasiado y ese día bebió aún más de lo que lo hacía habitualmente... según tengo entendido.

A George le sorprendió la detallada información que poseía. Era evidente que alguien más le había estado informando de todo el asunto.

—De todas formas, si usted me permite, quisiera verificar eso con el informe del forense, si no le importa.

Comenzaba a molestarle la insistencia del joven sargento, pero lo atribuyó al celo profesional de su primer caso y a la resistencia a cerrarlo sin haber encontrado al culpable.

—Está bien. Descanse hoy en su casa con su madre. Vuelva mañana a New Haven y concluya su informe cuanto antes. Esto no da más de sí y aquí hay mucho trabajo.

—Sí, señor. Gracias.

«Williamson tenía razón. Hasta me ha dictado lo que debe poner en el informe. ¿Para esto se hace uno policía?

»¿Para qué sirven tantos estudios y tanta preparación si uno no puede aplicar nada de lo que sabe? Y no puedo utilizar todo lo que sé. ¿Qué debía haberle dicho, que hay un mensaje del difunto que habla de un libro antiguo? No tienes ni idea, George... y tampoco te dan tiempo para investigar... Prometí a mi madre que sería un buen policía... Mi padre murió antes de verme aquí. Toda la vida con su carroza y su caballo. Fue un buen hombre que trabajó para verme salir de ese barrio...

»¡Kate! Ella también tiene razón. Aquí hay más de lo que parece. ¿Y si corre también peligro? ¿Y qué puedo decirle para avisarle? ¿Que existe un complot de no sé quién para no se qué por un motivo que desconozco? Pero es cierto que corre peligro. Quizás esa expedición sea un modo de alejarla sin asustarla más de lo que está. Ya ha habido dos muertes. ¿Y si al señor Grisham lo mataron porque creían que él podía saber algo de lo que andaban buscando? ¿Y si el señor Grisham simplemente se suicidó o se cayó?

»¡Piensa, George, piensa! No debes dejarte llevar por la tensión. Te lo advirtieron, te dijeron que ibas a vivir momentos de gran presión y que tendrías que tener la cabeza fría para pensar. Sí, pero por motivos externos, delincuentes y gente peligrosa, pero nunca se comentó nada de las presiones internas. Bueno, que te manden, que te griten, se puede tolerar, pero que incumplas tu trabajo intencionadamente, no. Eso no lo has de tolerar. Así que ahora mismo vas a empezar a trabajar. ¿Por dónde? —Seguía caminando sin ver lo que ocurría a su alrededor, mecánicamente—. Estoy seguro de que Kate acierta, la clave son los tres papeles del sobre. Hay que encontrar ese manuscrito. Si todavía está en la universidad, podría ser lo que andan buscando. Hay que conseguir conectar ese manuscrito con la mina de carbón. Uno nos ha llevado a otro, y este nos ha de llevar a entender el tercero. Dios quiera que así sea, porque no tengo mucho tiempo. Y, sobre todo, debo intentar dejar fuera de esto a Kate, aunque no sé cómo. Es demasiado lista... ¿Te estás enamorando?... No debes, ¡no puedes...! Solo te falta añadir eso ahora... Lo cual no quita para reconocer que es la mujer más hermosa que has conocido... Hazte un favor, olvídala ahora... Piensa... ¡Piensa!...».

8

La investigación toma cuerpo

De regreso en New Haven. 20 de enero de 1912.

EL FUNERAL DEL señor Grisham volvió a reunir esa tarde a la mayoría de las personas que se habían congregado cinco días antes. Kate no había vuelto a encontrarse con su tío y su primo, y estos se mostraron interesados en saber dónde había estado. Ella se disculpó con evasivas tratando de convencerles de que su viaje a Nueva York obedecía a motivos personales, para arreglar documentos de su padre y relajarse de tantas emociones. Al finalizar el funeral su tío se ofreció para acompañarlas en su cabriolé a casa. La conversación giró en torno a la desgracia y a los hábitos del pobre señor Grisham, que desde que dejó el rectorado fue deprimiéndose y, en su soledad, fue adquiriendo malas costumbres que le condujeron al desastre. El silencio de Kate era interpretado como efecto del dolor, y ella lo aprovechó para permanecer así.

Solo al acercarse a casa quiso ratificar que la expedición del señor Bingham seguía en pie. Su tío no pareció extrañarse por eso y prometió gestionarlo de modo inmediato en la siguiente reunión del Consejo de Dirección. Es más, se ofreció para mediar con la embajada si Bingham encontraba algún tipo de inconveniente. Por último, y ya desde el portal de su casa, como si careciese de importancia, le pidió permiso para visitar de nuevo el despacho de su padre en la facultad antes de que se retirase todo. Le gustaría ayudar a distinguir sus efectos personales del material de la universidad. Tampoco le puso inconveniente.

A la mañana siguiente, cuando Kate llegó a la universidad eran todavía las nueve y cuarto y el bedel que le acompañó al despacho le comentó que un policía había vuelto a primera hora y había puesto todo patas arriba, y que incluso había pedido revisar el archivo de la biblioteca. Ciertamente la policía se estaba tomando un gran interés, dijo con orgullo, viendo en ello la influencia social que tenía la institución como tal y el rector en particular. Kate se extrañó de que George se hubiese adelantado sin decirle nada. Parecía claro que le iba a mantener informada o incluso pensó que le pediría que le acompañase, pero ella misma había tomado también la iniciativa de buscar sola ante la inesperada desaparición del policía. El sargento Barcroft tendría sus motivos, y sin duda volvería a casa para informarle. En todo caso, parecía que no había sido capaz de encontrar lo que buscaba, de lo contrario el bedel hubiese citado también que había salido con algún documento.

Kate se quedó sola en el despacho. Revisó algunos de los libros de las estanterías, convencida de que allí no encontraría nada, puesto que George ya lo había intentado. Volvió a mirar en los cajones de la mesa y hasta se le ocurrió buscar un doble fondo o algo parecido. Levantó los cuadros, las figurillas y los adornos. Nada. Sin embargo, aquel manuscrito existía y su padre lo había recibido.

Pidió una caja de cartón y en ella fue metiendo el contenido de los cajones y los documentos que había sobre la mesa. Añadió algunos adornos personales y la cerró. Desilusionada, tomó la fotografía, que en definitiva era lo único que tenía para ella algún interés, y pidió que el resto se lo enviaran a casa.

Decidió regresar andando por el mismo paseo que había recorrido charlando con el señor Grisham. Volvió a detenerse en el mismo puente. Observando el agua, pensó en el profesor ahogado. ¿Se cayó, lo empujaron? Quizás fue un suicidio. Y si lo fue, ¿cuándo había tomado la decisión de arrojarse al agua? No quiso ni pensar que pudo ser esa misma tarde, en ese mismo puente. ¿Por qué de repente se veía involucrada en cuanto sucedía a su alrededor? El devenir del agua le recordaba de nuevo el lento, incesante fluir de la vida. No hay posibilidad de retorno e, inexorablemente, se desemboca en el mar, que es el morir. Kate no había elegido ser protagonista de nada, pero allí estaba y tenía que afrontarlo. Siguió caminando de vuelta a casa.

No se había equivocado, porque allí le esperaba George Barcroft. Serio y tan tímido como de costumbre, le habló de la búsqueda infructuosa del manuscrito en la universidad y de que, además, también había registrado la casa del señor Grisham. ¿Y si al fin alguien había dado con el códice en la casa del anterior rector?

—Es algo improbable —aseguró Kate—. Parece que mi padre tomó muchas precauciones para ocultarlo.

—Tantas que no hay quien lo encuentre —intervino Rose—. Yo conozco todos los secretos de esta casa y puedo asegurar que aquí no está.

Kate sacó el pequeño portarretratos del bolsillo de su gabán. Al ver la fotografía enmarcada, Rose la observó cuidadosamente.

—Ni siquiera recordaba que existía —comentó Kate con ojillos vidriosos de añoranza.

—Tiene una pequeña dedicatoria en la esquina izquierda, como podéis ver, que yo debí escribir —añadió Kate—. Según esa fecha, tendría cinco añitos.

—Es muy graciosa —comentó Rose, tras mirar detenidamente la fotografía de Kate—. Yo te recuerdo de niña y eras encantadora. Creo que hasta podría decirte cuándo se hizo esa fotografía. Fue un domingo en que salimos a pasear y se acercó un fotógrafo ambulante, con una de aquellas cámaras enormes que soltaban un fogonazo. —Reía alegremente al contarlo—. Lo mejor era que decía que estuviésemos atentos para ver salir el pajarito y luego lo que salía era una humareda espantosa. —La risa resultó atronadora y, al darse cuenta de que ambos la miraban, carraspeó ligeramente y recuperó la compostura—. Realmente a tu padre se le caía la baba contigo. —Seguía mirando la fotografía, observando cada detalle.

—Mi padre también escribió algo en la parte posterior. «Kate hablando. Era enero», leyó despacio Kate.

—Déjame ver —solicitó Rose acercando sus ojos al retrato en tanto su cara perfilaba una mueca de extrañeza.

—«Kate... hablando... era enero...» —repitió Rose dejando que las palabras fluyesen como con vida propia.

George contemplaba la escena pasando la mirada de una mujer a otra sin dejar que se le escapase ni un solo gesto de ninguna de las dos.

—No tiene nada de particular. Yo escribía a esa edad —dijo Kate, pensando que la expresión de su cara derivaba de la escritura y no de su contenido.

—Sí, pero lo verdaderamente raro es lo de enero —afirmó Rose—. Llevas un vestidito sin mangas y, efectivamente, yo juraría que era uno de esos días preciosos de primavera.

—Déjame ver. ¿Estás segura, Rose? Es realmente curioso —concluyó tras unos segundos.

Los ojos de George se achicaron pensativamente ante la confirmación de ambas mujeres de que había algo peculiar en aquella frase. Rose se mostraba segura sobre la estación del año en que se había hecho la foto, y ni el vestidito ni la luminosidad que emanaba de la imagen encajaban con el mes de enero. Pidió la fotografía y la miró por delante y por detrás. Confirmó la versión de Rose y la frase escrita. Dejó el marco sobre la mesa y, tras sacar su libretita, anotó aquella y se puso a pensar.

—¿Se le ocurre algo, George? —preguntó Kate expectante.

—Pues que... es significativo que la frase, añadida como puede verse, indique un dato erróneo. Subrayar que se habla a los cinco años no tiene sentido. Es obvio. Y la fecha de enero es más para llamar la atención que un indicativo temporal. Es evidente que no se trata de datos redundantes sino complementarios.

Rose quedó boquiabierta por la expresión de George. Aquel chico tenía algo. Y lo más importante... tenía razón en cuanto decía.

—¿Y qué se le ocurre a usted? —continuó Kate.

—Que debemos seguir la misma lógica por la que hemos

deducido datos anteriormente. —Y tomando la libreta comenzó a subrayar una letra de cada palabra.

«K**a**te ha**b**lando. E**r**a en**e**ro».

—«¡Abre!» —dijo rápidamente George—. «¡A-B-R-E!». —Y esta vez los tres levantaron sus cabezas del papel asombrados por la palabra resultante.

—¿Qué? —exclamó la asistenta.

—Que según el mismo sistema del caballito de ajedrez, las palabras «Kate hablando. Era enero» se traducen en «ABRE».

—¿Abre? ¿Abre el qué? —Rose comenzaba a ponerse entre nerviosa y excitada—. ¿Qué se supone que hay que abrir?

—Pues no sé. A ver, déjame —añadió Kate intentando aceptar con una segunda observación aquella palabra resultante.

—¡Ya estamos otra vez! —exclamó alterada Rose—. ¿Qué se puede abrir?

—No sé, Rose —dijo Kate, tratando de calmar a la asistenta y de paso a sí misma—. Pero es evidente que dice «abre».

—El sobre... el despacho... un cajón... —iba recitando Rose como si fuesen las letanías del rosario.

—¡Rose, por favor!

—Perdona, hija. ¡Yo solo trato de ayudar!

—Pues solo consigues ponernos más nerviosos, y te aseguro que eso es lo último que necesitamos.

—Por otro lado —añadió George—, no puede referirse al sobre, porque es obvio que ha de abrirse; los cajones, también han de registrarse meticulosamente en una investigación. Solo queda que se refiera al mismo lugar donde aparece el mensaje.

Tras unos segundos en que todos asimilaron lo dicho por George, Kate le quitó la fotografía a Rose de entre las manos, a las que habían vuelto más por nervios que por capacidad de encontrar nada nuevo, y palpó cuidadosamente por detrás del papel escrito que se había añadido al enmarcado. Rápidamente, lo rompió y, ante la sorpresa común, cayó al suelo una pequeña llave de dientes. Aquello podía ser lo que andaban buscando.

—¡Ay, hija en qué lío estamos metidas! Todo son claves y misterios…

—Por favor, Rose, solo es una llave —le respondió mientras la recogía del suelo.

—¿Y te parece poco? Primero un nombre raro de no sé quién y ahora una llave… ¡Ay, que tu padre estaba metido en algo muy gordo!

—Eso no lo sabemos. Solo sabemos que quería que encontrásemos esta llave. Ahora hemos de pensar qué es lo que abre.

Rose la miró con detenimiento, allí expuesta entre los dedos alzados de Kate.

—Bueno, eso precisamente no es difícil —repuso inmediatamente—. Yo he visto muchas veces a tu padre coger esa llave o una muy parecida cuando iba al banco.

—¿Al banco? —intervino George, cuya mente trataba de atar cabos rápidamente.

—No sé. A mí me parece que era una llave como esa.

—¿Estás segura? —insistió Kate, que no dudaba de Rose pero trataba de confirmar que fuese una percepción reiterada y no casual.

—Yo creo que sí. Lo vi muchas veces. La guardaba en el cajón superior de su despacho. A mí no me decía que la cogía, pero yo le veía guardarla en el bolsillito de su chaqué y alguna vez me explicó: «Rose, voy al banco. Enseguida vuelvo». Tu padre no me escondía las cosas…

—Sí, ya lo sé Rose. Tú estabas al tanto de todo y no se te escapaba ningún detalle de lo que ocurría en esta casa —interrumpió Kate, urgiendo a buscar una respuesta y no tanta explicación repetida… aunque se arrepintió enseguida, porque no quería herir a su asistenta. Le sonrió de modo sincero como si quisiera acariciarla—. ¿Y para qué sirve esa llave en un banco? —continuó, centrándose en el tema.

Los tres quedaron pensativos unos instantes

—Abrirá una caja de seguridad reservada —exclamó George rompiendo su silencio.

—¡Claro! —continuó Kate con cierto entusiasmo—. ¿De qué banco exactamente?

—En New Haven solo hay dos —respondió Rose, que parecía sorprenderse a sí misma al conocer las respuestas—. Por lo que yo sé, tu padre solía ir al Banco de Italia. No ha de costar mucho averiguarlo.

Con gran entusiasmo, Kate y Rose se dirigieron al banco, donde, tras comprobar la validez de la llave y demostrar la defunción del propietario y la descendencia legal de Kate, esta pudo tener acceso a la caja de seguridad que su padre tenía reservada. Rose debió esperar, muy a su pesar, en el suntuoso vestíbulo.

La curiosidad de Kate se hizo manifiesta cuando le acercaron la caja metálica. Había centrado la atención tanto en aquel manuscrito que había olvidado otros aspectos tal vez también muy importantes. ¿Aquella caja guardaría solamente lo que esperaban o habría algo más? ¿Joyas, recuerdos de su madre, acaso? ¿Documentos legales o financieros? Cerró los ojos, respiró con fuerza y se decidió a abrirla.

En efecto, la caja contenía una serie de documentos legales que atribuían valor monetario a su propietario. Aquello era, sin duda, la dote que su padre le dejaba garantizada. No había joyas ni otros objetos. Un paquete envuelto en papel marrón y anudado con cuerda completaba todo el contenido. Kate lo abrió cuidadosamente y comprobó que se trataba de una traducción al inglés de *Nueva Crónica y Buen Gobierno* de Felipe Huamán Poma de Ayala. No quiso entretenerse en nada más. Volvió a anudar el paquete y, tal y como estaba envuelto, lo preparó para llevárselo. Realizados los trámites en el banco, se encontró con Rose en el vestíbulo. No hizo falta decir nada, porque la sonrisa de Kate y el paquete que llevaba en las manos fueron suficientes para que ambas cruzasen una mirada de complicidad y júbilo.

George esperaba ansioso en la esquina próxima al banco, y se sumó a la alegría de las dos mujeres cuando llegaron con el documento encontrado. Tomaron un cabriolé de vuelta a casa. No habían resuelto nada, pero tenían la sensación de ser útiles y, sobre todo, de ser capaces de descubrir una información que se les había reservado, confiando en su inteligencia y perspicacia. Suponían, con cierta esperanza, que irían dando pasos hasta obtener respuestas definitivas. Algunas podrían encontrarse en aquel documento.

—Estoy convencida —dijo Kate, después de haber ojeado por encima los legajos— de que mi padre está siguiendo una lógica. Hasta ahora todo parecía muy complicado, y nos hemos ido tropezando con las claves casi de modo imperceptible, con un poco de sentido común. No debemos desesperar. Aquí hay algo, y probablemente está preparado para que lo encontremos.

—Sí, pero hemos de avanzar. —George lo dijo casi sin querer, apremiado por el plazo que se le había establecido, que le agobiaba más que nada en esos momentos. Al ver la mirada de Kate, se arrepintió. No había sido cauto, y la chica podía percibir que algo extraño pasaba por su cabeza—. Quiero decir que hemos encontrado la explicación al segundo de los papeles del sobre y queda por establecer la conexión con el de la mina. Mientras ustedes leen detenidamente este documento, yo trataré de avanzar en ese otro aspecto.

Pensó que había salvado la situación, al menos momentáneamente, pero, cuando estaba recogiendo su sombrerito de hongo y se disponía a salir, Kate le interceptó.

—Quiero que sepa que le estamos muy agradecidas por todo lo que está haciendo. Es usted una gran persona y un buen policía. No quiero entrometerme en su trabajo, pero le he visto especialmente serio esta mañana, y ahora se marcha muy decidido, lo que indica que tiene una noción clara de a dónde va y por qué.

Lo dejó en el aire. No le había preguntado dónde iba, pero era evidente que esperaba una respuesta.

—Permítame que tenga reservas estrictamente profesionales en cuanto a mis decisiones... Sé que lo entenderá, porque he respetado en todo momento el acuerdo de privacidad con su información.

Kate encontró en aquella frase un indisimulado esfuerzo por situarse en un plano distante, lo que rompía aquella familiaridad otorgada en el viaje a Nueva York. Algo había ocurrido para que George, de repente, decidiese comportarse como un policía que hace su trabajo y no deseara tener el más mínimo contacto con las personas vinculadas al caso.

—¿Me está pidiendo que le deje hacer su trabajo? —Kate lanzó la pregunta de modo decidido, incisivo, como quien hace un corte directo a un órgano vital. El afilado bisturí eran aquellos ojos azules que George sentía penetrar hasta lo más profundo de su ser y le obligaban a bajar la cabeza.

—Kate, por favor, no seas descarada —intervino Rose, que había percibido el grado de turbación del joven policía.

No obstante, ella decidió terminar lo que había empezado. Estaba descubriendo el poder verbal, gestual, de una mujer. En el internado, entre féminas, la ironía, la sutileza o perversidad de las palabras eran recogidas y respondidas en la misma medida, pero con los hombres era distinto. Podía sentirlo, saborearlo y, a pesar de no tener mala intención ni desear herir a George, quería obtener resultados gracias a aquella arma poderosa. Era seducción, y lo sabía, pero al servicio de cualquier objetivo que se plantease; en aquel caso, obtener información.

—¿O que no es asunto para una señorita porque lo que puede encontrar a partir de sus pesquisas puede resultar peligroso?

George enrojeció rápidamente y, sin responder, se dirigió a la puerta, pero hubo de detenerse para no resultar grosero al oír que Kate seguía hablándole. No se volvió, pues sabía que ella le miraba fijamente y que le derrotaría definitivamente con aquellos ojos si lo hacía.

—Porque, si es lo segundo, ya es un poco tarde, ¿no? Nos han visto juntos en la universidad y en Nueva York, y le aseguro que no pienso apartarme ahora que sé que mi padre quiso que me implicara. Ahora que lo pienso... —dijo con el entrecejo fruncido como quien acaba de encontrar la respuesta definitiva—. Ese es el motivo por el que no le vimos a usted en el tren de regreso. No quería que nos viesen juntos. Pues voy a decirle una cosa, voy a seguir con o sin su información. Sé que no tiene por qué decirme nada, pero ¡nosotras nos confiamos a usted cuando nos lo pidió!

—Miren, no sé nada todavía —se disculpó mientras se daba la vuelta despacio y con la mirada hacia el suelo—. Solo digo que he de seguir haciendo mi trabajo y he de hacerlo con la mayor celeridad.

—¿Por qué?

—¡Porque si no encuentro algo pronto, el caso pasará probablemente a otro departamento, que lo procesará de modo más burocrático y...!

—Pero ¿de qué me está hablando, George? —Rose miraba, sobrecogida por la dureza de Kate, y con las manos en la boca trataba de paliar el duro golpe moral que esta asestaba al joven policía—. ¿Acaso no tiene usted carta blanca para hacer cuanto desee? Mi tío habló con sus jefes para que la policía no reparase en medios.

—Sí, y así es, pero a lo mejor... —balbuceaba—. Quizás decidan que yo no soy el más indicado... Señorita Chapman, por favor, le pido que confíe en mí.

Y salió, avergonzado por no haber sabido manejar la situación. Kate le ponía nervioso, porque, más que mirarlo, lo atravesaba de parte a parte, y era incapaz de ocultarle sus pensamientos y concebir mentiras prudentes.

A grandes pasos se dirigió al ayuntamiento. Solicitó el listado de empresas de la ciudad de New Haven. En él aparecían muchos pequeños negocios y comercios. Las grandes empresas, por el contrario, se reducían a una fábrica de armas, la gran fábrica textil y los astilleros donde se embarcaba el carbón procedente de una mina próxima y maderas fundamentalmente. Preguntó al hujier por el emplazamiento de la mina de carbón y este le proporcionó el documento de propiedad con el registro y el número de empleados. Estaba situada a veinte kilómetros al noroeste de la ciudad. Comprobó también que había cambiado de propietario hacía tan solo un año. Ahora pertenecía a la International Mining Company, y el alcalde, el señor Crawford, firmaba como representante legal. Aquello le dejó un tanto intrigado, y decidió revisar también la propiedad de las otras grandes empresas. Crawford figuraba como copropietario de la fábrica textil y también de la adjudicación de los astilleros. Se podía decir que era un magnate en aquella ciudad. Recordó su abrigo de piel y sus aires de rico en el funeral y en el despacho del rector.

Concentrado en su trabajo, no vio que el mismo señor Crawford en persona se le acercaba por detrás.

—Buenos días, señor...

—Barcroft. George Barcroft.

—Mi secretario me ha comunicado su visita y quiero ponerme a su entera disposición para cuanto necesite en este ayuntamiento.

George sintió el peligro, algo así como un cosquilleo por la espalda que le advertía que tendría que improvisar y excusar la visita como algo rutinario, carente de importancia.

—En realidad es puro formalismo y ya había terminado. Su secretario ha sido muy amable.

—¿Y ya ha encontrado lo que buscaba?

—Bueno... sí... Trataba de familiarizarme con la ubicación de los principales lugares de la ciudad. Ya sabe, comercios, tiendas, fábricas... Solo por descartar que lo que hay en la universidad carece de importancia para las personas de New Haven, al menos como para querer robarlo.

—Entiendo. Así que todavía no hay avances significativos en la muerte del señor Chapman.

—Siento decirle que no.

En aquellos momentos pasó por su mente una idea un tanto arriesgada que requería astucia y jugar de farol. Se había sentido incapaz de hacerlo con Kate, pero aquel hombre… no es que tuviese motivos para desconfiar de él, pero un enriquecimiento tan rápido… tanto poder acumulado en sus manos… su aparición por doquier… quizás valía la pena ponerlo a prueba. Sería su pequeña venganza para demostrarse que él también podía tener agudeza verbal y perspicacia.

—No obstante, en un registro más minucioso del despacho del señor Chapman aparecieron ciertos documentos que le vinculaban con otras actividades en la ciudad...

El señor Crawford reaccionó de inmediato. Su movimiento rápido de cabeza fue suficiente para George, a pesar de que sus palabras sonaron tranquilas e indiferentes.

—¿Y eso significa algo importante?

—Significa que no ha de descartarse nada todavía y que seguimos investigando en cuantos ámbitos podemos.

—Creía que se había concluido con un informe de robo, aunque carente de pruebas —su afirmación tajante fue corregida inmediatamente por otra más sutil—. Esa al menos fue la última noticia que me trasmitió por teléfono el señor rector.

Sintió que el alcalde pretendía entresacarle información. Tendría que ser más astuto que él y conseguir, por el contrario, la suya. Debía aprovechar la circunstancia de que le consideraran demasiado inexperto, tanto como para decir lo que sabía sin precauciones y con total inocencia.

—Lo que no entendemos es cómo un ladrón pudo entrar sin forzar ninguna cerradura. El capitán piensa que pudo haber entrado antes y permanecer escondido hasta sentirse seguro.

—Está muy bien razonado.

—Sí... pero si entró por la tarde, cuando todo estaba abierto, a plena luz del día y sin temor a que le vieran… de eso se deduciría... que es alguien conocido y que a nadie le sorprendería ver allí. ¿No cree usted, señor Crawford?

El alcalde volvió a hacer una mueca de disgusto. O aquel joven era un principiante con exceso de celo profesional o era más listo de lo que en un principio había supuesto. Incluso le podría estar incluyendo en la lista de sospechosos. Así que decidió bromear descartándose.

—Alguien que desease algo que poseía el señor Chapman o la universidad. No todos deseamos ni necesitamos los bienes ajenos, ¿verdad señor...?

—Barcroft. Por supuesto, señor alcalde. Ha sido muy amable y me ha ayudado mucho. Siempre es bueno intercambiar opiniones, porque se barajan más posibilidades, ¿verdad?

Salió esta vez satisfecho. Había sido capaz de improvisar un plan sobre la marcha y había conseguido poner nervioso a todo un magnate. ¿Por qué debía ponerse nervioso? ¿Había sido demasiado brusco en la insinuación? ¿Por qué con Kate no podía pensar tan rápido? Quizás era buen policía después de todo. Esa mujer... Siguiente paso... había que ir a la mina.

Consultó el horario de trenes. Eran las tres y veinte y el primero salía a las cinco. Tenía tiempo para hacer algo más esa tarde. La idea de inventar haber encontrado documentos en el despacho le había dado buen resultado. ¿Y si fuese verdad que el asunto era extraacadémico, de fuera del ámbito de la universidad? No tenía mucha lógica, pero por la vía de Bingham se había atascado un poco. Si conseguía llevarlo todo a la vez, podía encontrar algo. Se le ocurrió visitar la oficina del periódico *The New York Herald.*

Solo había dos empleados trabajando cuando entró en la oficina. Uno joven, con manguitos y visera y un batín a finas rayas azules, componía la plancha con letras metálicas. El mayor, con traje y pajarita, escribía a lápiz en una mesa llena de papeles desordenados.

Cuando se presentó como policía, los dos empleados se miraron con extrañeza. La razón la supo inmediatamente. No hacía ni una hora que habían recibido la visita de una joven muy guapa que les hizo algunas preguntas. Se había identificado como la hija del señor Chapman, el profesor asesinado el lunes. Ellos cubrieron la noticia. Era increíble, lo que a él tanto le costaba elaborar, Kate lo deducía del modo más directo y elemental.

—¿Puedo saber qué quería exactamente esa señorita?

Le respondió el periodista del traje, mientras el otro seguía con su trabajo.

—Lo extraño es que el motivo de la visita era saber si podíamos identificar un artículo que nuestro periódico publicó hace un par de semanas. Conocemos al corresponsal que lo escribió, pero es de Nueva York, ya sabe, un periodista importante con licencia para escribir sobre temas polémicos y levantar la liebre. Nosotros solo nos ocupamos de noticias locales. La mayoría de ellas se resumen en cinco líneas a pie de foto. Es lo de siempre. «Procurad que la noticia sea llamativa y, si es posible, que en la fotografía salga mucha gente, así habrá más compradores».

—¿Y la fotografía que aparecía junto al artículo?

—Hemos oído hablar de ese tal Heine. Es un fotógrafo famoso, pero, si no me equivoco, pertenece a ese grupo de personas independientes que vende sus fotografías al mejor postor, y supongo que eso lo hará las menos veces. Se consideran artistas y les gusta más realizar exposiciones.

—No me refiero a eso. ¿Tratan de mostrar con las fotografías situaciones reales? Por ejemplo, ¿es habitual que haya niños en condiciones infrahumanas trabajando en las minas?

—Y no solo en las minas. En los telares de New Haven encontrará un buen número de ellos, y en el puerto realizando duras tareas de carga y descarga. Es la era de la industrialización. Corren tiempos difíciles y todos contribuimos a levantar una gran América —dijo con ironía.

—Oiga, yo no conozco mucho esta ciudad, pero por lo que veo, la mayor parte de la actividad industrial se concentra en manos de unos pocos. Se diría que, excepto la universidad, que parece funcionar como una burbuja independiente del mundo, todo está concebido para centralizar la producción y la riqueza.

—No anda usted descaminado, amigo. Pero eso viene ocurriendo desde hace veinte o veinticinco años. En el país de las oportunidades individuales, el que consigue ese golpe de fortuna lo explota al máximo. Cada vez se hace más rico, curiosamente, a costa de la gente que es como él era antes, pero sin ningún tipo de escrúpulos ni remordimientos. Llegan los irlandeses y los italianos y todos buscan establecerse y tener éxito algún día.

Aquí, en New Haven, el fenómeno es inverso. La gente no prospera, los jóvenes se desesperan y se van a la gran ciudad a probar fortuna. Los que quedan son, en su mayoría, los conformistas o desengañados, gente sin grandes aspiraciones que cogen lo que se les ofrece, gente dócil. Si en las minas y los telares se organizase la gente como en la gran ciudad... Allí los sindicalistas del Industrial Workers of the World se han organizado y plantan cara a los patronos. La gente de New Haven traga con la explotación y aun dan las gracias por sobrevivir. De eso se aprovechan las grandes compañías y personas como Crawford.

—Hábleme del señor Crawford.

El periodista soltó una carcajada. George casi percibía en él el mismo desprecio que le había inspirado hacía un rato en el ayuntamiento.

—No se fíe de las apariencias. Crawford es un peón. New Haven es una ciudad pequeña, lo que le concede algunas ventajas. En Nueva York operan las grandes compañías y todos vigilan los movimientos económicos de la competencia, mientras que en lugares como este se trabaja fuera de la vigilancia de los grandes. Del mismo modo que aquí no hay sindicatos obreros, tampoco llegan los inspectores. Es el paraíso para quien quiera medrar.

—Una última pregunta, ya que es usted tan amable. ¿Conocía al señor Chapman?

—Es la segunda vez en una hora que respondo a esa pregunta y puedo asegurarle que lo he hecho con gusto. Su hija me ha parecido una persona muy agradable y muy bien parecida. Sí, conocía al señor Chapman. Esto es una ciudad pequeña. Además, él a veces nos proporcionaba material interesante para el periódico. Nunca vienen mal algunas noticias exóticas de lugares lejanos y descubrimientos científicos. A pesar de que nos acusan de vulgaridad desde Nueva York, aquí tenemos la universidad, y eso se nota. Nos piden sensacionalismo y nos acusan de vulgares. ¿Qué le parece? El señor Chapman era muy correcto en el tratamiento de los temas y muy preciso, y créame que sé lo que me digo. Él y yo fuimos alumnos del profesor Whitney, William Dwight Whitney, aquí en Yale, con una diferencia de cinco años. Ese hombre hizo escuela como lingüista. Recuerdo cuando el señor Chapman nos proporcionó hace unos meses la crónica del descubrimiento de una ciudad perdida en Perú. La noticia en exclusiva nos valió la enhorabuena de los jefazos. Y eso que National Geografic había invertido dinero en aquel proyecto, pero al menos nos permitió dar la primicia y, posteriormente, fue aportando detalles. Guardo la fotografía con esa figurita dorada que conservan en el museo, ¿cómo se llama?... Bueno... esa que representa a una divinidad.

—¿Cree usted que el crimen pudo cometerlo un ladrón que buscase ese u otros objetos valiosos?

—Eso tendría que saberlo usted mejor que yo. Los periodistas reflejamos lo que nos dicen, no especulamos.

—Estoy convencido de que usted está más cercano al contexto. Conoce a la perfección la universidad y la ciudad. Me interesa su punto de vista, fuera de versiones oficiales, naturalmente.

—En New Haven todo el mundo sabe dónde se encuentra ese ídolo: en el museo. Nosotros mismos lo hemos publicado en nuestro periódico. La universidad es muy respetada, es nuestro orgullo y nuestro estandarte en el Estado. No. Yo no creo que quisieran robar el ídolo de oro.

—¿Y por qué iban a matar a un profesor tan respetado y querido? Nadie en esta ciudad parece tener una idea formada.

Por primera vez en el trascurso de la conversación dudó en la respuesta. Miró de reojo a su compañero, que seguía al fondo de la habitación con su panel, y comenzó la explicación.

—Usted parece tener verdadero interés en solucionar este caso. No es como los policías que nos envían de la gran ciudad, prepotentes, que nos tratan como provincianos al margen del progreso. Merece mi respeto y mi ayuda.

Rebuscó de entre muchos papeles amontonados en un viejo archivo de madera y extrajo al fin una hoja que puso encima de la mesa.

—El señor Chapman también colaboraba con nosotros con artículos referentes a nuestra ciudad. Ya le he dicho que era muy correcto y preciso en sus escritos, y sus columnas como colaborador eran bien recibidas.

George tomó la hoja y la leyó despacio. Se refería a la organización social de la ciudad. El trascurso histórico y el devenir industrial con sus características.

—¿Escribía artículos como este habitualmente?

—Solo de forma esporádica, pero me consta que no solo colaboraba con nuestro periódico. Era un hombre muy sensible con la realidad social, sobre todo con la de su ciudad, pero también a nivel estatal, y sé que tenía contactos en Nueva York.

—¿Puede ser más preciso?

—Lo siento pero eso escapa a mis conocimientos. Pero, ya que me ha preguntado, le diré que quizás deba buscar más allá de esta ciudad.

—¿Insinúa que lo que escribió pudo molestar a alguien? ¿A alguien importante?

—Lo que está claro es que la defensa de los oprimidos no hace gracia a los ricos.

—¿Podría conseguirme todas las columnas que le hizo llegar el señor Chapman?

—Lo intentaré. Vuelva usted mañana y veré lo que puedo hacer.

—Muchas gracias. Ha sido usted muy amable. Volveré mañana.

Tenía la sensación de haber conseguido en la última media hora más que en los cuatro días precedentes. Había que saber dónde buscar. No todo era tan evidente ni tan cercano. Con su sombrerito de hongo y a grandes zancadas se dirigió a la estación.

Kate se había levantado pronto aquel sábado, 22 de enero, y llevaba ya dos horas estudiando el manuscrito cuando apareció Rose con el té y las pastas del desayuno. No sabía cuánto tiempo le llevaría familiarizarse con el lenguaje, los grabados y las circunstancias históricas a las que hacía referencia. Bingham lo conocía y les había hablado de la historia de un pueblo originario del Perú llamado Inca y de las atrocidades que causaron los españoles cuando llegaron a América. Los grabados originales eran en el documento dibujos a lápiz y ciertamente muy expresivos. Si había que contar con la historia del pueblo Inca, volvían a encontrarse en una encrucijada, porque ninguno de los tres iba a ser capaz de aportar datos de interés y menos relacionarlos con el tema de su padre.

—Siento que no estoy preparada para descifrar todo esto —dijo mientras hacía a un lado el manuscrito y se disponía a desayunar con apetito—. No tengo ni los estudios adecuados ni siquiera los conocimientos más elementales para entenderlo. Para mí, esto es chino.

—Yo creo que eres una chica muy inteligente y que tarde o temprano darás con algo si no desesperas.

—El señor Bingham lo conoce porque papá le habló de él y no le advirtió de nada extraño. Solo queda la teoría de que, fuese lo que fuese, lo descubrió después de ese 3 de diciembre. Volvemos al principio.

Rose observó una hoja con anotaciones que Kate tenía junto al manuscrito.

—¿Qué apuntas, hija?

—He hecho dos listados en dos columnas distintas. En una voy anotando todo lo que va apareciendo en el manuscrito y que de un modo u otro pienso que puede estar relacionado con lo que hemos oído estos días. Por ejemplo: en la página 736…

—¿Ya has llegado a la página 736? —interrumpió Rose con admiración.

—No, mujer, bueno, sí… quiero decir que ojeo primero y en esa página aparecía el nombre de Huamán Poma de Ayala. Bueno, el tal Huamán Poma se esfuerza por destacar la figura de su padre, del que dice que fue un humilde cacique de Lucanas y sirviente de un hospital en la época española. Asegura que su padre, como su abuelo, y seguramente a título hereditario, fue también «segunda persona del Inca Tupac Yupanqui, su suegro, y su visorrey en todo el reyno». Esto enlaza justo con la continuación del relato del señor Bingham cuando nos contaba la historia de los últimos incas, la que yo he leído en su diario. Dice también que «vido y comido con Topa Inga Yupanqui, con Huayna Cápac y con Huáscar». ¡Sin duda este hombre vivía en la misma época de los hechos!

Rose no entendió muy bien si aquello era o no importante, así que la interrumpió:

—¿Y en la otra columna?

—En la otra columna voy anotando todas las preguntas que me asaltan mientras leo y que creo son importantes y no sé resolver. Por ejemplo, primera y más importante: ¿la muerte de mi padre obedece a una reacción momentánea o fue premeditada? Dicho de otro modo: ¿el asesino llevaba intención de matarlo o decidió hacerlo allí mismo por los motivos que fuera? De ahí se deriva la segunda. Si fue premeditado, ¿significa que fue consecuencia de algo que llevaba tiempo fraguándose y no algo puntual?

—No sé de dónde sacas esas ideas, pero creo que son de sentido común, hija. Sigue.

—Tercera. Si ocurrió esto último, ¿cuántas personas tuvieron que advertir algo y quiénes?

Rose se quedó pensativa unos momentos y respondió rápidamente con una exclamación que acompañó de una sonora palmada.

—¡Ya está! ¿Quieres decir que algunas personas tal vez sepan más de lo que dicen? ¿Quiénes? ¿Yo misma tendría que haberme dado cuenta de algo? ¡Ay, hija! No me pongas más nerviosa, que yo no sé nada de todo esto.

—Contigo no va nada, Rose, ya lo sabes. No te hagas la interesante.

—¿Los de las discusiones? ¿Tu tío, por ejemplo?

Kate lo dejó en el aire, y solo respondió con una mueca, mientras se encogía de hombros.

—Cuarta. ¿Qué hizo que mi padre intuyese el peligro de modo tan definitivo como para tomar medidas de precaución para preservar algo? ¿Y por qué no se confió a nadie?

—No continúes, hija, porque me estoy mareando. Ya no puedo seguirte.

—¡Fuiste tú quien me habló de frecuentes discusiones últimamente! No me invento nada. Solo recojo lo que oigo y lo que veo.

—Y tú dijiste que simples discusiones familiares o entre compañeros de trabajo no eran suficiente motivo para matar a nadie. Además, esa es una tarea que debe llevar a cabo el señor Barcroft. ¿No crees?

—El señor Barcroft —dijo en tono irónico—, por los motivos que sea, quiere hacer su trabajo solo, y está en su perfecto derecho.

—No hables así de él. Se está portando muy bien con nosotras y es un buen policía.

—Me lo has repetido no sé cuántas veces. Ya sé que te cae muy bien...

—Y es muy atractivo...

—¡Por favor, Rose! No empecemos, que te conozco.

—Si se cambiase un poquito el peinado, se dejase un bigote bien recortado y se pusiese un trajecito un poco más moderno...

Kate volvía a notar el juego femenino adolescente en el que entraba Rose cuando quería relajar el ambiente. Le arrojó la servilleta.

—¡Lárgate ya y déjame trabajar!

9
El veterano Williamson

GEORGE ENTRÓ EN una taberna a desayunar. Mientras esperaba, se puso a recordar lo que había presenciado en la mina de carbón el día anterior. La vida allí era muy dura para todos, pero mucho más para los hombres que bajaban al tercer nivel. El aspecto que mostraban a su salida era desolador. Desalojaban el elevador con el chirrido de la verja y caminaban en silencio con las caras ennegrecidas y los ojos resplandecientes y se dirigían al tren que les llevaría de vuelta a casa. Encontró niños de no más de trece años en el primer nivel descargando vagonetas o trasladándolas por los raíles hasta los grandes vagones, que se iban uniendo para formar un gigantesco gusano polvoriento y oscuro.

La vuelta fue muy triste. Los vagones olían a carbón y sudor tanto como a miseria y desesperanza. Los niños se quedaban dormidos a los pocos kilómetros y eran arropados por los mayores. Quizá eran hijos de algunos de ellos o, simplemente, huérfanos condenados a luchar para sobrevivir. De todos modos, la paga de un minero no alcanzaba para alimentar seis o siete bocas. En todo esto pensaba cuando alguien se sentó junto a él.

—Hola, Barcroft.

Era el sargento Williamson. Parecía cansado, y tenía grandes ojeras y llevaba el traje arrugado.

—¿Qué hace usted aquí? —le preguntó el joven, sorprendido.

—Digamos que he venido a llevarme el violín —le contestó, dejando a George tan confundido que fue incapaz de decir nada. Esperó la explicación que, sin lugar a dudas, le iba a dar el veterano policía, pero este parecía tomárselo con calma. Cambiando de tema, continuó—: Me apunto a los huevos con beicon, pero con una buena pinta de cerveza. Hace ya unas horas que estoy levantado y un buen irlandés siempre bebe cerveza a media mañana. Ya ves, los veteranos nos tomamos ciertas licencias y bebemos estando de servicio. Pues bien, chico, ya me tienes aquí.

—Yo no le esperaba ni he solicitado que viniese —afirmó George con una pizca de altivez y suficiencia, aun sin poder evitar mostrar cierta curiosidad.

—¡Oh! Sí que lo has hecho. Por cierto, aquí te traigo tus malditos informes del forense. Adivina qué dicen y te invito a que pruebes una pinta conmigo —dijo el veterano, mientras ponía un sobre encima de la mesa—. Ahí tienes.

El tono del policía le sonó cínico y empezó a sentirse cada vez más incómodo con aquella situación. Abrió el sobre y de él extrajo dos informes del forense. George los tomó un tanto intrigado y hasta con miedo por lo que podía encontrar en ellos. El hecho de que el mismo sargento se los hubiese llevado en persona no presagiaba nada bueno.

El primero se refería al señor Chapman y concluía en obviedades: «El señor Chapman falleció entre las doce de la noche y las cuatro de la madrugada a consecuencia de la fractura craneal producida por el golpe contundente de un objeto de piedra, sin haber encontrado ninguna otra causa aparente en su cuerpo». Se enumeraban ciertos residuos de comida ingerida, pero ningún resto de alcohol.

Lo depositó sobre la mesa y tomó el segundo.

En el caso del señor Grisham, se hablaba de muerte por ahogamiento con gran despliegue de tecnicismos, pero se hacía notar que el cadáver se había hallado con tal dosis de alcohol que se diría que, en lugar de haberse anegado sus pulmones con agua, lo hubiesen hecho con whisky.

—Así que llegas al departamento y te entregan una partitura. A mi padre le gustaba mucho la música. Tocaba el violín y en las grandes celebraciones interpretaba esas melodías irlandesas que nos recuerdan a nuestros antepasados. Uno se siente bien rememorando sus orígenes. Solo debías interpretar la partitura según los cánones establecidos. A la gente le gusta oír la misma melodía una y otra vez, le provoca nostalgia. La música, unida a lugares y personas con las que te sientes feliz, deja en la memoria un poso de felicidad, y cuando se repite la melodía, uno vuelve a sentirse dichoso. Así que te dicen: «Chico, interpreta esta melodía». Todos esperan que lo hagas, te aplauden, se sienten satisfechos y te dan otra.

—No estoy seguro de entenderle.

Williamson apuró la jarra de cerveza y pidió otra. Comenzó a comer rápidamente y siguió hablando sin importarle que se le viese la comida en la boca, gesticulando con el cuchillo y el tenedor.

—Pero hay músicos que se empeñan en reivindicar que son lo suficientemente buenos para no repetir la música de nadie. Así que realizan variaciones sobre la partitura original. Pero solo unos pocos son tan buenos como para triunfar de esa manera. Así que, si lo hacen mal, se les retira el violín y se lo dan a otro.

Williamson dejó que la metáfora se abriese paso en la mente del joven mientras ingería su almuerzo. George se mantuvo en silencio esperando que continuase su explicación.

—Mi padre era bueno, muy bueno —continuó—. Era el músico preferido para todas las grandes fiestas del pueblo. Comenzaba a tocar despacio, con suavidad y llevando el ritmo con el pie, daba tiempo a que saliésemos a bailar unidos por las manos y en círculos, y cuando estábamos preparados, la melodía se iba animando. Girábamos unidos y dábamos saltos, nos acercábamos y separábamos y cruzábamos los pies. No sé si conoces el folclore irlandés... —Movía de tal manera los brazos con el cuchillo y el tenedor simulando el compás que por un momento el joven creyó que se levantaría y se pondría a bailar sobre la mesa—. Después, alguien salía al centro del círculo y danzaba de puntera y tacón mientras todos dábamos palmas sin dejar de beber enormes jarras de cerveza. El alcohol hacía su efecto y alguno se quedaba en el centro improvisando saltos. En ese momento, mi padre aumentaba el ritmo y añadía notas imposibles hasta alcanzar un clímax que levantaba los aplausos de todos… —Pareció tranquilizarse de repente, y con él también George, que miraba un poco avergonzado a su alrededor—. A la gente de esmoquin que va a los grandes teatros no le gusta esa música. La gente rica presume de conocer la obra original y se la anticipa a su acompañante para lucirse. La música del pueblo es espontánea, tiene vida.

Transcurrieron unos instantes. George estaba un poco desconcertado. El veterano sargento, sin levantar la cabeza, seguía comiendo y bebiendo de su jarra de cerveza. Al final, George se decidió a preguntar:

—¿He hecho algo que no debía?

—Digamos que has hecho sonar algunas notas fuera de partitura y a los señores del esmoquin no les ha gustado. Así que mandan a un mensajero dócil que con su sola presencia garantice que se va a interpretar lo que quieren oír.

—¿Es eso lo que le han dicho?

—¡Pues claro que no! ¡Póngame otra pinta! Pero ¿es que no entiendes nada? ¿Cómo hay que explicarte las cosas?

—Oiga, yo traté de entender lo que usted me dijo, pero existe una ética que personas como usted nos inculcan en la academia. Si cedo a las primeras de cambio, viviré pensando toda mi vida que no hice lo que debía.

—¿Tú qué sabes lo que vas a sentir si no cedes? ¿Cómo crees que me siento yo cuando me utilizan como el cabestro que devolverá la res descarriada a la manada?

—Usted es una persona respetada.

—¡El respeto solo es un pacto de no agresión cuando se ha admitido ser un chico bueno que no dará más problemas, cuando uno será el ejemplo de docilidad con los de arriba y establecerá las normas no escritas con los de abajo! ¡Eso es el respeto!

Comenzaba a hacerle efecto la cerveza y su voz sonaba cada vez más trabada.

—Vayamos fuera. He de eliminar ciertos grados de líquido irlandés.

Pagaron y salieron a la calle. El sargento se retiró unos metros para buscar un rincón que le permitiese realizar sus necesidades.

Cuando regresó Williamson, George le esperaba con un montón de preguntas en la mente. Había perdido el miedo, porque la confesión del sargento le había otorgado cierta complicidad y hasta forjado un vínculo con desengaño y melancolía.

—¿Qué le pasa a este caso, señor Williamson?

—Vete a saber. Huele a podrido a kilómetros. Conozco al capitán y bajo su aspecto de hombre duro se esconde simplemente el siguiente peldaño de una escalera cuyo final nunca vemos. Los policías de la calle nunca sabemos quién toma las decisiones importantes en la habitación del último piso. Todo el viaje he venido pensando en ti. Pensaba en si me limitaría a mandarte a casa o trataría de darte una explicación.

Su voz sonaba melancólica y trasmitía un tono de confesión.

—¿Recuerdas cuando estando en la academia fuimos de prácticas a la montaña? Se os mandó ir de montículo en montículo buscando unas coordenadas que conducían a otras. Ningún grupo consiguió entregarlas todas a tiempo. Lo que hacían cuando se les acababa el tiempo era regresar y reconocer su fracaso. Recuerdo que tu grupo llegó muy tarde, pero las trajo todas. Tú te empeñaste en terminar lo que se había mandado aunque no sirviese para nada. Te servía a ti y a tu orgullo personal. Al recordar esto, supe que no me lo ibas a poner fácil.

George identificó en esas palabras que Williamson reconocía el aprecio de un profesor por un buen alumno. Había perdido el cinismo inicial, como si todo aquel episodio le hubiese molestado enormemente, por haberle sacado de la vida tranquila a la que se había acomodado y obligarle a volver a definirse.

—Eso me recuerda mis primeros años. Tienes vida, chico, como la música irlandesa improvisada. Pero ahora comienza lo interesante. Piensa hasta dónde estás dispuesto a llegar y por qué. Piensa si va a merecer la pena. Y no me digas que la razón es que quieres ser un buen policía o te mando de regreso en el primer tren.

—Yo solo deseo hacer el trabajo que me han encomendado. Porque los criminales no han de quedar sin castigo, porque alguien debe defender a los que sufren y porque no aguanto que el mal sea como algo superior intocable a lo que ni siquiera te puedes acercar. Me dirá que soy un iluso, pero cuando llegué aquí me encontré con los familiares que sufrían por la muerte de un buen hombre a todas luces inocente. No había hecho daño a nadie, servía desde su trabajo a la sociedad y además lo hacía muy bien, y quien cometió o mandó cometer ese crimen, merece un castigo. Ese es el porqué.

Williamson se había sentado en el murete que bordeaba el río para reposar la cerveza y jugueteaba con su reloj de bolsillo sin levantar la cabeza. Parecía no haber escuchado la respuesta. Cuando George le miró a la cara, le pareció tensa y con gesto de dolor. Se preguntaba qué estaba pasando por la cabeza de aquel hombre. No llevaban juntos ni una hora y ya le había visto reaccionar de tres maneras distintas. Ya no sabía quién era exactamente el policía que tenía a su lado.

—No era esa la respuesta adecuada, ¿verdad? —susurró apenas George. Solo encontró como respuesta una mueca irónica en el otro—. Eso significa que tendré que recoger mis cosas y volver a Nueva York, pero quiero que sepa que hay más información de la que consta en el informe. Si al menos usted pudiera...

—¿Sabes por qué no he ascendido de sargento? —preguntó como si no hubiese oído nada de lo que había dicho George.

—Todos los jóvenes nos lo preguntamos muchas veces. No, no lo sé.

—Solo llevaba tres años en el cuerpo. Pateábamos las callejuelas del Lower East Side, mucho más reducido que ahora, pero también más violento. La llegada de inmigrantes desató una lucha de clanes que volvía loca a la Policía Metropolitana. Nosotros patrullábamos por aquel gueto de razas diversas. A veces llegaban hasta allí pandillas de jóvenes afincados en el centro de Nueva York, se cebaban con algún desgraciado y regresaban dejando el aviso de quién mandaba en la ciudad. En una de aquellas reyertas mataron a un chico negro. Mi compañero y yo pudimos verlos e identificar a algunos de ellos. Estaba implicado el hijo de un policía del departamento. Nos pidieron que delatásemos a todos menos a aquel chico. Yo recordaba la miseria de la calle Orchard, los lamentos de la gente que recogió al joven negro, apuñalado varias veces, y decidí que, pese a las consecuencias, diría la verdad.

No hacía falta mirar a su interlocutor para que George supiese que su cara expresaba el mismo dolor que se percibía en su palabras, y esperó el final del relato, temiendo las consecuencias de aquella decisión.

—Nos hicieron declarar por separado, y mi compañero cedió, dejándome solo. A partir de aquel momento mi trabajo fue un infierno. Los peores casos, los turnos que no quería nadie, la soledad... Mi vida familiar se resentía... Pedí el traslado cinco veces... Nunca quisieron concedérmelo. Llegaba a casa borracho, y mi mujer acabó marchándose con mis dos hijos a casa de su madre. Un par de años después, me llamó el capitán y me ofreció participar en el asalto a un local ilegal de Manhattan. Vi a mis compañeros, observé cómo se ensañaban con las personas que estaban dentro. Aquello era venganza y lucha por el poder. Pero callé. Participé en muchos más actos como aquel sin saber por qué a veces tocaba en uno u otro o por qué se nos ordenaba detener a determinadas personas. Solo sé que volvía a tener compañeros...

Dejó transcurrir unos minutos de silencio que George respetó.

—Me concedieron el traslado. Desde entonces he visto mucho y he callado todo. Me sé de memoria las normas del cuerpo, pero conozco sobre todo el código B no escrito de los fundamentos para el «buen policía». La gente confía en mí porque jamás involucro a nadie, y con mis consejos viven sin problemas. Desempeño un papel en las bases, tan necesario como el del cargo más importante, porque mantengo el control y la compostura... Les interesa que siga ahí de sargento. Los cargos más importantes los reservan para otros... Vivo solo... Añoro mis tres primeros años de policía y siento envidia por los jóvenes como tú... Decide qué vamos a hacer, chico.

El hecho de pluralizar alentó a George. De repente, el veterano sargento había pasado de la reprimenda al compañerismo. Al menos ahora se sentía comprendido.

—Por favor, señor Williamson no se lleve mi violín.

Transcurrieron dos largos minutos de silencio. George miraba de reojo cómo Williamson balanceaba su reloj.

—Ojala te hubiese conocido mucho antes. Me siento un poco anquilosado. Así que vamos a empezar por el principio. Pon nombre a las notas fuera de partitura.

George captó inmediatamente el significado metafórico de la frase y, animado por la ayuda que se le ofrecía, comenzó a dar cumplida información de las personas con las que había tratado aquellos días y su impresión sobre ellas.

—Supongo que el alcalde, el señor Crawford. Por lo que pude averiguar ayer, es el dueño de toda la actividad industrial de la ciudad. El actual rector de la universidad, que, además, es hermano del fallecido, parece ser otro pez gordo. Su hijo es el típico dandi, intelectual y economista, y profesor muy preparado en temas financieros.

—¿Otros familiares?

—Solo una hija de diecinueve años que vive con su asistenta.

—¿Nunca te enseñaron a no mezclar los sentimientos con el trabajo?

—¿Por qué lo dice?

—Parecías muy seguro en defender el derecho de sus familiares a que se hiciera justicia y sentías su enorme sufrimiento. Ahora me dices que toda su familia es su hija, puesto que el resto los has incluido en la otra lista... —George enrojeció y guardó silencio—. ¿Quieres contarme algo más de ella?... Antes me estabas diciendo que tenías más información que la que constaba en el informe. Explícame todo lo que sabes, si es que has decidido confiar en mí.

George hizo un repaso de todo lo acontecido los cinco últimos días. No tenía otra alternativa. Si Williamson era tan sincero como parecía, le ayudaría sin duda; si no lo era, le quitaría de en medio de todas formas y tampoco iba a perder más de lo que creía haber perdido desde su entrevista con el capitán. Cuando terminó, Williamson aún seguía apuntando nombres y trazando flechas entre unos y otros en su libreta.

—¿Qué piensa usted?

—No me extraña que quieras continuar. Este caso tiene grandes alicientes para un detective consumado, mucho más para un novato que acaba de llegar. Lo tiene todo. Antes de implicarme en este asunto, y teniendo en cuenta lo que me va en ello, quiero conocer a la joven y saber si todo eso que me has contado es pura fantasía o tiene algo utilizable. En segundo lugar, quiero saber el grado exacto de implicación del rector en el tema. Tenemos que aprovechar la sorpresa de mi llegada. Quien se haya incomodado contigo me verá como su salvaguarda, al contrario, quien no esté implicado no entenderá el porqué del cambio. Tercero, hay que buscar la conexión exterior, y de eso te vas a encargar tú.

—¿Cómo?

—Ya te lo explicaré. Se supone que estoy aquí para enviarte de vuelta a Nueva York, y eso es lo que vas a hacer mañana con toda tranquilidad. Así que, antes, visitemos a la desconsolada hija que tanto afecto ha despertado en nuestro apuesto policía. Me siento rejuvenecer. ¿Tendríamos que llevar flores?

George seguía avergonzado y aceptó la broma como pago al compromiso de su acompañante. Había tenido mucha suerte después de todo. Se encaminaron hacia la casa de Kate.

Rose se alegró cuando vio a George en la puerta, pues, aunque llegase acompañado, la sola presencia del policía suponía una garantía de que las cosas no iban mal. Pensaba que Kate se equivocaba con aquel joven y que había sido muy dura con él, pero, ya se sabe, el ímpetu juvenil lleva a juicios precipitados y a enfrentamientos indebidos. Las personas adultas, aun teniendo mucha menos educación y preparación social, sabían ser más pacientes con los demás. Rose era incapaz de pensar mal de alguien a primera vista.

Hechas las presentaciones, Rose insistió para que los visitantes tomasen el té en el salón mientras charlaban de sus cosas. Kate recordaba lo que el día anterior le había dicho George respecto de su posible relevo y desconfió de entrada de su acompañante. Solo tras las explicaciones sinceras del joven policía se fue tranquilizando. Por su parte, Williamson observaba los gestos y las palabras desde que había entrado: la alegría de la asistenta y el empeño en el trato cordial, las explicaciones cuidadas de George para convencer sin hacer daño, y las miradas de la joven que provocaban que el joven desviase continuamente la mirada hacia él en lugar de dirigirla a ella directamente cuando le hablaba. Era evidente que se habían establecido unos lazos entre los tres más allá de lo estrictamente profesional, aunque la timidez de George le impedía el trato familiar. Se disculpó por haber roto la promesa de no hablar del sobre sin su permiso, pero las circunstancias no le habían dejado otra opción. Williamson lo corroboró.

Hubiese pedido una cerveza, pero supuso que la situación, de momento, no se lo permitía. Kate les habló del manuscrito y de la lectura que estaba haciendo del mismo. También leyó, a petición de Rose, las dos columnas que iba escribiendo con algunas anotaciones y sus dudas. Williamson quedó sorprendido por la intuición de aquella joven. Quizás no estaba acostumbrado sin más a oírlo de una mujer, pero el razonamiento era tan elemental que eliminaba en sí mismo todo género de incorrecciones.

—Parece, George, que tenías todo un equipo trabajando contigo. Esta ayuda no la hubieras encontrado fácilmente en el departamento. Por otro lado, señorita, la forma de descubrir las pistas evidencian que su padre conocía sus dotes y confiaba en ellas. Haber encontrado el manuscrito y la llave descarta cualquier posible error en el método y desde luego también mis dudas. Perdona, George, pero sonaba un poco fantasioso en un principio. Eso nos conduce a responder a alguna de sus preguntas con total seguridad. El asesinato de su padre fue premeditado, porque él mismo tomó medidas por si le ocurría algo. George y yo tenemos pruebas, que no vienen al caso, de que algunas personas de New Haven estaban enteradas de lo que ocurría. No es difícil establecer un método para confirmar o descartar a algunas de ellas, al menos aquellas de las que George sospecha en New Haven. —Kate miró a George, porque aquello le sonaba nuevo. No tenía idea de que se hubiese formado una lista de sospechosos—. El problema fundamental sigue siendo el porqué y el papel de cada cual. Implicar no es lo mismo que acusar de asesinato.

Todos habían escuchado con enorme atención. Ahora miraban a Williamson esperando que hiciera alguna sugerencia sobre cómo continuar.

—¿Hace usted misma estas pastas, señora Rose?

—Yo misma, una a una. ¿Le gustan? Los moldes son los mismos que dejó en la cocina la señora Branson, que era una cocinera estupenda...

Rose se calló cuando vio la mirada que le lanzaba Kate. No pasó desapercibido el gesto al viejo sargento, que continuó halagando a la asistenta.

—Hacía tiempo que no probaba nada igual. Mi abuela era irlandesa y hacía las pastas más ricas que nunca haya probado. Las guardaba para los días de fiesta, pero mis hermanos y yo las buscábamos hasta dar con ellas y nos las comíamos a escondidas. Es el recuerdo más bonito que tengo de la vieja Irlanda. Luego, cuando vinimos aquí, pasamos mucha hambre. Lo que hubiese dado por unas pastas así.

—Es usted muy amable. Coma cuantas desee. Voy a sacar más.

—En Irlanda la costumbre es tomarlas con cerveza —dijo mientras Rose empezaba a alejarse.

—El difunto señor Chapman, que en paz descanse, guardaba un barril en el sótano. Creo que podré satisfacerle —respondió ella de manera espontánea y solícita como siempre.

—Para tener una asistenta y cocinera tan extraordinaria, está usted demasiado delgada —añadió el viejo sargento dirigiéndose a Kate, que se ruborizó al oírlo. La chica miró de soslayo a George, y este, efectivamente, también se había sonrojado mirándola. Williamson estaba disfrutando con aquel juego.

—Kate se encontraba en un internado hasta la muerte de su padre –intervino Rose, a modo de disculpa. De nuevo la mirada de Kate le pedía que se callara, que no hacía falta que contara toda su vida ni la dejase en evidencia ante extraños. Rose salió en busca de las pastas y la cerveza.

—Eso lo explica. Bien, esto es lo que vamos a hacer, y no admito réplica —dijo masticando una de aquellas pastas crujientes de la señorita Rose—. En primer lugar, tú y yo visitaremos a ese periodista tan locuaz a ver si puede facilitarnos más información. Mañana sales para Nueva York y cumplirás exactamente cuanto yo te diga.

Rose llegó sonriente con una jarra de cerveza que puso en las manos de Williamson.

—No sabe cuánto se lo agradezco —se dirigió a ella el veterano sargento exultante—. Sin duda se trata de la suerte del irlandés. En esta ciudad uno encuentra todo lo que necesita de modo inmediato. Aunque la auténtica suerte es para la señorita Kate por tenerla a usted a su lado.

La joven miraba a Rose, que aceptaba tales adulaciones con sonrojo. Esa noche tendría que soportar sus comentarios sobre los hombres, cuando lo único que había hecho era convencerla para que le sirviese bebida. Era la antítesis de George en todos los sentidos. Al menos, esperaba que coincidiesen en las buenas intenciones.

—En segundo lugar usted, señorita Kate —continuó Williamson tajante—, permanecerá aquí quietecita leyendo ese manuscrito. Se lo aprende de memoria si hace falta, anote lo que quiera, revuelva la biblioteca de su padre hasta encontrar qué quiere decir, y, si no lo encuentra, la de la universidad, pero no se entrometa en la labor policial. Creo que hablo claro. —Kate miró a George. Pensó que era idea suya—. No sé si ha caído en la cuenta de que han muerto dos personas. ¡Ah! Y se marcha con ese expedicionario, ¿a dónde dijo?

—A Perú —respondió George.

—Bien, supongo que eso estará lo suficientemente lejos. Espero que para cuando regrese todo esto se haya calmado.

—¿Cómo puede decirle eso? —exclamó Rose—. ¡Es una niña y no puede afrontar los peligros de ese viaje!

—Pues vaya usted con ella. Si no tienen más familia ni a dónde ir, no se me ocurre otra solución. Esta cerveza está francamente rica. Un tanto ligera para el paladar de un irlandés. ¿Sabe cómo se bebe la cerveza allí en Irlanda? Se va tirando suavemente, dejando reposar la espuma, tan lentamente que, para cuando acaba de servir una, ya se va preparando la siguiente.

Rose seguía enfadada por la orden de viaje y apenas prestó atención al comentario de Williamson.

—Rose, súbele otra cerveza al señor, por favor —le pidió Kate mucho más contenta con esa solicitud que su asistenta. Williamson continuó, ahora con un tono más confidencial.

—Señorita Kate, no entiendo nada de expediciones ni civilizaciones ni objetos. Pienso obtener algunas respuestas hoy mismo de hasta qué punto su padre murió por ese motivo, y me ayudará a ello su tío. Pero, o mucho me equivoco, o esto no es una disputa entre profesores por ganar el premio al descubrimiento del año.

—Por eso no teme enviarla con el señor Bingham —añadió George.

—Espero no equivocarme. De todos modos, no entiendo cómo habían de llegar los tentáculos de esa gente tan lejos, así que es más seguro. Aún tenemos unos días. Recuerde, salga lo menos posible de casa y no se le ocurra ir haciendo preguntas a nadie. ¡Ah! También hay algo en lo que puede seguir pensando con su perspicacia y buen juicio.

—¿A qué se refiere, señor? —se atrevió a preguntar Kate casi sin querer.

—El recorte del periódico que hablaba de la jugada de ajedrez decía exactamente...

—Aquí lo tengo. «Mate en tres movimientos».

—Ustedes han descifrado dos de las frases en clave. Dedujeron que la jugada de ajedrez indicaba la lectura por el peculiar movimiento en el tablero de saltar tres cuadros y dos. Les falta averiguar lo que significa la tercera pista: la mina. Puesto que su padre parecía dirigirse a usted, céntrese en ello y déjenos el resto a nosotros.

A Kate le pareció justo. Todo lo dicho por aquel hombre coincidía con su forma de pensar. No obstante, la asustaba la expectativa de la posible complicidad de su tío en aquel turbio asunto. No quería creerlo, pero, a fuerza de ser sincera, ella lo había sentido así desde el principio y, sobre todo, después de fallecer el señor Grisham.

Cuando se despidieron, Williamson disfrutó con la escena en que George y Kate se dieron la mano. Sabían que no iban a verse en mucho tiempo. Ni siquiera la estrecharon, fue un contacto suave, y George apenas elevó los ojos lo suficiente para ver los de Kate. Salió rápidamente mientras Williamson seguía adulando a Rose por su servicio.

—Dejo a Kate en sus manos, Rose. Aliméntela bien y no permita que esos ojos tan bonitos se cansen demasiado con ese libro. Yo no me voy de la ciudad, así que espero poder visitarlas de nuevo. Sería una pena que ese barril del sótano se perdiese. ¿Hace pastitas todos los días?

—Solo los fines de semana.

—No tendré paciencia para esperar tanto.

Cuando se cerró la puerta, George se puso a caminar rápido y con la cabeza baja detrás del viejo sargento. Williamson inició relajado la conversación.

—Magnífica mujer. Mi abuela siempre decía que un hombre solo malgasta su vida. Un hombre necesita los cuidados de una mujer, comer y beber bien para trabajar como Dios manda. Claro que los jóvenes se sienten más atraídos por unos ojos cautivadores y un perfume de violetas. Si además es tan inteligente... merece la pena arriesgar. ¿Verdad George?...

El señor Judson se encontraba en su mesa escribiendo cuando entraron los dos policías. Los recibió con gran amabilidad y les mostró un buen número de artículos del señor James Chapman que se correspondían a columnas publicadas en su periódico en el último año.

—Creo que esto es lo que me solicitó.

—Es usted muy amable —agradeció George—. Veo que se ha molestado, y no debe ser fácil con todo el trabajo que tienen ustedes.

—No ha sido difícil. El desorden aparente de la oficina corresponde al material con el que componemos el periódico, pero todo lo que se edita se guarda fechado, y los periódicos, como bien saben, se editan con un orden temático, así que el trabajo se reduce bastante. Me considero en deuda con el señor Chapman, así que esta es mi modesta aportación.

—Importante aportación —dijo Williamson mientras iba ojeando los distintos escritos—. Aunque quizás usted siga recibiendo colaboraciones de otros profesores. Por ejemplo del sobrino del señor Chapman. Las noticias económicas tendrán más lectores, sin duda, que las de hallazgos arqueológicos o temas sociales.

—No, señor. Muy pocos profesores se dignan colaborar con la prensa. La consideran tarea menor. Prefieren sus investigaciones y sus revistas especializadas, y mucho menos el joven Jeremy. Es demasiado orgulloso, aunque muy culto, y me consta que nos lee asiduamente.

—¿Qué tipo de acogida tenían estas columnas entre sus lectores? —añadió el viejo sargento.

—Más de una vez el señor Chapman me comentó que había discutido por causa de sus escritos. Al ser una persona tan conocida en la ciudad recibía las críticas directamente de boca de los lectores, gente de su ámbito la mayoría de las veces.

—¿Cómo han reflejado usted y su periódico el cambio de rector? —intervino esta vez George, con un gesto de aprobación de Williamson por lo agudo de la pregunta.

—Nosotros no entramos en eso, no estaría bien visto que hiciésemos juicios de valor sobre las directrices educativas. La universidad es para nosotros un estandarte —repitió a modo de estribillo sin recordar que ya lo había dicho en su anterior entrevista—. Respetamos cualquier innovación y nos limitamos a anunciarla si nos lo permiten.

—Pero eso significa que el rector o alguien del consejo de dirección se dirige a usted para comunicarle las noticias, modificaciones, no sé...

Parecía que por algún motivo Judson no acababa de soltarse tanto como en su conversación anterior. Williamson pensó que tal vez su presencia podía estar asustándole un poco. Dado que George había empezado a tomar la iniciativa, decidió callar y comprobar si así se mostraba más espontáneo.

—Hay noticias que nos llegan directamente de Secretaría: fechas de matrícula, comienzo y final de curso, etcétera. Otras, del secretario del rector.

—Usted es un hombre sincero —dijo George—. No buscamos ahora la opinión del periódico, sino la suya. ¿Qué le parece el nuevo rector y cómo funciona ahora la universidad?

—Pues, sinceramente, ha modernizado las instalaciones, la ha hecho más atractiva y ha fomentado la llegada de más alumnos con lo que ha mejorado el nivel y la economía. Si me pregunta si eso es mejor, le responderé que, para ellos, quizá; pero para quienes lo hemos vivido por dentro, ya no es lo que era. Pierde su encanto.

—Quizás es nostalgia. Las instituciones deben modernizarse.

—Sí, pero no perder su identidad. Miren —ahora por fin comenzaba a hablar como ellos esperaban—, la universidad, su colegio mayor, se identifican con la ciudad, son la imagen de la ciudad. Puede que lleguen alumnos de todas las partes del país, pero son alumnos selectos, y cada vez se limita más la entrada a jóvenes sin tantos recursos. Para mí eso es empobrecer la universidad, no enriquecerla.

—Pero eso nunca lo dijo el señor Chapman en sus artículos —continuó George muy centrado en el tema y ante la atenta mirada de Williamson.

—Su fidelidad y su afecto se lo impedían, pero lean detenidamente esos escritos y comprobarán que si, como yo les he explicado, la ciudad y la universidad están unidas y caminan de modo paralelo, la crítica a la ciudad evidencia un dolor interior muy grande por ambas.

—¿Qué tal era la relación entre el alcalde y el señor James Chapman?

—En cuanto lean esos artículos comprobarán que le culpaba de la industrialización deshumanizada de la ciudad. Le acusaba directamente de acaparar los beneficios que antes se repartían de manera más equitativa, lo que está provocando el enriquecimiento de unos pocos y el empobrecimiento paulatino de la mayoría. En unos pocos años, la falta de recursos ha hecho descender el número de alumnos de New Haven en la universidad, por lo que se han buscado otros alicientes para propiciar la llegada de alumnos de otras ciudades y otros estados. La educación se ha hecho selectiva. Esto no es nostalgia, señores, esto es discriminación e injusticia social.

—¿Cuánto podía enojar escribir sobre esto? —preguntó Williamson.

—Volvemos a la misma respuesta que ayer le di a su compañero. Yo no puedo aventurar sobre eso, porque nada he visto. Solo les digo que no hace falta salir de estas cuatro paredes para saber que no les hacía gracia.

—Pero usted sabrá quién más está relacionado con el señor Crawford.

—Para eso tendrán que llegar hasta la Compañía Minera. Hasta ahí sí que yo no llego.

Al salir, George seguía cabizbajo y triste, por el contrario Williamson parecía irse animando por momentos. Llamaron a un cochero y ambos se acomodaron en un sencillo coche sin capota.

—Debemos darnos prisa. Vamos a la universidad, y te necesito igual de despierto. Chico, eres bueno.

—No se ría usted de mí. No hemos obtenido nada que no dijera ayer. Probablemente el señor Judson es de esas personas a las que les encanta presumir de tener información de primera mano cuando en realidad saben muy poco.

—Al contrario. Gracias a tus sagaces preguntas, el periodista locuaz no solo nos ha puesto en el buen camino sino que ha aportado pruebas para asegurar el recorrido. Fíjate: de entrada nos da una explicación de cómo el señor James Chapman se preocupa por la marcha de la ciudad y de la universidad. Nos explica también, de modo muy convincente, cómo su crítica provoca el enfado de los poderes establecidos, pero no se atreve a vincular ninguno de los dos aspectos con el crimen. Las personas de esta ciudad son muy cercanas, y les resultaría casi imposible cometerlo quedando libres de sospechas. De modo que vislumbra para nosotros, y sin pretenderlo, dos caminos. Alguien desde fuera, piensa el periodista, obliga a los de aquí a implicarse. O quizás los de fuera, desconociendo la situación, se han implicado más de lo debido.

—Entiendo lo que quiere decir, pero eso nos deja casi como al principio. No veo las pruebas a las que se refiere.

—Mira, chico, a este periodista le llamamos «el periodista locuaz» porque parece tener muy claro que los poderes fácticos de la ciudad odiaban al señor James Chapman, y lo asegura sin ningún tipo de reparos. O sea, que de nuevo te señalo otras dos posibilidades: o es sincero y tiene motivos para creerlo...

—O —continuó George adelantando el segundo— sencillamente es un farol de alguien que se hace el importante, conocedor de los entresijos de la ciudad...

—O tiene interés en que lo creamos, amigo George... —corrigió el veterano—. No te tragues el pececillo antes de comprobar si es real o un anzuelo.

—¿Qué interés había de tener el periodista en proporcionarnos una pista falsa?

—¡Ah! A estas alturas no debes descartar ninguna posibilidad. Anota todo en esa libreta tuya y reflexiona cada noche sobre todas las notas en conjunto. ¿No te enseñaron a hacer eso?

—Así que usted descarta definitivamente la línea académica relacionada con el señor Bingham, y por eso quiere que vaya a Nueva York para tratar de enlazar con las grandes empresas y así comprobar qué hay de cierto en la vinculación.

—Exacto.

—No obstante, olvida todo lo relacionado con el manuscrito.

—No lo olvido. Deja que tu amiga desempeñe su tarea. No ha sido una excusa para apartarla. Creo en esa chica y sé que obtendrá algo de ese documento. Su padre sabía lo que hacía, así que dejemos que padre e hija se entiendan y nosotros resolvamos lo que tenemos a nuestro alcance.

—¿Y si el rector estuviese involucrado y nos acercamos demasiado, no cree que podríamos ponerla en peligro?

—Dentro de un momento te lo diré.

Permanecieron en silencio mientras cada cual parecía poner en orden sus propias ideas. Unos minutos después el coche se detuvo delante de la fastuosa fachada de alto gótico victoriano de la universidad.

10

La búsqueda de vínculos

Los dos policías tuvieron que esperar durante más de una hora debido a una importante reunión que el rector mantenía con su Consejo de Dirección. Eran cerca de las dos de la tarde cuando presenciaron cómo salían, una vez terminada, de una sala contigua, con sus cartapacios y maletines de piel.

El rector les recibió con cierto disgusto. No esperaba tener que añadir nada a su agenda durante aquel sábado y mostraba cara de cansancio. Williamson pensó beneficiarse de ese mal humor para convertirlo en espontaneidad. Si no controlaba del todo sus ideas, el rector podría ser más vulnerable que en plenitud de facultades. Con un gesto les invitó a pasar a la misma sala, cuyas paredes estaban cubiertas con estanterías de libros de enorme tamaño y que a George se le antojaron valiosísimos. Todo allí emanaba cultura entre aromas de maderas nobles y pergaminos antiguos.

Una vez realizadas las presentaciones, el primer comentario del rector se refirió a su extrañeza por el refuerzo policial. No terminaba de comprender qué hacía preciso la intervención de más agentes. De todos modos, la observación fue lo suficientemente escueta y prudente como para no poder obtener nada claro de ella. Williamson se dirigió al rector de modo directo e incisivo.

—Quisiéramos concretar algunos temas que consideramos importantes en el caso del señor James Chapman, su hermano, y que están relacionados con la universidad.

—Espero, señores, que de verdad sean importantes. La institución que represento manifiesta expectante su preocupación por no conocer todavía ningún resultado de sus indagaciones. Sus interrogantes pueden resultar ya un tanto anacrónicos.

—Estoy seguro de que usted sabrá perdonar nuestra falta de resolución —dijo con un toque de ironía Williamson—, pero nuestro procedimiento, al igual que el de un científico, requiere método. ¿No era Descartes el que hablaba de la deducción y de utilizar un método con reglas, dudar absolutamente de todo, la duda como método? —Richard Chapman quedó un tanto confundido por aquel ataque a su punto fuerte—. Necesitamos recoger datos, estudiarlos y ordenarlos. Con ellos comenzamos a elaborar teorías que han de ser comprobadas antes de convertirse en conclusiones. Eso lleva tiempo.

—Su superior me manifestó en nuestra última conversación telefónica una seguridad convincente y alentadora con respecto a la resolución final de este desdichado crimen. ¿Acaso se han producido novedades que desconozco?

—Digamos que se han sumado ciertos datos que hay que encajar con los ya conocidos.

—Bien. ¡Pregunten lo que sea y terminemos de una vez!

—Parece ser que su hermano, meses antes de su muerte, fue alejándose de ciertos círculos e incluso de ciertas personas cuya amistad había frecuentado hasta entonces.

—Mi hermano nunca fue una persona dada a encuentros sociales. Sencillamente, le agobiaban. Era lo que llamamos vulgarmente en la universidad un ratón de biblioteca. Eso sí, siempre mantenía muy buenas relaciones con personas vinculadas a su ámbito académico: historiadores, arqueólogos, exploradores y hasta con ciertos alumnos aventajados. Su círculo de confianza se reducía a cuatro o cinco amigos incondicionales. Últimamente se empeñó un poco más de lo habitual en su trabajo, eso es todo.

—¿Usted diría que su hermano estaba relacionado con algo que provocó su asesinato, o más bien está convencido de que su muerte obedeció a algo momentáneo y fortuito?

—Yo no soy el que debe estar convencido de nada, sino ustedes. ¿Acaso no están buscando a un ladrón?

—No, señor... Buscamos a un asesino —sentenció George de modo incisivo.

El rector palideció por momentos y guardó silencio. El joven había dejado caer la última frase de modo tan contundente como aquel objeto de piedra que golpeara a su hermano días antes. Resultó tan directo y atronador que ni el propio sargento fue consciente en un primer momento del efecto que había causado sobre su distinguido interpelado. A partir de ese instante, estaba seguro de que iba a ser menos insolente y por el contrario se mostraría más colaborador. Le habían desarbolado dos policías de cultura media que incluso se habían permitido filosofarle. Transcurrieron unos segundos de tenso silencio.

—La vista desde este despacho es magnífica —dijo Williamson asomándose a la ventana—. Tienen ustedes un jardín espléndido. Toda mi familia era de Irlanda, y allí sabemos apreciar el paisaje verde y las campiñas con grandes árboles. Han tenido un gusto extraordinario al rodearse de amplios jardines. No es como la gran ciudad de Nueva York, con sus calles ruidosas y sus grandes edificios que parecen encerrarle a uno entre cemento y asfalto. Esto serena el ánimo. Seguro que las familias de sus alumnos se lo habrán comentado más de una vez... Me imagino que se habrá preguntado usted por la forma de entrar en la universidad del asesino. En un espacio tan abierto y con tantos ventanales es difícil pasar desapercibido, a no ser...

—¿A qué se refiere?

—... sencillamente, que ese alguien sea conocido o de presencia habitual en el edificio —añadió George rápidamente, haciéndose eco de un comentario ya repetido con el alcalde.

—Hay tantas posibilidades de entrar en la universidad y tantos motivos que, la verdad, no me he molestado en contemplarlos todos —respondió el rector.

—A pesar de que el difunto era su hermano... —intervino en esta ocasión Williamson, irónico.

—¡Oigan, no me gusta el tono que están empleando desde que han llegado! ¡Están haciendo insinuaciones que resultan injuriosas y debieran manifestar algo más de respeto! Efectivamente, era mi hermano, y pocas personas han sentido su muerte como yo. ¡Recuérdenlo antes de volver a hacer preguntas inconvenientes!

—Sin embargo, su asistenta, la señora Rose —prosiguió George sin dejarse impresionar por la subida del volumen de su interlocutor y por la tensión en aumento—, asegura que el difunto señor Chapman discutía últimamente con sus contertulios, que, dicho sea de paso, eran cada vez menos, y entre ellos le cuenta a usted. ¿Podemos saber a qué eran debidas esas discusiones?

—Eso no es ningún secreto y no creo que por ello se pueda involucrar a nadie en un asesinato. Discutíamos por los criterios educativos de la universidad, por las circunstancias sociales de nuestra ciudad. Mi hermano nunca quiso reconocer que los nuevos tiempos exigían modificaciones en consonancia. Ya les he dicho que era un hombre abstraído en su trabajo que no sabía hacer un buen análisis de cuanto se estaba moviendo a su alrededor.

Williamson colocó encima de la mesa los artículos de periódico.

—Pues los escritos de su hermano le otorgan una consideración de hombre atento al devenir de su ciudad y de todas las circunstancias que la rodean.

El policía observó ciertos tics nerviosos en los ojos del rector, quien no se molestó en mirar los artículos, dando por hecho que los conocía. Continuó visiblemente alterado.

—Pero ¿a dónde quieren llegar ustedes? Precisamente eran esos escritos, fuera de la realidad y carentes de rigor, los que provocaban que las personas que le teníamos estima le corrigiésemos. Ahí se habla de desmesura en la formación de la industria de la ciudad, pero sin industria no hay puestos de trabajo, ni dinero, ni progreso. Se habla de explotación, pero las familias no dejan de procrear, y ellos mismos envían a sus hijos a llevar a cabo duras tareas que solo sus padres debieran realizar. Se habla de la formación desde las escuelas, e incluso desde esta misma universidad, pero las escuelas cuestan dinero y la formación requiere una dignidad y una nobleza... una predisposición hacia ella. Formamos a los futuros gobernantes, a los dirigentes. Para enseñar oficios están los maestros de taller. Y, por último, su obsesión por las tribus de países subdesarrollados, por defender razas y pueblos de civilizaciones tan precarias como carentes de expectativas. Muchas de las personas que más queríamos a James quisimos hacérselo ver. ¡Hay que ser realistas, señores! ¡Hay que avanzar con los tiempos! ¡No podemos dejar que la exploración de restos humanos antiguos nos lleve a imitar culturas extinguidas; muertas, probablemente, porque otras más avanzadas las engulleron y ellas mismas lo aceptaron como modo de subsistencia!

Hablaba muy deprisa, como quien repite un discurso defendido muchas veces en voz alta, quizás en tertulias o directamente en clase con sus alumnos. Lo cierto es que a George le hizo pensar en la civilización inca y el libro que hablaba de su desaparición con la llegada a América de los españoles.

—Muchas personas —continuó el rector— hablamos de todo esto con James. Le expresamos nuestro parecer, y él nunca cedió ni un ápice en sus teorías, por el contrario, se centraba en sus investigaciones antropológicas con más vigor...

—¿Y podemos saber quiénes eran esas personas? —cortó Williamson para tratar de centrar el tema en lo estrictamente policial.

—... Fundamentalmente, nuestro colega el profesor Beardsley, el director del Banco de Italia, el señor Clark, el señor Crawford, mi hijo Jeremy...

—Y el señor Grisham, supongo.

—El señor Grisham mostraba connivencia con mi hermano... pero por razones distintas a las que ustedes suponen. Era su modo de mostrar su resentimiento por la decisión de sustituirle en el cargo. Nosotros hablábamos del futuro y de las mejoras que había que incorporar para no quedar anquilosados. Últimamente estábamos perdiendo alumnado. ¿Les parece suficiente motivo de preocupación? Nuestra ciudad también pierde poder adquisitivo, a pesar de que el país se desarrolla más rápidamente que en toda su historia, y eso provoca emigración. Es necesario adaptarse a los sistemas de progreso de las grandes ciudades. Si quieren, puedo ponerles al día de las decisiones adoptadas, bastaría con que leyesen las actas del Rectorado que mi secretario les mostrará con sumo gusto.

—No hace falta, gracias. No obstante, puesto que usted ha creído plausible la idea del robo, ¿podríamos conocer en esencia los motivos por los que llegó a ese convencimiento?

—No lo sé. Mi idea inicial era la de que se trataba de un vulgar ladrón, ya saben, una persona desgraciada y sin trabajo con una familia que alimentar y que necesitaba cualquier cosa para salir del paso. La universidad está abierta y tiene muchos objetos de valor que pueden ser sustraídos con facilidad. Solo hay que cogerlos en un instante de descuido y salir corriendo.

Hubo un momento de silencio en el que los tres no dejaron de mirarse mientras pensaban rápidamente. George se fijó en el reloj de la pared, moderno, pero grande y ostentoso. Sacó su reloj de bolsillo. Aquel estaba cinco minutos adelantado. Estaba seguro. La puntualidad era una de sus manías y cada día ponía su reloj en hora antes de acostarse. Bueno, cinco minutos no era un dato reseñable, ni siquiera para ser apuntado en su libreta, pensó. Pero recordó la diferencia horaria del reloj del despacho del hermano del rector. Si encontraba a la persona que puso el péndulo en marcha, podría establecer la hora del crimen. En tanto, Williamson seguía con la mente centrada en el interrogatorio. Había que avanzar o dejarlo, y no iban a tener muchas más oportunidades como aquella. Pensó que si aquel hombre tenía algo que ver con el asesinato, directa o indirectamente, o si sabía algo que pudiese serles de utilidad, habría que intentar averiguarlo en ese momento. Tal vez si conseguían relajar la situación se mostrara más proclive a colaborar. En eso él era un auténtico maestro.

—¿Sabe? Yo perdí un hermano en el viaje de Irlanda a América. Fue muy duro. Viajábamos hacinados, mal alimentados, enfermos durante interminables días de viaje en aquel barco sobrecargado... Mi hermano era muy niño, yo era poco mayor, y ni siquiera pudimos enterrarlo. Hubo que arrojarlo al mar por orden del capitán, que no quería riesgos de más enfermedades. Todavía le recuerdo. Sé lo que está pasando y le pido disculpas si en algún momento hemos podido parecerle algo... «inhumanos». Pero usted era la persona más cercana a su hermano...

Las palabras de Williamson parecieron hacer mella en el señor Chapman.

—A veces no manifestamos todo lo que nuestro corazón lleva dentro. Sentir cómo una persona tan querida y tan cercana se te va alejando... Al principio, piensas que son simples discrepancias, pero después las discusiones llegan a ofenderte y mi hermano tenía un carácter muy fuerte y mucho orgullo. Estas navidades ni siquiera las celebramos juntos. Apenas tuvimos ocasión de encontrarnos estos últimos meses en la universidad... Siento decirles que me enteraba de sus tareas departamentales por sus peticiones para las investigaciones que estaba realizando... esa es la realidad que me cuesta reconocer con dolor. Le ofrecí un cargo a mi lado en el Consejo de Dirección. Lo rechazó. De hecho, nunca vio con buenos ojos mi nombramiento, o simplemente no entendió los motivos de la sustitución legítima del señor Grisham. Si ahora desean preguntarme dónde estaba esa noche, les diré que en mi casa durmiendo y que lo podrán testificar mi hijo, así como mi mayordomo y su esposa.

—No, por Dios. No nos malinterprete, pero, a poco que se esfuerce, estamos seguros de que puede encontrar indicios de algo que no fuese bien en la vida de su hermano. Es posible que usted oyese o viese algo que le llamase la atención. Algo peculiar o irregular...

Esto último pareció tranquilizar al rector, al tiempo que le hizo sentirse algo culpable por su egocentrismo. Empezó a ver claro por momentos que tal vez el malestar de su hermano llegó a ser tan profundo por su intento de imponerle sus ideas sin dejarle expresar las propias, las de un hombre metódico que presumía de razonamientos lógicos.

—La última vez que hablamos tuvimos también una discusión ridícula, aquí, en la universidad. Él me había presentado la propuesta de subvención para la segunda expedición al Perú. Yo lo había consultado y decidimos estudiarlo detenidamente. Le llamé para darle una respuesta. Estábamos convencidos de que había que rentabilizar económicamente el proyecto, porque esta vez quizás no hubiese tanta suerte con determinados objetos valiosos, puesto que el motivo primordial iba encaminado a un estudio arqueológico y etnográfico. Eso se rentabiliza en cultura y ciencia, pero a muy largo plazo, así que le propuse la idea de que buscase el modo de ampliar el proyecto... Que el viaje a Perú incluyese algo más que la búsqueda de restos arqueológicos. A mi hermano no le gustó. Me increpó con duras acusaciones...

Ambos policías permanecieron en absoluto silencio. Parecía muy afectado con lo que contaba y, sobre todo, muy sincero. Había relacionado el estado de ánimo del difunto con el proyecto del señor Bingham, pero, por lo visto, James Chapman no había tenido tiempo de comunicarle a este último la respuesta del nuevo rector.

—Y eso fue exactamente... —preguntó el joven George.

—Hará unos veinte o veinticinco días, más o menos.

—En todo caso, más tarde del 3 de diciembre, ¿verdad?

—Puedo asegurar que sí —respondió el rector ante la atenta mirada del veterano, que no entendía la precisión con que apuntaba el joven George.

—Una última pregunta, si me lo permite —continuó este recordando sus reflexiones anteriores—. La señora... —consultó su libretita— McDyllan encontró el cadáver sobre las 8:20 de la mañana.

—Sí. Fue ella, y sus gritos alertaron a los profesores de los despachos adyacentes, que acudieron con rapidez.

—¿Sabe qué profesores exactamente?

—Pues... los despachos más próximos son los de Wayland y Crowell. De hecho, este último comentó que fue el primero en llegar.

—Gracias, ha sido usted muy amable —finalizó George ante la mirada de Williamson, que aceptó dar por finalizada la entrevista.

Se despidieron de modo cordial. Ambos salieron comentando lo más relevante. George estaba absolutamente confuso y, excepto por haber encontrado una sincronía en los hechos, que nada demostraba sobre las personas, no podía asegurar que el rector tuviese algún grado de implicación.

Williamson propuso.

—Busquemos una buena taberna para almorzar, mejor si puede ser irlandesa. Hay que digerir todo esto. Chico, me has metido en un buen lío. En todo caso, ya no tiene remedio.

—¿Qué es lo que no le ha gustado de la entrevista?

—Te lo diré, ya que lo preguntas. No me gustan las personas que responden solo cuando las amenazas. No me gusta que me cuenten verdades a medias, que es mucho peor que mentir, y que yo sepa no nos ha dicho en qué estaba pensando exactamente cuando le propuso a su hermano que ampliase el proyecto. ¿Crees acaso que le iba a pedir a James Chapman que buscase él mismo otros proyectos rentables? Cuando fue a hablar con él, era porque tenía una idea exacta de cómo hacer el proyecto rentable, y su hermano se negó en redondo. Por eso no se volvieron a dirigir la palabra. Fíjate en que se ha referido a «duras acusaciones». No se pronuncian «duras acusaciones» por algo irrelevante. Nos ha dicho solo lo suficiente para que le creyésemos colaborador.

—¿Cree usted entonces que pudiera estar implicado?

—¿Implicado en qué? Lo que creo es que siente remordimientos. Pero tampoco me queda claro que él fuera el que dio la voz de alarma en Nueva York. Eso es lo que más me preocupa. ¿Por cierto, a qué venía eso del 3 de diciembre?

—El 3 de diciembre es la fecha en que se entrevistó por última vez el profesor Chapman con el señor Bingham, el expedicionario, y entonces ya le comunicó que tenía dudas de que su hermano les fuese a apoyar esta vez en el proyecto del segundo viaje a Perú.

—Pero no lo dio todavía como definitivo ¿verdad?

—Eso parece.

—Esto no me gusta nada —chasqueó la lengua en señal de desaprobación y porque la sentía reseca.

—Conozco una taberna que está cerca, pero no sé si tienen buena cerveza —sonrió George entendiendo rápidamente la insinuación.

—Pues enseguida saldremos de dudas, muchacho. ¿Y lo de los profesores que llegaron primero al despacho?

—Busco a quien observó que el reloj de péndulo estaba parado y lo puso en marcha. Él no lo sabe, pero se paró debido a la lucha anterior al golpe final que causó la muerte del señor Chapman. Si encuentro a quien lo puso en marcha, me podrá decir qué hora marcaba y entonces sabremos el momento del asesinato con precisión meridiana.

—Bueno... —dijo sorprendido Williamson—, será un dato más. Quiero que cuando llegues a Nueva York te presentes inmediatamente al capitán y le digas que lo has dejado todo en mis manos. Te pones en contacto con un periodista de toda confianza que se llama Robert Curtiss, del *The New York Herald*. Yo le llamaré y le comunicaré lo esencial para que te ayude, que no podrá ser mucho por teléfono. Todas las operadoras son unas cotillas. Solo tendrás que decirle que vas de mi parte y a continuación le pides que te cuente cuanto sepa de todo lo relacionado con la empresa a la que pertenece la explotación minera de New Haven. Háblale de este señor Crawford y que busque lo que pueda de los Astilleros y de una posible implicación de otras empresas. Si no quieres complicarnos la existencia, no hagas nada más ni preguntes a nadie. En cuanto tengas algo, me mandas un telegrama y yo me pondré en contacto contigo.

11
La misión en Nueva York

Nueva York. Lunes, 24 de enero de 1912.

Caía sobre Nueva York una fina lluvia que empañaba el paisaje a modo de cortina gris. George pensaba, mientras se subía el cuello de su gabardina y abría el paraguas, en lo que siempre decía su padre en días como aquel: que Nueva York se cubría con un velo de seda, como las damas de Oriente, y dejaba al descubierto sus ojos negros, la entrada a las dos calles principales del centro, que te atraían irremisiblemente. Nunca se desanimó en su trabajo, y mucho menos con un tiempo así, que hacía que los transeúntes buscaran la seguridad de la capota de su carroza. Pensó en ello, pero prefirió caminar. Necesitaba poner en orden sus ideas. Le habían sucedido tantas cosas en tan pocos días... Pero su pensamiento se negaba a centrarse en su tarea policial y una y otra vez le llevaba por los extraños vericuetos del corazón hasta Kate. No supo cómo despedirse, ni siquiera sabía si lo había hecho o si ella había captado su inquietud por lo que había pretendido que fuese una despedida. Estaba confuso. Todo parecía haberse complicado del modo más inesperado. Aquel caso con apariencia de reto se había transformado en un cebo para pececillos incautos. Quizá la aparición de Williamson había sido lo mejor que le había podido pasar. El capitán ni siquiera le había preguntado por el motivo de su regreso.

Parecía evidente que Williamson no se equivocaba al adelantarle el guion establecido. Había acertado en todo, hasta en suponer que le darían unas horas de permiso antes de volver a la Central, con lo cual tendría tiempo suficiente para cumplir el encargo del veterano policía.

La sede del periódico era un viejo edificio de piedra con enormes escaleras que desembocaban en una puerta giratoria escoltada por dos columnas a los lados. El nombre del periódico podía leerse en la parte superior pintado de azul. Olía a papel y tinta, un olor penetrante que casi sofocaba y se sumaba al agobio del movimiento de personas que iban de un lado a otro, entre mesas de madera, distribuidas de modo irregular. Preguntó a un joven cargado con un fardo de periódicos atados y este le encaminó hacia el fondo.

El señor Curtiss se refugiaba tras la mesa del rincón, de modo que sus espaldas quedaban cubiertas por la pared desconchada, de un tono rosáceo que originariamente debió ser blanco. Leía el periódico del día con las piernas estiradas. Cuando oyó su nombre, levantó la cabeza y George pudo ver su pelo canoso dividido en dos por una raya central, unos ojos marrones que le miraban por encima de los anteojos y un poblado bigote con las puntas cuidadas sobre una boca torcida que mordisqueaba un grueso puro apagado del que quedaban no más de diez caladas. Colocó los pulgares de sus manos por debajo de los tirantes a dos colores y esperó a que el visitante empezara a hablar. En cuanto George se presentó, lo dejó todo, y mientras cogía el gabán con rapidez, le dijo:

—Puesto que vienes en nombre de Jacob Williamson, cumple con el requisito establecido invitándome a una cerveza irlandesa en la taberna de O' Donnell.

George pensó en un principio que la fama de bebedor del policía debía ser conocida en todo el estado, para inmediatamente interpretar que tal vez fuera una simple excusa para poder hablar con calma lejos de oídos indiscretos.

Planteada la cuestión frente a dos pintas de cerveza negra, Curtiss captó rápidamente la intención del policía.

—Lo que necesitas es una lección rápida de actualidad social. Estás con la persona adecuada. Cuando me enteré de la muerte de ese profesor, Chapman, pensé inmediatamente en algo peculiar. Nos hemos acostumbrado tanto a los sucesos vulgares que convivimos con las noticias trágicas con una rutina que asusta. A veces pienso que podríamos cambiar el apartado de actualidad por el de crónica de sucesos sangrientos. No hay día sin muertes: asesinatos en las calles del Bronx, ahogados en la bahía, suicidios en el puente de Manhattan, palizas, peleas... ¡Dios, qué ciudad! Ya conoces la norma número uno del periodista: «Si hay sangre, hay noticia». Pero por sangre no ha de ser. ¡Ja, ja, ja! Cuesta recoger en el espacio del periódico tanta catástrofe humana y más aún seleccionarla por orden de importancia. Pero siempre se produce entre gentes de la calle, ya sabes, maleantes, prostitutas, a veces obreros de la construcción... Esto era distinto. ¡La famosa Universidad Yale!... Interesante. Chapman había colaborado alguna vez con nosotros. Lo recuerdo porque escribía sobre temas sociales, que son mi fuerte. —Concluyó la frase con un nuevo trago de cerveza y relamiendo la espuma que quedaba en su bigote—. Bien, a ver por dónde empezamos para que me entiendas. Tendré que recavar más información sobre la International Mining Company, por supuesto, pero todo apunta a uno de estos conocidos «Consorcios» que tan asiduamente y con excelentes resultados se vienen estableciendo hace unos años.

Los ojillos del joven seguían fijos en su interlocutor y eran en sí mismos un interrogante que el periodista captó con veteranía detectivesca. Así que sacó de su bolsillo interior otro puro nuevo y se lo echó a la boca mientras de otro bolsillo exterior extraía una cajita de cartón con cerillas de madera. Al dejarla sobre la mesa, George observó el dibujo de uno de esos nuevos *skylines* de Nueva York.

—Creo que esto nos va a llevar tiempo y algunas cervezas. ¿El viejo Jacob ha secado ya las tabernas de New Haven?

—Aún no ha tenido tiempo, pero creo que lo hará, y hasta dejará sin cerveza el sótano de la hija del difunto —añadió sumándose a la broma del periodista.

—No lo dudes. ¡Dios, qué tipo tan extraordinario! Él y yo pasamos buenos ratos juntos. ¿Te ha contado alguna vez cómo nos conocimos? Fue de modo casual, después de una redada que la policía dio en un local de lujo de la Quinta. Estaba tan harto y tan bebido que me relató hasta el último detalle. Yo enseguida me di cuenta de que, si publicaba aquello, inmediatamente le podía hacer mucho daño y además estropearía una maravillosa fuente de información directa, así que esperé más de diez días en empezar a mostrar información sesgada de aquellas salidas policiales. Desde entonces, nos hemos hecho muchas confidencias y jamás nos hemos traicionado. Ya sabes eso de que dos no son amigos hasta que no se emborrachan juntos... ¡ja, ja, ja! El problema de Jacob por entonces era que se emborrachaba demasiado en soledad. No te equivoques, es un idealista que no ha dejado de luchar a su manera contra la injusticia. Te cuento esto porque él me dijo: «Trata a ese chico como si fuera mi hijo» —y cambió la voz tratando de poner una más grave y severa—. El viejo Will te aprecia.

—Se lo agradezco, señor Curtiss. Yo también siento por él una enorme estima.

A Curtiss le hizo gracia la expresión de George. Sus modales eran cuidados. No se salía del protocolo establecido a pesar de la confianza que le estaba dando. Era verdad, como le había dicho su amigo que era muy tímido y esperaba que también fuera cierto que era de fiar. Necesitaba algunas lecciones rápidas antes de que lo devorase el sistema. Tan buen muchacho no merecía perecer tan pronto mutilado por el desengaño.

—¿Acaso no hacéis otra cosa en la academia que prácticas de tiro? ¿Y para qué sirve eso si luego os prohíben terminantemente sacar las armas? En fin. Desenfunda tu libreta y toma nota, chico. —Y comenzó su explicación con parsimonia y frotando sus manos como si ello le ayudara a concentrarse y disfrutase haciéndolo—. Esta es la época de las grandes oportunidades. ¿Interesante, verdad? ¡Dios, cómo me gusta este oficio! —Parecía que él mismo tratase de animarse para empezar la exposición de sus ideas—. Grandes magnates como John Rockefeller se han hecho a sí mismos emigrando desde Escocia o Irlanda y empezando de cero para acabar creando imperios. Ya sabes la célebre frase «Dios creó el mundo y Rockefeller lo puso en orden». Qué cosa tan simple. Vio la oportunidad en la industria del petróleo y la aprovechó. Consistía, lisa y llanamente, en transportar, refinar y comercializar el crudo que los demás descubrían en el subsuelo, gracias a una extraña ley americana que declara propietarios del subsuelo a los propietarios del terreno. «Vosotros encontrad el petróleo, que después vendréis a mí para todo lo demás», les dijo. Y cuando los propietarios quisieron hacerle frente, les boicoteó, compró políticos, jueces y policías, y los aplacó. Pero la mayoría no lo consiguen solos y prefieren el sistema más seguro de asociarse. Los consorcios o fusiones de empresas pueden producir bienes y venderlos a bajos precios, pero también pueden fijarlos y destruir a los pequeños competidores. ¿Interesante, verdad? ¿Me sigues?

—Sí, señor.

—Bien. Los consorcios comienzan a controlarlo todo, pero su poder asusta a determinados dirigentes, que se proponen luchar contra esta forma de entender el comercio. Ya se veía venir, por eso en 1887 se creó la Comisión para el Comercio Interestatal para tratar de controlar las tarifas de los ferrocarriles. Solo tres años más tarde salió una ley, la famosa ley antimonopólica Sherman que proscribe los consorcios, las fusiones y los acuerdos de negocios. En definitiva, se trata de establecer el principio de que el Gobierno Federal pueda regular la industria para el bien de todos. —Se tomó un respiro para beber de su segunda pinta y aspirar profusamente de su puro. Estiró las piernas, volvió a poner el pulgar de la mano izquierda bajo el tirante y continuó su explicación. Estaba muy orgulloso de los conocimientos acumulados en largas horas de periodismo de investigación—. Así, hace diez años surge la United States Steel Corporation, que pasa a controlar el sesenta por ciento del acero de la nación.

—Y de ese modo el monopolio pasa de manos privadas a organismos estatales...

—Correcto. Pero el pueblo americano confía en sus dirigentes y piensa que así existe mayor control. Esta forma de intervención llena las arcas estatales y favorece dos movimientos muy distintos. Por un lado, los obreros se sienten más seguros en manos del Estado y se atreven a organizarse de un modo que sería imposible con entidades privadas. Se establece la Federación Norteamericana del Trabajo, que es, en definitiva, una coalición de sindicatos obreros. Consiguen cosas importantes, por ejemplo la reducción en 1900 de la jornada laboral a cincuenta y dos horas semanales y un salario de nueve dólares.

—No lo sabía. Pero eso no es así en todas partes, supongo. Estoy seguro de que en la mina de carbón que yo visité en New Haven no existen esos derechos.

—Desde luego, pero ten paciencia que enseguida entenderás el motivo. La segunda consecuencia directa del enriquecimiento estatal es el intervencionismo estadounidense fuera de nuestras fronteras. Y ahí me duele, porque no solo los políticos, también los misioneros protestantes y algunos directores de periódicos comienzan a declarar que el pueblo anglosajón tiene el deber de llevar los beneficios de la civilización a los habitantes de Asia, África y América Latina. ¡Dios, qué cosas! Ya no aducen razones puramente económicas o comerciales, sino también ideológicas y raciales. ¿Tú crees que el hombre norteamericano es superior?

—No señor. No lo creo. —Mientras su interlocutor aspiraba de su puro sus más profundas esencias, George trató de mostrar que seguía la conversación con interés y que se esforzaba en entender cuanto se decía—. ¿Y por beneficios se entienden también los económicos?

—Sí, pero, como se ha demostrado, entramos con ello en una paradoja irresoluble para esos pregoneros del orden mundial. Por un lado, predican que es en beneficio de sociedades con organizaciones precarias y primitivas, pero, por otro, son esas naciones las que tienen las materias primas y nuestra intervención acaba convirtiéndose en una fuente de ingresos maravillosa que invita, tarde o temprano, a meter la mano, digamos que en pago por poner en marcha el negocio. ¿Interesante, verdad? El proyecto inicial de ayuda acaba siendo una excusa.

—No entiendo lo del pueblo anglosajón.

—Hay países, como Sudáfrica, donde unos pocos blancos dominan a toda una sociedad mayoritaria de negros. Los blancos ostentan el poder y todos los cargos de cierta relevancia social y los negros quedan sometidos.

—¿Entonces por qué los pastores protestantes o los directores de los periódicos comparten esas ideas?

—Te pongo un ejemplo. España impone su actividad colonial sobre Cuba.

—¿La isla?

—Sí, efectivamente. Los nativos cubanos, mestizos, negros y mulatos, al igual que en muchos otros lugares de la tierra, comienzan a reivindicar sus derechos como seres humanos. Los españoles tratan de impedir estos movimientos y los reprimen encarcelando a los dirigentes. Tan lejos de su patria los españoles carecen de medios para mantener en buenas condiciones a tantos presos. Incluso los soldados tienen muchas bajas por enfermedades y mala alimentación. Se dice que, en los últimos años, hasta doscientos mil presos acaban muriendo literalmente de hambre. Joseph Pulitzer, supongo que te sonará...

—No, de nada...

—Bueno, es igual, se trata de un periodista de renombre. Pulitzer publicó a finales de los noventa espeluznantes relatos de las atrocidades de los españoles. La sociedad americana se conciencia de que hay que liberar a Cuba de ellos. La excusa es que hay que llevarles la democracia que ha traído la prosperidad a nuestros estados. Se les libera pero... Estados Unidos, que había sido una colonia, no podía ser colonialista. Los nativos necesitan dirigentes y cabezas pensantes que no tienen. El filósofo William James y el rector de la Universidad de Harvard, Charles Elliot, denuncian nuestra situación en Cuba y la consideran una traición a nuestros valores. Aquel artículo me valió un premio a nivel estatal. Fue sencillamente genial y mi consagración definitiva en el periodismo. ¡Dios, qué derroche de ingenio! Yo demostraba la grave contradicción que suponía todo aquello. Habíamos liberado a Cuba del colonialismo español, pero quizás solo buscábamos nuestro propio beneficio. Hay mucha gente que piensa que nunca debimos intervenir, porque, si nos quedamos, acabaremos abusando de sus recursos en beneficio propio y, si nos vamos, les dejaremos sumidos en el caos. En esto acaba el intervencionismo americano que trata de imponer un nuevo orden mundial y lo único que hace es sumarse a las imposiciones de la más antigua tradición colonial europea. —Seguía bebiendo y cada vez levantaba un poco más la voz y hablaba más rápido y más exaltado. Se veía que estaba disfrutando de verdad con el tema, en el que se creía un auténtico experto y del que había sacado conclusiones propias que había ido desarrollando en sus artículos—. Te pongo otro ejemplo: a Roosevelt se le ocurre que sería una gran idea para el avance comercial mundial la construcción de un canal que una los dos océanos en la parte más estrecha de Centroamérica.

—Sí, eso lo he oído —intervino George, satisfecho por conocer algo de entre tanta información que estaba recibiendo. Esperaba que aquello le pudiera ayudar.

—Pues bien, hace siete u ocho años propuso comprar esa franja a Colombia. Por supuesto, los colombianos se negaron, pero los habitantes de la zona acabaron comprendiendo que la realización del canal podía suponer una fuente de ingresos para ellos y se rebelaron contra su gobierno. De nuevo, nos posicionamos a favor de la revuelta y Colombia no tuvo más remedio que conceder la independencia a lo que ahora se llama Panamá. Por supuesto, los panameños no tienen dinero ni modo de conseguirlo para poder financiar el proyecto, y ahí entramos nosotros, que acabamos comprando la franja del canal y lo explotaremos en nuestro beneficio. ¿Dónde queda la ayuda a los nativos?

—Creo que entiendo su idea. A pesar de la confianza de los ciudadanos en el estado, la tentación de seguir creciendo económicamente le lleva a este a cometer los mismos atropellos que trata de corregir en las entidades privadas.

—¡Pero hay más!, y esta es la nueva teoría que estoy desarrollando a medida que escribo: a costa de abrir la mano para abarcar asuntos lejos de nuestras fronteras, el estado ha abierto los dedos y comienza a perder lo que tenía ya ganado en la palma. Proliferan otra vez negocios fraudulentos en lugares lejanos a las grandes urbes de nuestro propio territorio a modo de los consorcios de hace dos décadas.

—Eso ya nos lo dijo el señor Judson —intervino de nuevo George.

—¿Quién?

—El periodista de New Haven. También trabaja para su periódico.

—Vaya. Veo que además soy leído fuera de Nueva York. ¡Qué interesante! Espero que en provincias no exista la costumbre de apropiarse de las ideas de los de la ciudad.

—Entonces, ¿cree usted que el negocio de esos consorcios puede ser tan sustancial como para arriesgarse a delinquir?

—El negocio fraudulento ha existido siempre. Solo hace falta encontrar a alguien con el poder suficiente y la falta de escrúpulos precisa para poner en marcha el mecanismo. Es fácil. Ese alguien superior pone con su poder la documentación necesaria y el modo de que no salga a la luz. Busca a individuos similares pero inferiores que hacen lo mismo en otras pequeñas parcelas de poder y la cosa va creciendo.

—Crawford, el alcalde de New Haven, puede ser de esos segundos, por eso Judson me dijo que era un peón a pesar de su apariencia de dueño y señor. Pero si esto es como usted dice, nos vamos a encontrar con un asunto muy feo que viene de muy arriba, como intuía Williamson. Es difícil imaginar alguien más importante que Crawford envuelto en un lío así.

—¿Porque escapa a tu conocimiento o a tus posibilidades?

—Quizás sea eso. Pero también porque tengo muy presente cuál es mi objetivo en este caso: descubrir a un asesino. —Imaginó la satisfacción de Kate si lo acababa logrando. Se sentiría feliz solo con que ella se le acercase para darle las gracias—. Y aunque empiezo a ver cierto sentido en todo esto, necesito respuestas concretas para lo sucedido en New Haven.

—Si tienen algo que ver ciertas personas o instituciones relevantes, no dudes que habrá que llegar hasta sus sicarios. Pero ten en cuenta que una organización de ese tipo extiende sus tentáculos en muchos ámbitos. —Miró a su alrededor tratando de comprobar que podía hablar seguro. Solo había tres personas en la barra tomando unas cervezas y dialogando despreocupadas y una pareja de jóvenes en una mesa cercana que parecían demasiado atentos a sí mismos—. Si se ha montado bien, la trama puede abarcar desde a políticos, jueces, policías... qué sé yo. Tú me hablas de encontrar al ejecutor material del crimen, que quizá ciertamente puede ser un don nadie. Pero conformarse con capturar a ese desgraciado no solucionará nada. ¿No crees, mi joven policía?

George guardó silencio tratando de imaginar el alcance real de lo que estaban tratando.

—Y siendo tan difícil y tan peligroso... ¿Por qué se involucra Williamson? ¿Por qué me ayuda usted?

—No te equivoques. Lo mío es pura información. Jacob sí que se la juega. Quizás ya se ha hartado de permanecer en la sombra tragando tanta basura y se ha decidido a vomitarla a la cara de alguien... En fin... ven dentro de unos días y procuraré darte más datos de esa compañía minera y ese Crawford.

George volvió paseando agradeciendo el aire fresco después de las tres pintas. No estaba acostumbrado a beber. Sonrió pensando en lo que le estaba cambiando la vida esta profesión. ¿Sería necesario aprender a beber tanto para obtener información? Contempló un gran cartel pintado a mano que anunciaba una película. Representaba a un vaquero con mirada amenazante que desenfundaba el revólver mientras con la mano izquierda situaba detrás de sí a una chica guapísima para protegerla. Al fondo de la imagen se veía a varios buscadores de oro trabajando con sus cribas en un arroyo. *Across the plains*, decía el título, y un poco más abajo, con letra más pequeña, el nombre de la empresa cinematográfica: Bison Life, de Adam Kessel y Charles Bauman. Sería estupendo poder ver una de esas películas con Kate.

Permaneció un rato allí quieto, con la mirada puesta en la chica rubia que protegía el vaquero. Imaginó la tersa piel de Kate y su perfume, que cada vez que la tenía cerca le penetraba hasta lo más profundo del corazón. Quería protegerla, sentirla a su lado, acariciarle el rostro dulce y suave y dejarse embriagar por esos ojos cautivadores.

El agitado ruido de la calle solo servía de fondo para sus pensamientos y sentimientos más profundos. Las ruedas de los carros, las pezuñas de los caballos, los vehículos a motor... Su pensamiento seguía lejos, cerca de Kate... El sonido se hizo de pronto más fuerte, más estruendoso, más cercano... más... Apenas pudo volverse y distinguir el automóvil que se le echó encima. Solo le dio tiempo a colocar las manos delante cuando el vehículo lo lanzó sobre el parabrisas y salió rodando sobre el capó y despedido contra la pared. El vehículo no se detuvo. Volvió a bajar de la acera y su motor rugió al acelerar todo lo que podía para perderse entre la gente y el caótico tráfico. George quedó inmóvil, sangrando por la cabeza, con las piernas cruzadas y los brazos extendidos.

SEGUNDA PARTE

1
Tensa calma

New Haven. 14 de febrero de 1912.

Había trascurrido tres semanas exactas desde el desgraciado accidente de George en Nueva York. Nadie se atrevía a asegurar que hubiese sido intencionado, pero la idea había pasado por la mente de todos, principalmente de Kate y del sargento Williamson. Tampoco en el departamento de policía se daba por buena la versión de algunos testigos, que poco o nada aportaron, salvo que se había producido un accidente en la calle y un coche salió huyendo, mientras aquel chico quedaba tendido en el suelo. Kate recordaba haberlo tratado con dureza, exigiéndole resultados, premura, y no sabía cuántas cosas más, y le preocupaba que aquello pudiera haber provocado una reacción en el joven, que habría tratado de resolver el caso, incluso por encima de sus posibilidades. En definitiva, se sentía culpable.

Algo muy parecido le sucedía a Jacob, el veterano policía, que, recuperando el celo policial y el entusiasmo, se había involucrado en exceso en aquel caso y había arrastrado al novato George con él. Intuía el peligro. Una persona tan experta como él lo presagiaba… y aun así… envió a George directo a una trampa casi mortal. No podía perdonárselo. Le había dado mil vueltas a lo sucedido. Garabateaba nombres y flechas en un viejo cuaderno con su lápiz de madera que hacía años que no usaba... Nada encajaba. Pero ahora más que nunca lo iba a resolver por encima de cualquier otra cosa en este mundo. Se lo debía. Aquel chico le había devuelto la ilusión y debía corresponderle con la sabiduría acumulada en tantos años de servicio, los buenos y aquellos otros desperdiciados. De todo había acumulado un caudal de experiencia que ahora sacaría de su mochila para desentrañar aquel o aquellos asesinatos junto con el accidente de su pupilo.

Los días se habían sucedido lentamente en aquel invierno especialmente duro a causa del frío y la nieve. Por eso Kate no había podido acercarse a Nueva York todo lo que hubiera deseado. George había sido operado de doble fractura en la pierna izquierda y tratado del traumatismo craneal provocado por el atropello. La madre del joven pasaba los días y las noches a la cabecera de su cama rezando y proporcionando cariñosos cuidados a su hijo. Kate había permanecido tres tardes enteras junto a ambos, pero no creía oportuno quedarse por las noches. No cabía manifestar tanta familiaridad, a pesar de que su corazón le pedía a gritos hacerlo. Rose la consolaba, pero era de la misma opinión. La separación para coger el último tren de la tarde suponía un sufrimiento que crecía en cada visita, y los días se hacían monótonos y aburridos con un único pensamiento en su cabeza: volver a ver al joven y esperar su pronta recuperación.

Williamson se mantuvo ocupado diseñando primero un plan de acción y después tratando de llevarlo a cabo con la mayor celeridad y precisión posibles. Movió todos los hilos dentro del departamento para intentar recopilar una información que estaba seguro que encontraría tarde o temprano. Al menos se esforzaría por obtener una pista veraz y fiable. La policía siempre tiene medios de conseguir información. Había que explotar al máximo la juventud del joven para mover los sentimientos de los policías veteranos. No se puede permanecer impasibles ante la agresión a un miembro del cuerpo. De ahí tendría que salir el cabo del hilo por el que iba a desenredar aquella madeja.

En una de sus visitas a New Haven el policía encontró a Kate llorosa y desanimada. Él no se sentía mucho mejor, pero, haciendo alarde de su oficio y veteranía, fue capaz de consolarla, y además le encomendó que siguiese con su tarea de leer aquel códice y otros libros que creyese oportuno hasta obtener la máxima información posible. La universidad poseía una rica biblioteca. La convenció de que así los días pasarían más rápido y se sentiría útil. Había que resolver aquel asunto y ella tenía encomendada una labor. Kate aceptó el encargo enjugando sus lágrimas. Le parecía imposible que todo lo que amaba se hubiera desvanecido en el trascurso de las últimas semanas, pero había ocurrido así y había que hacer frente a los acontecimientos. Además, estaba el viaje. Hiram seguía con los preparativos, y a pesar de las ganas que tenía la joven de permanecer junto a George, la situación se estaba volviendo tan extremadamente peligrosa que, efectivamente, pensar en aquella aventura no era nada descabellado sino una estupenda salida hacia adelante. La obligación de acometer aquel viaje no le disgustaba en absoluto, por el contrario, esperaba con ansiedad el momento de separarse de aquel ambiente, aquella universidad y aquellos lugares con tan ingratos recuerdos. La madre de George cuidaría de él, y la policía, sin duda, habría aprendido la lección y no permitiría que volviese a sucederle nada malo. Si el caso de su padre había provocado todo aquello, era mejor que George se olvidase de aquel asunto, de ese modo ya no correría ningún peligro.

Animada por la evolución favorable de George, por el hecho de sentir que estaría fuera de peligro y por la proximidad de la partida a Perú, Kate salió hacia la universidad. En esta ocasión prefirió hacerlo discretamente, sin informar ni al rector, su tío, ni a su primo. Se dirigió directamente a la biblioteca. Solicitó cuanta información pudiesen darle sobre los incas del Perú, dado que el códice exigía unos conocimientos de aquel pueblo en un tiempo y un lugar muy concretos. El bibliotecario, un hombrecito mayor, profesor jubilado que se mantenía en la universidad por pura afición, cogió un cuaderno donde constaban todos los libros de la biblioteca. Eran más de quince mil, según le comentó con orgullo. Pero apenas pudo citar un par de ellos relacionados con ese tema con títulos poco alentadores. Era un tipo espabilado y que había tratado mucho con James. Le comentó que a veces su padre solicitaba ejemplares de manera directa por todo el mundo y que incluso él le había visto ojeando textos antiguos y valiosos. Sabía lo que Kate andaba buscando. Había oído hablar de la anterior expedición al Perú y de la próxima que no tardaría en llevarse a cabo.

—Y dónde puedo encontrar alguno de esos ejemplares que mi padre adquiría de forma directa —preguntó Kate sin demasiado entusiasmo y algo decepcionada.

—Supongo que en su propio despacho. Si lo desea, puedo acompañarla y buscamos juntos en las estanterías.

Kate aceptó más por cortesía que por convicción. Recorrieron los pasillos atestados de alumnos y entraron de nuevo en el despacho de su padre, que permanecía intacto hasta que se completase la investigación.

El amable bibliotecario fue revisando meticulosamente los ejemplares de aquellas estanterías repartidas entre dos de las cuatro paredes. Las otras eran la de la puerta de entrada, en la que había un perchero de árbol de madera y un paragüero, y la opuesta, en la que estaba la ventana que daba a los patios interiores con jardín y algunos árboles. Haciendo esquina entre la pared de la ventana y la lateral derecha, se hallaba una chimenea con repisa, la misma de la que el agresor del señor Chapman había cogido la figura de piedra, que la policía guardaba como prueba contra un asesino que no tenía nombre, al menos de momento. Pero en ninguna de las estanterías encontraron ningún libro que tuviese que ver con el tema de Perú. Parecía increíble. Kate llegó a pensar que, de existir tales libros, alguien se los habría llevado.

El viejecito se rascó la cabeza. Se quedó mirando los libros una y otra vez, y volvió a revisar los lomos. Algo no encajaba. Por poco que fuese, algún libro sobre Sudamérica o los incas o Perú debía haber. Nada. Se sentó en la silla del despacho. Kate seguía observando, además de los libros, los cuadros y objetos a su alrededor, aspirando el aroma del ambiente. Cuando el hombrecito se sentó, ella empezó a ojear los lomos leyendo en voz alta los títulos. Uno de ellos le llamó la atención. Era la novela de Oscar Wilde *El príncipe feliz*. Era extraño que su padre tuviese allí aquella novela. Sencillamente, estaba fuera de sitio. La extrajo para ojearla. Y entonces, el viejo bibliotecario se levantó.

—¡Claro! ¡Cómo no se me había ocurrido antes! —exclamó con júbilo.

El fondo de la estantería era demasiado amplio. ¡Fácilmente podría caber una fila de libros detrás de los que estaban expuestos! Y con esa idea comenzó a sacarlos, depositándolos sobre la mesa. Kate lo comprendió enseguida y empezó a imitarle. Y fue el anciano quien primero emitió una exclamación de júbilo.

—¡Aquí están!

Y extrajo uno tras otro hasta seis libros, todos ellos referentes a la historia de Perú y de los incas. Kate los fue cogiendo en sus manos incrédula, a la par que el bibliotecario leía los títulos con gran entusiasmo y repitiendo una y otra vez: lo sabía, lo sabía.

—Bien, y ahora, señorita, ya tiene usted trabajo si pretende leerlos todos. Así que... la dejo sola —dijo sonriente el anciano—. Puede permanecer aquí, ir a la biblioteca o llevárselos a su casa. No creo que nadie tenga ningún interés en ellos excepto usted misma.

Kate asintió. Se acomodó en la silla del escritorio y comenzó a leer. Aquello iba a llevarle varios días.

> Año de 1534, a nueve días del mes de enero, llegó al río de Sevilla la segunda nao, nombrada Santa María del Campo, en la cual vino el capitán Hernando Pizarro, gobernador y capitán general de la Nueva Castilla. En esta nao vinieron para su majestad ciento y cincuenta y tres mil pesos de oro y cinco mil y cuarenta y ocho marcos de plata. Mas trujo para pasajeros y personas particulares trecientos y diez mil pesos de oro y trece mil y quinientos marcos de plata, sin lo de su majestad. Lo sobredicho vino en barras y

planchas y pedazos de oro y plata, cerrado en cajas grandes. Allende la sobredicha cuantidad, trujo esta nao para su majestad treinta y ocho vasijas de oro y cuarenta y ocho de plata, entre las cuales había un águila de plata que cabían en su cuerpo dos cántaros de agua, y dos ollas grandes, una de oro y otra de plata, que en cada una cabrá una vaca despedazada; y dos costales de oro que cabrá en cada una dos hanegas de trigo, y un ídolo de oro del tamaño de un niño de cuatro años, y dos a tambores pequeños. Las otras vasijas eran cántaros de oro y plata, que en cada uno cabrán dos arrobas y más. ltem en esta nao trujeron, de pasajeros, veinte y cuatro cántaros de plata y cuatro de oro. Este tesoro fue descargado en el muelle y llevado a las casas de contratación, las vasijas a cargas, y lo restante en veinte y siete cajas, que un par de bueyes llevaban dos cajas en una carreta. En el sobredicho año, el 29 del mes de junio, llegaron otras dos naos; en la una venía por maestre Francisco Rodríguez y en la otra Francisco Bon; en las cuales trujeron para pasajeros y personas particulares ciento y cuarenta y seis mil y quinientos y diez y ocho pesos de oro y cinco mil y cuarenta y ocho marcos de plata. Mas trujo Allende de las vasijas y piezas de oro y plata sobredichas, suma el oro de estas cuatro naos setecientos y ocho mil y quinientos y ochenta pesos. Es tanto un peso de oro como un castellano; véndese comúnmente cada peso por cuatrocientos y cincuenta maravedís; y contando todo el oro que se registró de todas cuatro naos, sin poner en cuenta las vasijas y otras piezas, suma lo restante trecientos y diez y ocho cuentos y ochocientos y sesenta y un mil maravedís. Y la plata es cuarenta y nueve mil y ocho marcos. Es cada marco ocho onzas, que contándolo a dos mil y doscientos y diez maravedís, sobre todo la plata, ciento.

Verdadera relación de la conquista del Perú y provincia del Cuzco, llamada la Nueva Castilla, publicada en 1534. Francisco de Jerez.

New Haven, 17 de febrero de 1912.

Rose abrió la puerta de casa. Kate llegaba a la hora de la cena. Había permanecido todo el día, al igual que los tres anteriores, en la universidad.

—Tienes cara de cansada, hija —le dijo en cuanto la vio aparecer—. Tienes ojeras porque no descansas lo suficiente. No creo que sea tan importante leer esos libros.

—Bueno, estoy aprendiendo muchísimo y creo que me va a hacer falta para el viaje.

—¡Ese dichoso viaje! —Rose se sentó y comenzó a llorar.

Kate la abrazó y la besó suavemente en la frente. Le dolía ver así a Rose, pero era necesario participar en la expedición del señor Bingham.

—¿Quieres que te cuente cómo los españoles consiguieron atrapar al último rey inca? —le ofreció Kate por desviar la conversación—. Mira, los incas eran los indios que habitaban en el Perú cuando llegaron los españoles.

Rose cogió las manos de Kate entre las suyas, recostó su cabeza en el pecho de la chica y le dijo:

—Sí, hija, cuéntame. Te escucho.

—Sabes que leí el diario de Bingham.

—Sí, hija, lo recuerdo.

—En él cuenta la historia de cómo descubrió Machu Picchu. ¡Qué apasionante!, ¿verdad? Descubrir una ciudad antigua. Bueno, pues también habla un poco de la historia de los últimos incas, los que vivían en la ciudad, qué les pasó y por qué la abandonaron.

—¿La abandonaron?

—Más o menos. A ver, el último rey de los incas se llamaba Huayna Capac. Todos los nombres son así de raros. Gobernaba una extensión enorme que ocupaba mucho más de lo que ahora es Perú. Y además en poco más de cien años. Fue una civilización que surgió y se extinguió en muy poco tiempo.

—Cuánto sabes, hija. Ya me gustaría a mí haber estudiado como tú.

Kate sonrió por la ocurrencia. Recordaba la conversación con su primo Jeremy y el profesor Grisham. Jeremy había dejado claro que las chicas no tenían acceso a estudios superiores.

—Huayna Capac tenía tres hijos. Pero el más fuerte y el más preparado para la guerra, que se llamaba Atahualpa, era hijo ilegítimo.

—Los reyes siempre han tenido esos líos de hijos y esposas —intervino Rose para demostrar que seguía el hilo de la historia.

—Cuando llegaron los españoles, nombró general de sus ejércitos a Atahualpa, y el heredero legítimo, que se llamaba Huáscar, se enfadó y le pidió la separación de la dote. El rey dividió el reino en dos. Poco después se murió, por lo visto de viruela, que debía ser una enfermedad mortal para los indios y que causó entre ellos auténticos estragos. Entonces prepararon el ejército para luchar contra los españoles, pero Huáscar estaba tan ofendido por su hermano ilegítimo que se puso en su contra.

—En contra de... ¿Atahualpa?

—Sí. Y además, Huáscar ofendió a su padre, y entonces Atahualpa lo apresó. Pero... Huáscar, que no sería tan buen guerrero pero era muy listo, ya había previsto que eso podía suceder, así que mandó a uno de sus servidores, Huamán Mallqui —leía los nombres de su cuaderno de notas— que si le ocurría algo fuese a pactar con los españoles para derrotar a su hermano Atahualpa.

—¡Qué tontos! —exclamó Rose—. ¿En lugar de unirse contra los españoles, que les invadían, riñen entre ellos?

—Sí, pero la derrota fue mucho más complicada que todo eso. Mira, este sirviente o general, o lo que fuese, va y se viste con el traje de gala y con sus plumas de colores y se presenta al capitán español que se llamaba Pizarro. Le dice que, si le ayuda a liberar a su jefe Huáscar, le promete que este le apoyará en la batalla definitiva que va a tener lugar allí mismo, en un sitio llamado Cajamarca, contra Atahualpa, y que dispone de doce mil guerreros que pondría a su disposición contra sus hermanos.

—¡Qué traidor! —volvió a exclamar Rose.

—Ni que decir tiene que al tal Pizarro se le abrieron las puertas del cielo, porque solo tenía ciento setenta y siete hombres, y de ellos solo unas pocas docenas a caballo. Estaban agotados del viaje, enfermos, cojos y a duras penas se tenían en pie. Y se temía que el ejército completo de Atahualpa debía superar los cuarenta mil hombres.

—¿Y qué pasó? Ese Pizarro aceptó, claro.

—Claro. Los españoles llevaban unas armaduras metálicas resplandecientes, y como el Dios de los incas era el Sol, todo lo que resplandecía les parecía divino. También estaban los caballos, unos animales que no habían visto jamás en aquel continente, por lo que, al principio, no sabían de qué animal se trataba. Llegaron a llamarlos perros gigantes. Les maravillaba aquel animal en el que se montaban los hombres venidos de más allá del mar. Y también usaban armas de pólvora que los indios desconocían y que mataban a distancia como por magia y con humo. —Kate hacía aspavientos con las manos simulando el efecto mágico del humo de la pólvora—. Todo aquello impresionaba mucho. Así que, cuando al día siguiente salieron al campo de batalla a parlamentar, decidieron sacar partido a todos aquellos elementos que eran mágicos para los nativos.

—Es una historia muy bonita. ¿Qué hicieron?

—Fíjate. Los incas se presentaron bien formados. Llevaban en andas a su rey en un pedestal de oro macizo que pesaba por lo menos cien kilos. Las mujeres iban delante arrojando pétalos de flores. —Kate seguía gesticulando de pie, mientras Rose la miraba encandilada por la historia y la gracia de la chica—. Los españoles habían abrillantado sus armaduras en un intento de mostrarse más temibles, aunque sus ropas estaban destrozadas y apenas se sostenían. Pero, claro, entre enfrentarse a aquel ejército y dar media vuelta... Se habían encontrado con tribus terribles, plagas de mosquitos, enfermedades, sed y tantas otras adversidades, que nada... sacaban pecho y aguantaban a ver qué pasaba. Pero estaban impresionados ante tal exhibición de poder y grandeza.

—Bueno, hija, y entonces cómo consiguieron derrotar a ese ejército. Me tienes en ascuas.

—Todo sucedió muy rápido. Lo he tenido que leer varias veces para creérmelo, de verdad. Mira, Atahualpa estaba sentado en sus andas esperando a que se presentasen sus rivales. Pizarro eligió para acompañarle a un sacerdote y a un traductor, un tal Felipillo que era conocido como «El Perverso», ¡ja, ja! o sea, que fíjate de qué poca confianza.

—Todo estaba en su contra. A ver con qué me sorprendes.

—Voy. Atahualpa en los pórticos de una sala dorada con su guardia ¿vale? El sacerdote levanta la Biblia en alto y pronuncia, como hacen los sacerdotes, con vehemencia, una oración de presentación.

—¿Y por qué hizo eso?

—Pues porque… —Kate puso cara de «si me interrumpes constantemente no voy a terminar», pero no le dijo nada a Rose. La asistenta todavía llevaba el pañuelito húmedo por las lágrimas, y quería tratarla con mimo— el descubrimiento de América fue entendido por los españoles como una tarea de conversión además de colonización. Creían que todo ser que no era cristiano iba al infierno, así que había que convertir a los salvajes. La Iglesia estaba por encima de todo en aquella época.

—Vale. Sigue —le pidió Rose.

—Bueno, el sacerdote levantando la Biblia y orando con vehemencia. Felipillo traduce a Atahualpa y, no se sabe qué traducción hizo, pero el rey empezó a vociferar, le quitó la Biblia al sacerdote y la arrojó al suelo con fuerza. Los guardias perplejos. Todo el mundo se asusta. Un caballo se desboca. A un soldado se le dispara su arcabuz… y, ante tanto desconcierto, Pizarro ordena rodear al monarca. Aparecen los doce mil hombres de Huáscar… empiezan a disparar todos los soldados al aire, los caballos encabritados, y los soldados incas, que no recibían ninguna orden, asustados y atónitos viendo a su rey rodeado.

—¿Y qué pasó entonces? —preguntó Rose intrigada.

—Que los indios eran muy supersticiosos, ¿sabes? Creyeron que sus dioses les habían abandonado y que la mala suerte se había cebado con ellos.

—¿Eso creyeron? ¡Pero si eran cuarenta mil y los otros unos pocos!

—Ya, pero los indios, sin líder, no toman decisiones. Su rey es su dios en la tierra. Al verlo rodeado de españoles que disparaban sus arcabuces, se aterrorizaron y permanecieron inmóviles. Los doce mil hombres de Huáscar tomaron posiciones alrededor del ejército y los hombres de Pizarro alrededor de Atahualpa y nadie decidió luchar. Al contrario, algunos empezaron a darse a la fuga, y como los españoles no lo impedían, en un momento el ejército desapareció. Se dice expresamente que aquel episodio duró cincuenta minutos.

—Qué batalla tan corta —exclamó Rose con una sonrisa—. ¿Y qué hicieron después?

—Condujeron a Atahualpa a una sala vigilada como si fuese una cárcel. Los españoles no daban crédito a su buena suerte, y pensaron que había llegado el momento de resarcirse de tantas calamidades y recoger la recompensa. Así que, sin esperar siquiera a que cayese la noche, empezaron a saquear la ciudad.

—¿Así eran los españoles?

—A ver, Rose, piensa que los que iban a América eran gente de baja ralea, marineros incultos, incluso presos a los que les ofrecían ir a América a la conquista. Piensa que morían la mayoría entre el viaje y la expedición en tierra, y ellos lo sabían. Pero los que sobrevivían tendrían la recompensa de conseguir riquezas incalculables. A eso iban y a eso se dedicaron toda la tarde y toda la noche de aquel día. El vencedor se quedaba con todas las pertenencias de los vencidos.

—Sigue, sigue, a ver cómo termina esto.

—Pues ahora viene lo más interesante. Atahualpa ve lo mucho que les gusta a los españoles el oro. Ellos consideraban el oro como un mineral brillante que les servía para acercarse a su dios.

—El dios Sol —interrumpió Rose para demostrar a Kate que había estado atenta.

—Sí. Inti, le llamaban ellos. No daban más importancia al oro. De hecho, consideraban más decorativas las conchas que el oro. Pero Atahualpa era muy listo y se dio cuenta de lo que les gustaba a los españoles el oro, la plata y las piedras preciosas, y llamó a Pizarro y le prometió llenar la sala en la que se encontraba de oro. Y le dijo que mientras él estuviera vivo seguiría llegando oro sin cesar.

—Quería impedir que lo mataran, claro.

—Claro. Eso hacían ellos con los líderes de sus adversarios. Los mataban. Pizarro aceptó y Atahualpa dio la orden de que trajesen carros enteros de oro desde Cuzco, su capital. Pero Cuzco estaba muy lejos. Había por lo menos cuarenta días de ida y otros cuarenta de vuelta. Atahualpa confiaba en que entre tanto sus tropas serían capaces de organizarse en torno a un general que se llamaba Rumi Ñawi, que a su vez hacía las funciones del Sumo Sacerdote. Seguro que entendían que, si había dejado encargado a Rumi Ñawi de aquello, también sería capaz de organizar al ejército. Rumi Ñawi empezó a desconchar el oro del templo del Sol y el del palacio real, y a llenar carros de oro que mandaba a Cajamarca, y envió emisarios para saber de Atahualpa. Los españoles eran conscientes de la gran suerte que habían tenido, y pensaron que quizás los indios de Huáscar, al ver que les quitaban todo, se arrepentirían y se pondrían de parte de Atahualpa. En definitiva, que decidieron coger lo que tenían ya, que era infinitamente más de lo que hubieran soñado, y huir, matando primero a Atahualpa, claro. Pero, al ver los preparativos, los emisarios se lo comunicaron a Rumi Ñawi, y este mandó esconder el oro y las joyas. No solo el que iba de camino. Todo lo que había en Cuzco también y todo lo que poseían los incas en sus ciudades.

—¿Y qué pasó después?

—Pues que mataron a Atahualpa y los indios creyeron que sus días de buena suerte habían terminado. Los españoles empezaron a arrasar todo lo que pillaban por el camino. Cada vez fueron llegando más españoles buscando todas aquellas riquezas, y así comenzó la explotación de los indios, a lo que usaban como mano de obra para excavar en las minas. Además, les trasmitían enfermedades para las que no estaban inmunizados. No se sabe cuántos murieron entre las pestes, las enfermedades y la explotación. Y eso es lo que cuenta Huamán Poma en su códice.

—¿Y nunca se rebelaron?

—Sí. Parece que hubo varios líderes que lo intentaron, pero los españoles los fueron ahorcando a todos, uno por uno.

—¡Qué barbaridad, hija!

—Y esa es la historia del códice. Pero sigo sin entender a dónde me va a llevar en última instancia la comprensión de la historia de estos incas.

—Bueno, como tú has dicho, conocer todo eso te ayudará a entender lo que te vas a encontrar en el viaje y quién sabe si algo más. —Y comenzó a llorar de nuevo en cuanto pronunció la palabra «viaje».

—Rose, por favor —pidió desesperada Kate—. No empieces otra vez.

—¡Ay, hija! Que no lo puedo evitar. Sabes que no puedo acompañarte. Mi niña, ¿sabrás cuidarte sola por esos mundos de Dios? Me siento muy mal.

—Ya lo hemos hablado mil veces. Es algo que debo hacer.

Kate también se sentía mal por dejar llorando a Rose, pero su decisión era firme y ya no había marcha atrás. Tampoco se iba para toda la vida. Era un viaje, una aventura, quizás una expedición iniciática que daría comienzo a una nueva forma de vida y podía poner fin a un misterio sin resolver… ¿o eran demasiado altas estas expectativas? De todas formas, todo estaba preparado.

—Por cierto, se me olvidaba —añadió Rose—. Ha llegado una carta de un señor con un nombre muy raro y del extranjero.

—A ver. —Y la recogió de manos de Rose—. Richard Pietschmann. Universidad de Gotinga. ¡Este es el que poseía el códice original! Gracias, Rose.

—¿Y es importante?

—Espero que en la carta encontremos algo interesante que aporte luz al asunto. La persona que envió el códice original a papá tiene que saber algo.

Y Kate leyó en voz alta para las dos el contenido de la carta. Abrazadas, con las mejillas juntas, compartiendo la lectura, el interés… el cariño.

2

El viaje hasta Cuzco

Lima, 7 de junio de 1912.

ESTIMADO SR. Barcroft:

Me animo a escribirle en cuanto nos hemos instalado en tierra firme, ya en América del Sur, tal y como le prometí en nuestra despedida. Espero que al recibo de esta su estado sea algo más favorable como los médicos nos dejaron dicho en nuestra última visita. No termino de hacerme a la idea de lo ocurrido, pero supongo que todo forma parte del mismo cúmulo de circunstancias en que nos hemos visto inmersos en estos últimos meses.

»Pero mi intención no es entristecerle, sino tenerle informado de nuestra situación y cuanto nos está aconteciendo en este viaje, que es mitad maravilloso, mitad agobiante. Quizás con la lectura de esta pueda usted salir de la habitación y entretenerse imaginando lo que le escribo. Procuraré ser lo más descriptiva posible, aunque en lo referente a vehículos, trenes y caballos que a usted le gustan tanto no pueda serlo dada mi ignorancia más absoluta. Yo nunca había viajado en barco. El nuestro se llamaba *Star White*. Tenía dos grandes chimeneas y un espacio reservado para veinte pasajeros. Pero el espacio más amplio estaba destinado al transporte de mercancías. Desde luego, no era en absoluto comparable a ese imponente buque, el *Titanic,* que se hundió el 14 de abril. Menuda tragedia. Ha sido una noticia comentada durante todo el trayecto una y otra vez. Tantos muertos y de esa manera tan trágica… Para una vez que embarco, sucede esa tragedia. Bueno, le contaré mi experiencia en ese otro buque mucho más discreto y, desde luego, mucho menos lujoso.

»Desde nuestra partida de New Haven hemos recorrido muchos kilómetros de océano y hemos visitado algunos lugares maravillosos, o a mí me lo parecían, por ser paisajes exóticos y distintos totalmente a lo que estoy acostumbrada. Aprovechábamos las paradas de aprovisionamiento para visitar las ciudades. Miami, nuestra primera parada, es un lugar con extensas playas de arena muy blanca, aguas trasparentes y gran vegetación. Paseamos por la ciudad y sobre todo por la playa antes de subir de nuevo a nuestro barco. Cuando pasamos cerca de Panamá, la parte más estrecha entre América del Norte y del Sur, Hiram me explicó que se estaba construyendo un enorme canal para no tener que dar la tremenda vuelta que nosotros vamos a dar. Tras el estrepitoso fracaso de los franceses, que no pudieron terminar la obra, ahora son los norteamericanos los que afrontan la empresa y parece que muy pronto se inaugurará.

»La segunda parada ha sido en La Guaira, que es el puerto de Caracas en Venezuela. Antes de atracar, como dicen los marineros, ya divisábamos un enorme fuerte defensivo. Todos hablaban de los piratas del mar Caribe. Yo no sabía que se llama Caribe por los indios caribes y que su lengua también se llamaba caribe. Algo que parece común a los lugares que llegamos es que son muy importantes por algo. La Guaira es el centro naval más importante de Sudamérica. Allí se estableció la Real Compañía Guipuzcoana en la época colonial, objeto de continuos ataques de piratas y corsarios enemigos de los españoles. Al desembarcar y dejar atrás el fuerte San Carlos, se veían casitas de pescadores alrededor de la costa y como colgadas de las montañas. Caracas está solo a 11 kilómetros del mar, pero a casi mil metros de altitud, por eso se construyó muy pronto una línea de ferrocarril para comunicar la capital con el puerto, hace unos veinticinco años más o menos. Mi primo dice que dos importantes empresas de Inglaterra y Estados Unidos pugnaron por construir el ferrocarril y se lo quedaron los ingleses. Recorrimos las calles de La Guaira observando a sus gentes tan peculiares. Un pueblo tropical con mucha historia reflejada en sus casas antiguas, pobres pero bien pintadas de blanco. Las mujeres montan en la calle puestecitos de venta de frutas y pescados. Embarcamos en cuanto nos aprovisionamos de víveres.

»De nuevo el océano Atlántico, bordeando América del Sur, hasta el punto más saliente del continente: una ciudad de Brasil llamada Fortaleza. ¡Ah! Se me olvidaba. Poco antes de Fortaleza nos sorprendió una tormenta impresionante. Cada trueno resuena muchísimo en el mar, y te sientes totalmente indefensa, a merced de esas olas gigantescas que amenazan con hundir el barco en cualquier momento. El capitán decidió acercarse a la costa para reducir el efecto del oleaje. Mi primo quiso hacerse el valiente y tranquilizarme, pero empezó a vomitar de tal manera que dejó vacío su cuerpo y tardó dos días en recuperarse. Avistamos por fin el puerto y fue un alivio para todos. Los marineros parecían más tranquilos, pero los pasajeros vivimos unas horas angustiosas. De Fortaleza le diré que su nombre viene del fuerte que construyeron los holandeses en el siglo XVII. Hiram me contó que el puerto se hizo famoso porque de ahí se exportaba a Inglaterra una gran cantidad de algodón, lo que propició que se construyeran ferrocarriles para llevar los productos agrícolas del interior hasta el puerto. Había muchos esclavos en aquellas plantaciones. Llegó a ser capital del estado. También es una zona de inmensas playas a lo largo de toda la costa.

»El descanso en tierra se agradecía antes de seguir por la costa de América del Sur. Y así llegamos a Montevideo, en el estado de Uruguay. El nombre viene de una anotación de los españoles sobre su situación geográfica, porque la ciudad se encuentra en el sexto monte que se ve sobre la costa navegando por el río de la Plata de este a Oeste (Monte VI d E O). Para llegar hasta esta ciudad, efectivamente tuvimos que introducirnos por el río hacia el interior muchos kilómetros. Una desembocadura como yo jamás había visto. Llegamos por la tarde y permanecimos esa noche. Al amanecer partimos.

»La última parada cercana al temido cabo de Hornos la hicimos en un pueblecito llamado Puerto San Julián. El capitán ordenó proveerse y prepararlo todo. El clima suave favorecía el paso, y el capitán, un hombre maduro con barba blanca y un gorro de lana, no quería esperar. A los marineros, curtidos por tantas travesías, se les notaba más tensos. Temen las tormentas del cabo. Cruzar el cabo de Hornos con sus témpanos de hielo, icebergs amenazantes, no es tarea fácil. Por lo visto es lo más peligroso del trayecto y ha habido barcos que han estado retenidos aquí más de una semana esperando bonanza.

»Según nos dirigíamos al sur el ambiente se fue tornando inquietante. Los marinos contaban sus aventuras de tragedias y naufragios en aquellas aguas; también nos comentaban los nombres de las islas, relacionados todos con animales, como los lobos, los cormoranes etcétera. Hiram, como científico, nos recordó el viaje de Darwin y la importancia de su paso por aquellos lugares para su libro sobre la evolución de las especies. Es la Tierra del Fuego, la más austral del planeta. El barco tuvo que soportar las embestidas de las olas, que para los expertos eran normales. Y así, entre islas paradisíacas, fuimos dando la vuelta al otro lado del continente. La siguiente parada la realizamos en el que fue el primer puerto industrial y pesquero, llamado Talcahuano, ya en Chile.

»Y hoy, por fin, hemos llegado a Lima. Hemos venido en ferrocarril desde El Callao, el puerto más grande y bonito de toda América del Sur, según dicen los lugareños. Desde luego, la visión desde el mar a medida que te acercas se corresponde con esa idea. Me ha entusiasmado por su apariencia de ciudad amurallada construida para defenderse de los piratas. Al aproximarnos, yo estaba apoyada en la barandilla y me imaginaba la defensa desde aquellas murallas que llaman El Cerco contra el asedio del famoso pirata Drake, que navegó muchas veces por estos mares. La realidad más próxima era la lucha por la independencia contra los españoles no hace muchos años. Los restos de cien batallas se aprecian todavía en los paredones, con enormes agujeros e impactos de bala de cañón en toda la ciudad, por otro lado bastante pobre, con callejuelas estrechas y ennegrecidas que hemos recorrido en calesa hasta llegar al ferrocarril. Pero antes, como teníamos tiempo, al doctor Bingham se le ha ocurrido que podíamos visitar un pequeño lugar de encuentro en la parte más vieja del puerto, una especie de taberna donde se reúnen viejos pescadores, aventureros y charlatanes, a contar sus hazañas, sucesos a veces ciertos, quizá fantaseados a medias o trasmitidos de boca en boca hasta perder sus orígenes. Su nombre estaba escrito en un cartel de madera que simulaba su significado, El Tronco, en la calle de Santa Marina Norte. Ha sido curioso oír a aquellos viejecitos sentados en taburetes con las pipas en sus bocas desdentadas. Bingham nos ha dicho que hablaban en esa ocasión de unos piratas que atacaron la ciudad solo por divertirse. Iban ebrios de alcohol porque habían estado celebrando el asalto con éxito de un gran buque español. Buscaron mujeres y ron y partieron por donde habían venido con una buena tropa de marineros incautos que quisieron sumarse a esa vida gloriosa en el mar.

»Bingham nos ha insistido en el goce de esas narraciones populares en su lengua nativa. Entre la broza de la fantasía que las adorna, puede descubrirse la pista para encontrar tesoros, como las ruinas de Machu Picchu. Yo comprendía la profundidad de esa literatura popular fresca y auténtica, origen de ritos y mitos ancestrales. Y con sus voces, resonando todavía en mi interior, nos hemos dirigido a la estación. He preguntado para poder informarle a usted y me han dicho que la línea El Callao–Lima es la más antigua de toda América del Sur.

»Al llegar a Lima, «La ciudad de los reyes», hemos tomado de nuevo una carroza para recorrer las largas avenidas marítimas con enormes playas y después adentrarnos por callejuelas y plazas hasta el viejo caserón donde nos hemos alojado. Por cierto, el cochero vestía una especie de uniforme con una prenda que aquí llaman «poncho». Es como una manta con rallas de muchos colores con una abertura en medio por donde se introduce la cabeza. También usaba una vara en lugar de látigo. No se ría de mí, que bastante lo ha hecho él cuando le preguntaba con gestos. Aquí en la calle se habla español exclusivamente.

»La ciudad tiene una vista peculiar, llena de viejos palacios e iglesias muy blancas y con torres redondeadas, una extraña mezcla del mundo precolombino y colonial. La gente se arremolina en las plazuelas, donde se intercambian toda clase de productos de la manera más primitiva. Se mezclan puestos de tejidos con otros de animales vivos enjaulados o sueltos y frutos exóticos sin ningún orden. La gente viste con ropajes de colores muy vivos, y porta variados tipos de sombreros, a pesar de que no hace demasiado frío. Las faldas de las señoras son muy amplias y hasta los tobillos, y con varias capas de tela. También ellas llevan sombreritos de hongo y gorritos de lana de llama. Hemos atravesado el río Rimac hasta llegar a este palacio que llaman de Torre Tagle y que han mandado habilitar especialmente para nosotros. Parece que el profesor Bingham goza de una gran reputación aquí y, de hecho, nos estaban esperando altas personalidades de la ciudad junto a la imponente portada de piedra. Por supuesto, mi primo estaba que no cabía de gozo (la primera alegría después de un viaje en el que no ha parado de vomitar y apenas ha salido del camarote). Hasta ha mantenido con ellos una larga charla sobre economía, según me han comentado posteriormente. Los conocimientos de mi primo representan, por lo visto, todo un lujo por estos lugares y la máxima expresión de modernidad. A mí, a petición de Jeremy, me habían reservado una habitación que da a uno de los dos balcones de piedra tallada de edificio. Ya sabe cómo es mi primo.

»El profesor Bingham ya nos ha comunicado que solo estaremos aquí lo mínimo preciso para arreglar el papeleo, pues no hay tiempo que perder porque la subvención es limitada y hemos de llegar cuanto antes a Pacareqtambo, «La ciudad del amanecer», de la que continuamente habla el profesor. Así que en unos días nos dirigiremos a Cuzco.

»Como ve, a mí me está ayudando mucho el viaje a relajar la tensión que llegó a ser asfixiante en New Haven. No puedo evitar recordar una y otra vez todo lo sucedido y especialmente lo que le ha ocurrido a usted, de lo que me siento un poco culpable. Sé que fui muy impertinente y le presioné demasiado, cuando lo único que debía hacer era dejarle realizar su trabajo. Quizás ahora no se encontraría donde está, pero, por otro lado, cuando estoy sola me sorprendo trazando planes para tratar de descubrir la verdad de todo este embrollo, y esa es la mitad agobiante del viaje a la que me refería al principio de esta carta. En la soledad del camarote volvían los fantasmas y también las expectativas por encontrar aquí algo relacionado con mi padre, en quien no dejo de pensar. Con estas líneas solo me desahogo, porque sé que usted me comprende, aunque mi mayor deseo sería poder aliviarle de su dolor, y ruego a Dios para su pronto restablecimiento.

»Salude de mi parte a su madre, a quien ya considero una buena amiga después de tantas horas de conversación. Por ella he comprendido su dedicación al trabajo y esa bondad innata que le caracteriza. Mi primo Jeremy me ruega que le trasmita sus buenos deseos y su apoyo, y me dice sonriendo que estaré casi tan bien cuidada como si usted se encontrase aquí, como si yo necesitase sus cuidados, cuando no he parado de llevarle tilas durante todo el trayecto. En fin, le volveré a escribir a usted en cuanto lleguemos a Cuzco o suceda algo digno de mención.

Afectuosamente:

Kate

El viaje de Lima a Cuzco en tren fue un recorrido de 1.659 km por la vía Juliaca o vía de Arequipa. Se trataba de dar un gran rodeo bajando dirección sur por la costa hasta Pisco. El tren se adentró unos kilómetros hasta Ica para volver a recuperar la costa en Chala y Camaná. Una vez allí, tomó dirección este para llegar hasta Arequipa en dirección noreste, subiendo sin cesar de modo lento hasta Juliaca, atravesando así los Andes por un lugar accesible. Por último, siguió dirección norte hasta Cuzco.

Kate, Jeremy y el profesor Bingham dedicaron ese día y medio a muy distintas actividades. Jeremy trató de situarse geográficamente y solicitó al profesor cuanta información creía oportuna. Hiram era una persona abierta al diálogo y sus vínculos con Jeremy le proporcionaban entretenimiento y satisfacción. Veía en el hijo del rector un magnífico interlocutor para promocionar sus viajes y proyectos arqueológicos y etnológicos. Había sido una auténtica suerte que Jeremy se decidiera a acompañarles en un momento tan delicado para la promoción de sus iniciativas expedicionarias. Por su lado, también este se había entusiasmado con la idea. Se le podría calificar de hombre decidido y abierto a todo lo nuevo. Había heredado de su padre la curiosidad del sabio y la inquietud universitaria por el aprendizaje. Sabía que su lado débil tenía que ver con la confianza en las personas, debido a la carencia del amor materno, lo que siempre acababa por repercutir en su relación con quienes le rodeaban. Lo disimulaba, la mayoría de las veces, con la coraza de hombre intelectual. Acaparaba la atención de su entorno debido a su diálogo fácil, fruto de sus conocimientos y su trabajada cultura. Jeremy acusaba la soledad y un fastidioso sentimiento de duda, propio de quien no es capaz de discernir si su situación de privilegio intelectual provoca admiración, respeto o, sencillamente, cierta expectación que se acaba transformando en un preventivo distanciamiento. Es difícil ser amigo del sabio mitad culto, mitad excéntrico ubicado en la cúspide de la pirámide social hasta donde el pueblo no llega y difícilmente comprende.

Aquel viaje tenía para él diversos alicientes. Por una parte, el científico, el más importante, se acoplaba a su nivel. Pero también existía un componente de descenso a las bases sociales acompañado por un magnífico guía, a modo de Virgilio para Dante, y de una hermosa mujer, quizás su Beatriz. En esa relación dantesca pensaba mientras contemplaba el maravilloso paisaje por la enorme ventana del tren. Hasta él, con sus escasos conocimientos físicos, comprendía que se dirigían hacia el sur, con una temperatura que descendía a la par que ellos. Estaban en la estación seca, pero refrescaba y se agradecían los dilatados rayos del sol, que aumentaban su generosidad por el efecto del vidrio. Solo algunas nubes lejanas moteaban el cielo azul. La costa, con sus playas blanquecinas y el océano abierto, fundía su límite con la bóveda celeste. Muy pronto las temibles montañas andinas, de las que tantas veces había hablado el profesor, modificarían el entorno natural.

Jeremy se dirigió a Bingham, que dormitaba con su sombrero de expedicionario cubriéndole los ojos mientras el sol calentaba su cara. Le pidió que le contase, desde el principio, cómo había decidido venir hasta estos lugares. Bingham se incorporó ligeramente, se retiró el sombrero con una mano y satisfizo su solicitud. Comenzó por explicarle que todo había empezado cuando nombraron un nuevo rector de nacionalidad norteamericana en la Universidad Nacional San Antonio Abad de Cuzco, el doctor Albert A. Giesecke. Había dedicado este intelectual gran parte de sus estudios a la actividad arqueológica. En enero de 1911 tuvo una conversación con dos ricos hacendados de la zona que le hablaron de que los alrededores de Cuzco estaban minados de ruinas a la espera de ser encontradas. Entre ellas destacaba la ciudad de Machu Picchu. Giesecke investigó el asunto y pudo confirmar que la información era cierta. Escribió a su colega, el doctor James Chapman de New Haven, su tío, por si decidía interesarse en el asunto y colaborar con él. Su tío sabía que Hiram ya había estado en 1909 en la zona llamado por los rumores de la existencia de ciudades perdidas, según había leído en viejas crónicas y en el diario del viajero inglés Charles Winner. Este hablaba de las ciudades perdidas de Machupicchu y Huaynapicchu tras su viaje en 1876.

El interés de Jeremy creció por momentos y reconoció al mismo tiempo su total ignorancia de las cosas interesantes que ocurrían en su universidad mientras él permanecía inmerso en su Facultad de Economía. No tenía la más mínima idea de cuanto le estaba contando Bingham. Este prosiguió el relato con los sucesos de su primera estancia en Cuzco, cuando se acercó al Archivo Histórico de la Universidad y encontró lo mismo que el rector Giesecke dos años después: las referencias a la ciudad perdida en documentos que dejaban constancia de la delimitación territorial de la hacienda «Cutija» en la provincia de Urubamba. Así que Bingham regresó al lugar con la confirmación de la existencia de la ciudad, los nuevos datos del rector y el apoyo institucional para localizarla. El relato de cómo se hizo realidad el hallazgo el 24 de junio de 1911 entusiasmó al joven economista, que, por un momento, se colocó en el lugar del arqueólogo y le envidió profundamente. Algo pareció remover sus entrañas de erudito que le hizo empezar a apreciar ese aspecto menos práctico pero más rico en vivencias de aquellas expediciones.

Kate también escuchó atentísima todo el relato, y hasta pudo percibir de soslayo ciertas miradas que el profesor le dirigía. Con toda seguridad, se sabía admirado por su trabajo y sus descubrimientos. Ella, en cambio, evitaba que sus ojos se dirigiesen de modo directo al profesor, pues aunque ya hacía tiempo que no le provocaba el nerviosismo del primer día en que le conoció, todavía creía que podía ser una indiscreción y dar pie a malos entendidos.

Por otro lado estaba su primo, que se esforzaba en ejercer cierta tarea de hada madrina. Los hombres y su ego. El tener una persona del sexo contrario les convertía en altivos contrincantes que peleaban por un territorio y una dama. No quería proporcionarles a ninguno de los dos un pañuelo con el cual exhibiesen sus colores, pero ambos parecían querer impresionarla para hacerse acreedores de ese premio imaginario.

Al terminar la narración, Kate hizo un repaso mental de todo lo que hasta entonces sabía: el diario de Bingham parecía encajar perfectamente con lo relatado en ese momento, pero no encontraba ninguna relación, por el momento, con lo ocurrido a su padre. Su mente registró los aparentes vínculos que parecían existir entre los relatos de los viejecitos de El Callao y la historia del explorador, y hasta llegó a pensar si también de las narraciones de Bingham se habrían de desbrozar matorrales que ocultasen la auténtica realidad.

Ahora que se encontraba más cerca del lugar, todo le parecía menos fantástico. Quizás el accidente de George, sumado a la muerte de su padre, le habían condicionado aportándole altas dosis de escepticismo.

Extrajo de su bolsa de viaje el manuscrito de Poma de Ayala y continuó leyendo meticulosamente en la página que tenía marcada, aunque lo hacía sin gran entusiasmo, mientras escuchaba la conversación de ambos hombres. De pronto le llamó la atención una observación a lápiz a modo de glosa al margen. Junto a la palabra «caballo» se apuntaba «otros suelen aguantar brutales distancias: praderas o ardientes arenas» Resultaba una observación extraña. Tantas páginas ¿y aquella era la única observación a lápiz? ¿Con tantos interrogantes que se le habían abierto desde que la muerte de su padre cambiara su vida, la única frase aclaratoria que encontraba en aquel manuscrito era esa simpleza? Pero, después de pensarlo detenidamente, nada de lo que había hecho su padre durante los últimos días de su vida tenía nada de simple ni de innecesario. Recapacitó sobre ello. Tomó un papel y un lápiz y comenzó a garabatear. El caballo había estado presente desde el primer mensaje. Pensó en las minas: personas explotadas al servicio de los españoles escarbando en las entrañas de la tierra para obtener riquezas. Miró por la ventana. El caballo otra vez. ¿Sería tan simple como volver a jugar a las palabras alternando las segundas y terceras letras del movimiento del caballo? Lo intentó de nuevo: «o**t**ros su**e**len a**g**uantar br**u**tales d**i**stancias: pr**a**deras o a**r**dientes ar**e**nas». Resultado: TEGUIARE. ¡Te guiaré! Le saltaron lágrimas de emoción. Su padre seguía dirigiéndose a ella. Decía que la guiaría. No sabía dónde ni por qué, pero la guiaría. ¿Aquel códice estaba solo para trasmitirle aquel mensaje o para mucho más? De todas formas, haber entendido aquella nota aclaratoria ya merecía todas las horas de lectura. Era su padre. Enjugó las lágrimas. Ahora sonreía.

Volvió a mirar a través de la ventanilla. Preguntó a Bingham si no estaban ya próximos a la región de Lucanas de la que hablaba el cronista mestizo. Este, haciendo alarde de nuevo de su preparación y profesionalidad, desplegó un mapa sobre sus piernas y mostró a Kate cómo el trayecto iba rodeando continuamente los Andes centrales del Perú, que se encontraban en esa región, hasta situarse justo al otro lado. Después explicó que el camino del inca iba de Lima a Cuzco directamente y sin dar rodeos como ellos, atravesando los propios Andes. Así fue como Kate comprendió que la defensa del indio oprimido cobraba más sentido al pertenecer este a la región más inhóspita y a la vez más rica en minerales, ya que estos abundaban en lo recóndito de las montañas.

Decidió estirar las piernas y salió a dar un paseo por los vagones para familiarizarse con los viajeros. Eran gente sencilla, la mayoría con rasgos típicos del país, chaparros de estatura, de tez morena y redondeada y grandes ojos. Le llamaron la atención sus pómulos prominentes y enrojecidos, sobre todo en los niños y las madres. Estas no tenían pudor en amamantar a los bebés delante de los demás con la espontaneidad propia de una maternidad prolífica y natural. Aquellas gentes transmitían sencillez en las formas y familiaridad en el trato. Se sintió más molesta por el lujo de su indumentaria que ellas por sus largas faldas de múltiples colores y sus gorritos sobre largas trenzas.

Cuando Jeremy se acercó a su encuentro, la encontró atendiendo a un niño pequeño con un piececito hinchado a quien su madre contemplaba desde el asiento mientras acunaba a otro recién nacido oculto entre ropajes. Jeremy se sorprendió primero y después se agachó también para examinar la herida del niño. No terminaba de comprender que su prima sintiera la necesidad de aproximarse a aquellas gentes, pero se implicó en un simulado acto de generosidad que pensó le ayudaría a ganarse el afecto de la joven. El niño sangraba a causa de las rozaduras provocadas por las telas duras atadas alrededor del pie que usaba a modo de zapato. Sin duda, el calzado debía ser un auténtico problema para aquellas gentes, sobre todo para los niños. Kate pidió a su primo que permaneciera junto al chico y, cuando regresó, llevaba un par de botines que había sacado de su equipaje con unos calcetines y que le colocó rápidamente. Al niño le estaban grandes, pero Kate sabía que habían de servirle durante mucho tiempo. La madre sonrió y con sus ojos chispeantes le agradeció cuanto estaba haciendo. Ella respondió con otra sonrisa a las palabras incomprensibles que aquella le dirigía.

—Dice que es usted una mujer muy buena —tradujo Bingham a su espalda. El profesor la había seguido intrigado al verla rebuscar entre su equipaje—. Tendrá usted que empezar a familiarizarse con la situación de este país o pronto se quedará sin indumentaria, y le aseguro que allí donde vamos va a necesitar ropa y calzado de recambio.

Kate volvió a acariciar el rostro del niño con enorme dulzura e, tras incorporarse, se encaminó de regreso a su vagón, donde volvieron a sentarse los tres, y, mientras Jeremy hacía algunos comentarios sobre el suceso, ella permaneció en silencio con la mirada perdida en las montañas. La atención al niño herido le había traído el recuerdo de George postrado en la cama, de su madre y también de Rose. Los echaba de menos.

El tren seguía realizando continuas paradas en las poblaciones que encontraba. En las precarias y polvorientas estaciones subían y bajaban grupos de personas cargados con alimentos, materiales y hasta algún animal, obviamente recogidos de los mercados o que llevaban a estos. Binghan no desaprovechaba ni una de ellas para presenciar el lugar y a veces subía con la cantimplora llena o algún objeto, como un pequeño gorrito que ofreció a Kate.

—Te hará falta más adelante —dijo simplemente.

Jeremy sintió un arrebato de celos. No podía competir en aquel contexto con el profesor ni en comportamiento ni físicamente, y eso le molestaba profundamente. Él era un triunfador nato y estaba demasiado acostumbrado a obtener cuanto se proponía. ¿Pretendía a su prima? Se preguntó casi inconscientemente. Hasta ahora toda su experiencia con jóvenes del otro sexo consistía en encuentros por simple diversión o compañía más o menos agradable para determinadas fiestas, pero realmente él creía que no se había enamorado nunca. Ni siquiera de Josephine, la única chica con quien se podía decir que había salido un tiempo de modo oficial. Recodaba sus grandes ojos negros, sus labios y su largo cabello rizado, siempre bien cuidado y que ella dejaba caer sobre los hombros con una elegancia fuera de lo común. Siempre aparecía ante él vestida con un gusto exquisito y a la moda. Pero resultó a la postre que todo su encanto, sus formas educadas y su cultura acabaron manifestándose como el gancho para conducirle a un matrimonio que ni deseaba ni le interesaba en plena ascensión en su carrera. Con ella tuvo su primera experiencia sexual y le había agradado, porque hasta en eso parecía tener claro Josephine su papel de entrega total al hombre al que había de unirse de por vida. Pero Jeremy pensó en aquel momento que si había una Josephine podía haber muchas más y no tenía ninguna prisa. Más tarde comprendió que aquella joven era especial. No resultaba tan fácil encontrar mujeres que, además de someterse a su feminidad, lo hiciesen con tanto agrado y dulzura. Él, en tanto, saciaba sus deseos de diversión o placer con chicas igualmente dispuestas a pasarlo bien, con las que siempre te encuentras por propia voluntad o por insistencia directa de sus padres, quienes desean aproximarlas a personas importantes. Su prima tenía todo el encanto femenino de Josephine, pero no parecía buscar la relación con un hombre, y aquello le atraía profundamente. Quería acercarse y descubrir los sentimientos ocultos de Kate, de quien lo había sabido todo hacía unos años, cuando era solo una niña. Luchaba por rechazar la idea de que el gran Jeremy se estaba enamorando, pero hubo de reconocer en su interior que, de no haber aparecido en su vida, no estaría en aquellos momentos cometiendo esa locura.

El tren llevaba detenido unos minutos. Cuando Kate levantó la vista de su manuscrito, se topó de lleno con los ojos de su primo que la miraban fijamente. Sonrió y volvió la mirada hacia la ventana, a través de la cual contempló un pueblecito con casitas de barro y paja. Bingham charlaba de modo desenvuelto con dos lugareños. Al final, estos le dieron algún tipo de objeto de madera.

Cuando subió al vagón extrajo de una de sus dos enormes mochilas unas latas que abrió con un cuchillo de grandes proporciones y una hoja muy afilada e instó a sus compañeros a comer. Ofreció a Kate una navajita que sacó del bolsillo de su pantalón. Esta observó la empuñadura de madera en la que estaban inscritas las iniciales H. B. No se trataba del objeto de la transacción que acababa de presenciar. Las latas contenían sardinas en aceite. Las acompañaron con unas tortitas de maíz que Bingham había comprado en una de aquellas paradas y que ahora servían para colocar encima las sardinas mientras las troceaban para llevarlas a la boca. No eran un manjar, pero servía para reponer fuerzas. Kate pensó en el comedor del internado para señoritas y siguió ingiriendo mientras sonreía interiormente. Comenzaba de aquel modo a cumplir la promesa de no quejarse por nada. Desde luego, el alimento no iba a ser lo que hiciera que se arrepintiese de haber emprendido el viaje.

Al atardecer notaron que el tren cambiaba de rumbo para dirigirse hacia el interior y comenzaron a observar en la lejanía por el este las montañas más grandes que jamás habían visto, blancas, magníficas como inmensas torres apuntando al cielo. Kate recordó el viaje a Nueva York, los elevados edificios y el corte que producían en el cielo. Las montañas eran puntiagudas o redondeadas. Los edificios cuadriculados y rectos. Definitivamente, se encontraba más cómoda en el paisaje rural que en el urbano. La variedad cromática del exterior hilvanaba el cielo con los montes en azules y verdes, y la iridiscencia que producían los cristales de las ventanillas del tren, se modificaba a cada instante, a cada traqueteo en las vías, a cada movimiento de los ojos. Era magia caleidoscópica. Y aquel anochecer acarreaba los más variados tonos de rojos, amarillos y finalmente naranjas, que parecían querer arropar con su calidez la fría atmósfera.

Bingham volvió a remover aquella mochila mágica y extrajo de ella una manta de pelo de llama que desenrolló y extendió sobre la joven. Les explicó que en Cuzco todos habrían de aprovisionarse de sus respectivas prendas de abrigo para las noches de intenso frío en las montañas, y que para esta ocasión había previsto un mayor número de mulas y porteadores nativos.

Kate se sintió observada por dos nativos que ocupaban asientos cercanos. Se fijó detenidamente. Eran dos jóvenes bien vestidos, que, a pesar de llevar ropajes típicos, no parecían campesinos. Ahora que los miraba detenidamente, creía recordar que los había visto antes, pero no le había concedido importancia. Cada vez que levantaba la vista hacia ellos, ellos desviaban la suya. Claro que aquello podía interpretarse como una señal de recato hacia una mujer extranjera. Pero ellos tampoco parecían estar en su hábitat. Decidió no pensar más en ello y se volvió hacia la ventana. Puso una chaqueta a modo de almohada contra el cristal, se cubrió con la manta de llama y se dispuso a dormir. Hiram se levantó para terminar de arroparla, le dio las buenas noches y se acomodó como el resto.

Después de una larga noche en el tren, Kate se despertó cuando comenzaban a percibirse los primeros rayos de sol. Bingham se mostraba perfectamente aseado y afeitado y con una camisa blanca inmaculada, arremangada hasta sus antebrazos, mostrando una musculatura atlética. Tras saludarla, le contó que el tren había estado parado en la última estación de Juliaca durante casi dos horas para reponer carbón para la caldera y llenar el depósito de agua. Lo peor del viaje ya había pasado, aunque a partir de ahora ya no habían de abandonar los dos mil metros de altura. Luego de Crucero Alto, donde alcanzarían el punto de mayor altitud en su ruta, cuatro mil quinientos metros, comenzaba un leve pero sostenido descenso hasta Cuzco. En Juliaca él había aprovechado para asearse. Su primo también lo había hecho, y ahora mismo se encontraba en la locomotora, donde había ido para calentar el té, tal y como Hiram le había enseñado que podía hacerlo. Había insistido en que él la despertaría para ofrecérselo.

Estaban en las faldas de la cordillera de los Andes. Una de las regiones sin duda más desoladas y agrestes, con páramos infinitos. Allí el viento o *guayra*, animado por el empuje de las montañas, se lleva hasta la paja con que recubren los indios sus tejados. Hiram ofreció a Kate algunas tortitas de maíz para acompañar el té que en ese momento ya le traía su primo en una pequeña jarra metálica que rodeaba con ambas manos. Hacía un frío intenso. Tomaron con gusto el desayuno y Jeremy se ofreció para llevar una segunda taza a Kate. La joven miró hacia el asiento ocupado por los dos nativos bien vestidos, pero no estaban.

Jeremy salió de su vagón al exterior. Abrió la portezuela, no sin cierta dificultad. El aire soplaba con fuerza y hacía presión contra su cuerpo. Asentó los pies sobre la plataforma móvil que unía su vagón con el siguiente antes de llegar a la locomotora. Cerró la puerta y se giró dispuesto a asegurarse aferrando la manilla de entrada al siguiente. Justo en ese instante y de modo inesperado, alguien salió tratando de cruzar igualmente hacia el suyo. Con el codo, de modo casi imperceptible, empujó al profesor lo suficiente para que perdiese el equilibrio. Jeremy se tambaleó hacia un lado, pero, mientras caía, tuvo la suerte de que su amplio abrigo quedase enganchado en un gran tornillo que sobresalía de la chapa y, en tanto que se rasgaba, tuvo el tiempo justo para asirse con fuerza a una de las barras que hacía tope en la plancha metálica de separación de vagones mientras se desplomaba de medio lado. Las jarras de té salieron despedidas, y Jeremy apenas pudo seguir su caída unos metros, porque, al contemplar la profundidad del terraplén, de más de cien metros, le sobrevino un enorme vértigo y tuvo que levantar la mirada hacia el vagón, que parecía querer dejarle atrás. Sus piernas quedaron colgando sobre la gravilla de las vías y los pies golpeando sobre el suelo. Jeremy gritó y pataleó mientras trataba de recuperar el asidero de la plancha metálica superior. Transcurrieron unos segundos angustiosos. Su mano izquierda, asida a la chapa, se iba resbalando cada vez más, y la derecha buscaba incesantemente algo que le sirviese de palanca para poder volver a subir a aquel maldito tren. La curva que inició la máquina comenzó a inclinar sucesivamente los vagones hacia el precipicio. No podría aguantar mucho tiempo. No podía creer que su destino final fuese morir despeñado en aquella tierra inhóspita a miles de kilómetros de su casa, pero iba a suceder si no se recuperaba pronto. Todo aquello que trataba de asir con fuerza se escabullía de sus dedos, y, a cada intento, su cuerpo salía despedido unos centímetros más, y su brazo izquierdo ya no aguantaba. El viento soplaba duro y removía sus cabellos, el sudor empañaba sus ojos y su boca exhalaba el aire entre gemidos y gritos que nadie oía. Miró hacia el fondo y cerró los ojos resignándose a su fatídico destino, cuando la puerta del vagón se abrió y apareció Bingham. Alguien se había asomado al cristal de la portezuela y, viendo a Jeremy, había exclamado: «¡Ese hombre se va a matar!». Al verlo colgado de la barra del vagón y a punto de caer al terraplén que tenían a su derecha, Hiram se agachó con rapidez y con sus brazos musculosos tiró hacia arriba del joven profesor, que no recuperaba el aliento. Transcurridos unos momentos y ante la confusión de Jeremy, que no sabía muy bien qué había ocurrido, Hiram intentó que se calmara. Sudaba intensamente y estaba tan pálido como la mismísima muerte. Aquella plataforma seguía traqueteando y girando y no ofrecía ninguna seguridad, así que Hiram lo introdujo en el siguiente vagón hasta que pareció recuperarse un poco. Tras unos minutos de sosiego, le aconsejó que fuese a buscar el té como si nada hubiese ocurrido o su prima se iba a asustar muchísimo. A Jeremy le pareció bien la idea, pero pidió algo más de tiempo, porque le seguían temblando las manos y sus piernas apenas le sostenían.

—Y aún no hemos llegado —exclamó resoplando mientras se apoyaba en Bingham—. ¿A usted también le ocurren estas cosas?

Bingham respondió que no era el lugar más habitual, pero que en todas las expediciones había accidentes, algunos mortales.

—Pues qué bien —repuso Jeremy mientras se sujetaba el pecho con la mano—. Ahora sí que me deja usted más tranquilo.

Kate se extrañó de ver el abrigo de su primo rasgado, pero creyó la versión de que se había enganchado en un gran tornillo que sobresalía junto a la puerta. No obstante, insistió en la palidez del rostro de Jeremy. No lo había visto así desde el barco. Desde luego, los viajes no le sentaban nada bien. Parecía mentira que un hombre tan acostumbrado a la velocidad de un moderno automóvil tuviese tantas dificultades con otros vehículos. Su primo aseguró que debía ser por la altura y no por la velocidad, cosa que en parte era cierta. Ya les habían prevenido contra ella y sabían que la enfermedad llamada «soroche» les había de pasar factura. Les habían advertido que no debían olvidar tomar la famosa infusión o «matesito» con hojas de coca según una receta ancestral de los nativos. Cuando salió la conversación, Kate repuso que, si podía, pensaba pasar sin ella, porque le parecía una costumbre tribal. Bingham se rio ante aquella afirmación. A Kate no le gustó. Era una forma de someter al juicio del tiempo una decisión que sin duda iba a ser modificada. O lo que es lo mismo, le estaba demostrando su desconocimiento total del tema y que tenía mucho que aprender. Kate creyó que, de demostrarse que estaba tan equivocada y que debía aceptar su error, no volvería a anticiparse hasta conocer el entorno. Era una lección para su orgullo, pero tenía la suficiente inteligencia como para saber aceptarlo y aprender. «La obstinación es peor que las termitas», decía siempre el señor Beddoes en el internado, «porque para cuando las descubres todo el mueble está ya podrido». Y efectivamente, poco a poco, a pesar de ir descendiendo, la altura sostenida hizo que el dolor de cabeza fuese haciéndose insoportable, por lo que Bingham decidió en una de sus paradas comprar algunas hojas de coca y preparar él mismo la infusión, que tomaron los tres inmediatamente.

Y así se fueron acercando a la ciudad de Cuzco, nada menos que a diez mil pies, tres mil seiscientos sesenta metros, de altitud.

3
El objetivo de la expedición

Cuzco, 14 de junio de 1912.

AL LLEGAR A la estación, Kate recordó las palabras de George en su viaje en tren a Nueva York: que la línea del ferrocarril tiene la peculiaridad de transcurrir siempre por el lado más sórdido de las ciudades, como si su suciedad implícita provocase el alejamiento de las construcciones modernas. Era una ciudad muy fría y ruinosa, con calles destartaladas, muchas de ellas sin asfaltar o empedradas a la vieja usanza, pero todo era muy verde. Había mucha vegetación que le daba un aspecto tropical y húmedo. Fueron trasladando hasta la puerta las maletas, bolsos de viaje y mochilas desde el vagón, y aún no habían tocado suelo cuando fueron llamados de lejos por algunas personas que les estaban esperando. Se trataba del rector de la Universidad San Antonio Abad de Cuzco, Albert Anthony Giesecke, y de su secretario, el señor José Gabriel Cosío. Les acompañaba, además, la esposa del rector, una dama cusqueña de veintiocho años, de gran belleza y ademanes muy educados.

Albert Anthony Giesecke era hijo de inmigrantes alemanes; había nacido en Filadelfia y realizado sus estudios de Economía y Ciencias Políticas en la Universidad de Pensilvania y en el Wharton School of Economics, y había obtenido el grado de doctor en Filosofía en 1908 en la Universidad de Cornell.

Al empezar el siglo xx, Perú se encontraba inmerso en un proceso de transición en lo político, con gobiernos civiles de tendencias más bien oligárquicas; en lo económico, fluía el capital norteamericano, que se ponía de manifiesto en un cúmulo importante de inversiones; y en el aspecto educativo, trataba de imitar el modelo estadounidense. Albert Anthony Giesecke llegó en julio de 1909 al Perú. Su primer proyecto lo realizó en el colegio Nuestra Señora de Guadalupe, donde aplicó un programa experimental de reforma educativa. Mientras, los estudiantes de la Universidad San Antonio Abad de Cuzco iniciaron una serie de protestas que motivaron que el gobierno declarara su cierre el 28 de agosto de 1909. Demandaban la reorganización de las cátedras por concurso y la instauración de un régimen digno y equitativo, en el cual los propios estudiantes pudieran controlar la marcha de la universidad.

El presidente Leguía quedó impresionado por los informes que recibió del trabajo de Giesecke en el colegio Nuestra Señora de Guadalupe, por lo que decidió, de modo sorprendente e inesperado, proponerle el rectorado de la Universidad de Cuzco, y para ello tuvo que empezar por cambiar la ley, debido a que esta prescribía como edad mínima para este cargo los treinta años. En ese entonces, Giesecke tenía veintiséis.

La noticia de que un extranjero asumiera un cargo tan importante causó mucha controversia, a tal punto que en Lima intentaron interpelar al ministro de Educación. Así mismo, los enemigos de Leguía consideraron un agravio que un «gringo» ocupara el rectorado, y fue convertido por ellos en «un símbolo del imperialismo yanqui». A pesar de todo, Giesecke inició su gestión. Después de un minucioso trabajo de reorganización en lo académico y administrativo, el nuevo y controvertido rector decretó la apertura de la universidad el 10 de noviembre de 1909 como máxima autoridad de la misma. Su amor por todo lo tradicional peruano, en concreto por lo cusqueño, le llevó a casarse con Esther Matto, joven nativa con la que tuvo después una niña, a la que llamaron como su madre.

Con un «Bienvenidos al ombligo del mundo» expresaron su cordialidad en el encuentro, a la vez que les invitaron a montar en dos hermosos carruajes que los llevarían a una lujosa mansión colonial que habían dispuesto para ellos. Quisieron ir a recibirlos en persona, dada la importancia de la misión y también por la singularidad de la visita. El hecho de que aquella expedición contase, además del conocido Bingham, con un miembro del consejo de dirección de la Universidad Yale y con una joven dama había provocado expectación. La recepción había sido cuidada de modo meticuloso. Todos ellos presentaron sus condolencias por la muerte del insigne profesor Chapman. La señora Giesecke, además, tomó del brazo a Kate, dándose cuenta del agotamiento del viaje y la necesidad de ciertas atenciones femeninas.

Montaron en aquellos carruajes brillantes, con madera cuidadosamente pulida y barnizada. Los radios de las ruedas estaban pintados de amarillo y adornaban los asientos bonitos cojines de colores con encajes. La lanza del tiro era de color azul intenso y los caballos de raza española, blancos, traídos expresamente para el servicio de la universidad.

El contraste con la pobreza de aquella ciudad era evidente. Los carruajes se encaminaron majestuosamente bajo el sol de mediodía hacia el centro de Cuzco. A medida que se aproximaban a él se iba incrementando el bullir de personas y animales. Los había de todas las clases, pero abundaban sobre todo las llamas, cargadas de todo tipo de mercancías. Los visitantes ya se habían acostumbrado a la indumentaria aunque notaban algo más de cuidado en los atuendos. Les explicaron que se debía a que se celebraba la festividad del Corpus Christi, una de las fiestas religiosas más importantes del año. Habían elegido un magnífico día para llegar a Cuzco.

Las viviendas sencillas fueron dando paso a los primeros caserones coloniales y a calles más cuidadas. El matrimonio Giesecke ocupaba el hermoso palacio llamado del Almirante en la misma Plaza de Armas. La calle por la que transitaban estaba engalanada con cuerdas que cruzaban de un lado a otro de las casas de las que pendían farolillos de cartón de vistosos colores. Era lo que llamaban en quechua «Qhaphchi», calle elegante y de gala. A la Plaza de Armas la llamaban también «Waqaypata», que significa lugar de llanto, debido probablemente a todos los acontecimientos que sucedieron en ella en las postrimerías del Imperio inca. No obstante, en pleno apogeo del mismo, aquel había sido el lugar de las grandes celebraciones y los ritos presididos por el rey y los sublimes sacerdotes de adoración al dios Sol «Inti».

El plano original contemplaba que todo Cuzco era un puma, cuya cabeza era Sacsahuaman y su ombligo la Huaycapata, como se llamaba en quechua a la Plaza de Armas, de donde salían los cuatro *(tawa)* caminos *(suyo)* que alcanzaban desde Pasto en Colombia hasta Concepción en Chile. Ahora comprendía Kate la expresión de bienvenida.

La Plaza de Armas estaba rodeada por las grandes edificaciones coloniales que fueron construidas sobre las ruinas de los grandes edificios sagrados de arquitectura inca. Destacaban sobremanera la catedral y la iglesia de la Compañía de Jesús. Se detuvieron, porque merecía la pena contemplar la procesión que iba a tener lugar en pocos minutos. En el primer carruaje las explicaciones las daba el señor Giesecke, sobre todo para Jeremy, mientras en el segundo era la esposa del rector, la señora Esther, quien ilustraba a la joven Kate. La catedral se erigía en lo que había sido el palacio del inca Wiracocha. Fue diseñada en 1560 aproximadamente, con una planta de cruz latina y la fachada renacentista. La iglesia de los jesuitas fue iniciada en 1576 en el Amarukancha, o palacio del inca Huayna Capac. Supone uno de los mejores exponentes del barroco colonial de América, con una fachada espectacular toda de piedra tallada. En su interior destaca un altar revestido totalmente de oro y construido sobre una capilla subterránea. Curiosamente, entre las pinturas se encuentra una de la boda de un sobrino de San Ignacio de Loyola con una «ñusta», princesa de estirpe inca. Aquello provocó algunos comentarios de Jeremy. Era difícil establecer la relación entre San Ignacio y una sobrina inca.

De pronto, se hizo el silencio, y los hombres se quitaron sus gorritos de paja o lana, mientras las mujeres, por el contrario, cubrían sus cabezas con aquellas hermosas mantillas llamadas *phullu* de colores vivos y variados. El gentío se arrodilló allí mismo en gesto de adoración al Santísimo, que llevaba en el interior de la custodia un sacerdote. La custodia, con baño de oro, brillaba sobremanera en los brazos cubiertos por la capa pluvial del celebrante, también con dibujos bordados a mano con hilo dorado. Seis ancianos tenían el honor de cubrir al Santísimo con un palio bordado igualmente con hilo dorado y borlas que colgaban formando la bambalina y se movían oscilantes con el movimiento acompasado de los portadores. La gente comenzó a cantar y la comitiva se acercó a un altar erigido en la otra esquina de la plaza. Allí se detuvieron delante de una talla de la Virgen María y, mientras el sacerdote hacía la señal de la cruz con la custodia, las niñas, que llevaban cestas de mimbre, comenzaron a arrojar pétalos de diversas flores. Quedaron impresionados tanto por el colorido visual de la fiesta como por el tremendo recogimiento de la gente, que evidenciaba una profunda convicción en lo que estaban celebrando. El sacerdote y sus acompañantes regresaron a la catedral acompañados de gran parte de la gente congregada. Abriéndose paso entre el gentío, las dos carrozas llegaron hasta el palacio del Almirante.

Mientras se encaminaban a sus aposentos, Bingham, que se manifestaba agnóstico, comentaba a sus acompañantes lo que debió ser la fiesta del 21 de junio para los incas en aquella plaza: las vestimentas serían realmente de oro, con todos los complementos de collares y pulseras; todos los edificios estarían cubiertos de láminas del mismo metal resplandeciente; en lugar del Palio, las andas de oro macizo del rey con incrustaciones de esmeraldas, y el ritual al dios Inti lo protagonizaría el gran sacerdote con sus enormes gritos mientras sacrificaba alguna llama en el gran altar repitiendo los viejos rituales sobre el Intihuatana. Aquello, desde luego, debió de ser algo grandioso.

Tomaron algunos refrescos y un poco de fruta y subieron a sus habitaciones. Según la costumbre, ese día se preparaba una comida a media tarde, a las 18:00 horas, que coincidía con la segunda comida de los incas, que había de ser servida muy despacio y disfrutada como tertulia y encuentro familiar. En una casa de nivel intelectual con eminentes historiadores y antropólogos se habían ocupado de cuidar hasta los detalles más nimios.

Tras el aseo, descansaron en sus habitaciones. Transcurridas dos horas, la señora Giesecke ayudó a Kate a vestirse y hasta insistió en proporcionarle alguna de sus joyas y complementos. Como Esther era también joven, enseguida se estableció un buen entendimiento entre las dos. Albert era un hombre bondadoso y comprensivo, y eso propiciaba aún más el carácter ya de por sí optimista de la joven cusqueña. Kate no la contradijo, aunque tampoco se desvivía por los objetos de valor. Ambas esperaron, como corresponde a la buena educación, a que los caballeros se encontrasen en la mesa para hacer acto de presencia ante el júbilo y la admiración de los comensales. Jeremy se levantó inmediatamente para ofrecer a Kate la silla que se encontraba a su lado. Se sintió fascinado por la belleza de su prima y orgulloso de que se sentara a su derecha.

La conversación se inició con el relato de las incidencias del largo viaje y un somero informe de cómo seguían las cosas por Norteamérica. Después, y ante la presentación de los primeros platos, servidos por camareros peruanos, hablaron del menú elegido para tan especial ocasión. Todos los ingredientes eran típicos de la tierra y tenían exóticos nombres quechuas. Primero tomaron *lawa*, una sopa de maíz, habas, ají amarillo seco y huacatay. Kate, con su especial modo de agradecer todo, alabó el sabor dulce e intenso al paladar de aquella especie de consomé amarillento. La verdad era que agradecía aquel plato caliente después de las sardinas en aceite que habían comido en el tren. Siguió el rocoto relleno, en este caso ligeramente picante, preparado, según la señora Matto, con una mezcla de carne molida, maní, pasas y arverjitas. Adornaban el plato unas papas doradas. En el centro de la mesa habían colocado, en unas cestitas plateadas, unas tortitas de masa dulce de maíz rellenas con canela y pasas, envueltas en hojas de maíz y cocidas al vapor que llaman tamales. El plato central tenía toda la simbología de la fiesta incaica: cecina de Pacharaca. En pleno apogeo de su cultura, los incas establecían las edades de los hombres y mujeres según su estado físico-operativo, por eso a los chicos que ahora llamamos adolescentes ellos los llamaban Mactaconas y su principal misión era cazar aves para la confección de un guiso especial que llamaban *charqui*. El pájaro de gusto tan exquisito que merecía tan gran mérito era esta «Pacharaca». «Pacha» significa tierra y «Raca» el órgano sexual femenino. De modo que este guiso suponía una especie de rito iniciático, pues se creía que despertaba la libido de los jóvenes. La explicación provocó ciertas sonrisas en los hombres y que la señora Esther, tras comprobar el sonrojo de Kate, añadiese que todo aquello eran invenciones populares aliñadas con algo de picardía. Era la única nativa entre los presentes, lo que concedía cierta autoridad a sus palabras. Por último, los camareros sirvieron algunas frutas frescas, como mangos y piñas. Para entonces la conversación ya se aproximaba a su punto culminante: los preparativos para el viaje a la ciudad perdida.

Bingham se ausentó unos momentos y cuando regresó traía en sus manos una cajita de madera que entregó al rector. En cuanto la abrió, este exhaló una largo «¡Ohhhh!» acompañado de comentarios de agradecimiento, mientras retiraba con sumo cuidado un paño húmedo. Todos estaban intrigados por ver exactamente qué motivaba aquel júbilo, cuando por fin el rector extrajo un cigarro puro con sortija de entre la media docena que contenía la caja. Hiram explicó que eran cigarros cubanos que había adquirido en su escala en Miami conociendo los gustos del rector. Kate quedó sorprendida una vez más por la facilidad que Bingham tenía de ganarse a la gente. Era un hombre de mundo con amplios recursos para conocer qué deseaba cada cual en el momento oportuno. Su primo Jeremy, en cambio, no centraba su atractivo en agradar a los demás, sino que pretendía ganarse a las personas demostrando su ser superior. Rose tenía razón en que no sabía mucho de los hombres, pero sus dos acompañantes eran dos estereotipos dignos de ser observados. El rector encendió su puro y ofreció otro a sus acompañantes, y añadió que aquello requería acompañarse de un licor, y qué mejor que el Pisco para la ocasión. Los hombres se sentaron alrededor de una mesita redonda y las señoras lo hicieron en unas butacas junto al hogar.

Comentaron que la semana anterior habían llegado a la ciudad Elwood C. Bradis y George Eaton para ocuparse de comprar los materiales necesarios para la expedición. Además, la universidad había previsto la incorporación de su propio arqueólogo, un joven peruano con un expediente académico extraordinario, que sería el primer exponente de la expedición de estudiantes que se estaba preparando para ascender a la ciudad una vez alanado el terreno. A Bingham no le agradó la idea en absoluto, pero era el pago exigido por la Universidad de Cuzco por contribuir a la aventura, que no había sido poco, porque Hiram sabía de las dificultades para obtener todos los permisos de las autoridades en Perú. Albert se había tomado muchas molestias en reformar e impulsar la educación de Cuzco y de todo Perú, y no convenía rechazar aquella medida tan valorada por los peruanos. Además, el permiso que ahora le entregaba en un sobre no especificaba ningún tipo de propiedad sobre los objetos que se encontrasen. El rector le comentó que, además, había conseguido algo fundamental que constaba en el artículo 4.º: que todos los objetos encontrados durante los trabajos podían ser trasladados a Estados Unidos con la condición de que fuesen devueltos en cuanto se solicitase desde Perú. Condiciones tan favorables solo podían haberse logrado, sin duda, con la intervención del rector del modo que todos sospechaban. La excusa oficial para que las autoridades se inhibiesen de ese modo en esta ocasión era que, al estar la universidad de por medio, se entendía como una actividad meramente científica, y en Estados Unidos los objetos habían de ser estudiados por verdaderos expertos que los catalogarían convenientemente. Kate estaba más pendiente de esta conversación que de los comentarios sobre la moda norteamericana y cusqueña de las señoras. Mantuvo el oído atento mientras Bingham exponía exactamente el coste de la deforestación de la zona, los materiales, las mulas, el pago de los porteadores y la intervención en el terreno. El rector habló de mantener lo acordado, sin especificar a qué se refería. Notó que también su primo asentía, algo que le intrigó profundamente. Aprendiendo del comportamiento masculino, decidió que esa misma noche iba a hacer valer la atracción que su primo sentía hacia ella para saber de qué acuerdo se trataba y si tenía algo que ver con la ciudad perdida.

Un pequeño paseo por la ciudad les ocupó el resto de la tarde y, dado el cansancio de los viajeros, se retiraron enseguida hacia sus habitaciones. Kate abordó a su primo, tal y como había planeado, de camino a sus estancias.

—Estoy muy feliz de haber venido. La acogida que nos han deparado ha sido algo sensacional. El lugar, la historia. Es un sueño.

—Yo también me alegro de haber decidido venir. Ahora estoy convencido de que merecía la pena. Va a ser algo importante en mi vida.

Mientras charlaban, llegaron a la habitación de Jeremy, y Kate entró como si fuese algo natural para continuar con la conversación. Jeremy quedó un poco sorprendido al principio, pero después pensó que su prima era una joven liberal y que, tan lejos de casa, se aferraba a la confianza de su único vínculo familiar. Aquello le agradó.

—Nos han proporcionado unas habitaciones preciosas, sin duda gracias al prestigio que tenéis tanto Hiram como tú.

—Bueno, digamos que Norteamérica es ahora la primera potencia mundial y los americanos despertamos un enorme interés fuera de nuestras fronteras. El secretario no dejaba de mirarte. Creo que hacía tiempo no veía una mujer como tú —dijo Jeremy aproximándose a su prima. Kate se dirigió al ventanal y cambió de conversación. Entendió que debía abordar cuanto antes el tema en cuestión.

—Dime, Jeremy. ¿No encuentras algo raro que el señor Bingham trate de escabullir su actividad de las autoridades locales?

—No. En absoluto —respondió de modo tajante su primo—. Eso es achacable, simplemente, a que Hiram no es una persona a la que le agrade la burocracia y trata de evitar tanto trámite y papeleo. Ya sabes lo pesados que se ponen los nativos con lo de proteger sus tierras y sus bienes. La gente inculta siempre cree que le estás engañando y que tratas de robarles. Resulta muy difícil convencerles de que solo deseas ayudarles con todos tus conocimientos.

Kate intuyó que, por segunda vez, en sus respuestas Jeremy hablaba más de sí mismo que de Bingham. Era el defecto de su primo, le costaba centrarse en el interés que tenían los demás por algo y acababa hablando de sí mismo y de sus propios intereses.

—¿A ti también te gustaría ayudarles con tus conocimientos?

—Bueno, sí. De hecho, en Lima tuve ocasión de exponer algunos puntos de vista. Francamente, hasta un estudiante de primero de nuestra universidad podría dar lecciones magistrales a esta gente.

—Yo creo que «esta gente», como tú la llamas, es exactamente igual que nosotros. Olvidas que en América hay mucha «gente» pobre y mucha «gente» que, al igual que la mayoría de estos, no ha podido ir a la universidad. Si tuviesen medios, podrían estar a nuestro nivel.

Jeremy se aproximaba a su prima y hasta parecía tratar de captar su perfume. Se soltó la pajarita y se quitó la americana. Kate volvió a retirarse. Quizás no había sido tan buena idea entrar en la habitación de Jeremy. Todavía se ponía muy nerviosa y no era capaz de solventar aquellas situaciones.

—Has dado en el clavo. Eso es lo que tratamos de hacer y parece que no lo entienden. Tratamos de proporcionarles medios para que prosperen. Les mandamos profesores, ingenieros, les enviamos maquinaria y expertos para utilizarla. —Ahora tartamudeaba, y Kate comenzó a asustarse, porque su primo seguía quitándose la camisa, pero lo hacía de modo mecánico, como si no fuese consciente de ello—. Les queremos... ayudar... como yo te quiero... ayudar... a ti —continuó diciendo.

Kate observó que la saliva le caía por la comisura de los labios y que la iba siguiendo despacio, pero insistentemente, por la habitación. Se trastabillaba mientras continuaba desabrochándose los pantalones.

—¿Qué dices, Jeremy? ¿Qué haces? ¿Qué haces? —repitió asustada mientras trataba de esquivar al joven, que abría los ojos como poseído.

—Acércate, Katy...

Trató de salir de la habitación rápidamente, pero él se interpuso en su camino y puso los labios en disposición de darle un beso. Kate dio un grito y, con un esfuerzo desesperado, se soltó de su primo, que la atenazaba con sus brazos. Cuando por fin consiguió desasirse, se lanzó al pasillo precipitadamente, pero aún no había dado cinco pasos cuando oyó el estruendo de una caída. Primero se detuvo, luego se volvió y vio a su primo en el suelo con los ojos en blanco y espasmos en todo el cuerpo. Era igual que cuando su amiga del internado, Melanie, tuvo el ataque de epilepsia. No se atrevió a acercarse, no obstante, porque todavía sentía el miedo al hombre fuera de sí que la sujetaba fuertemente. Optó por dar gritos pidiendo ayuda y golpeó en la puerta contigua, donde se alojaba el señor Bingham. Salió este totalmente vestido, puesto que todavía estaba trabajando, y ambos se dirigieron a auxiliar a Jeremy. También a los gritos acudió la servidumbre. Hiram se quitó el cinturón de cuero y lo introdujo en la boca del joven profesor mientras este seguía sacudiéndose en el suelo. Después procedió a poner su cuerpo de medio lado, tal y como le habían enseñado que debía hacerse para que no se ahogase. Una última convulsión dio paso a una sucesión de vómitos que acabaron dejándole agotado. La sirvienta cuzqueña, al verlo en aquel estado y medio desnudo, miró a Kate y de pronto, como si hubiese entendido, comenzó a exclamar: «¡Tumbay runati!».

—¿Qué dice esta mujer? –preguntó Kate visiblemente nerviosa.

—Dice —tradujo otro sirviente— «La tumba del hombre». «Tumbay runati» significa eso. No le haga caso. Son leyendas incas.

En aquel momento llegaban asustados el rector y su esposa desde el otro lado del largo pasillo. Detuvieron a la sirvienta que se alejaba y le preguntaron por lo sucedido. Ella contestó algo en quechua apenas perceptible y salió corriendo de nuevo.

Los espasmos fueron remitiendo y Jeremy fue relajándose hasta quedarse dormido o inconsciente. Mandaron llamar a un médico y lo acomodaron en su cama.

El médico diagnosticó que aquello se debía a la ingestión de algún tipo de sustancia tóxica. Lo sabía por el fuerte olor de los vómitos y el color de los mismos, así como por aquellas convulsiones musculares que le habían descrito. Él no tenía medios para analizar nada más, pero estaba casi seguro.

—¿Quiere decir que lo han envenenado? —preguntó rápidamente Kate, que odiaba los tecnicismos o los eufemismos que ocultaban la comprensión de las cosas a la gente común.

—Hablar de veneno es un poco exagerado, señorita. Más bien habría que decir que lo que ha tomado ha producido una reacción muy fuerte en su organismo.

—¿Y a qué se refería eso que decía la sirvienta? «La tumba del hombre» o algo así.

Se miraron todos entre sí. Nadie parecía atreverse a contestar, hasta que intervino el propio Hiram.

—Es una creencia popular que las mujeres incas, dentro de sus ritos de iniciación sexual, a veces —subrayó el «a veces»— preparaban un brebaje que hacían tomar al hombre deseado y este quedaba absolutamente sometido a sus deseos carnales. A ese sometimiento le llamaban «La tumba del hombre». Digamos que ella pasaba a tener el mando. Ya me comprendes.

La señora Giesecke se volvió con un «Por Dios» que más o menos quería decir que aquello no debía contarse a una joven dama. Estaban yendo demasiado lejos.

—No me irá a decir, doctor —exclamó ante el rumbo que tomaba la conversación—, que la Pacharaca de la comida ha provocado esa reacción.

—No, señora. Puede usted estar tranquila. No he realizado un análisis con comprobaciones científicas, pero, por mi experiencia, puedo asegurarle que ha sido algo más que un guiso de carne.

Todos recordaron entonces que en la Plaza de Armas, dado que era día de fiesta, repartían refrescos en cuencos de madera para las señoras y licores exóticos para los hombres, y que todos los habían tomado con gusto. Sin embargo, nadie acertaba a explicarse por qué justamente el de Jeremy había de contener algo extraño.

—Sí —continuó Kate—. Aparte de la comida, Jeremy no ha tomado nada, excepto ese licor de frutas. No sé por qué, doctor, pero me da la impresión de que sabe qué contenía el de Jeremy.

De nuevo se repitió la escena de las miradas entre sí y de nuevo la señora Esther se volvió a la vez que se tapaba la boca con la mano y exclamaba:

—¡Esto es ridículo!

—¡Ya! Todos piensan que es el brebaje ese de las mujeres incas, ¿verdad?

—Hace años —aclaró el doctor— que no oía hablar del Itarashum Runati, pero, por el comportamiento de su primo antes del acceso espasmódico, yo diría que fue eso lo que ingirió. Conocí casos en que algunos jóvenes trataron de prepararlo, más como broma antes de llegar al matrimonio, bromas de solteros, ya saben... No obstante, debía ir bastante cargadito, porque nunca oí que nadie cayese inconsciente.

La risita del médico fue secundada por el rector. Su señora le reprendió lanzándole centellas con la mirada por la gracia grosera y machista que acababa de secundar.

—En fin —terminó el doctor recomponiendo su imagen profesional—. De todos modos, no es nada grave; aunque pudo serlo de haberlo ingerido en mayores cantidades. El señor se repondrá enseguida. Cuando despierte, denle algo suave para el estómago y muchos líquidos, y no le hablen del tema, porque, probablemente, él recordará bien poco de lo sucedido.

—¿Piensa usted, doctor —añadió Kate, reconociéndose otra vez haciendo preguntas como en la muerte de su padre—, que tomó esa sustancia por casualidad o que se la dieron a propósito?

—Ese brebaje se obtiene, según la leyenda, triturando los huesos de la pacharaca. La realidad es que el polvo de los huesos del ave con contenido supuestamente afrodisíaco era solo uno de los ingredientes, y no el más importante, como ustedes se pueden imaginar, a él se le añadían otras sustancias más nocivas y peligrosas. Probablemente el que lo preparó no es ningún químico y ha equivocado las dosis o ha abusado de alguna de ellas, pero creo que quien fuese se ha tomado muchas molestias y, por tanto, estoy convencido de que sí ha sido intencionado. Lo que no puedo asegurar es que estuviese destinado a su primo, aunque, dado el meticuloso trabajo que requiere, no me extrañaría. Nadie invierte horas en preparar algo para regalárselo a alguien al azar. Quien sea, lo hizo sabiendo lo que iba a producir... bueno, más o menos... y que podría comprobarlo más tarde.

Bingham, de modo apenas perceptible, dejó escapar:

—Y ya es la segunda vez.

Kate, que estaba a su lado y permanecía atenta a cuanto sucedía, le preguntó rápidamente qué quería decir con eso de la segunda vez. Bingham observó la mirada atenta del profesor Giesecke y su señora, y, a pesar de que aquello le iba a doler a Kate, supo que no quedaba más remedio que contarle la aventura del tren. Ambas situaciones se planteaban como casuales, pero dos casualidades en tan poco tiempo daban pie a la sospecha. Nadie sabía dar una explicación convincente a ninguno de los dos sucesos.

—Está bien —dijo al fin Kate rompiendo el silencio—. Ustedes me perdonarán, pero quisiera saber qué está pasando. El señor Bingham me habló de los peligros de la selva amazónica, las montañas y todo eso, pero se supone que aquí estamos en la civilización y no había de suceder nada extraordinario. Mi primo se ha sumado a esta expedición más por mi insistencia y curiosidad...

—¿Cómo? —Al llegar a este punto, Bingham la interrumpió—. No, no, no. Está usted equivocada. Su primo es una pieza clave en esta expedición.

Al ver la cara de sorpresa de la joven, el rector decidió intervenir.

—Bueno, quizá Kate desconozca algunos detalles que son información reservada de la alta dirección de la universidad.

Estaba harta de no entender nada, de que no se le comunicaran las cosas, de ser considerada siempre como una especie de objeto decorativo al que hay que cuidar. Y justo ahora que empezaba a sentirse útil y tener un papel que desempeñar, se daba cuenta otra vez de que aquel era un mundo de hombres, de clases sociales, de intelectuales que le cerraban el paso. Pero era una mujer adulta, y tenía que demostrar su madurez en situaciones como aquella.

—Y bien, ¿no creen que ha llegado el momento de que alguien me informe, ¡ya!, después de tantos días, tantos kilómetros y tantos... ¡secretos!?

La señora Matto la tomó del brazo, la acarició y, comenzando a subir las escaleras que conducían a las habitaciones, se despidió.

—Estoy totalmente convencida de que una persona como tú bien lo merece, hija. Quiero que me lo cuentes todo y, en tanto, dejaremos a estos caballeros que reflexionen sobre lo ocurrido y sobre el error de traerte tan lejos, un tanto engañada —dijo con un tono sincero de reproche a ambos—. Y mañana espero que toda esa desinformación quede subsanada. Ahora necesitas descansar.

El apoyo de la señora Matto supuso para Kate un gran alivio. Llevaba casi una hora dando vueltas a la infinidad de ideas que rondaban por su cabeza sin poder dormir. Hacía un buen rato que ya no se oía a la gente por la plaza y todo había quedado en el más absoluto silencio. Sin duda, los habitantes de la ciudad eran en su mayoría personas humildes que tenían que levantarse muy pronto al día siguiente para trabajar. Hacía frío, le volvía a doler intensamente la cabeza y, sobre todo, se sentía muy sola. Se acordó de nuevo de Rose. La vieja gruñona le hacía tanta compañía... Recordó a George. Se dijo que al día siguiente tenía que volver a escribirle. Se le había olvidado con tanto ajetreo y tanto incidente. Los tres habrían comentado lo ocurrido a su primo y seguro que George le hubiera ayudado a entender lo que estaba sucediendo. ¿Qué papel desempeñaba su primo exactamente en todo aquello para motivar que alguien intentase que sufriese un accidente? ¿Y de qué clase para no comunicárselo a ella? De nuevo, la universidad. El rector había dicho que la alta dirección de la universidad.

Seguía inmersa en sus pensamientos cuando oyó a gente que se acercaba hablando por la calle. Se detuvieron y de pronto comenzaron a sonar flautas dulces. Era una melodía muy pausada, serena, que parecía más un lamento. En la noche fría y callada adquiría un tono increíblemente romántico. Se levantó y, al asomarse a la ventana, vio a un grupo de nativos con flautas y guitarras. En cuanto notaron su presencia, comenzaron a cantar de modo suave y pausado, acompañándose con aquellas flautas que parecían llorar:

Caylla lampi,
Piñunqui Coga
Copituta,
Casumac.

La melodía se repitió varias veces, hasta el punto de que Kate acabó repitiéndola como un estribillo que penetra muy dentro. Sintió una gran nostalgia. Pensó que el rector o Bingham habrían contratado a aquel grupo. Hiram siempre cuidaba todos los detalles y sabía cómo complacer a los demás. Dieron por concluida la canción y se alejaron, y al poco los volvió a oír en algún otro balcón de una calle adyacente.

De vuelta a la cama no pudo reprimir las lágrimas. La invadía una mezcla extraña de sensaciones, la soledad del internado, la ausencia trágica de su padre, la lejanía de Rose e incluso del joven policía accidentado. Las lágrimas la relajaron y se quedó profundamente dormida.

Tomaron pausadamente el desayuno, que incluía de nuevo una infusión de mate. Kate agradeció el pequeño concierto nocturno. Sin embargo, nadie se atribuyó el protagonismo de haberlos contratado. Al principio había creído que podía ir dirigido a la señora Esther, pero era indudable que estaban debajo de su balcón, porque ella dormía en una habitación más lejana, según le había comentado. Además comenzaron a cantar en cuanto ella se asomó. No había duda. Kate no quiso insistir por respetar la galantería del anonimato.

—Yo juraría que sonaba un poquito raro —comentó la señora Giesecke—. ¿No crees Albert?

—La música no es una gracia que quisiera concederme el cielo. Sonaba como todas las murgas que dan los peruanos.

—Sonaba maravillosamente bien, pero juraría que había modificaciones con respecto a otros días, y les hemos oído muchas veces aquí en la plaza, se lo puedo asegurar.

—*Caylla lampi, piñumqui coga, copituta, casumac* —repitió Kate marcando las pausas—. ¿Qué significa?

—«Al cántico dormirás, medianoche yo vendré». Es una canción tradicional que los jóvenes dedican a las mozas, sobre todo en fiestas y vísperas de bodas. Se llama *Yaraví*, o canción de amor, y se remonta, como estarás comprobando que la mayoría de las cosas aquí, al folclore inca. Pero no es como tú lo pronuncias, sino *Caylla llapi, Puñunqui, Chaupituta, Samusac.*

—No, señora Esther, lo recuerdo perfectamente y era como le digo —y lo repitió de nuevo, canturreándolo.

—Claro, quizás sea esa la razón por la que me sonaba raro. En fin, puede que estuvieran algo borrachos...

Jeremy no había despertado y decidieron dejarle descansar. Al terminar el desayuno, Bingham propuso a Kate que le acompañase. Tenía que ultimar el contrato de los guías y las mulas y eso le llevaría toda la mañana. El rector debía asistir a la universidad y su primo mejor que se quedara. Kate aceptó con la condición de que antes le explicaran el asunto pendiente del día anterior.

El rector pensó que la razón por la que Jeremy no había hablado con ella del tema era que no deseaba complicar aún más su situación y dejarla que disfrutase tranquilamente de las expectativas de una expedición arqueológica.

—Seguro —afirmó— que tenía intención de comunicártelo sin tardanza. La expedición parte para Machu Picchu en dos o tres días y su primo debe asistir a intensas reuniones con las autoridades en Cuzco y de nuevo en Lima. Calculaba que, para cuando terminasen los trabajos a finales de julio, él ya podría tener todo ultimado.

Bingham corroboró la información.

—Jeremy, en calidad de embajador americano, ha venido para proponer una importante inversión de capital que será destinada casi totalmente a la producción minera. En los últimos quince años, con el actual dirigente Nicolás de Piérola se han dictado políticas tendentes a facilitar la llegada de capital extranjero, sobre todo americano, y esto está siendo aprovechado por grandes empresas e instituciones que tratan de agrandar su capital con poderosas inversiones externas. Cuando yo me puse en contacto con tu padre, hablamos de arqueología, pero inmediatamente intervino el actual rector de la universidad, quien, aprovechando los conocimientos del país y del terreno de Hiram, decidió unir ambos objetivos. Suponen que los beneficios económicos de esta inversión pueden ser tan suculentos que toda la expedición arqueológica resultará más que financiada, sea cual fuese el resultado de la misma.

—Pero mi primo es un profesor, no es industrial.

—Es evidente que la industria americana necesita mentes claras, eminentes economistas, y ha decidido asociarse con ellos para obtener beneficios mutuos.

El rector miró a Bingham y este afirmó dando por correcta la versión descrita.

—No veo en nada de esto un motivo para que se me ocultase la verdad.

—Yo creo que sí lo hay —añadió Bingham—. Recuerda que la investigación policial por la muerte de tu padre contemplaba una línea social vinculada a la creciente industria de New Haven. Al principio, parece que Jeremy dudó en aceptar este encargo porque creía que se salía de sus competencias. Después le fueron convenciendo de los beneficios para su país, para la universidad y también por la oportunidad de acompañarte rindiendo de algún modo homenaje a un hombre como tu padre, que tanto te quería y tanto amaba su profesión. Era una buena manera de hacer posible tu petición de continuar con este proyecto, pero tenía miedo a que tú no lo aprobases y esperó a estar lejos y a haberte demostrado su confianza antes de comunicártelo.

—Pues después de lo de anoche...

—Jeremy no era consciente de lo que hacía y tú lo sabes. Venga, prepárate y vamos a trabajar. Quiero que me ayudes de verdad.

Bingham quería demostrar el aprecio que sentía por esa chica tan extraordinaria, así que le insistió en que, si de verdad quería superar todo lo acontecido, lo mejor era que se involucrase de lleno en el proyecto. Deseaba que trabajase a su lado. De momento, podía adoptarla como un discípulo más que iba a tener el privilegio de recibir las clases sobre el terreno, el periodo de prácticas que muchos estudiantes de Historia del Arte no iban a tener la oportunidad de realizar jamás.

Él también debía mucho a su padre, pero quería demostrarle que lo hacía por ella, por el valor que demostraba al viajar hasta allí y buscar donde fuese las respuestas que anhelaba. Tenía mucho que aprender. Él, por su parte, se había dado cuenta aquella mañana de que también podía aprender mucho de aquella joven inquieta. La curiosidad, añadida a la ilusión del joven principiante, son aspectos que se van perdiendo con los años, como el brillo de un metal precioso que se cubre de una pátina y, aunque sigue siéndolo, su apariencia no resulta atractiva. Muy atrás quedaban sus primeras expediciones. Sin ir más lejos, aquellos mismos lugares le recordaban que las lecturas entusiastas, novedosas, fueron las que le llevaron a creer que aquellos viejos mitos y leyendas tarde o temprano le ayudarían a alcanzar grandes descubrimientos. Así se desarrolló su viaje a la ciudad de Abancay, la entrada natural a esa parte de la selva de Vilcabamba donde supuestamente tendría que encontrar lo que se denominaba «Vitcos».

Era la época en la que hablaba continuamente con los viejecitos del lugar, quienes seguían creyendo en la posibilidad de encontrar tesoros de los incas que, según la tradición, habían sido llevados consigo por Manco Inca en su precipitada retirada de los españoles hacia Willkapampa. Por eso era habitual entonces cruzarse con cazadores de tesoros. Así fue como, siguiendo a campesinos que le hicieron de guía, se encontró de bruces con las ruinas de Choquequirao. Hiram quedó maravillado, pero aquello solo supuso para él un aliciente para continuar. Sabía que aquellos lugares debían estar llenos de ruinas similares y que su ciudad perdida, la que estaba por descubrir, tendría que ser inmensamente más grande.

Cuántos tesoros quedaban por descubrir, qué infinidad de metas por alcanzar. La ilusión, ese resorte de voluntad que mueve a la acción, a aferrarte a una mínima esperanza. Un *flash* de recuerdos que le llevaba a aquellos momentos en que, con tal de conocer mejor la tierra y los parajes en que se movía, le propuso al profesor Chapman que le matriculase en Botánica y Geología en Yale. Fue así como se convirtió en todo un experto, no solo en Historia de América del Sur, sino también de la tierra, las plantas, el terreno que pisaba y por dónde se movía. Necesitaba imbuirse de aquella energía vital del lugar que tanto le atraía, como un todo vivo. Sí, ya no era Historia o Arqueología, era la vida misma, el Dios de la naturaleza, la Pacha Mama quien le llamaba. Ahora, años después de los importantes hallazgos, había aprendido a patearse los pasillos de instituciones como la National Geografic y los despachos de los ministerios. Casi a mendigar para conseguir ayudas, permisos... La burocracia había causado estragos en su personalidad. Por eso para él era tan importante el contacto de nuevo con la inocencia.

Aquella joven, la ilusión personificada, mantenía vivos los valores del principiante, y como tal, seguía convencida de que la confianza exige sinceridad en todo. En cierta ocasión le dijo que había aprendido de su padre que la confianza es como una vasija de barro, que si se rompe una vez jamás podrá volver a recomponerse para el uso que fue creada. Que la falta de confianza en un ser querido provoca sufrimiento. De modo que decidió confesarle un par de cosas importantes de camino al arrabal donde esperaba encontrar a los porteadores que necesitaban.

—Anoche el señor Giesecke y yo tuvimos una larga conversación en la que me puso al corriente de cómo están las cosas por aquí. Es un maravilloso arqueólogo, pero, sobre todo, dado su actual cargo de rector, es también una persona con muchos contactos en las altas esferas de la ciudad y muy influyente. Conversamos en torno a lo sucedido a tu primo. Debes comprenderlo. A los ojos de estas personas eres una jovencita inocente e inexperta.

Kate seguía el paso decidido de Hiram y escuchaba sin interrumpir, deseando que su confesión llegase a algo concreto. Parecía que Bingham tenía muy claro lo que ella significaba para los demás, pero también parecía dejar sentado que se desmarcaba de esa percepción. ¿Significaba eso que él la veía de otro modo o, simplemente, que quería que lo creyese para adularla? Bingham siempre se ganaba a todo el mundo diciéndole lo que quería oír.

—Es que —continuó—, aquí, en Perú, la realidad es muy distinta a como se ve desde nuestro país. Ya te irás dando cuenta. Todo es sumamente complejo. Se está produciendo un fenómeno de despertar, sobre todo por el influjo de otros países como el nuestro y su tremendo desarrollo industrial. Han empezado a llegar importantes compañías mineras y petrolíferas que están desarrollando un nuevo sistema de trabajo basado en lo que llaman las «company-town». Debido a los requerimientos laborales de estas empresas mundiales, digámoslo así, se forman pequeñas ciudades con sus propios empleados que tienen su tambo, hospital, tiendas, todo lo imprescindible para vivir. Captan trabajadores, la mayoría mano de obra barata local, y les construyen viviendas que son distribuidas en función de su jerarquía ocupacional. Son núcleos cerrados y autosuficientes. El problema surge al poner en práctica un sistema que los nativos llaman, de modo despectivo, «el enganche».

—No suena nada bien, es cierto. ¿Qué es?

—Giesecke me ha explicado que consiste en reclutar a personas que reciben su paga no en forma monetaria, sino a través de cupones para comprar los alimentos y productos de primera necesidad en las tiendas que, por supuesto, son propiedad de las propias empresas.

—De modo que, de esa manera, todo son beneficios.

—Parece que, en efecto, ha habido muchos abusos. Y aquí viene algo que te va a sorprender. Se ha creado una organización en defensa de los indígenas. Tratan de llegar a cargos de relevancia para tener más acceso a los ámbitos de repercusión social y de este modo hacerse oír.

—Escuchándole, tengo la impresión de que me está usted contando lo mismo que estoy leyendo en el códice del inca Poma de Ayala. La defensa de los indígenas explotados en las minas. ¿Será posible que hayan transcurrido casi cuatrocientos años?

—Lo cierto es que ese movimiento cada vez es más fuerte y está teniendo un eco importante a nivel internacional.

—¿Y ese grupo se dedica solo a proclamar en voz alta que los indígenas son explotados o han decidido adoptar medidas algo más... coactivas?

Bingham quedó impresionado por la inteligencia de la muchacha. Había bastado con insinuarle algo y ella ya había captado la intención última.

—Pues, efectivamente, Gieseke piensa que tal vez ese grupo haya pasado a presionar a las empresas con métodos menos pacifistas, aunque es muy delicado asegurar que el caso de tu primo sea un ejemplo cuando todavía no se ha realizado gestión alguna. Habría que suponer que sus fuentes de información son muy eficaces y, sobre todo, muy cercanas a nosotros. Resulta arriesgado pensarlo.

Llegaron conversando al punto de encuentro con un grupo de peruanos que esperaban sentados en unos bancos de piedra al sol. Bingham se presentó y comenzó a establecer sus pretensiones: el número de personas y mulas, los días de viaje y las necesidades de comunicación semanal para reponer víveres, materiales y correo. Al cabo de media hora de charla todo estaba meticulosamente previsto y solo faltaba regatear el precio. Fue entonces cuando Bingham extrajo un pequeño objeto del interior de su camisa. Se trataba de una figurita de madera que representaba algo así como un pájaro y que los interlocutores identificaron como algo conocido. También Kate creyó reconocer entonces el objeto que el profesor había adquirido de camino a Cuzco en aquella transacción que había presenciado desde el tren. El arreglo no tardó en producirse, y personas y animales estarían dispuestos en dos días para partir hacia Machu Picchu.

Por toda explicación, Bingham le comentó a Kate que esa gente también necesita garantías de la persona contratante. Son gente muy humilde y necesitan saber que su trabajo será compensado como corresponde. Una buena forma de demostrarlo era presentando algo identificativo de la familia con quien había trabajado en la expedición anterior.

De regreso a casa, Bingham explicó a Kate el modo de vida tan precario de esta gente, que era el principal motivo de que muchos de ellos acabasen por apuntarse a la nómina de esas multinacionales creyendo que así garantizaban el alimento para su familia.

Encontraron a Jeremy de un excelente humor, aunque, igual que ella, se había despertado con un fuerte dolor de cabeza. Era cierto que no recordaba nada de su comportamiento la noche anterior con su prima. Recordaba de manera muy difusa todo lo ocurrido desde el paseo por la ciudad.

Bingham se adelantó a exponerle que, debido a la proximidad de la partida hacia Machu Picchu, había decidido informar a Kate de su actividad económica en Perú. La noticia no agradó a Jeremy, que no pudo disimular un rictus de desagrado en la cara, pero, al observar que su prima mantenía la compostura, aceptó la situación, que, en cierto modo, le facilitaba las cosas. No obstante, Kate, como siempre, fue directa en sus cometarios. No era una persona que se conformara con explicaciones fáciles.

—¿Cuándo aceptaste la tarea que te han encomendado y cuándo pensabas decírmelo?

Carraspeó Jeremy, dio unos sorbitos a la infusión que completaba el desayuno tardío y se dispuso a responder. No estaba acostumbrado a que ninguna mujer le pusiera en apuros, pero su prima era un caso especial. Tenía una enorme habilidad para obtener información y poco a poco había ido ganándose una imagen de madurez y eficacia que todos a su alrededor habían acabado por aceptar.

—La intervención de la universidad en actividades sociales e industriales se proyectó hace meses. Faltaba darle forma. Estudiamos numerosos ejemplos, los sometimos al criterio de economistas de Nueva York, consultamos a grandes industriales y vimos que uno de los proyectos más solventes de inversión en el extranjero era el realizado en Perú por la Cerro de Pasco Investment Company, formada en 1901 en Nueva York por Haggin Sindícate asociado a los grupos Vanderbild, Morgan y Hearst. En 1904 se fue preparando el terreno iniciando la construcción del ferrocarril que uniría parte de la Sierra Central con la Costa. Ya te fijaste que nosotros veníamos bordeando la costa, sin embargo, las grandes minas están en las montañas. El año pasado compró en el Departamento de Cerro de Pasco importantes yacimientos mineros propiedad de Miguel Gallo Díaz, Felipe Salomón

Tello y varias familias más. La explotación está siendo un éxito y se ha convertido en un modelo a seguir. El señor Crawford, el alcalde, habló con mi padre. La International Mining Company de nuestra ciudad, llamada así porque nació con esas expectativas de salida al extranjero, estaba tratando de ampliar capital, dada su solvencia y su volumen global de beneficios. Ya sabes que desde hace un tiempo colaboramos con ella en calidad de asesores.

—No. No lo sabía, pero no es difícil entender el vínculo viendo la presente situación.

—No es fácil encontrar personas capacitadas para gestionar grandes empresas. Nosotros disponemos de una Facultad de Economía de la que pueden salir gerentes y empresarios perfectamente preparados para tan delicada e importante tarea. Nuestros alumnos pueden estar a la altura de los mejores del país...

Miró al rector de la Universidad de San Antonio, que afirmó con la cabeza; no obstante, no quiso pecar de prepotencia y continuó.

—Así que, cuando tu padre propuso al Consejo de Dirección de la Universidad el proyecto de la ciudad perdida en Perú, todo fue fraguándose del modo más natural.

—Sí, pero ¿cuándo exactamente te propusieron a ti que fueras el embajador del proyecto?

—No dispares tu imaginación, primita. Estamos hablando de gestiones empresariales a gran escala, pero solo comerciales. Quiero que esto quede claro. Si se han asociado a un viaje antropológico ha sido, simplemente, por unificar intereses. Bingham expone sus planes y sus necesidades, nosotros vemos las nuestras, y coinciden en tiempo y lugar. Se da luz verde. ¿Cuándo? En el mismo momento en que tú insististe para que el proyecto siguiese adelante y concretamos los objetivos con Bingham. Fuiste tú quien deseaba que esto no se paralizase, y había que buscar un medio para hacerlo viable. Entonces se decidió.

Jeremy había conseguido anular, al menos momentáneamente, cualquier sombra de sospecha en la mente de Kate, que no encontró modo de rebatir la explicación.

—Bien —continuó Bingham—, hechas las aclaraciones, me gustaría que todos nos centrásemos en nuestros respectivos trabajos. A partir de ahora, Kate, me gustaría que fijases tu interés en las tareas que yo te voy a encomendar. Te ayudará a oxigenar tu cabeza y a liberarla de pensamientos vanos, y por otro lado, serás de gran utilidad al grupo. Será el modo de que rentabilicemos tu incorporación. Supongo que estarás de acuerdo.

—Estoy de acuerdo y dispuesta a realizar cuanto se me mande.

—Estupendo. Tu misión a partir de ahora consistirá en anotar en un diario cuanto se vaya realizando. Empieza por dejar constancia de nuestra gestión con los porteadores. Cuando se presenten, anota sus nombres y el número de animales que cada uno aporta. Deberás llevar al día lo consumido para saber las necesidades durante estos dos meses. Estarás presente en las excavaciones registrando y clasificando todo lo que hallemos.

—Creo que es una tarea que puedo desempeñar y le estoy muy agradecida por hacerme sentir útil.

—Mañana tenemos una importante reunión con el resto de las personas que componen la expedición.

—Sí, y además —añadió Giesecke—, también va a venir el señor Cosio acompañado por Enrique Palma, montañero y perfecto conocedor del lugar. Será interesante.

—Bien. Tú debes ejercer de secretaria levantando acta de la reunión. Piensa que todo lo que tú escribas será el documento que hayamos de presentar a nuestro regreso como registro de nuestra expedición.

—No sé si sabré redactar con suficiente fluidez los hechos.

—No te preocupes. La parte literaria es cosa mía. Tan importante como lo sucedido es hacerlo atractivo a los lectores. Si nadie lo lee por falta de interés, de nada servirá cuanto realicemos. ¿No crees? Además, si mal no recuerdo, la literatura es una de tus grandes aficiones. Bastará con algunas lecciones prácticas para que tú misma vayas aprendiendo el sistema. Ahora te resulta impensable porque desconoces qué te vas a encontrar.

—Encontrarás restos de barro difícilmente identificables con cualquier objeto conocido, trozos de huesos medio podridos y algún que otro pedazo de metal oxidado que habrás de clasificar como oro. —Todos rieron la broma del rector—.

Aprenderás a desarrollar ampliamente tu imaginación. No te quepa la menor duda.

A Kate no le gustaba que se tomase con ligereza algo tan serio como la literatura y pensó en esos momentos en que el desconocimiento de los científicos propiciaba el que rompiesen los límites entre lo veraz y lo fantástico. Una cosa era novelar con personajes ficticios y otra muy distinta deformar la realidad hasta convertirla en un adorno que resultaba, lisa y llanamente, mentira. La cara de Kate no engañaba, y las risas terminaron enseguida.

4
Líneas paralelas

Jacob Williamson entró sonriente en la habitación número 24 del hospital de Brooklyn. George permanecía postrado en la cama, muy pensativo y mirando en dirección a la ventana. Su madre se levantó en cuanto oyó el saludo siempre optimista del sargento, que, por tercera vez desde que ocurriera el accidente, se acercaba unos minutos a visitar a su hijo. No acababa de hacerse a la idea de que George llegara a suponer tanto en el Cuerpo de Policía como para que un veterano le visitase con tanta frecuencia y le mantuviese informado de la investigación como si de un agente imprescindible se tratase. La señora Barcroft obsequió a su visitante con unas pastitas caseras que ella misma había elaborado. En la anterior visita les había oído hablar desenfadadamente de las pastas y la cerveza de la señora Rose, la asistenta del finado cuyo caso encomendaron a su hijo. El sargento aceptó de buen grado e hizo un par de comentarios halagadores. La señora, por su parte, sabía que ambos deseaban hablar de sus asuntos, así que, después de unos momentos en los que comentaron el estado de salud del paciente, abandonó la habitación discretamente.

No pasó desapercibido al viejo investigador que George guardaba la carta que tenía en sus manos en el cajón de la mesilla e inmediatamente interpretó que su estado de melancolía se debía a la correspondencia de Kate.

—Bien, hoy tengo noticias importantes que darte, si te interesa charlar con un colega tripón, bigotudo y bastante más feo que la que ocupa tus pensamientos.

George sonrió ligeramente. Al señor Williamson le encantaba hablar así, de modo sarcástico y confiado, para romper el hielo.

—Bueno, no voy a salir corriendo, así que le escucho, sin entusiasmo, pero con atención.

Jacob reflexionó unos instantes sobre el tono del joven. Había cambiado mucho desde que se inició la investigación. Habían transcurrido varias semanas desde el accidente y aquellas cicatrices en la cara solo eran el reflejo físico de otra profunda transformación interior. Hay golpes que impulsan una evolución por instinto de conservación. La inocencia de George quedó en aquella acera salpicada de sangre, bajo el cartel de cine que mostraba al *cowboy* desenfundando sus pistolas. Aquella imagen quedó impresa en su mente y decidió plantar cara a los agresores. Nunca olvidaría que su trabajo había querido ser abortado de raíz por personas que se vieron amenazadas. Estaba en el camino correcto y no había retroceso. E indirectamente había encontrado un fiel compañero de viaje.

—Me envían saludos para ti desde New Haven. Rose me ha pedido que te transmita sus deseos de que te recuperes muy pronto. Creo que le gustas. «Es tan buen chico», dijo —e imitó la voz de Rose mientras buscaba una silla para sentarse a su lado—. Claro que también hay quien pregunta por ti sin tanto entusiasmo. No hace falta que te recuerde sus nombres.

Al referirse a estas otras personas, George se dio cuenta de que Williamson seguía investigando y que no se había cerrado el caso. Quizás su atropello había obligado a la policía a cambiar sus primeras intenciones, aunque solo fuera por salvar las apariencias, dada la gravedad de la agresión a uno de sus miembros.

—Hay personas que empiezan a ponerse un poco nerviosas. —Y se mostró de pronto muy serio—. Mira, no quiero engañarte. No sé cuánto tiempo van a dejarme que siga con esto.

—¿«Esto» es la investigación? —le preguntó George, volviendo la mirada hacia la ventana.

Williamson se dio por aludido por lo que entendía era una acusación a todo el departamento de querer renunciar a lo que el joven consideraba un atentado, ya no a un eminente profesor o quizás dos, sino también a un miembro del Cuerpo de Policía.

—Estoy arriesgando mucho con esta investigación, ¿sabes?

—Yo casi he perdido mi vida por ella.

—Interpretaré esto como un desahogo por lo que estás sufriendo en esa cama. Estás en tu derecho, pero no seas injusto. —Cambió el tono—. Me gustabas más cuando no levantabas los ojos del suelo. Lo que te hacen cambiar las mujeres... —y soltó una carcajada—. Por cierto, ¿qué tal le va a Kate por esos mundos de Dios?

—... De momento describe los lugares que va recorriendo. Kate se deja sorprender por todo.

—Es una gran chica. Pero ¿qué te voy a acontar a ti?... Bueno, Curtiss me ha estado pasando información sobre la compañía del alcalde. Yo no entiendo mucho de finanzas, pero todo hace pensar que tienen montado un buen tinglado. El capitán ya me ha tirado un par de indirectas sobre que el caso se alarga y no lleva a ninguna parte. Así que podemos ir haciéndonos a la idea, como te decía, de que esto se va a cerrar enseguida... —Hubo unos segundos de silencio. George no miraba a su interlocutor; mantenía la vista fija en la ventana. Williamson quiso hacer una demostración de impaciencia, aunque en un tono teatral—. ¡Está bien! ¿Quieres que te diga que no comparto los chanchullos de este departamento que es el nuestro, que pese a lo que diga el capitán voy a seguir con el asunto...? ¿Y a dónde crees que nos va a llevar todo esto, eh?... Yo te lo diré: probablemente a alguna cuneta de las afueras, al fondo del río, qué sé yo...

—¿Quiere decir con eso que admite que el viejo profesor también fue asesinado?

—¡Dios, qué difícil me lo pones, chico! ¡Quiero decir que te apoyo, que quiero ayudarte, pero que trato de protegerte, que con un intento ya es suficiente! ¿Es que no lo entiendes?

—Entiendo que esto está podrido y que no dejaré que quienes me hicieron esto se salgan con la suya.

—¡Está bien!... Está bien... —interrumpió el sargento con ostentosos movimientos de brazos—. ¡Vale! Te diré todo lo que sé hasta ahora. Tú lo has querido, pero es tu última oportunidad para que lo dejes. Si abres esta puerta, ni tú ni yo sabremos cuándo podremos salir, ¿vale?

George volvió su mirada por primera vez a su compañero veterano y le miró directamente a los ojos dejando claro que no tenía miedo a enfrentarse con lo que fuese.

—Unos días antes de que apareciese muerto el señor Chapman, James, tuvo una acalorada discusión con sus habituales colegas de tertulia. El tema: la financiación de la expedición al Perú. Pero..., pásmate, el padre de Kate, después de un enfado colosal y de levantar la voz más de lo debido, según algunos criados, pidió que se suspendiera inmediatamente el proyecto. Para que el profesor llegase a solicitar tal medida hemos de suponer que lo que allí se dijo estaba en total desacuerdo con su modo de pensar y de actuar. O sea, que resulta que todos han estado jugando con nosotros haciéndonos creer que todo el viaje se basaba en la pasión que ponía este hombre, y resulta que no, que todos los demás tenían más interés que él.

—No lo entiendo.

—Pues es muy sencillo, mi joven amigo, que aquí hay gato encerrado.

—¡Kate! ¿Jeremy estaría informado de todo esto?

—Lo que sí te puedo asegurar es que estaba en aquella reunión.

Ambos permanecieron pensativos durante unos momentos.

—Todo se nos desmorona, ¿verdad? Nada parece encajar. A no ser que empecemos a pensar que el tema de Perú era objeto de atención para todo este grupo de personas. Que lo que quiera que hayan ido a buscar carece de importancia arqueológica, al menos como principio fundamental.

—¿Y también el expedicionario Hiram?

—Ni idea. Ahí me he atascado. Pero este asunto empieza a cobrar unas dimensiones que superan mis conocimientos. Otra vez he puesto a trabajar a mi amigo Curtiss en el asunto y me dice que Perú es una fuente ilimitada de recursos y que los países occidentales luchan por abrirse un hueco en los mercados de este y otros países similares, muy pobres, pero con una riqueza potencial incalculable.

—¿Riqueza de qué tipo?

—Pues de materias primas, minerales... yo qué sé. De mercados financieros dice él. A veces me pierdo con tanta verborrea.

—Parece un entramado demasiado arduo para usted y para mí. Me temo que incluso para un entendido como el señor Curtiss. Quiero decir que sus conocimientos se basan en hechos ya sucedidos y conclusiones periodísticas. ¿No sería mejor que nos centrásemos en el asesinato del señor Chapman?

—Ja, ja. Somos policías, quieres decir, ¿verdad? Ya me imagino cuánto supone para ti tu primer caso. Pero recuerda que te advertí que era una encerrona. En estos momentos no sé en quién puedo confiar, y trabajar en el túnel, como nosotros llamamos a querer seguir este tipo de investigaciones infectadas, es muy duro... He tocado algunos palos, he movido hilos, y la cosa está que arde. Muchos policías se han conmovido por lo que te ha sucedido y no ven con buenos ojos que las corruptelas hayan llegado a este punto. Eso juega a nuestro favor. Pero también me han echado en cara que debí convencerte para que abandonaras a tiempo, porque algo se veía venir. De todas formas, el que nos menosprecien nos otorga cierta ventaja. «No detengas a tu enemigo cuando está cometiendo un error», decía mi abuela.

—Eso lo decía Napoleón —sonrió George—. ¿Que se veía venir el qué?

—Que tu insistencia no traería nada bueno. La gente en el departamento no sabe, pero intuye. En cuanto empezamos a ver corbatas y franelas por allí, sabemos que detrás viene la cartera de cuero y más tarde algún que otro suceso sin resolver.

—¿Y todo el mundo traga con esa porquería?

—Todo el mundo, jovencito, tiene familia. A muchos no les llega a final de mes, ni tienen para pagar al médico cuando enferman sus hijos. No me seas tan puritano, ¿quieres?

—¿Y así se espera que haya orden y justicia en la sociedad?

Jacob soltó una sonora carcajada.

—Mira, chico, déjalo. Vamos a centrarnos en el asunto.

—Creía que era todo lo que sabía.

—Pues no; te lo voy dosificando para que no te sofoques demasiado. Aquí viene lo principal: nuestra expedición, la que el señor James Chapman no quería que se llevase a cabo, tiene un cabecilla… que no es Hiram Bingham.

—Sorpréndame.

—Jeremy Chapman. El cerebrito de la universidad, el ilustre economista, la dirige.

—¿Y eso lo sabe Kate?

—Desde luego que no. No quiero asustarte, porque «tu chica» es lo suficientemente inteligente para darse cuenta de lo que ocurre, y si no te lo ha contado en las cartas, que no lo ha hecho como deduzco por tu sorpresa, lo hará sin duda muy pronto. Lo verás. Así que, no es para alarmarse, pero Jeremy no ha ido a acompañar a su prima. Lidera una embajada de la Internacional Mining Company de la que él y su padre son accionistas, y no con el menor número de acciones, precisamente.

—O sea que el vínculo entre el alcalde y la universidad se hace cada vez más evidente. ¿Y esa reunión de la que me hablaba se produjo antes o después del 3 de diciembre?

—¡Ah, sí! El famoso 3 de diciembre. La reunión fue el 6 de enero, nueve días antes de la muerte de nuestro profesor.

—Esto parece exculpar a nuestro expedicionario, puesto que ya no se vieron desde ese día.

—Todo parece indicar que sí, pero preferiría no descartar nada, de momento.

George guardó silencio y parecía meditar sobre todo lo expuesto en la conversación. Entre tanto, su veterano compañero parecía querer adivinar sus pensamientos. De nuevo aquella pequeña ventana que solo mostraba un sucio edificio enfrente parecía ser el falso objeto de la mirada de George, cuya mente traspasaba los ladrillos para vagar muy lejos. Sin embargo, al cabo de unos momentos su conversación volvía a diseccionar el tema como un agudo bisturí para tratar de llegar hasta las vísceras del asunto.

—Si usted conoce tanto cómo funciona la policía y lo que ocurre en la trastienda, seguro que se ha hecho ya una idea de todo, ¿verdad?

—¿Das por hecho que la policía se ha implicado en un asesinato?

—Usted lleva dándomelo a entender desde que nos encontramos en el departamento aquel día.

—¡Cuidado, joven! Tu madre hace unas pastitas realmente buenas con ese sabor tan peculiarmente casero, ¡hummm! Para empezar —continuó con la boca llena—, si la policía hubiese decidido involucrarse, cosa que cuestiono, no implicaría a uno de sus miembros, sino que llamaría a uno de los matones fichados que se dejan en la calle a cambio de «ciertos servicios», ya me entiendes.

—Bien. ¿Y quién es el matón de New Haven?

—¡Por Dios! Si fueses un caballo te habrían deslomado a palos. Tu forma de atacar los temas es la de un caballo sin domar en una cacharrería. Es evidente que nunca se llamaría para un trabajo sucio a alguien conocido por sus supuestas víctimas.

—Sigo pensando que usted conoce a esas personas.

—Pues sí; si quieres te hago un listado, si quieres te los describo, pero eso no va a conducirnos a ninguna parte. ¿Acaso crees que estos días me he estado tocando las narices? Esto no ha sido un encargo de la policía, te lo aseguro. ¿No quieres comer una de estas pastas? Te estás quedando en los huesos. A tu joven amiga no le gustaría nada verte así. Trata de recuperarte para echarme una mano, porque te aseguro que, por primera vez en mi vida, lo veo muy crudo, y siento que nos vamos a tener que enfangar mucho más… mucho más de lo que nos conviene.

5

El camino a la Vieja Cumbre

Cuzco, 16 de junio de 1912.

A MEDIA MAÑANA del día siguiente se produjo la reunión. Jeremy quedó entusiasmado al ver en la ciudad, por fin, un vehículo propulsado a motor. Era el automóvil del hacendado Enrique Palma, que venía acompañado por los otros dos expedicionarios americanos que se habían alojado en su casa. No era un Ford T de última generación, pero tenía el encanto de los primeros modelos, y había llegado en barco desde América.

El señor Elwood Bradis era un hombretón musculoso de treinta y tantos años con el rostro curtido. George F. Eaton era de la misma estatura, pero mucho más delgado, con la cara fina y sonriente de esa clase de hombres simpáticos que alegran en cuanto se hacen presentes. «Lleva la alegría en los ojos», decía Hiram.

Fue una reunión llena de detalles técnicos y previsiones basadas en experiencias de anteriores expediciones y descubrimientos. De todo ello, algo llamó poderosamente la atención a Kate, quien, dejando de escribir por un momento, levantó la cabeza para dirigir la mirada a Bingham. Este a su vez cruzó sus ojos con ella para seguir en la conversación sin inmutarse. Enrique Palma estaba contando cómo había llegado a Machu Picchu diez años antes, o sea, ¡en 1902! Sin embargo, nadie se escandalizó, nadie le contradijo, por el contrario, todos lo aceptaban como un modo de obtener información de primera mano que ayudase a acceder de nuevo al lugar del modo más fácil y rápido y, si era posible, dejando establecida una ruta fija por la que hacer llegar víveres y mercancías tanto de ida como de vuelta. Parecía ser que Bingham no había sido el primero en llegar a las ruinas de la ciudad inca.

En Estados Unidos todas las publicaciones daban por sentado que Bingham había descubierto Machu Picchu el 24 de julio de 1911. Aquí, en cambio, entre expertos, todos hablaban de que el lugar ya había sido explorado e incluso habitado mucho antes. No entendía muy bien qué estaba pasando.

Todos intervenían para contrastar las experiencias comunes. Sacaron los mapas y planos de los que disponían y comenzaron a trazar líneas y aspas tratando de fijar los lugares y los caminos con referencias que habían anotado en sus viajes. Por un lado, Giesecke puso en común toda la información proporcionada por Braulio Polo y Laborda, propietario de la hacienda Echarati. Había charlado ampliamente con él durante los días en que permaneció con su esposa como invitado en su hacienda en enero del año anterior. Disfrutaron del buen clima y de amplios paseos, y Braulio aseguró que cuanto decía sobre Machu Picchu podía ser corroborado por las gentes de Mandor y San Miguel. Tras la confirmación de los datos fue cuando se decidió a escribir al doctor Chapman. Así fue como Bingham realizó el segundo de sus viajes al lugar y cómo, ayudado por Arteaga, logró llegar hasta la ciudad escondida. Ese era el relato de Bingham que Kate había leído en su diario, más o menos.

La intervención de Palma fue un relato muy interesante de cómo la habían encontrado él y sus tres acompañantes en 1902 ayudados por quien cultivaba aquellas tierras en calidad de arrendatario, un tal Meza. Este pagaba a la hacienda Cutija por sembrar algunas chacras y terrazas de Machu Picchu doce soles mensuales. Palma no tenía conocimientos topográficos ni había dejado constancia del camino seguido. Solo se había dejado guiar a la cumbre por el campesino como una curiosa aventura de montañeros. Ni siquiera identificó las ruinas en su momento como un hallazgo arqueológico digno de mención, en primer lugar, por su desconocimiento en la materia, y después, porque entre la maleza y la niebla ni siquiera pudo percibir que aquello era una ciudad, sino alguna construcción rocosa antigua, sin más. Recordaba, eso sí, haber grabado sus nombres en una de las rocas encontradas. Cuando el campesino Meza decidió regresar al poblado de Aguas Calientes, cedió el arrendamiento a los campesinos Arteaga y Lizarraga, quienes cultivaron durante años aquellas mismas tierras ya roturadas y preparadas para su productividad. Con Arteaga tropezó Bingham en su constante deambular por los alrededores sin encontrar el acceso a la cumbre y fue este quien le condujo hasta la ciudad soñada. El problema para encontrar la ciudad había sido durante muchos años que la ruta tradicional bordeaba las sierras y retomaba el curso del río Urubamba cuarenta kilómetros más abajo. Se trataba de evitar los impresionantes rápidos del río. Eso hacía que el camino correcto quedase atrás. Nadie se atrevía a afrontar el paso del río con todo el peligro de sus corrientes y cascadas. Harto de no dar con la ruta adecuada, solicitó la ayuda de Arteaga, que le mostró una ruta abierta en 1895 por unos ingenieros peruanos que habían volado numerosos obstáculos rocosos. De ese modo se adentró sin gran dificultad en el gran cañón del río Urubamba. El ascenso era muy empinado pero llevaba directamente a la ciudad perdida.

Todos quedaron de acuerdo en que ese volvería a ser el camino. Bingham sí que tenía referencias topográficas. Era, sin duda, el más corto. Si embargo, habría que señalizar el paso del río y llevar material para asegurar que el puente quedase en perfectas condiciones para el paso de personas y mulas. De ello se encargarían los porteadores peruanos dirigidos por Eaton. En tanto, Bradis comenzaría a limpiar de maleza el sendero que subía a la cima. En una semana ambas tareas podían estar finalizadas.

La segunda fase de la expedición se centraría en la limpieza del terreno y la inspección de los alrededores. Bradis volvería a ser el encargado de la tarea de limpieza junto con los trabajadores, tres peruanos aborígenes que ya acompañaran a Hiram en la anterior expedición: Richarte, Álvarez y Fuentes, que se habían concedido el lujo de vivir en las mismas ruinas y cultivar en la plaza mayor. Conocían toda la ciudad palmo a palmo. Con su ayuda, Eaton y el joven arqueólogo peruano, Pedro César Cruz, reconocerían el entorno para establecer el perímetro de la ciudad y posibles restos cercanos. En tanto, Hiram y Kate tratarían de establecer un plano de las instalaciones e iniciar las primeras excavaciones, ayudados por otros cuatro porteadores.

Todo aquello era nuevo para Kate. Se sentía nerviosa, pero con un cosquilleo interior que denotaba su entusiasmo por la aventura. Por fin se encontraba en el lugar adecuado para hacer lo que tantas veces había soñado. Y ahora que lo tenía tan cerca, su afán de descubrir algo nuevo le llevaba al misterio de lo acontecido en los últimos meses a personas cercanas y no a los incas, como ella hubiese querido. Si Bingham no había descubierto la ciudad, ¿por qué lo había hecho creer así en América? Él mismo le había hablado de ello como protagonista. El señor Palma no reivindicaba nada. Todos trabajaban en común. ¿Habían acordado que se anunciase así o Bingham se lo había atribuido y los demás no le habían dado importancia? Quizás no era un hecho relevante o querían estar seguros de lo que iban a encontrar antes de anunciar nada como un hallazgo sensacional. Pero también albergaba otro pensamiento que cada vez se iba imponiendo como el más veraz: en América el descubrimiento suponía fama y dinero. En Perú, solo problemas. Problemas con las autoridades por el levantamiento del terreno, por los posibles objetos e incluso tesoros hallados... Era evidente. Disimular su presencia significaba no tener que dar cuentas. Esta deducción le llevó a la siguiente como en una cascada de ideas: el proyecto de su primo hacía que la expedición arqueológica quedase tan disimulada que nadie, aparte de aquel grupo que tenía delante, la asumía como de excepcional interés. Solo había un eslabón que no encajaba en aquella cadena: el joven arqueólogo peruano. No había abierto la boca. Se le veía muy sereno. Escuchaba, asentía y desplazaba la mirada de uno a otro de los interlocutores sin más. Parecía un estudiante despierto, con esos ojuelos oscuros propios de los nativos. Cuando sus miradas se cruzaban, le sonreía de un modo muy agradable y volvía a la conversación.

Cuando Kate subió a su habitación encontró la ventana de su balcón abierta. Hacía frío y la cerró inmediatamente. Mientras se frotaba los brazos, se quedó mirando el armario, que igualmente estaba abierto de par en par, lo que la alertó de que algo no iba bien. Abrió el cajón donde guardaba la copia del códice. Levantó las ropas que lo ocultaban... ¡Había desaparecido! Preguntó a todos alarmada. La señora Esther preguntó a la servidumbre. Nada. No es que Bingham y los otros le concediesen demasiado valor al documento, que, en realidad, solo era una copia. Ni siquiera su primo Jeremy. Pero todos se preocuparon mucho por el hecho de que lo hubieran robado. Y no faltaba nada más... De nuevo se cernía sobre ellos la duda de lo inexplicable. Parecían estar abocados a padecer sucesos que de alguna manera definían el viaje como extrañamente irregular.

La mente de Kate, siempre imaginativa, recordó el método de George y trató de unir los diversos sucesos como si todo lo ocurrido fuesen piezas de un mismo puzzle. Era evidente que, o se equivocaba, o le faltaban muchos datos para empezar a colocarlas con un mínimo de relación lógica, pero a partir de ahora iba a procurar estar mucho más atenta a cuanto sucediese a su alrededor. Puede que los demás no concediesen importancia al códice, pero ella estaba convencida de que era vital para el esclarecimiento de la muerte de su padre. George así lo creía. El sargento Williamson le aconsejó que lo leyese detenidamente, porque intuía que allí podía haber alguna clave escondida, y el modo en que su padre lo escondió era la prueba definitiva de que quería que ella lo tuviese y encontrase una evidencia de lo que le iba a ocurrir. No podía conformarse con darlo por perdido.

La señora Matto insistió a su marido para que admitiera que era un escándalo que se hubiese producido un robo en su casa. Además, lo habían perpetrado a uno de sus invitados. Era algo intolerable y exigía ponerlo de inmediato en conocimiento de la policía. Jeremy trató de restar importancia al tema, creyendo que aquello, además de ponerles nerviosos, podía distraerles de su verdadera tarea en Perú.

Al final, todos estuvieron de acuerdo en comunicarlo a la Policía local y seguir con los preparativos del viaje. El rector, por lo bajo, comentó a Bingham que ese era el riesgo de aventurarse a llevar una mujer en el grupo. Siempre acarreaban consigo infinidad de problemas. Quizás esa era una buena excusa para dejarla en Cuzco y no arriesgarse a que siguiera incordiando. Bingham escuchó al rector sin atreverse a contradecirle, pero Kate tenía un halo de misterio que, lejos de provocar rechazo, despertaba interés a un aventurero como él. Prefería completar su expedición con aquel punto de intriga y sensualidad que tanto había echado en falta en otras ocasiones. ¿Cómo explicarle al rector la infinidad de veces que necesitaba ver una cara dulce en sus viajes de hombres, en las largas noches en condiciones inhóspitas? Decididamente, no estaba dispuesto a privarse del encanto que suponía aquella chica.

Al amanecer del día 17 de junio de 1912 todos los miembros del grupo estaban preparados para partir hacia Machu Picchu. Jeremy había decidido volver a Lima para realizar algunas gestiones económicas y tratar asuntos que le habían sido indicados desde la universidad. La parte cultural y expedicionaria se la dejaba al señor Bingham. A la salida de Cuzco les esperaban los indígenas con las acémilas preparados para iniciar el viaje. Entre los porteadores y guías había también mujeres que durante el camino desempeñarían la misma función que los hombres y, ya en las montañas, se ocuparían del fuego, acarrear agua, cocinar los alimentos y dar de comer también a los animales. Kate comprendió qué baja se encontraba la consideración de la mujer en aquellos lugares. Ella procedía de una civilización donde el género femenino comenzaba a reivindicar su puesto en la sociedad. Aquí ni siquiera se percibía un atisbo de tales pretensiones.

La primera escala sería Sacsahuamán, dirección noroeste, importante enclave inca que no podía dejar de visitarse aunque solo fuese para contemplar la belleza de las construcciones y restos arqueológicos. Ya estaba muy catalogado y estudiado. A media mañana partieron de nuevo hacia Chinchero. En el pueblo descansaron y terminaron de recoger algunas viandas imprescindibles para el resto del camino. La expedición con las testarudas mulas cargadas en fila y los expedicionarios intercalados entre los indígenas tomó rumbo a Urubamba.

En varias ocasiones Bingham se interesó por Kate, que caminaba sudorosa junto a él pero cuidando de no mostrar la mínima señal de fatiga. Hasta ese momento las carreteras de tierra y piedra estaban perfectamente marcadas y limpias. Llegaron a Urubamba al anochecer después del largo recorrido del día, agotados pero habiendo cumplido con el trayecto previsto. Kate se ocupó de anotarlo todo convenientemente en el cuaderno que se le había asignado. Quedaron instalados en unas pequeñas chozas circulares de tejados de paja muy cerca del río.

Esa misma noche, junto al Urubamba y a la luz de la luna, Pedro César se acercó a Kate. Fue un encuentro muy agradable. Los indígenas se habían apostado juntos formando un círculo mientras las mujeres les servían. Los americanos se habían acomodado sobre un tronco frente a una enorme piedra que hacía las veces de mesa. Al terminar la cena, y mientras Bingham comenzaba de nuevo a exponer los planes para el día siguiente, Kate se separó para escuchar el murmullo de las aguas y contemplar la luna entre aquellos magníficos árboles que rodeaban el poblado que recibía el mismo nombre que el río. La noche estaba despejada y las hojas de los árboles apenas susurraban con la leve brisa. Un rápido cosquilleo le recorrió la espalda; a esa altitud y ya entrada la noche tenía un poco de frío. Pedro César la saludó cordialmente. Era muy simpático y de modales muy correctos. Observó su piel morena, su cara redondeada, sus labios gruesos y su expresión siempre sonriente. Le preguntó cómo se encontraba después de aquel largo y agotador día de camino. Luego pasó a hablarle de que había observado que le sorprendían muchas de las actitudes de los suyos. Al preguntarle por las mujeres, algunas de ellas muy jóvenes, Pedro César le explicó el auténtico papel de la mujer. No era cierto que en su pueblo fuese considerada como un ser inferior al hombre, muy al contrario sus tradiciones establecen que la mujer es la portadora de las ritos y de la verdadera cultura. Cada pueblo tiene su forma de vida y sus costumbres, algunas mantenidas durante siglos. Quien no está iniciado en el conocimiento de los pueblos no puede siquiera entender lo más básico de su forma de comunicarse o sus sentimientos. Kate permaneció callada escuchando el río.

Allí, tan lejos de la civilización moderna, un espíritu superior parecía llenarlo todo. Levantó la mirada hacia el cielo. En New Haven nunca había visto nada parecido; la claridad con la que distinguía cada una de las estrellas era especial. Se quedó maravillada ante tal belleza. Podía darse cuenta de que, allí, las constelaciones que se extendían ante sus ojos no se correspondían con las que ella conocía. Pedro César sonreía mientras percibía su asombro, y comenzó a describirle las constelaciones que se dibujaban en el hermoso manto celeste que los cubría. Allí estaba la estrella Deneb, el alfa Cisne, y cerca de ella desaparecía una oscura constelación, que representaba a la otra llama celestial, el «masintin» de la llama del sur: Yakana o Qatachillay. También se apreciaba la cola de la constelación occidental del Escorpión. Pedro César le explicó que el cielo iba girando, y que conforme se acercara el amanecer, durante las horas de la madrugada, se podían ver a las Pléyades, la Qollqa Celestial, así como a las Híades con su brillante estrella roja Aldebarán, anticipando la presencia del Sol.

El joven la guiaba señalando con el dedo para que Kate distinguiera las siluetas que formaban esas pequeñas esferas de fuego perdidas en el Universo. Pedro César continuó hablándole de la Madre Naturaleza, de la Madre Tierra. La mujer se identifica con el espíritu de la Creación, o la Fertilidad, que es lo mismo que la vida. Por eso se habla de una sociedad matriarcal. Es cierto que la mujer no aprende a hablar «Castilla», como ellos llamaban a la lengua de los españoles, pero gracias a eso se mantenía el quechua original sin modificación alguna durante siglos. El hombre podía mezclarse con los extranjeros, pero la mujer era el espíritu ancestral de su pueblo a través de los tiempos. Kate pidió a Pedro César que la iniciase en el conocimiento de su cultura. Tenían por delante muchos días y muchas veladas. Así comenzó una amistad y un compromiso para el resto del viaje. Para cuando regresaron al claro donde se encontraban las chozas, el grupo ya apagaba los fuegos y se disponía a acomodarse para pasar la noche. Kate sintió un dolor espantoso en todo su cuerpo al intentar tumbarse sobre la manta extendida en el suelo. En fin, todo era cuestión de acostumbrarse. Su padre ocupó sus últimos pensamientos... y George... tan lejos... y quedó dormida inmediatamente de puro cansancio.

A la mañana siguiente, cuando Kate despertó, todo el campamento estaba en movimiento. Hacía más de dos horas que las mujeres se habían levantado para preparar el desayuno, acercar a las mulas a abrevar al río y llenar las cantimploras. Los hombres recogían los materiales, los empaquetaban y los cargaban sobre las mulas sujetándolos un poco más fuerte incluso que el día anterior. El camino iba a comenzar a empinarse y a ponerse difícil. Eaton, Bradis y Bingham tomaban un copioso desayuno con carne asada y leche de llama en el mismo tronco de la noche anterior. Le saludaron afablemente cuando vieron que salía de su choza.

Se dirigió al río con sus pertenencias de aseo y, una vez dispuesta, se acercó para tomar su correspondiente desayuno, muy nutritivo como pudo apreciar. Era una mañana maravillosa de verano, fresca, y las aves revoloteaban y alzaban sus exóticos sonidos entre las altas ramas de los árboles. Pedro César se acercó a darle los buenos días y le ofreció un jugo de frutas silvestres que él mismo se había encargado de preparar. Todo el mundo parecía tener muy claro lo que había de hacerse en aquel lugar, menos ella. Se sintió un poco desubicada. Preguntó si a la mañana siguiente ella podía ayudar a las mujeres indígenas y la mirada indiferente de Bingham no la sacó de su duda. Era evidente que no estaba bien visto que se mezclase demasiado con los nativos, pero su silencio parecía indicar que hiciese lo que creyese conveniente. Nunca habían llevado una mujer no indígena en sus expediciones. Lo único extraño en realidad era ella. Así que Kate decidió no hacer más preguntas y tomar sus propias decisiones, puesto que todo indicaba que podía comportarse como quisiera con tal de que no crease problemas ni incordiara demasiado.

El segundo día de viaje les llevaría hasta otro emblemático enclave inca, Ollantaytambo. Eran diecinueve kilómetros, pero el recorrido se iba a complicar y Bingham deseaba tomar algunas notas del lugar. No convenía correr más ni desgastar inútilmente a la expedición. Había que reservar fuerzas para la auténtica ascensión y, sobre todo, asegurarse del camino y planificarlo todo convenientemente. De su anterior expedición había conseguido gran documentación que, después de estudiarla en la universidad despacio, requería algunas comprobaciones. Sobre todo estaba muy interesado en establecer una cronología de los distintos asentamientos. Conocía por su deambular por la zona las ruinas de Choquequirao, muy cerca del río Apurimac, y Vitcos, cerca del pueblecito de Lucma, y de cuyas montañas partía el Vilcabamba, afluente del Urubamba. Habían sido muchos días de penurias entre malezas y montañas. Pero su objetivo, siempre, era el de poder encontrar la ciudad perdida de los incas. No tenía la menor idea de cuándo pudo construirse ni mucho menos el motivo de tal construcción. Quizás los distintos poblados le podían aclarar un orden cronológico y unas causas lógicas que podían tener que ver con momentos de lucha, minas cercanas, o búsqueda de refugio... Así se lo estaba explicando a Eaton y Bradis mientras recogía sus planos y comenzaban el viaje. Caminaban ahora en dirección oeste con el río Urubamba a su izquierda.

Por estrechos senderos que a veces hacían necesario el machete continuaron hacia Aguas Calientes. Kate estaba maravillada por el bello paraje que los rodeaba: árboles exóticos y desconocidos para ella, y todo tipo de plantas y arbustos de los que surgían flores de vivos colores. Incluso el tono del cielo era diferente allí, con un azul aún más brillante. El contraste de la gran gama de verdes que se extendía a su alrededor y del penetrante cielo azulado la hacía sentir llena de energía. Todo cuanto recorriesen valdría la pena si las vistas eran tan espléndidas. Se detuvo un momento e inhaló el aire puro y fresco de la montaña, que oxigenó todo su cuerpo. Siguieron el curso del río a la espera de encontrar el paso que abriesen los ingenieros y que se había planificado como la ruta oficial. Llegaron a media mañana y se iniciaron los preparativos para reforzarlo hasta hacerlo más estable de como lo había encontrado Bingham en la anterior ocasión.

Se buscó el lugar idóneo. El río no era más estrecho, pero sobresalían rocas que permitía establecer tres tramos para situar los troncos. Talaron una docena de árboles y los limpiaron convenientemente. A continuación, los unieron tres a tres con cuerdas y, dejando la parte plana hacia arriba, comenzaron a colocarlos desde la orilla hasta el primer saliente de rocas. Hiram personalmente fue el primero en pasar y uno de los porteadores le siguió, para comprobar que los troncos quedaban bien asentados. Kate preguntó a Eaton por qué se arriesgaba tanto, y este, riendo, le dijo que ya lo conocería, siempre quería dar ejemplo a los suyos para que nadie se quejara de lo duro de la expedición. Cuando había que jugarse el tipo, él siempre iba en cabeza.

Una vez realizada esta operación, cogieron el segundo tramo de tres troncos y los pasaron para dejarlos bien atados y asentarlos sobre el segundo saliente de rocas. Por último, repitieron la operación hasta la otra orilla. Quedaba el paso franco... para una persona a pie, pero quedaban las bestias cargadas. El paso de las mulas fue una dura tarea que les llevó más de dos horas pasito a pasito, pero eso no era mucho tiempo comparado con el que habría supuesto tener que rodear el río. En los siguientes viajes, Bradis iría estabilizando más el paso, añadiendo más troncos y hasta un pasamanos de cuerda. Y continuaron el viaje hasta encontrar un lugar adecuado para pasar la noche.

La siguiente conversación con Pedro César volvió a ser tan interesante como la anterior. Kate se atrevió a preguntar por la reunión mantenida en Cuzco en la que todos daban por entendida la presencia desde hacía años de campesinos en la llamada ciudad perdida. Pedro César miró al suelo, jugueteó con un palito pensando lo que debía o no decir y al final respondió.

—Los campesinos lo recorren todo y conocen todos los lugares por escondidos que parezcan. Quizás es su mundo, su hábitat, y no le dan importancia. Pero un día llegan personas extranjeras que manifiestan un interés desmesurado por algo rutinario, y estos, de modo inocente, se lo enseñan y presumen de conocerlo. Es algo tan simple como eso. No son conscientes de que estos extranjeros vayan a hacer daño alguno. Son gente sencilla y hospitalaria, no son huaqueros, y además siempre les recompensan, algo que no viene nada mal para personas tan pobres. ¿Acaso crees que les importa que *National Geographic* publique el descubrimiento en sus páginas? —preguntó Pedro César—. Está demasiado lejos de su mundo, de su vida ordinaria.

Kate meditó la respuesta y entendió que era absolutamente evidente. La importancia de la ciudad perdida se la concedían los expedicionarios norteamericanos, no los humildes campesinos.

6
La investigación prosigue en New Haven

Al bajar de aquel ruidoso tren sintió que las piernas le temblaban y que sus manos sudaban ostensiblemente. Demasiados recuerdos, demasiados pensamientos centrados en aquellos lugares desde una habitación de paredes blanquecinas y vacías que estimulaban poco el optimismo. Decidió mantener el plan establecido y se dirigió directamente a casa de Kate para visitar a la señora Rose. Era obligado presentar sus respetos y devolver la visita tan atenta que esta le hiciera al hospital. También él le traía un pequeño obsequio: un sobrecuello de lino blanco que su madre había hecho a ganchillo como agradecimiento. George la recordaba con uno de ellos colocado sobre un vestido negro que le llegaba hasta los pies, dándole un toque de color y cierta distinción. También entre los criados había clases, y los que se sentían agradecidos con sus señores procuraban demostrarlo con sus formas educadas y su corrección en el vestir. «Los cuellos y los puños de la camisa siempre limpios, hijo», le había repetido mil veces su madre. La entrada de la casa volvió a acelerar los latidos de su corazón que llegaban hasta su cabeza como el castañeteo de las pezuñas de un caballo en el suelo empedrado. Recordó la primera vez que llamó inquieto a aquella puerta. Fue su presentación oficial como investigador policial. Mucho más emotiva fue la segunda, cuando tuvo que anunciar la sorprendente muerte del profesor Grisham. Se acercó hasta allí lleno de dudas, con sentimiento de fracaso, aturdido por la belleza de la joven hija del profesor asesinado…

Volvió a golpear la aldaba con forma de mano dorada. La señora Rose le recibió con una sonrisa encantadora y un fuerte abrazo más propio de una tía cercana que de alguien que acababa de conocerle hacía tan poco tiempo. Sabía de su llegada y le obsequió con lo mejor de su cocina casera: sus conocidas pastas, un flan de huevo y avellanas y un café para subirle la tensión. «Se te ve débil y con ojeras. Tu madre se ocupará de ti, seguro». No paraba de hablar, enlazando una frase con otra como los ovillos de lana de un enorme jersey. Le preguntó si se encontraba en activo y con fuerzas para desempeñar su trabajo, aunque le hubiese gustado —dijo— que su visita a New Haven se debiera a cortesía y no a motivos laborales. Le enseñó, emocionada, las dos cartas de Kate, cuidadosamente guardadas y dobladas, y ambos comentaron, sobre todo ella, las incidencias del extraordinario viaje que estaba realizando. Hablaba de forma muy animada y de modo acelerado de los lugares tan bonitos y exóticos que describía, pero de pronto y sin intervalo, unos enormes lagrimones fluyeron de sus ojos verdes marcando dos regueros por aquella cara cuidada y sin arrugas de mujer adulta. Sacó un pañuelito de hilo de su manga y comenzó a sonarse la nariz colorada al tiempo que pedía disculpas.

No podía evitarlo, se había quedado sola en casa y no lo soportaba. Ella necesitaba cuidar a alguien, era el sentido de su vida, y ahora, de repente, se encontraba en aquella mansión completamente sola y entregada a sus pensamientos, que le devolvían una y otra vez a su señor y a la joven Kate. Quizás debió decidirse a acompañarla, pero lejos de casa ella era un pez fuera del agua. No sería capaz de sobrevivir. George escuchaba y comprendía perfectamente todos aquellos sentimientos, confrontándolos con los suyos, que le hacían albergar tanto dolor y nostalgia en una mezcla indisoluble. Sus manos seguían sudando del mismo modo que la hierba con el rocío de la mañana y su cabeza trataba de seguir a la señora Rose, aunque le costaba, dada su debilidad y tantos días de encierro en aquella habitación del hospital.

Cuando se serenó, la señora Rose volvió a sus formas siempre educadas y desvió la conversación a la salud del joven. Se le veía pálido, con bolsas bajo los ojos y sudando. Le advirtió que no se obsesionase demasiado con aquel extraño asunto porque, después de todo, nadie iba a devolverle la vida al señor Chapman, y además, le podía traer muchas complicaciones. Le repitió que era un excelente policía y merecía seguir con su carrera. Ser tan eficiente había estado a punto de costarle la vida. George comenzaba a fatigarse de aquella conversación incesante, necesitaba un descanso, de modo que, casi para hacerla levantarse y que detuviese su discurso, pidió a la señora Rose el primer sobre con el que empezó toda la investigación. Ella se levantó y fue a buscarlo a su habitación, donde lo guardaba de manera muy celosa. Cuando George lo cogió con sus temblorosas manos, después de tantos días pensando, sin poder evitarlo, en aquel tema, enlazó una serie de ideas: el ajedrez representa a los intelectuales, las minas representan la industria... una compañía minera quizás... y el códice... ¿la nación de Perú tal vez? E inmediatamente compuso una frase mental mientras resonaba la voz de Rose, que seguía hablando muy lejos. «Los intelectuales tienen negocios mineros en Perú». Y se dijo a sí mismo que aquello cobraba algo de sentido.

—¿Decías algo, hijo? —le preguntó la señora Rose sacando a George de su mundo interior como se extrae un corcho de una botella.

George se sorprendió con aquellas palabras y levantó la cabeza un poco avergonzado por haber transmitido en voz alta aquella idea tan ajena al hilo de la conversación de Rose.

—Simplemente, pensaba en estos papeles de nuevo. En fin, creo que debo marcharme. No me siento con muchas fuerzas todavía y quisiera terminar el resto de los asuntos que me han traído a New Haven.

La señora Rose cayó en la cuenta de que tanto tiempo sola le había hecho hablar demasiado y demasiado deprisa. Se levantó rápidamente y pidió disculpas al joven repetidas veces a la vez que volvía a insistirle en que se cuidara, que se alegraba mucho de que se hubiese recuperado, que era una gran persona, un buen policía... y acabó por darle otro abrazo y dos sonoros besos con una gran demostración de cariño.

George se sentó en el primer banco que encontró. Aquella era una zona tranquila de grandes casas blancas y hermosas zonas verdes. Dejó que la brisa refrescara su cara y estiró los músculos, demasiado tiempo entumecidos. Volvió a aquella frase encontrada de repente en su mente o quizás su mente había estado jugueteando con él y había querido mostrársela ahora, precisamente ahora, en la misma casa de Kate.

Si Williamson acertaba con sus últimas pesquisas, Kate había ido a meterse en la boca del lobo, porque todo empezaba a señalar hacia aquel enigmático país llamado Perú y a la importancia que este tenía para los intereses de la industria y la economía de ciertos sectores americanos, entre ellos la compañía del alcalde y quién sabe si también de la familia Chapman. «Ya no hay países como los de antes —recordó haberle oído decir a Curtiss—, solo economías en distintos grados. Las grandes potencias solo han de luchar por convertirse en economías emergentes y solventes». Empezó a temblar solo con imaginarse los peligros a los que podía enfrentarse Kate si aquello resultaba ser cierto. Pensó en lo complicadas que pueden ser las personas y lo difícil que puede llegar a ser conocer sus verdaderas intenciones. «De lo que te digan, no te creas nada, y de lo que veas, solo la mitad», le había oído decir a su madre en más de una ocasión. Él era una persona sencilla y tenía una forma de actuar muy previsible, sin segundas intenciones. Eso había aprendido siempre y creía que era el modo correcto de relacionarse con los demás, pero estaba descubriendo que muchas personas lo hacían de un modo más astuto, sin enseñar sus cartas. Y recordó al rector de la universidad y al alcalde de New Haven, se acordó del capitán de su departamento de policía...y quién sabe cuántos más. En su cabeza apareció la imagen de una inmensa selva que, al tenerla delante, solo se ven los primeros árboles. Recordó el viejo cuento en que un niño se adentraba en el bosque e iba descubriendo el camino correcto interpretando las señales del musgo de los árboles, que indicaban el norte, la dirección del agua de los riachuelos que manifestaban la altura... cuán lejos se encontraba entre aquella masa de seres humanos llamada civilización y cuán difícil era encontrar indicaciones en las intricadas relaciones que se establecían en ella.

Su mente voló de nuevo hasta Kate, que quizá estuviese recorriendo alguna de aquellas selvas. Hiram no podía ser uno de aquellos que esconden sus intenciones. Tenía que haber personas de las que fiarse, y él se había mostrado como admirador, colaborador e íntimo amigo del padre de Kate... pero las ambiciones pueden saltarse hasta los vínculos más firmemente establecidos. ¿Qué perseguía exactamente el descubridor? Hasta ahora no había ninguna relación directa entre él y el señor Chapman, pero Bingham aparecía en el centro de todo, e incluso era el principal artífice del viaje a Perú, viaje que quiso evitar el difunto en el último momento... ¿por qué? Hiram siempre había dado por hecho que eran socios y estaban juntos en aquel proyecto. ¿Nunca llegó a saber que el señor Chapman había cambiado de opinión? Sintió que se acercaba a la pregunta clave. Si acertaba a responder a ese «por qué había cambiado su decisión» sabría el motivo de su muerte. Y todo indicaba que eran cuestiones relacionadas con personas muy cercanas. ¿O no?

Volvió a frotarse la pierna, que ahora le dolía más intensamente, y recorrió igualmente la cicatriz que había dejado en su frente el golpe contra la pared. Había jurado seguir con aquello costase lo que costase, pero allí tenía muy poco que hacer. ¿De qué iba a servir entrevistarse de nuevo con el rector o con el alcalde? El periodista le había proporcionado toda la información de que disponía. Decididamente, allí ya no iba a encontrar nada que aportase un poquito de luz. Se levantó con cuidado y comenzó a pasear. Su cabeza ahora repetía obstinadamente la frase que unía los tres elementos como el estribillo de una canción y se negaba a abandonarle acompasándose incluso por el sonido de sus pasos en el empedrado. También oía los cascos de un caballo al trote típico de un animal de tiro. Cuando se acercó, el equino aflojó el paso, lo que obligó a George a volverse. Se trataba de un carruaje de paseo lujoso y profusamente adornado. El animal, un percherón con las crines enlazadas y de color marrón brillante, se detuvo casi a su lado, frenado por el cochero, que vestía un largo gabán negro y una chistera nueva. Desde el carruaje, el señor Crawford le saludó amablemente.

—He dudado si era usted, pero al final le he reconocido. Buenos días, señor Barco.

—Barcroft. Buenos días, señor.

—Me enteré de su accidente y le aseguro que me causó un profundo pesar. Casi le puedo decir que le eché de menos los días siguientes. ¿Qué le ha traído de nuevo a New Haven?

—Gracias. Es usted muy amable. Realizar una simple visita de cortesía a la señora Rose. Fue muy considerada viniendo a visitarme a Nueva York.

—Desgraciadamente, mis obligaciones no me permiten alejarme demasiado de esta ciudad y de los negocios, pero le aseguro que me interesé por usted.

—La verdad es que estoy muy impresionado por tantas muestras de preocupación y cariño. Gracias.

Estaba muy extrañado por tanta amabilidad, pero, al mismo tiempo, George sentía un extraño cosquilleo que le indicaba que toda aquella manifestación de alegría debía deberse más bien a que por fin se hubiese salido con la suya y él estuviese fuera del caso, algo que no quiso contradecir. Así que, cuando Crawford le ofreció su carruaje para llevarle hasta la estación, aceptó gustoso. Le dolía la pierna y no tenía nada que perder.

—Me alegro de que sus heridas fuesen superficiales. Es usted muy joven y no merece quedar mermado de sus facultades físicas tan pronto.

—Tuve mucha suerte. Aquel automóvil pudo hacerme mucho más daño.

—La gran ciudad… Yo sigo prefiriendo los viejos carruajes clásicos. No tengo nada contra el progreso y el avance técnico, todo lo contrario, pero lo considero más elegante, y en cierta medida sirve para relajarse durante las largas jornadas de trabajo. Veo mi ciudad, me da tiempo a observar las necesidades de las calles, el empedrado, las aceras… en fin, que me gusta ver que todo esté en perfectas condiciones.

—La verdad es que llega usted a tiempo a muchas cosas.

—Bueno, no es difícil. No es tan distinto dirigir una ciudad que dirigir tu empresa. En ambas hay que utilizar el mismo tipo de planificación, organización y previsión de necesidades. La economía, hijo, es la clave de todo. La empresa se fundamenta en la obtención de beneficios mediante la producción y la ciudad en el bienestar de sus habitantes mediante la satisfacción de sus necesidades.

—Así que usted realiza ambas funciones, los beneficios personales y los altruistas.

—Es una forma de expresarlo, pero también todos los obreros de nuestras empresas obtienen beneficios, y por tanto son también altruistas. No en vano gracias al trabajo que les proporcionamos tienen un mejor nivel de vida para ellos y sus familias.

—Lo siento, no he tenido formación económica en la academia…

—No lo sienta, joven, es normal. Para eso está nuestra universidad, la mejor en formación económica probablemente de todo Norteamérica. ¿No es una suerte?

—Para quienes puedan acceder, sí. Yo tuve una gran suerte de que me admitieran en el cuerpo de policía.

La conversación era distendida y hasta casi podría tildarse de agradable. No quedaba ausente el orgullo y la prepotencia del magnate, pero no aparecía la agresividad ni la actitud defensiva de anteriores conversaciones. Aquello no se podía desaprovechar. Él era un policía.

—Es agradable visitar así su ciudad. Mi padre fue conductor de un carruaje como este, ¿sabe? Cada vez que paseo de modo distendido en uno de ellos recuerdo muchos de los trayectos que hacía con él.

—¡Ja, ja! Esta vez no tendrá usted que ir haciendo preguntas ni rellenando informes. New Haven se le puede mostrar como una ciudad próspera y acogedora. Nada tiene que ver con esa imagen de asesinatos y rencillas. ¿No cree?

—Desde luego, pasear bajo este sol tan magnífico por estas calles y en este carruaje está muy lejos de esa imagen, sí señor. Solo que yo no puedo olvidar que alguien quiso quitarme de en medio dándome un revolcón.

—Claro, claro. No lo olvido. ¿Así que está usted convencido de que su accidente fue a propósito?

—No solo yo. Hay muchas personas que están convencidas de ello.

—¿Y cree usted que fue debido a sus investigaciones por este caso? ¿No es ir un poco lejos? —George dejó que siguiera hablando. Estaba convencido de que su altivez, su principal defecto, podría dejarle al descubierto, si había algo que descubrir—. A fin de cuentas nada se sabía, y, según mis informes, era muy difícil de saber. ¿Por qué entonces un jugador va a descubrir sus cartas si nadie le ha visto los ases? ¿Tan cerca estaba usted de resolver este asunto que puso nervioso al asesino?

Percibió ahora una acusación de novato incapaz que comenzó a alterarle. Se le acentuó el dolor de la frente que se estaba transformando en una fuerte jaqueca. Se estaban acercando a la estación y quería sacar fuerzas para algo más.

—La verdad es que no tengo ni la menor idea de si fueron uno o varios asesinos, ni si se pusieron o no nerviosos, lo que sí sé es que me atropellaron y han estado a punto de mandarme al otro barrio. Quizás debí dejarlo cuando estuve a tiempo.

—No, hombre, no. Usted solo cumplía con su deber. A nadie le gusta que le hagan preguntas, que le incordien, que le saquen de su trabajo para hacerle justificarse ante la policía, pero luego se comprende que usted solo cumple con su deber... Ojalá que pronto se resuelva el caso por el bien de la ciudad, y de los familiares del difunto, claro.

—Por cierto, estos astilleros son suyos también, ¿no?

—¡Ja, ja! No, hijo. Has de saber que solo soy accionista. No soy el propietario como tal.

—¿Accionista principal?

—¡Ja, ja! No puedes evitar seguir preguntando. ¿Lo ves? Tienes vocación de policía. No. No soy el accionista principal. La International Mining Company es una multinacional muy importante con grandes inversiones dentro y fuera del país. Digamos que yo soy un delegado de zona, para que lo entiendas.

—Con plenos poderes, claro.

—Hasta un límite. La compraventa de negocios, fábricas y empresas ha de ser aprobada por la junta general.

—Y en New Haven se ha admitido la compra de unos cuantos negocios.

—Sí, algunos. Las minas de carbón, la fábrica maderera, los astilleros, un banco…

—Si tuviesen ustedes la universidad y el periódico serían los dueños absolutos de la ciudad.

—¡Ja, ja! ¿Sabe? Me gusta usted cuando está relajado. Tiene cierta chispa. No lo había pensado. La universidad es demasiado importante para ser comprada por nadie, aunque sea una multinacional. En cuanto al periódico, los periodistas tienen que hablar, viven de ello. Todo el mundo lo sabe. Unos creen lo que se dice, otros a medias. A la mayoría solo les interesan las noticias y los sensacionalismos. Bueno, hay que dejarles trabajar. En este país hay libertad de expresión.

—Sin embargo, usted ha dicho que en la universidad preparan a los mejores economistas del país. La combinación es perfecta, ¿no?

Por primera vez a lo largo de la conversación el alcalde no soltó una de esas carcajadas fatuas que suenan a «¡mira qué bien!», «¡has acertado, pero de casualidad!»... aunque reaccionó rápidamente siguiendo con el tono relajado.

—Nuestras empresas necesitarán personas muy preparadas que dirijan con mano firme negocios prósperos que harán crecer nuestro país. La preparación intelectual y los negocios son una perfecta combinación, sí señor.

—Y nada impide que doctores, profesores o miembros respetables de la universidad puedan ser accionistas de esas empresas. Supongo…

—Creo que hay cierta ética profesional, deontología, que impide que alguien que se dedica por completo a la actividad docente forme parte de las empresas. Me estaba refiriendo, mi joven amigo, a las personas que terminan su formación universitaria y pasan a formar parte del mundo empresarial. Es algo muy distinto, complementario, no fusionado.

—Entonces, ¿ningún miembro de la universidad forma parte de la International Mining Company?

—Desconozco ese punto, aunque ya le digo que sería más una cuestión ética que legal.

—Pero usted conoce a todos los miembros de su empresa, y más si son de la ciudad y... mucho más si fuesen amigos suyos de la universidad.

El gesto serio del alcalde delataba que se sentía incómodo ante aquella pregunta, a la que no daba una respuesta definitiva. Había acertado con ella y su interlocutor se había descuidado. Pero el recorrido no daba para más. El carruaje se detuvo. La despedida pretendió ser tan cordial, como el viaje y la conversación.

—Cuídese —dijo el señor Crawford, mientras el joven bajaba del carruaje ayudado por el cochero—. Confío en que volvamos a verle muy pronto por aquí.

—No lo creo. De todas formas, ha sido usted muy amable y se lo agradezco. ¿Podría responderme a una última pregunta?

—No, yo no conozco la lista de accionistas. Por algo se llama Sociedad Anónima.

—No, no es eso. Quería preguntarle si ha recibido correspondencia del profesor desde su partida.

Aquello dejó absolutamente descolocado al alcalde, quien definitivamente pensó que aquel interrogatorio había sido más propio de un investigador policial que de una persona que visita la ciudad de modo amistoso. Pero, como ya era demasiado tarde para cambiar el rumbo y el tono de la conversación, respondió sin más reparos que había recibido una carta con un bonito cromo de la ciudad de Lima como detalle de cortesía.

Una vez se hubo alejado el coche, George esbozó una sonrisa y preguntó al primer transeúnte que encontró en la estación por la ubicación de la oficina de correos. De camino iba pensando en lo engreídos que son estos personajes que solo piensan en ellos mismos. ¿Acaso no se daba cuenta de que la visita había sido a casa de los Chapman? No fue capaz en todo el camino de nombrar a Kate y su viaje a Perú, como si fuese algo normal. Eso ya daba mucho que pensar, pero que tampoco hablase del viaje del profesor, alguien con quien mantenía una estrecha relación, era mucho más raro todavía. Sus evasivas con respecto al desconocimiento de los accionistas de la empresa cuando Williamson daba por hecho esa vinculación… ¡Todo! Todo indicaba que Crawford mentía o estaba ocultando información de la manera más burda, como si fuese un inválido, no solo físico sino intelectual, incapaz de ver más allá de sus narices. Ni siquiera había caído en la cuenta de que eran las doce y media y el siguiente tren a Nueva York pasaba a las cuatro de la tarde. ¿Por qué había dado por supuesto que se dirigía a la estación? Sonrió. Qué ganas de que se marchase. Pero tenía tiempo de enterarse de la correspondencia que habría llegado desde Perú. Eran unos sobres tan especiales que cualquier repartidor de correos los habría identificado y recordado con facilidad.

Cuando llegó a la oficina no tardó en dar con el repartidor habitual de la casa de Jeremy, quien efectivamente recordaba haber entregado tres cartas. Eran unos sobres especiales. Dos de un color marrón oscuro y los tres con el sello extranjero. Solía leer los matasellos un tanto extravagantes de camino a las direcciones indicadas. Los dos primeros eran de tinta azul muy marcada y con el nombre de Lima, el tercero, muy peculiar por el dibujo del matasellos, que ponía Cuzco. Identificó también el nombre del remitente que era el señor Jeremy Chapman. También recordaba haber entregado otras dos a la señora Rose, una desde Lima y otra de Cuzco. Tras preguntar si habían llegado más cartas de aquel país, el empleado, un hombrecillo de barba canosa, con una gorrilla y chaqueta azules con el logotipo de Correos en el bolsillo superior y el frontal de la gorra, se dirigió a otro compañero con el que conversó unos instantes. Este le indicó un tercero, y aquel dejó una saca en el suelo y se acercó hasta el policía.

—La última carta que lleve al alcalde desde Perú fue hace cuatro días más o menos.

—¿La última?

—Sí —respondió el empleado de correos—. Antes ya había llevado otra hará unos diez días. Lo recuerdo porque era la primera de aquel país que me tocaba repartir. A mi hija le encanta coleccionar esos sellos y le pedí a la sirvienta que, si no era mucho inconveniente, después de entregada al señor me lo proporcionara.

—Así que esa es toda la correspondencia de esas características.

—De los Chapman, sí.

—¿Cómo de los Chapman?

—Que al señor alcalde le entregué un sobre de Lima, pero con el remite del ayuntamiento de la ciudad. Correspondencia oficial, ¿me entiende? No iba dirigida a nombre del señor Crawford sino a la International Mining Company.

—Qué extraño. —La cara del joven mostraba un gesto de intriga, con los ojos entrecerrados y la mano en la barbilla, en posición pensativa. La información que acababa de recibir de modo tan casual como inesperado reconducía los pensamientos en otra dirección mucho más acorde con la opinión que tenía del señor alcalde, casi se diría que a la opinión que siempre había sospechado.

—Bueno, a veces no ves correspondencia de un lugar en años y de repente coinciden.

—Dudo que haya sido una coincidencia —dijo en voz baja el policía.

Aquello no podía ser casual en modo alguno. El alcalde estaba recibiendo mensajes a la par del joven profesor universitario y de los organismos oficiales de Lima. Una vez encajadas esas dos piezas, el ayuntamiento de Lima y el señor Chapman hijo, ambos quedaban unidos, ensamblados, formando una única imagen. Ahora se le mostraba de forma nítida. Y lo que veía era la imagen de asuntos de alto nivel entre instituciones educativas o políticas o quizás ambas en torno a un interés común. Salió dando las gracias a su interlocutor, que permanecía mirando su cara sonriente y de expresión casi malévola. Caminaba exultante ante la comprobación de que el señor Crawford le había estado engañando desde el principio y que ocultaba sus verdaderas intenciones. Su visita a New Haven, después de todo, no había sido en vano. Sentía el dolor de su pierna, pero resultaba más llevadero ante la alegría de ver que se acercaba a algo importante. Tenía que hablar rápidamente con Williamson, comunicarle su descubrimiento: el viaje a Perú era una tapadera relacionada con la compañía a la que pertenecía Crawford, y Jeremy Chapman estaba mucho más relacionado con él de lo que ninguno podía sospechar al principio. ¡Kate! Kate estaba embarcada en un viaje cuyas intenciones solo acertaban a imaginar someramente, porque sus conocimientos del mundo empresarial le incapacitaban para ello. Quizás Curtiss podía ayudarle de nuevo. El siguiente paso: ¿qué relación tenía el viaje a aquella ciudad antigua con las pretensiones de la International? ¿Quién estaba utilizando a quién? ¿Era la corporación quien se servía de la universidad? ¿Acaso era la universidad quien pretendía asociarse de alguna manera con el capital? Al quedar atascado en estos pensamientos por falta de preparación económica, social, política o como quiera que se llamase aquello, creyó entender por qué le habían elegido para aquel caso si lo que buscaban era, efectivamente, que no alcanzase a entender el fin último. A la vez se encontró asociando el crimen de manera insoslayable a lo que ahora estaba pensando. Duro, muy duro, creer que Jeremy Chapman formase parte de un complot, y su padre, y todas las personas más ricas e influyentes de la ciudad, pero a esa conclusión parecía llegar de modo ineludible una y otra vez. «La verdad es muy testaruda», solía decir el viejo profesor Andrew en la academia. «Si los hechos confluyen una y otra vez en un punto es porque en ese punto está la verdad». No obstante, solía añadir: «Pero, cuidado, lo que se ve no siempre es lo que parece y podemos confundir hechos con apariencias. Ahí reside la intuición y el ojo clínico del buen policía. Diferenciar los hechos reales de las manifestaciones externas que se muestran como realidad».

Seguía imbuido en sus pensamientos, pero había aprendido, tal y como advirtiera Williamson, que nunca debía perder sus dotes de observación. En efecto, notó cómo aquel sentido se le agudizaba, porque hacía unos minutos que percibía que alguien caminaba muy cerca de él. Se detuvo junto a una vidriera. Era un escaparate donde se mostraban sombreros de señora y caballero. Buscó un ángulo que le permitiera observar lo que ocurría a sus espaldas. Y lo encontró. Allí había un hombre con traje negro y corbata, con el sombrero encajado hasta las cejas, simulando leer un periódico, apoyado en una gran farola. De vez en cuando lanzaba una mirada de soslayo hacia él y volvía a dirigir los ojos al papel. Pero no parecía leer, aunque trataba de disimular, su centro de atención era él. Cambió de acera y siguió caminando. Ahora buscó el farol de un carruaje parado junto a la calle como espejo y efectivamente la silueta del hombre continuaba tras él. Su corazón comenzó a latir más velozmente, no se sentía con demasiadas fuerzas en el caso de tener que correr. No podía soportar la idea de una segunda agresión en tan poco tiempo. Se agudizó el dolor de su pierna, tal vez debido a que había acelerado el paso. Trato de buscar una explicación. Se había preparado para ello. A Crawford no le había dado tiempo de ordenar a nadie que lo siguiera, ¿o sí? Aligeró el paso cuanto pudo hasta llegar a la estación. Se colocó en la fila de la taquilla, tras una señora con un sombrero de plumas que se volvió al sentir en su nunca su respiración sofocada. Se retiró al darse cuenta de que sus prisas habían acortado demasiado la distancia que marca la cortesía entre las personas. Sacó el billete. El hombre seguía tras él, con el mismo periódico, en la misma página, pensó. Subió al tren. La máquina de vapor dejó escapar un silbido ronco y profundo, y las ruedas de hierro macizo comenzaron a girar con un fuerte chirrido, derrapando primero y agarrándose a la vía después haciendo avanzar el convoy. El vagón zarandeó a los pasajeros y comenzó a moverse camino de Nueva York. En el andén, en un banco sentado, el hombre de negro seguía leyendo el periódico.

7
La Vieja Cumbre

19 de junio de 1912.

UNA VEZ LOCALIZARON el sendero serpenteante que conducía a la cima, comenzaron la ascensión. La pendiente tenía tal grado de inclinación que presentaba grandes dificultades, tanto para las personas como para las viejas mulas, que a veces resbalaban con sus cascos en las piedras y necesitaban de la ayuda de los expertos nativos. Las cajas con todos los materiales de trabajo se balanceaban de tal modo que hacían trastabillar a los animales y obligaban a reconducir el paso con estruendosos sonidos de las pezuñas herradas. Kate estaba un poco asustada y a la vez entendía por qué nadie le había invitado a subir en uno de los muchos animales. En un momento llegó a pensarlo, pero ahora dio gracias a su prudencia por no preguntar. En algunos momentos apoyaba las manos sobre las piernas a la par que daba los pasos para ayudarse en el esfuerzo. Al mirar hacia arriba, tomando aliento y secando el sudor de su frente con el dorso de la mano, contemplaba el resto del camino, sinuoso e implacable. Parecían ascender hacia aquellas nubes que se divisaban sobre las montañas y recortaban el horizonte.

El profesor Bingham mandó detener la caravana. Obligó a todos a descansar y beber de sus cantimploras. Kate recordó que en su diario ya había manifestado que el principal enemigo del expedicionario es la deshidratación y más en esas latitudes. De modo que sacó su cantimplora y bebió dos largos sorbos de agua. Para su sorpresa, vio cómo los muleros se ocupaban antes de las bestias que de ellos mismos. Taparon a los animales con mantas y descargaron unas sacas hechas con piel de llama. A los pocos minutos, cuando creyeron que habían dejado de sudar, les ofrecieron el agua con grasa diluida para que repusieran fuerzas. Kate observaba todo desde la roca en que permanecía sentada. Como siempre ocurría, todo el mundo sabía lo que debía hacer. Era algo rutinario, acostumbrado, y no sabía si sentirse halagada por que nadie se ocupara de ella, dando por supuesto que también conocía qué debía hacer, o ignorada por que a nadie le importara. No era así. Bingham ya la había mirado de lejos, y al ver que se hidrataba, había dado por buena su actitud esbozando una sonrisa. Pedro César también había realizado la misma operación con ella...y con Hiram... Sabía que era Bingham quien debía cuidar de Kate directamente y a él solo correspondía permanecer expectante y cumplir con lo que tenía establecido que, en principio, solo era ser uno más en aquella expedición y obedecer... al menos de momento.

Reanudaron la marcha lentamente. Quiso encabezar la caravana el propio Hiram, que, mapa en mano, cargó con su mochila, se caló su habitual sombrero de piel curtida y comenzó a caminar por la empinada cuesta de nuevo. Volvió a recordar la última vez que atravesó aquellos parajes. En aquella ocasión, calado hasta los huesos por la lluvia, no veía más allá de diez metros por la niebla, y la cima era una ilusión más que un objetivo real. Las ansias ejercían de resorte en medio del barro. Ahora, la ciudad, perdida durante siglos, estaba ahí, en esa cima, esperándoles. No había prisa, solo había que dosificar las fuerzas y llegar. Los gritos de los arrieros sonaron al final de la fila tirando de los ramales y poniendo en marcha a las tozudas mulas, que cargadas hasta los topes remoloneaban antes de arrancar con fuerza tras la hilera humana que les precedía.

Kate sabía que la ciudad se encontraba en lo más alto de aquellas montañas y trataba de sobreponerse a un sofoco cada vez más. Era evidente que el mal de altura estaba causando mayores estragos de lo esperado. Su respiración se hacía pesada, sudaba a mares y le faltaba fuerza en los músculos de sus piernas.

Temía que si Hiram no ordenaba parar pronto no podría continuar la marcha. Pero la situación de Kate no era exclusiva de ella por ser mujer e inexperta montañera, era un mal general, y de modo casi inmediato el expedicionario detuvo la caravana de nuevo. Mientras Kate caía rendida en el suelo, sin fuerzas siquiera para buscar una piedra, pudo ver como esta vez las mulas eran descargadas casi por completo. Aquello significaba que el descanso iba a ser mucho más largo de lo que pensaba.

Los arrieros repitieron el proceso anterior de tapar a las bestias y darles de beber de los pellejos y a continuación tendieron unas mantas tejidas con lana de malla en el suelo y se dispusieron a comer.

Kate empezó a recuperar el aliento poco a poco. De pronto oyó a Hiram que le gritaba:

—¡La montaña está atestada de serpientes! ¡Ni se te ocurra tumbarte así en el suelo!

Kate reaccionó de inmediato y se acercó a las mantas que estaban tendiendo los profesores para acomodarse. Las sonoras carcajadas ruborizaron a la chica. Sintió algunas miradas poco disimuladas que recorrían todo su cuerpo. Aquello le hizo pensar en su feminidad y trató de recomponer instintivamente su figura. Estiró el jersey, sacudió los pantalones. Su cabello estaba revuelto, así que sacó un pañuelo y, recogiendo la melena a modo de una cola de caballo, lo anudó. Pedro César le ofreció su cantimplora. Él podía aguantar bebiendo menos y sabía que pronto la de la chica estaría vacía. No iban a poder reponerlas hasta mediodía.

El refrigerio consistió en unos pastelillos muy dulces y fruta.

Eaton contrastaba sus mapas con los de Hiram, y Pedro César observaba de pie mientras estos señalaban meticulosamente el camino recorrido y el punto exacto en el que se encontraban. Estaban seguros de que la ruta iba a quedar señalada con detalles tan precisos que a partir de ahora podría establecerse un servicio de avituallamiento semanal que les permitiría el trabajo constante sin tener que descender de la cima. Elwood Bradis frotaba con sus manos un puñado de tierra y observaba la textura, el color y la densidad. La humedad de esas latitudes le confería una serie de características perfectamente definidas. Imaginó los cultivos en terrazas de patatas y maíz. Tierra muy suelta y negra, que catalogó en su cuaderno: «Horizonte A. La capa terrosa es de mineral oscurecido, formado por la incorporación de materia orgánica bien descompuesta y distribuida en partículas finas. Humus: alta carga de materia orgánica».

Una mula coceó de repente dando un brinco que sobresaltó a todos. Uno de los porteadores sacó su machete y golpeando contra el suelo varias veces con ímpetu acabó por mostrarles a todos lo que acababa de cazar: una serpiente de más de un metro se había acercado al grupo y el animal la había intuido rápidamente. Kate no pudo impedir un pequeño grito que de nuevo provocó las risas del grupo. Hiram no rio. Se levantó de golpe y comunicó a todos que se reanudaba la marcha. Las serpientes no le hacían ninguna gracia. Mucho menos desde que en África fue mordido por una muy pequeña pero de veneno tan poderoso que estuvo a punto de costarle la vida. Decididamente, no eran sus animales preferidos.

Y así, cada uno con sus propios pensamientos, sosteniendo el ritmo que marcaba el fuerte profesor Bingham, no a su medida, sino adaptándolo al que mantuviese al grupo unido, siguieron avanzando, mirando al suelo, para asegurar los pies en el camino, y tratando de evitar los matorrales y las serpientes; y mirando al cielo también a veces buscando el ansiado final del trayecto.

Solo hubo un descanso más, este bastante rápido, porque a pesar del cansancio todos intuían ya el objetivo. Kate se imaginaba aquella vieja ciudad. Habrían sido casuchas de piedra por lo que había visto en Cuzco y las poblaciones que habían dejado atrás. Probablemente solo quedaran los cimientos y el resto habría que imaginárselo. ¿Qué quedaría de todo aquello? ¿Cómo vivirían? ¿Por qué desapareció? Sentía una enorme curiosidad por conocer los detalles de aquella civilización tan extraordinaria que había sido capaz de fundar un imperio en aquellas montañas. Ahora que se veía al final del sendero se sentía enormemente feliz de haber llegado hasta allí. Aquel era su sueño. Bueno, el sueño de su padre, aunque él nunca se atrevió a viajar de aquel modo y se mantuvo en el viejo edificio de la universidad. Pero les unía la antropología, el conocimiento de las civilizaciones, las costumbres de los hombres en cualquier lugar del mundo... Había tanto que saber, tanto que quedaba por descubrir... y de repente oyó:

—¡Mirad!

Todos se detuvieron y alzaron los ojos. Lo que encontraron ante sí era impresionante: lo primero que divisaron fue aquel espolón rocoso que sobresalía como final de la montaña, en realidad dos, uno más alto que el otro, pero también la vegetación permitía adivinar las numerosas terrazas escalonadas a modo de anfiteatro que descendían de la cumbre. Sin duda, todo aquello había sido dispuesto por los habitantes de la ciudad como campos para el cultivo. Las viviendas estaban alineadas también sobre terrazas. Bingham en su anterior expedición había mandado limpiar el terreno, pero las abundantes lluvias habían hecho crecer de tal modo la vegetación que de nuevo había vuelto a ocultar casi en su totalidad las construcciones. Aun así, Bingham comentaba entusiasmado que eran ruinas de centenares de edificios construidos con bloques de granito tallados del modo más exquisito y con puertas y ventanas trapezoidales. Al acercarse lo apreciarían. La selva tropical amazónica extendía un tapiz intensamente verde sobre todo lo que alcanzaba la vista. Por fin habían llegado.

TERCERA PARTE

1
Picchu, la ciudad perdida

24 de junio de 1912.

TRAS CUATRO DÍAS de intenso trabajo, Bradis, con todo su equipo de trabajadores peruanos, había desbrozado y quitado la maleza de gran parte de las ruinas. Hiram estaba plenamente satisfecho y centró sus esfuerzos en la realización del plano de la ciudad y la catalogación de los distintos edificios. Por el aspecto macizo que se apreciaba, barajaba la hipótesis de que fuera un lugar de refugio, uno de los últimos reductos del pueblo inca ante la inminente llegada de los españoles. A esa conclusión ya había llegado la primera vez así como a que se trataba de un lugar sagrado, santuario de oración. La niebla ocultaba la ciudad casi permanentemente. Habilitaron una de las construcciones con tejado de paja para el acomodo de los expedicionarios norteamericanos y Pedro César. En la misma reservaron un rincón aislado para Kate, a fin de preservar la intimidad femenina. En las ruinas de al lado permanecían los diez trabajadores que se quedaron con ellos en la ciudad con las cuatro mulas que servían para arrastrar la maleza una vez cortada y amontonada, que portaban fuera del recinto para prenderla fuego. Los palos más gruesos eran reservados para los hogares improvisados en el interior de los habitáculos.

La ciudad tenía una estructura bien definida que el experto Bingham descubrió de modo inmediato en cuanto paseó por las ruinas. De modo que la labor de limpieza empezó por lo que había de ser la puerta de entrada, situada en el sur. No tardó en llegar a la conclusión de que en realidad era el único acceso. No obstante, había largas escalinatas en el exterior que llevaban a las terrazas de cultivo paralelas a la muralla que, junto al foso seco, separaba claramente las áreas residenciales y las terrazas agrícolas del sur de la ciudad.

Toda la ciudad en sí estaba edificada con un tipo de granito blanco. Al igual que Cuzco, había sido diseñada con la forma de un animal, el puma, de significación mística para esta civilización guerrera. Picchu, como la llamaban los nativos, se organizaba de modo que al sur quedasen las terrazas agrícolas o andenes. Eran los pies, la parte que los mantenía físicamente, y hacia el norte estaba situado el poblado, el cuerpo. Por último, la cabeza, la parte más cerebral, más espiritual, estaba representada en el jardín del Intihuatana, y por encima de esta los dos picos que conectaban con el cielo. En las terrazas del sur, según aseguraban los nativos, además de maíz y patatas, también se debían cultivar la necesaria chicha y las hierbas medicinales que los sanadores incas utilizaban de modo tan experto, así como toda clase de flores. Las «vírgenes del sol» se servían de ellas frecuentemente para adornar los templos y también para ceñir sus frentes con bonitas diademas.

El edificio que se encontraba justo enfrente de la puerta era de grandes dimensiones con el suelo de piedra hasta la propia entrada. No habían querido acomodarse en él porque estaba más derruido que los demás y, al ser de tales dimensiones, habrían quedado más desprotegidos. Tampoco resultaba práctico tener que construir un tejado tan grande, de modo que solo taparon una parte y decidieron alojar allí a las mulas, para lo que resultaba idóneo porque al regresar del exterior los animales pisaban sobre suelo firme. Esto puso de acuerdo a todos en su reunión diaria al atardecer: aquello era el almacén donde depositaban las cosechas. Si era idóneo para sus animales, también lo sería para las llamas que volvían cargadas con todos los productos del campo.

Una de las primeras cosas que había mandado limpiar Hiram fue la piedra sagrada, el Intihuatana. Aún recordaba emocionado el relato que de ella le había hecho Arteaga y cómo le acompañó hasta allí el gran día del hallazgo. La piedra estaba situada en el punto más alto de la ciudad, la cabeza, en la cara norte, y a ella se accedía por una larga escalinata. Todo parecía perfectamente diseñado para darle un carácter muy religioso y ceremonial. Allí, al pie de los dos grandes picos que marcaban el final del recinto, a la cabeza de los moradores y con un dominio de la altura junto al precipicio que concedía una magnífica sensación de evasión del mundo y proximidad con las deidades superiores. Todas las civilizaciones han alzado sus templos hacia lo más alto como símbolo claro de acercamiento a Dios, pero, si se trataba de acercarse lo suficiente como para poder tocarlo, amarrarlo y mantenerlo entre ellos hasta el cambio de las estaciones, aquel era el lugar del mundo más apropiado.

Hiram cuidaba todos los detalles en sus expediciones y, tal y como había calculado, allí estaban el 24 de junio. Ese día, en la actualidad, se celebraba la fiesta del campesino en Perú, y coincidía con el 21 de junio de tiempos de los incas, el momento en que ellos calculaban que el sol detenía su alejamiento de la tierra. Debían aprovechar aquella circunstancia para teatralizar uno de los actos más importantes en el calendario inca: el solsticio de invierno. Junio era el mes de cosechar la papa, o pequeñas patatas, tan importantes en la alimentación de los incas, «papa allai mitan pacha». Kate recordaba haber visto en el códice de Huamán Poma de Ayala cómo el cronista detallaba meticulosamente cada una de las estaciones del año con grabados muy gráficos de las cosechas. Fue tremendamente ilustrativo para conocer las costumbres de los habitantes de aquella ciudad. Volvió a sentir nostalgia por la desaparición del manual. En estos momentos le habría venido bien. Cada mes iba asociado a una serie de tareas agrícolas. Aquella mañana todos quedaron en la plaza para ascender hasta donde se encontraba la piedra mágica. La humedad de las piedras y el musgo hicieron la subida muy arriesgada. Todos acabaron juntándose alrededor de la piedra, que Bradis y los suyos ya habían limpiado meticulosamente. Se trataba de una piedra sumamente tallada de más de un metro de altura y que se sustentaba a su vez sobre roca viva. A la pregunta de Kate de qué utilidad tenía exactamente, Hiram contestó de modo que todos le oyesen:

—Casi con toda seguridad tenía relación con su dios solar Inti, de ahí la palabra Intihuatana. Quizás pudo ser una especie de reloj solar o servía para indicar la posición del Sol en los periodos de solsticio. En todo caso, es seguro que los habitantes le concedían un carácter sagrado, como a otras similares que se han encontrado en diferentes lugares. Mi opinión es que era el poyo de amarre del sol en las ceremonias del solsticio, el Inti Raymi. Inti es el sol y Raymi «gran pascua». De esa manera creían asegurarse las cosechas y la salud para hombres y animales. La unión de lo humano con la divinidad protectora. Los españoles prohibieron esta celebración, como todos sabéis, y la cambiaron por su equivalente cristiana.

El sol del amanecer se insinuaba a la par que la niebla se obstinaba en ocultar el paisaje por debajo de ellos. Toda la tierra parecía desprender vapores desde lo más profundo de la garganta por donde transcurría el río Urubamba hasta pocos metros por debajo de ellos. Era en aquel ambiente, por encima de las nubes, en aquel supuesto templo, con toda la ciudad a sus pies y bajo las faldas de aquellos dos imponentes picos, donde Hiram quiso que todos se imbuyeran del misticismo del lugar. Los trabajadores nativos se habían quitado instintivamente sus gorritos de lana. Se sentían cristianos y respetaban las tradiciones religiosas, muy arraigadas en su pueblo durante tres siglos por los misioneros, pero algo en su interior se removía en aquel lugar carismático, entre el cielo a punto de iluminarse con el sol naciente y las nubes a sus pies ascendiendo de lo más profundo de la tierra. El alma de sus antepasados incas y todos sus rituales estaban representados en aquella roca. Las miradas de los expedicionarios reflejaban una profunda admiración por el sentimiento que traslucían. Hiram añadió cierto efecto teatral al momento en que aparecieron los primeros rayos del sol. Lo que vislumbraron fue maravilloso: el cielo resplandeciente como el oro se teñía de contrastes rojos y naranjas. Las pocas nubes que había en el horizonte adoptaron suaves tonos entre rosáceos y violetas que cada vez se aclaraban más dando paso a un azul que se afianzaba sobre el blanco de la niebla, que reflejaba en su tupido manto la diversidad cromática. Los colores chocaban con las enormes piedras de las edificaciones tornando sus reflejos en diversos marrones y grises, rodeados por el verde profundo del musgo y la vegetación.

No existía otro amanecer como el que disfrutaban los incas en aquellas alturas celestiales.

Cuando en el cielo se impuso el azul y el cóndor graznó sobre los picos, Hiram creyó que era el momento idóneo para comenzar el ritual. Alzó los brazos y pronunció con voz profunda:

—¡Oh, mi Sol! ¡Oh, mi Sol! Envíanos tu calor, que el frío desaparezca. ¡Oh, mi Sol!

Estas palabras, contó Bingham, las repetía en la ceremonia el Sumo Sacerdote o Huillac Huma, que significa cabeza iluminada, con la hoja de coca considerada planta sagrada para el mundo andino. También se ofrecía la hoja de coca al fuego sagrado. Con la denominada chicha de jora, bebida hecha a base de maíz, los descendientes de los incas brindaban con los espíritus de las montañas. Finalmente, se realizaba una ofrenda al fuego sagrado para la Pacha Mama o madre tierra. Ni qué decir tiene que la ofrenda en sus orígenes eran sacrificios de niños, cuya sangre corría hasta empapar las entrañas de la Pacha Mama.

Los peruanos estaban impresionados por la grandeza de sus antepasados y su profundo misticismo. Quizás nunca debieron perder sus tradiciones ancestrales. Quizás los padres españoles debieron respetar todo aquello. Si era pecado no creer en el Dios de los misioneros, ¿por qué ahora los profesores recordaban aquella ceremonia como algo digno de alabanza? No lo entendían muy bien y les resultaba contradictorio, pero algo les animaba a estar presentes, y la emoción les embargaba. Bingham se sentía protagonista. Era algo que ya había realizado con otras tribus en otros lugares y conocía el efecto que producía. En aquella ocasión todavía se sentía más orgulloso al conmemorarlo delante de la joven Kate, la hija de su más ilustre profesor. Aquello certificaba la solicitud de ayuda a la universidad y en cierto modo justificaba el objetivo más antropológico y menos interesado de la expedición. Decía con ello que no solo se recuperaban objetos valiosos, sino tradiciones y costumbres de los pueblos que merecían darse a conocer y ser verificadas in situ.

Con lo que no contaba Hiram era que entre los presentes había otro espectador tan culto como los tres norteamericanos y de origen inca, el joven Pedro César. De pronto, elevó también los brazos hacia aquel amarillo naciente que mostraba un tercer color en el horizonte y exclamó con voz potente:

—*¡Jallalla, Tata Inti!*

Y por un impulso desconocido, los peruanos contestaron como un resorte:

—*¡Jallalla!*

La connivencia ceremonial de Pedro César y la colaboración improvisada de los trabajadores hizo asentir a Bingham, quien se sintió plenamente satisfecho. Después de todo, había merecido la pena haber ocupado aquel tiempo precioso en la representación ceremonial. Aquello iba a animar a todos en su trabajo. Los nativos ya no se iban a sentir explotados, sino colaboradores voluntarios en recuperar sus raíces en aquella misteriosa ciudad. Y con aquel frescor en la cara y la brisa de la mañana cerniendo sus cabellos, Hiram exclamó:

—Bien, volvamos al trabajo.

Y comenzó el descenso por las escalinatas de piedra hacia las ruinas que esperaban ser descubiertas. Cuántos misterios podrían desvelarse aún a partir de ese momento.

Mientras todos trabajaban afanosamente, Hiram, sentado sobre una piedra de la muralla, trataba de recomponer el plano de la ciudad: en él tenía identificados la puerta del sur, el almacén agrícola y la enorme plaza, considerada como centro de reunión del pueblo. El templo y la plaza del Intihuatana. No le costó en absoluto corroborar la idea de que la parte occidental se correspondía con las edificaciones nobiliarias y los templos, mientras que al otro lado de la plaza se encontraban los edificios de los agricultores, el personal de servicio y los que atendían los rituales. En total puede que en pleno apogeo de la ciudad, a finales del siglo xv, allí vivieran unas mil personas. Si eso era cierto, y si habían permanecido durante más de cien años, debía haber numerosos enterramientos.

El problema era que, al estilo de los incas, estarían diseminados por todo el entorno en el caso de los campesinos. En el caso de los nobles puede que hubiera más suerte en los recintos concretos. Eaton puso manos a la obra y comenzaron las excavaciones en los lugares que le parecieron idóneos. Bradis trató de analizar la tierra con los medios a su alcance, pero los años, las lluvias torrenciales y la vegetación no permitían grandes logros.

Así, tras días de intenso trabajo los edificios comenzaban a verse de modo más nítido, pero no habían obtenido de las excavaciones más que algunas vasijas de barro provenientes del desescombro natural de los habitantes de la ciudad. La búsqueda de los lugares donde debían de estar enterrados los habitantes de Machu Picchu estaba siendo infructuosa. La tala de los árboles de la puerta norte hacía predecir dónde se ubicaba la principal terraza de cultivo dedicada a hierbas medicinales, flores, patatas y maíz para elaborar chicha. El plano de Hiram comenzaba a tomar forma. A la entrada, el almacén para los productos traídos a lomos de llamas. Y poco más adelante del almacén, y en el escalón superior igualmente, la plaza Sagrada flanqueada por el gran templo y por el templo de las tres ventanas. Aquello era tan evidente que no admitía ningún género de dudas. Dos escalones más abajo de las edificaciones de los nobles habían aparecido un canal y unas fuentes que parecían pertenecer a una casa más lujosa con jardín propio orientado hacia la plaza principal, y una zona intermedia que separaba las casas de los nobles de las de los campesinos. Aquella edificación poseía una casa de baño y lo que parecía otra para la guardia personal. De modo que se había encontrado el palacio real donde se alojaría el Inca.

No obstante, todos los progresos en las edificaciones no eran suficiente recompensa si no se encontraban más restos que unas pocas vasijas y objetos que Kate anotaba cuidadosamente en el cuaderno de campo. Los días pasaban y se hacía necesario tomar una decisión al respecto. Bradis y Eaton estaban francamente desanimados, y la moral imperturbable de Bingham no era suficiente para mantener el optimismo. Hiram meditó aquella noche al calor de la hoguera y se acordó de sus amigos Richarte y Álvarez. Llevaban allí años y habían recorrido el terreno cientos de veces. Si alguien era capaz de llevarles hasta los lugares de enterramiento eran ellos dos. Así que se dirigió a las alforjas, extrajo unas monedas y propuso que al día siguiente irían en busca de la choza de los dos agricultores que ya le ayudasen el año anterior a encontrar las ruinas cuando llegó con Melchor Arteaga y el intrépido sargento Carrasco.

Encontró en las zonas de cultivo a Richarte y Álvarez, que incentivados por la recompensa volvieron a la ciudad en ruinas con Hiram. Se formó un pequeño grupo que seguía a los campesinos esperando el momento en que dijesen «aquí», pero las ruinas se terminaban y ellos seguían caminado. Nadie preguntaba. Richarte y Álvarez caminaban con paso decidido y todos estaban seguros de que sabían dónde iban. Se dirigieron a la zona rocosa del monte, la Vieja Cumbre.

Al salir de la zona en ruinas, lo que había sido la zona amurallada, la vegetación se hizo más espesa. Sacaron decididos sus machetes muy afilados y comenzaron a abrirse camino. Bradis fue el primero en darse cuenta. Por allí continuaba el viejo camino de piedra de los incas. Era un sendero muy estrecho construido con piedras pequeñas y gruesas por el que podían transitar apenas uno o dos hombres, pero suficiente para hacerlo incluso en la época de lluvias. Y sin previo aviso, el siguiente machetazo no se dirigió al suelo sino a la pared, junto a las rocas, descubriendo una pequeña abertura. Siguieron los machetazos y la abertura se fue convirtiendo en la entrada de una cueva no mucho más alta que la estatura de un hombre. ¿Sería posible? Hiram, al igual que el resto de los trabajadores, quedó estupefacto. Entonces, no eran tumbas enterradas, se trataba de habitáculos funerarios.

Los campesinos ni siquiera hablaron, indicaron con un gesto del brazo: «Ahí está lo que buscáis». Era suficiente. Encendieron las lámparas de aceite y entraron en la cueva. En la pared, en un agujero excavado en la piedra, encontraron el primer fardo atado de un cadáver momificado.

El sistema de enterramiento llamó la atención de todos. Sin duda estaban ante algo muy sorprendente. El fardo era pequeño, de no más de un metro. ¿Sería un niño? ¿Estaría el cuerpo mutilado? Pero Hiram había visto otros enterramientos similares con anterioridad y rápidamente relacionó aquello con la posición fetal de los difuntos. La simbología era clara. Colocar al muerto en la misma posición en la que vino al mundo para así dar paso al nacimiento a una nueva vida. Las creencias de los incas no estaban lejos de las de otras muchas culturas, donde esta vida solo es el paso para otra eterna e inmutable, una vida superior junto a sus deidades. ¿También, como los egipcios, enterrarían a sus muertos con sus armas y joyas para que les acompañasen al otro mundo? Pasaron muchos interrogantes por sus cabezas en aquellos momentos, cuando el primer fardo fue extraído de la cueva, pero los campesinos volvieron a señalar con el brazo la misma cueva, lo que indicaba que había más.

Cada cueva era el monumento funerario de varios cadáveres. Y Bingham, Eaton y Bradis volvieron a entrar y localizaron dos fardos más en dos huecos excavados en la pared. ¡Por fin! Habían dado con una fuente arqueológica de incalculable valor. Pero ahí no terminó el hallazgo. A continuación siguieron por el mismo sendero de piedra y llegaron a una segunda cueva, de donde extrajeron cuatro fardos momificados más, y luego otra y otra. ¿Cuántas de aquellas cuevas funerarias escondería el monte? Así descubrieron sucesivamente hasta ciento siete fardos, resultado del hallazgo de cincuenta cuevas.

Las primeras momias fueron desenvueltas de sus sacos cuidadosamente atados. Eaton preparó una improvisada mesa con una amplia piedra en una de las cabañas y empezaron los primeros trabajos de identificación. Los primeros cincuenta y dos fueron exhumados bajo su dirección, y los cincuenta y cinco restantes bajo la exclusiva responsabilidad de los dos campesinos, Richarte y Álvarez, que afanosamente esperaban ganar algunas monedas más por su voluntarioso trabajo. Eran tantos los cadáveres que

Eaton decidió ir despacio en los trabajos de identificación. Aquello era un hallazgo colosal y merecía toda su atención profesional.

Esa noche, después de cenar, reinaba el entusiasmo. Todos habían pasado por la choza de los enanos, como llamaban a aquellos fardos de cadáveres encogidos en posición fetal. Todos habían comprobado el exhaustivo trabajo de Eaton. La ciudad se estaba limpiando.

Se empezaron a catalogar los restos y ahora en las cuevas aparecían nuevos objetos funerarios, joyas, armas, y todo era anotado por Kate, que se había tomado muy en serio su trabajo y hasta realizaba dibujos tratando de representar una vasija completa, un cuchillo con todo su esplendor o una cuchara con su color real. Sus dotes sorprendieron a los otros. El cuaderno de notas era de un gran valor y habría de serlo sin duda en los posteriores estudios. Y allí estaban, Kate con su cuaderno, Hiram con el plano general.

Bradis se dedicaba a la catalogación del terreno y a las excavaciones. Las terrazas habían ocupado gran parte de su tiempo. Levantó el fondo de una de ellas. Abajo, una capa de piedras de canto rodado subidas desde el río Urubamba en canastos, después una segunda capa de piedra más fina. Una tercera de gravilla y por último la tierra de cultivo también subida desde la orilla del río. Todo ello con una pared de gruesas piedras de granito cortadas supuestamente con gruesas piedras a modo de martillo subidas también desde el río. ¿Cómo conseguir la precisión del ajuste? Quinientos años después ni los terremotos ni las inclemencias del tiempo habían logrado modificar la estructura de aquellos arquitectos. No se podía meter la hoja de un cuchillo entre los empalmes de las piedras y algunas debían pesar más de veinte toneladas.

Eaton se mostraba jubiloso con unas primeras conclusiones sobre los «enanos». Quienes vivieron en Machu Picchu no eran, al parecer, habitantes locales, sino, por el contrario, personas que procedían de diferentes lugares. Además, según revelaban los pocos restos humanos que había podido analizar, había allí un alto porcentaje de mujeres. Aquello había extrañado a Eaton, pero Hiram les hizo saber que esto no hacía sino corroborar lo que había leído en distintos documentos del siglo XVI, en los que los descendientes de las tierras que habían sido de los reyes incas indicaban que en el valle del Urubamba y más concretamente en las tierras de Huayna Capac se habían establecido miles de «mamacunas», mujeres incas. Estas se dedicaban a las tareas agrícolas y también, por cierto, a la manufactura de tejidos, elaboración de cerámica y otras artesanías. Ellas se encargaban de mantener la casa del rey inca y su «panaca».

En los documentos sobre Picchu se habla con claridad de que las mujeres se encargaban del culto a Inti, del culto a los muertos y a la memoria de Pachacutec Inca. Por tanto, era posible especular que aquella ciudad podía ser un santuario, lugar de culto al dios Inti, lo que explicaría el número de mujeres sacerdotisas. Temporalmente podría haber realizado la función de fortín en caso de necesidad, pero básicamente se hallaban ante una ciudad santuario. Los documentos dejaban muy claro que la mayoría de los habitantes de esta zona eran venidos de fuera, o sea, forasteros.

Kate escuchaba atentamente a Hiram, quien se sabía a su vez escuchado, algo que siempre le agradaba. Era la autoridad de aquella expedición y le gustaba demostrarlo con su vasta cultura no solo geográfica sino también antropológica. Gran parte de su reconocida fama la debía a la lectura de innumerables códices antiguos y documentos extraídos de todas las partes del mundo, algo en lo que había colaborado su mentor y amigo el profesor James Chapman.

—Todo indica —continuó Eaton—, que la población no incluía guerreros. Un aspecto notable es que ninguno de los cadáveres presenta trepanación, rasgo típico de los entierros con hombres, presuntamente guerreros.

Hiram también reafirmó las declaraciones de Eaton, porque los restos que encontró en sus excavaciones en Urubamba y Pampaqawana tenían una proporción de trepanaciones muy alta. La conclusión a todo aquello era que la mayoría de los habitantes eran mujeres y unos pocos campesinos dedicados al cultivo de las terrazas y servicios. La segunda conclusión les aclaraba que ahora el plazo temporal era menos agobiante y que pronto podrían hablar de haber superado ampliamente los objetivos de la expedición.

Pero no todos parecían compartir la euforia general. De repente, la pregunta de Pedro César, el culto indígena universitario, cayó como un trueno en la ahumada choza.

—¿Qué se va a hacer con todo el material extraído?

La sorpresa dejó en silencio a todos los presentes; las miradas se dirigieron a Hiram. Este mantenía a su vez la vista en el plano en el que estaba dibujando con un afilado lápiz.

—Se hará lo convenido —fue la respuesta seca y definitiva del expedicionario.

Kate observó que el ambiente se había vuelto tenso. ¿Por qué habría de sentar tan mal una pregunta tan obvia? No lo había pensado, pero era cierto. ¿Qué iba a ocurrir con todos aquellos restos tan valiosos? ¿Sería posible que no estuviese claro, dada la pregunta del joven peruano? Y si lo hacía no cabía duda de que era porque no le satisfacía lo que imaginaba que podía ser... ¿el qué? Y decidió preguntar.

—¿Y qué es lo convenido?

La pregunta volvió a resonar en el ambiente de aquella choza a más de tres mil metros de altitud, después de varias semanas de estancia y de cansancio y pareció no encontrar receptor, pero Hiram no era de los que dejan las cosas a medio hacer ni preguntas sin responder, y abordó la abordó mirando fijamente a los ojos de Kate.

—Lo convenido es que llevaremos todo lo encontrado con nosotros a la Universidad Yale por un periodo de seis meses, en el que todo será estudiado por los mejores expertos, los nuestros, perfectamente catalogado y editado en manuales que se harán públicos en todo el mundo. Al cabo de ese tiempo, regresará a su país de origen. No olvides quién nos financia, la Universidad Yale y National Geographic. A ellos debemos estos hallazgos.

—Yo creo —dijo sonriendo Pedro César— que estos hallazgos los debemos a que hubo un pueblo que construyó este lugar hace cuatrocientos años y lo habitó durante un siglo. Eso es lo que yo pienso. No sé de dónde viene el «acuerdo», pero dudo que las autoridades peruanas lo hayan firmado... —pronunció la palabra «acuerdo» con ironía punzante y pesarosa, pero al ver la sonrisa de Hiram, continuó hablando inmediatamente al comprender la respuesta— … y si lo han firmado, Dios sabrá los motivos.

—Dios no ha tenido nada que ver. Es un convenio como los que se realizan en todas las partes del mundo, y se llama «acuerdo» porque todos salimos ganando. Entiendo que para un joven profesor peruano los restos de sus antepasados sean muy importantes, pero están en las mejores manos y usted lo sabe, Pedro César. Nuestras intenciones son tan buenas como lo han sido en cualquier otra expedición. El rector de la Universidad de Lima lo ha firmado, las autoridades de Lima lo han firmado. Es un «acuerdo» de todas las partes. ¿Satisfecho?

—El que todos estén de acuerdo no significa que sea lo más conveniente. ¿No cree, señor Bingham?

La osadía del joven atraía a Kate. No entendía muy bien lo que estaba pasando. Si había aceptado participar en aquella expedición, suponía que era porque estaba tan entusiasmado como el que más y aprobaba todo el plan, y de repente aparecía un rescoldo de amargura insospechado hasta ese momento y no entendía los motivos. Ella nunca se había planteado aquel problema y menos en esos términos. ¿Había legalidad y jurisdicción sobre todo aquello? Era de suponer que sí y que estaría muy clara, sobre todo en un país con tanta riqueza arqueológica, pero aquella discusión permitía sugerir lo contrario, y hasta parecía sobrevolar en el ambiente cierto tono de desconfianza, ¿o solo ella lo apreciaba?

La reunión terminó con la misma tensión en el ambiente, pero en un punto muerto en el que nada más cabía añadir… por el momento. Ambas partes se habían manifestado con claridad y habían descubierto sus cartas: Bingham era la autoridad en aquel lugar y contaba con la aprobación de todos aquellos que debían concedérsela. Pedro César volvía a ser la minoría del pueblo que alzaba una voz tan inapropiada como insignificante; pero de protesta a fin de cuentas. El joven se puso su abrigo largo para salir a dar una vuelta antes de acostarse y Kate hizo lo propio y salió tras él. Lo encontró a pocos metros de la choza, removiendo el suelo con su bota y con la mirada perdida hacia el cielo. No le hizo falta volverse para saber que quien se acercaba era la única persona que podía interesarse mínimamente por lo que había dicho.

—Lo siento. No debí hablar así delante de usted, señorita Kate. No ha estado bien.

—No, al contrario. Me alegro de que haya sido tan claro, me ayuda a entender todo un poco mejor.

—No hay nada que entender. Yo ya estaba al corriente de todo esto cuando me apunté a la expedición y sabía que acabaría ocurriendo. Por más que el hallazgo haya sido más interesante de lo esperado. Todo saldrá del país irremediablemente como tantos otros objetos de valor durante años y Dios sabe por cuánto tiempo más. Las potencias extranjeras envían a sus expertos, que nos hacen el favor de descubrir nuestras riquezas, nos enseñan cómo estudiarlas y se llevan el mérito de mostrarlo a la humanidad, además de todo lo encontrado, claro está.

—Hiram ha dicho que todo será devuelto —dijo Kate con tono de consuelo.

Se hizo el silencio. Kate imitó a Pedro César en la contemplación de las estrellas.

—Es curioso, no reconozco las estrellas.

—Eso es porque está acostumbrada al Hemisferio Norte. En el Hemisferio Sur las constelaciones son distintas —sonrió Pedro César—. Aquí lo primero que hay que hacer para orientarse es buscar la Cruz del Sur y hay un método para localizarla…

Iba a seguir, pero miró a Kate, que le observaba a él y no a las estrellas, y optó por bajar la cabeza.

—Sabe usted mucho de la naturaleza, de astronomía…

—No crea. Solo lo imprescindible para impresionarla a usted —dijo volviéndose hacia la chica y apartando la mirada rápidamente. Se arrepintió enseguida de lo dicho, pero ya era tarde.

—¿Quiere explicarme lo sucedido ahí dentro, Pedro César?

Pedro César tomó del brazo a Kate y se la llevó rápidamente hacia una de las chozas en ruinas que se encontraba junto a la que ellos utilizaban habitualmente, saltó unas piedras, enfocó con su linterna y mostró a Kate una inscripción en la parte interior de una roca.

—¡Mire! —dijo.

—Melchor Arteaga, 1902 —leyó Kate—. ¡Ah, sí!, a esto se refirieron en aquella reunión. Las ruinas ya estaban descubiertas.

—Efectivamente. Melchor Arteaga ya descubrió estas ruinas hace años. Los campesinos conocen este lugar hace muchos años más y, sin embargo, Bingham mostrará al mundo este hallazgo como un descubrimiento espectacular en aras de la ciencia. La puesta en escena es más importante que el hallazgo en sí. Importa la sensación del descubrimiento para darle la suficiente relevancia. Llegarán los restos a Nueva York y los periódicos publicarán la noticia a bombo y platillo. National Geographic se hará eco de la noticia, publicará las fotografías y obtendrá suculentos beneficios, pero además es posible que dé a conocer al mundo lugares exóticos sin explorar. Las potencias extranjeras demuestran su cultura, su afán antropológico. ¿Por qué? ¿Por llevarse el patrimonio cultural de los pueblos que descubren? ¿Que descubren o que expolian? Esto estaba descubierto, siempre lo ha estado. Los restos estaban ahí y los campesinos los han identificado rápidamente. Gracias al silencio de los campesinos y de lo inaccesible del terreno, los huaqueros no habían asaltado todo esto, y ahora, gracias a unas pocas monedas, otro tipo de huaqueros se lo llevará todo.

—Está siendo muy duro en la calificación, Pedro César. No es lo mismo robarlo para venderlo en el mercado negro que llevarlo a una universidad para estudiarlo.

Su veta científica y el recuerdo de su padre impulsaban a Kate a defender la búsqueda de objetos del pasado, similares a algunos que había visto en casa o en el museo de la universidad. Pedro César sonrió y recompuso el gesto.

—¿Ha visto la perfección de estas piedras? Ajustan de tal manera que no cabe una hoja de papel entre ellas.

—¿Cómo es posible tanta perfección?

—La piedra para mis antepasados era un símbolo místico más de la Madre Tierra y la unión con el cosmos y Dios. La piedra se integra en la vida del pueblo, se adapta para que forme parte del entorno. Si se ha fijado, muchas de las construcciones están hechas sobre la propia piedra. También se utilizan piedras martillo para pulirlas. Se unen en la propia cantera para que encajen a la perfección desde su propia elaboración. La mampostería inca es la mejor del mundo. Nadie como mi pueblo ha sabido trabajar la piedra… y no conocían las herramientas de hierro. Las trasladaban de un lugar a otro con cuerdas y rodillos y aún permanecen. Otros pensaban que se habían traído de lejos, pero la cantera está aquí mismo, y probablemente se eligió este sitio por ese motivo. Y el lugar más sorprendente es el Intihuatana. La piedra está tallada sobre la roca viva que emerge de la tierra y su orientación coincide con el solsticio de manera tan exacta que el sol sale por aquel pico y se esconde por aquel otro —y los señaló a lo lejos con su mano—. Las cuatro esquinas de la piedra marcan los cuatro puntos cardinales. Eran unos astrónomos maravillosos.

—Ya veo.

—Las piedras martillo se elegían de las orillas del río Urubamba.

—¿Y las subían hasta aquí arriba?

—Existe una leyenda al respecto. De cuando no se sabía de las canteras de piedra.

—¿Usted también es amante de las leyendas, Pedro César? Eso es nuevo. Hasta ahora el amigo de los relatos siempre ha sido el profesor Bingham.

—Pero no de los relatos del pueblo peruano. Cuentan que para construir la ciudad de Machu Picchu se trajeron cientos de hombres que debían cargar pesadas piedras y ascender por las pendientes. Muchos de aquellos hombres perdieron la vida, y otros, rendidos por tan pesado trabajo, maldijeron al Dios Inti en cuyo honor se construía la ciudad. El Dios Inti los castigó y los convirtió en piedra. Y estas piedras son todos aquellos trabajadores.

Kate guardó silencio, asimilando el sabor popular del mito.

—He oído tantas historias desde que salí de New Haven... He aprendido que cada uno de estos relatos tiene un fondo verdadero aunque la explicación sea fantasiosa. El problema de esta ciudad es que a esta altura, en este lugar recóndito, nadie puede explicar para qué se empleó tanto esfuerzo en su construcción. Qué maravilloso objetivo encerraba para que se emplease en ella tanto esfuerzo de tantas personas. Y el agua…

—Es usted tan increíble como me la describieron antes de su llegada.

Al oír esas palabras, Kate sufrió una conmoción. A la luz de la lámpara de aceite apenas podía notarse que su rostro había palidecido considerablemente y su corazón dado un vuelco. Aquel joven que se había sumado al grupo de repente había oído hablar de ella. ¿Accidentalmente? ¿Intencionadamente?

—No le entiendo —fue lo único que acertó a pronunciar.

—Bien, pues ya ha llegado el momento de que comencemos a conocernos, ya que uno de los motivos fundamentales de mi presencia en esta expedición es usted, y el segundo hacerme con una copia de todo lo que de aquí se extraiga para que no desaparezca sino que un día regrese a esta tierra a la que pertenece.

—¿Yo? ¿Por qué yo? No le entiendo y empiezo a ponerme nerviosa. Sus palabras suenan a misterio. Yo he venido acompañando al doctor Bingham en una expedición arqueológica. ¿Qué tengo que ver yo en su vida o usted en la mía? ¿Por qué?… quiero decir… ¡no sé lo que quiero decir!

Pero Pedro César ya la había cogido por la mano suavemente, tranquilizándola, y la luz pálida del acetileno le permitía a ella apreciar una suave sonrisa de paz y ternura en sus labios morenos, mucho más morenos en la penumbra de la noche.

—No hay motivo para que se altere. Todo tiene explicación y a la vista está que estoy deseando mostrársela. Hace muchos días que buscaba la oportunidad. Creo que ha llegado ese momento.

—Bueno —dijo nerviosa Kate, tratando de mirarle a los ojos de modo desafiante—, pues creo que debe empezar porque por mi cabeza pasan demasiadas cosas a la vez.

—Conoce al profesor Pietschmann, ¿verdad?

—No. Quiero decir que no personalmente, pero sé que era amigo de mi padre. Le envié una carta. Él me respondió. Creo que la guardo en la maleta…

—Tranquila. No necesito su carta ni pruebas. A ver…

—¡Quiere continuar por Dios!

—Es lo que trato de hacer. Siéntese tranquilamente aquí en la roca.

Kate trató de serenarse y escuchar aquella revelación tan inesperada.

—Yo tengo su libro *Crónica y buen gobierno.*

—¿Qué? —se levantó de nuevo alterada y sorprendida por la afirmación a boca de jarro que acababa de recibir.

—Si no se tranquiliza, no voy a poder decir dos frases seguidas. Necesito que me escuche todo —y subrayó la última palabra— de manera continuada.

—¡Pero es que usted robó mi libro en Cuzco!

—No, yo no lo robé. Bueno, mis hermanos lo tomaron para que, llegado este momento, usted creyera cuanto he de decirle. Pero si no me escucha, va a ser muy difícil.

—Está bien. Trataré de tranquilizarme, pero explíqueme rápidamente algo de modo coherente. Entienda que los últimos seis meses de mi vida han sido demasiado duros, llenos de sobresaltos. Estoy aquí en el… último rincón del mundo…

—Ombligo suena mejor, ¿no cree? —interrumpió el joven—, y es más apropiado.

—Ombligo o lo que sea, harta de misterios, muertes, muertos, momias… mala comida, durmiendo de malas maneras entre bichos y personas que son peores bichos todavía… —y rompió a llorar de manera desconsolada. Sus nervios no le permitían seguir reprimiendo un solo segundo más tantas emociones.

Pedro César trató de coger de nuevo la mano de Kate, le hubiera gustado abrazarla, al menos acariciarla, pero la joven tapaba con ellas su rostro y se había vuelto, ligeramente avergonzada por sus lágrimas.

—Lo siento. Creo que no he sabido elegir el momento. Estaba irritado por los acontecimientos y mi desahogo ha sido desvelar mi cometido en un momento poco propicio.

—Me da igual si es o no buen momento. ¡Usted ha empezado y va a terminar de contarme hasta el último detalle de lo que sabe, de su cometido, o de lo que sea! ¿Qué sabe de mi padre?

¿Qué hace aquí? ¿Por qué tiene el manuscrito que me encomendó mi padre? ¡Todo! ¿Me oye? ¡Todo!

—Pues claro. Tenemos toda la noche. Estoy dispuesto, pero, por Dios, tranquilícese. Seguro que lo entiende todo mucho mejor.

Kate, secando sus lágrimas con el dorso de las manos, añadió un «estoy tranquila» poco convincente pero al menos algo más sosegado.

—Seguro que ha leído la historia de los últimos incas del Perú. Fueron masacrados, perseguidos, sus líderes ahorcados en plazas públicas. Sus tesoros expropiados y llevados a España en barcos para saciar la ambición del otro mundo lejano que nos había invadido. Es muy conocida la frase de que la historia la cuentan los vencedores, pero toda historia tiene otra versión. El primer manuscrito que contaba la historia desde el punto de vista de los indígenas es ese que le llegó copiado de Huamán Poma de Ayala. Por eso tiene tanto valor para mi pueblo. Cuando Atahualpa prometió llenar la sala donde estaba retenido por lo españoles con toda clase de riquezas, comenzaron a llegar carros de oro de Cuzco. Supongo que conoce la historia.

—Sí, la conozco. Antes de comenzar el viaje fui a la universidad. Mi padre tenía unos libros en su despacho sobre la historia de los incas y allí leí esa historia. Atahualpa quería conseguir tiempo y les prometió a los ambiciosos españoles llenar la sala de oro. Empezaron a llevarlo, pero los incas decidieron dejar de hacerlo pensando que de todas formas lo matarían.

—Eso es. Fue el general Rumi Ñawi, que también era el Sumo Sacerdote y líder espiritual. Fue el primero en darse cuenta de que nunca conseguirían salvar la vida de Atahualpa, así que decidió tomar todos los tesoros que pudo reunir y esconderlos. ¿Me sigue?

—Perfectamente. Leí ese nombre, pero lo había olvidado. Rumi Ñawi, sí.

—¿Se imagina? Toneladas y toneladas de oro. Los españoles habían enviado a unos comisionados a Cuzco para que se cumpliese la orden de llevar todo el oro y mandaron desconchar el templo del Sol y los palacios reales en láminas de más de tres palmos de largo y diez centímetros de grosor. Un tesoro incalculable.

El joven puso tanto entusiasmo en su descripción que Kate se quedó mirándolo y no pudo evitar preguntar lo que pasaba por su cabeza.

—¿A usted le han contado todo eso o lo ha visto?

—No, no, no —sonrió el joven—. Eso es historia que se ha mantenido durante generaciones.

—¿Un poco exagerada tal vez?

—Para nada. Está en las crónicas. Usted ha dicho que lo leyó en los libros de su padre. Si además los españoles estuvieron mandando a sus reyes oro del Perú durante décadas. De ahí nacieron la piratería y los corsarios. Para evitar que el oro de las Indias llegase a España y sirviese para pagar las guerras del imperio español. Barcos y barcos llenos de oro durante generaciones.

—Bien, ¿pero qué pasó con aquel tesoro escondido?

—No se sabe. Solo se sabe que lo escondieron.

Ambos callaron. La noche, las estrellas, el entorno de la ciudad creaban el clima adecuado para las leyendas. La mente de Kate agilizó su razonamiento y su imaginación a partes iguales, tratando de entender por qué Pedro César había sacado aquella conversación, y llegó a una conclusión en un par de minutos.

—Y ahora me dirá que esos tesoros todavía existen —dijo mientras se arropaba con su manta de llama y se estremecía por el frío de la noche.

—Bueno, yo no los he visto, pero lo importante es que aquello fue el punto de partida de una hermandad, como lo llamarían ustedes, de auténticos descendientes incas dedicados a preservar los tesoros de nuestros ancestros.

—O sea que los tesoros existen.

—No lo sé exactamente. Pero no me refiero solo a los tesoros materiales como aquellos de Rumi Ñawi. Con el tiempo la sociedad de hermanos ha tenido que preservar mucho más que oro: nuestra lengua, nuestras costumbres, nuestras tierras, nuestros muertos... —y al llegar a este punto se detuvo, constatando la razón de la discusión de tan solo unos minutos atrás.

Kate había entendido perfectamente el significado de la palabra «tesoro» y lo comprendía en lo más íntimo de su ser.

Efectivamente, la cultura de la que procedía mantenía el concepto de los españoles cuando llegaron a Perú. El oro era riqueza y poder. Para los incas significaba mucho más. Era un concepto muy amplio que abarcaba desde el modo de adorar a su dios hasta la identidad de sus costumbres, sus ritos, su ser como pueblo.

—Bien. Todo eso lo comparto y hasta me imagino que a continuación usted me dirá que pertenece a la última generación de la hermandad de defensores de su pueblo, lo que me parece digno de elogio, pero ¿qué tiene que ver eso con mi padre o conmigo?

—Si no empiezo por el principio, usted no podrá entender la continuación. Es usted muy inteligente, pero también muy impaciente, aunque, dado todo lo que ha vivido, como me ha manifestado, lo comprendo. Voy a tratar de resumir.

—Hágalo por favor.

—Si observó la carta del doctor Pietschman, seguro que recordará que se despedía con dos frases un poco extrañas: «No hay remedio. Hay que intentarlo». Es una especie de clave para saber que estamos ante el interlocutor válido. Esas dos frases se repiten constantemente en el códice que ahora obra en mi poder y que le devolveré con toda celeridad. Usted ha descubierto muchas claves, pero aún ha dejado sin resolver otras. Quizás los acontecimientos y la premura no le han dado tiempo, dada su inteligencia —carraspeó al darse cuenta de que la adulación no era lo más apropiado en aquel momento. Y continuó—. Segunda prueba. ¿Recuerda la serenata en Cuzco? ¿Aquellos rondadores nocturnos?

—Sí, lo recuerdo.

—¿Y recuerda lo que cantaban?

—*Caylla lampi,*
Piñunqui Coga
Copituta,
Casumac.

—Muy bien. Tiene una excelente memoria. Usted me contó en el viaje aquel suceso y cómo a la señora del rector no le sonaba de nada aquella letra que en realidad era *Caylla llapi, Puñunqui,*

Chaupituta, Samusac. Por eso no le sonaba de nada. Lo anterior no es quechua ni significa nada.

—Bien, ¿y dónde quiere ir a parar? Déjese ya de juegos y rodeos, por lo que más quiera.

—Voy… si me deja. Su padre le enseñó a leer con la clave del juego del ajedrez.

—¿Y usted cómo sabe eso? —preguntó estupefacta por la confidencia. La conversación estaba tomando un cariz demasiado personal y no le gustaba nada.

—Porque él mismo nos lo enseñó. Y nos dijo que usted acabaría por entenderlo. Así que lea lo que usted oyó según esa clave.

Pedro César extrajo de su bolsillo un papel y un pequeño lápiz, lo que demostraba que ya llevaba días planeando aquel encuentro y lo que debía decir. Después acercó el candil para que Kate pudiese leer. La chica tomó el papel y el lápiz y subrayó las letras segunda y tercera, según la clave mencionada, hasta que pudo deletrear.

—A-m-i-g-o-s. «¡Amigos!».

—Sí, amigos. Somos amigos. ¿Me entiende?

—No muy bien. ¿Quiere decirme que aquello estaba preparado para que yo entendiera que querían establecer contacto conmigo?

—Más o menos esa era la idea. Y en todo caso, de fallar, dado que usted estaba demasiado distraída en mil cosas y era difícil que lo entendiera, al menos demostrarle posteriormente que somos quienes decimos, como estoy haciendo. Bien. Sigo. Rumi Ñawi era un sacerdote inca. Nuestro pueblo realizaba prácticas acordes con su tiempo. Imagine lo que supondría en los nuestros decir que se realizaban sacrificios humanos, sobre todo de niños preparados a tal efecto en masa, en los ritos de adoración al Dios Inti, que se bebía en los cráneos de los enemigos vencidos y decoraban sus vestiduras con sus huesos… En fin, todo ese tipo de rituales de los que ahora nos avergonzaríamos pero que eran habituales en la época, no solo entre los incas sino en cualquier tribu. Pero los tiempos cambian. Los grandes sacerdotes se amoldan también a los nuevos tiempos y permanece la esencia, no las formas del ritual, sino el contenido: la Madre Tierra, los espíritus de nuestros antepasados sumidos en la naturaleza. El universo es vida, y la vida, de un modo u otro, permanece con otra forma, pero sigue viva. Pero nuestros grandes sacerdotes son perseguidos y casi aniquilados. Logran sobrevivir en las tinieblas del ostracismo; en su propia tierra, ocultos y reprimidos hasta límites que rozan el sacrificio; pero sobreviven. Y consiguen trasmitir su legado. No solo la celebración del Inti Raimi, y mucho menos esa que se ve en Cuzco con ropas baratas y plumas de pega para turistas. El Inti Raimi sigue vivo en todo su esplendor y, además, se ha trasmitido el lenguaje de los quipus, auténticos libros portadores de toda nuestra historia.

A estas alturas del relato Kate estaba totalmente entregada a su interlocutor, quien ya no la miraba sabedor de estarle manifestando unos conocimientos prohibidos a gente normal y que se transmitían bajo juramento en la mayoría de los casos. Y Kate era consciente de ello. A ella no se le había solicitado ningún juramento o pacto de silencio, no había realizado ningún rito iniciático ni se le había nombrado miembro de ninguna orden, y aquello la mantenía atenta, porque quería conocer el por qué último de todo aquello. ¿Por qué había sido ella elegida para tal fin? ¿Qué tenía que ver todo aquello con su padre? Así que, en aquella semioscuridad, respirando el aire frío de la noche en aquel paraje tan significativo para los misterios, las leyendas y los ritos ancestrales, permaneció atenta y esperó el final.

—Quizás debió abrigarse algo más —dijo Pedro César, mientras la arropaba con un poncho típico que Kate no rechazó.

—Es usted muy amable, pero la curiosidad no me permite concederle una pausa ni siquiera para ir a buscar otro abrigo.

—Espero que mi relato no le cueste una pulmonía. De todas formas, la mejor manera de evitarlo es que continúe. Nuestros sacerdotes casi extinguidos, nuestro pueblo masacrado, nuestras gentes esclavizadas y obligadas a trabajos infrahumanos en las minas de plata hasta casi agotarlas, las minas y ellos mismos. Pero la vida es muy sabia y se defiende por sí misma. Llegan a nuestro país todo tipo de especuladores, aventureros en busca de fortuna, ladrones y explotadores... pero también gente buena. Pocos, pero existen y conectan con el pueblo y con nuestras costumbres. Nuestros líderes entienden que para sobrevivir hacen falta aliados, pese a tantos infortunios debidos a los extraños. Y hay quien se merece la confianza de mi pueblo. De este modo el secreto del legado es confiado también a un pequeño grupo de intelectuales que se comprometen a ayudarnos dentro y fuera de nuestras fronteras. Es difícil saber cómo, pero eminentes personas repartidas por todo el mundo comienzan a trabajar por nuestros intereses. El profesor Pietschman...

—Y mi padre...

Kate lo dijo despacio, asimilando el significado de la frase. Sonó en los oídos de Pedro César como la conclusión de una sentencia de muerte y a la vez una exhalación de paz después de entender... todo... o casi todo. No sabía si Pedro César iba a concretar mucho más, pero aquello bastaba para establecer el vínculo fundamental de los acontecimientos. Se unía Perú con New Haven, la universidad con el campo de trabajo, los arqueólogos con los antepasados, los intelectuales con las costumbres populares. ¡Todo! Todo cobraba una nueva dimensión desconocida hasta ese día. Le surgieron ganas de preguntarle por qué había esperado tanto. Nada le habría costado presentarse en Cuzco sin más. O quizás necesitaba conocerla más profundamente y juzgar si era digna de confianza, digna sucesora de su padre. Los hijos no son siempre dignos de sus padres, y ella, por todo lo que había oído Pedro César, lo parecía, pero solo eran indicios. De modo que ahora la mente de Kate trabajaba rápidamente para comprender que había superado el examen y que el broche final había sido salir al exterior para manifestarle su apoyo en los momentos más delicados de la expedición.

—¿Y ahora qué?

Kate siempre daba la sensación a quienes la rodeaban de ir varios pasos por delante, como si lo que tuviesen que decirle a continuación ya fuera evidente y lo diera por sabido. Al principio sorprendía, porque no era la actitud normal en una persona de su sexo y juventud. Le había ocurrido a Hiram, a George, a su primo, y ahora a Pedro César. Pero así era ella: despierta, ágil mentalmente, directa... y muy atractiva. Pedro César había tratado de evitar mirarla directamente a los ojos, pero la seguía con la vista cuando trabajaba en la corraliza con los objetos recuperados, cuando comía, cuando paseaba entre las ruinas. Y no solo él, miraba de soslayo a sus compañeros de trabajo y todos en algún momento acompañaban sus movimientos con ojos de curiosidad... o deseo. Tantos días lejos de la civilización acompañados de una joven como nunca antes.

—Ahora hay mucho que hacer y poco tiempo. Los restos de nuestros antepasados con todo su ajuar tendrán que ser inventariados meticulosamente antes de que se los lleven. De lo contrario, los perderemos para siempre.

—Me refiero a la conexión con mi padre. ¿Qué piensan hacer usted y su organización... si es que piensan hacer algo?

—El único contacto en la Universidad Yale era su padre. Por tanto, nos va a resultar casi imposible demostrar que su muerte esté relacionada de un modo u otro con el expolio que aquí se está llevando a cabo.

—Y pensar que fui yo quien impulsó todo esto. Cómo pude ser tan torpe.

—No se torture con esa idea. Fuera de contexto, abrumada por los acontecimientos personales, era casi imposible que diese con la solución acertada. Pero lo hizo. Hizo lo que le fue indicando su padre, que era ponerse en contacto con nosotros para que le diésemos la explicación de lo que ocupó fundamentalmente los dos últimos años de su vida y lo que quiso trasmitirle a usted por si decidía que este era su camino en el futuro.

Pedro César no se volvió, pero de nuevo notó que Kate volvía a llorar, aunque no hizo ningún gesto que delatara sus lágrimas. Y ya eran muchas. Quizás era el momento de preparar una estrategia que compensara tanto sufrimiento y devolviera la alegría a aquella joven audaz.

2
Las pruebas definitivas

Cuando Jacob Williamson y George Barcroft bajaron del tren de la tarde en la parada de New Haven eran ya las ocho y estaba comenzando a oscurecer. Esperaron en el lugar más discreto que pudieron encontrar a que se hiciera totalmente de noche. El viejo sargento había conseguido una vela como las que usan los mineros encima de sus cascos. Comprobó que funcionaba y que daría luz suficiente para cumplir su cometido.

—Bien, ya es la hora. Tú me esperas tranquilamente aquí sentado y te traeré lo que encuentre.

Pero el joven George estaba muy dolido por todo lo que había sucedido y ahora que veía tan cerca el poder desentrañar aquel asunto no iba a soltar de su boca tan jugoso bocado.

—Sabe que voy a acompañarle.

—Mira —le dijo despacio y con cierta melancolía el viejo sargento—. Yo tengo muy poco que perder, pero tú eres un joven con un gran futuro por delante. Sabes que lo que vamos a hacer esta noche es un delito y que solo servirá para conocer la verdad, pero ningún juez firmaría la orden para entrar, y tampoco ningún otro lo admitirá como prueba. Por el contrario, si nos pillan, se va a armar una gorda. Déjame que haga esto yo solo, chaval. Te lo pido por favor. Aunque solo sea por notarme rejuvenecer, por sentir la adrenalina por mis venas como en los viejos tiempos.

Los ojos entrecerrados del irlandés, rodeados de arrugas y con gruesas cejas pelirrojas, se cruzaron con los del joven neoyorquino, un poco vidriosos por la rabia contenida. Había ido a lo que había ido y suya era la idea. No tenía ganas de traspasar su deber a otra persona, aunque empezaba a entender que se lo debía y que, en el fondo, no solo tenía razón, sino que lo podía ejecutar mejor, mermado como él se encontraba con su pierna.

—De acuerdo, pero le acompañaré hasta la casa y vigilaré para que no haya sorpresas.

Williamson asintió. No era mala idea que alguien vigilase. Sonrió, levantó el cuello de su americana de franela, se ajustó la gorra e inició con paso decidido el camino hacia la casa de Crawford, el alcalde. Ya no había coches de alquiler por las calles. New Haven no era lo suficientemente grande para que los hubiera, pero ya habían decidido realizar el camino a pie de todas formas, porque no querían testigos de su intrusión.

La casa del alcalde era una de las mansiones clásicas de la ciudad, recién adquirida y restaurada por su flamante propietario. Tenía dos plantas y el sótano, como casi todas. En la planta baja era donde se realizaban las actividades sociales, con un salón, la biblioteca y el despacho, mientras la planta superior albergaba las habitaciones privadas de la familia y de los invitados. En el sótano, con ventanucos a la altura del suelo del exterior, estaban la cocina y habitaciones de los sirvientes. Para acceder al despacho tendría que pisar encima, por lo que habría que actuar con sumo cuidado. Saltar la verja de poco más de un metro no fue dificultad. Buscaron alguna ventana abierta, pero los sirvientes habían cumplido su cometido a la perfección y todas estaban perfectamente cerradas. Descartada esa opción, localizaron el despacho. George miró a Jacob encogiéndose de hombros y este le hizo un gesto de espera. Metió la mano en su bolsillo y extrajo una navaja que abrió suavemente. Pidió ayuda a George para auparle hasta la ventana colocando las dos palmas de las manos una sobre otra. Jacob introdujo el filo en la ranura a la altura del pestillo. La mueca de su cara acompañaba el movimiento certero de su mano, que hizo saltar el pestillo, con lo que pudo introducir la hoja completa de la navaja. Levantó con sumo cuidado la mitad inferior del ventanal. Miró sonriente a su joven acompañante que se mostraba sorprendido por la habilidad del veterano, que expresaba que no era, ni con mucho, la primera vez que realizaba aquello. George también hizo un gesto de cansancio por el peso de su colega y terminó de aupar a Jacob hasta que este penetró por la ventana y desapareció en la habitación. Desde fuera pudo apreciar el reflejo de una ligerísima luz que oscilaba de un lado a otro. George miraba impaciente hacia los lados, a los ventanucos del sótano, de nuevo hacia la ventana por donde había desaparecido Jacob.

Habrían pasado diez o doce largos minutos cuando Jacob se asomó a la ventana con dos cartas en la mano. Estaba sudoroso y levantaba su trofeo con euforia. Se volvió de espaldas hacia la ventana y se dispuso a dejarse caer. George volvió a colocar sus manos para recibir el pie del veterano policía, pero este pegó un salto tan impetuoso que no aguantó. Los cerca de cien kilos de Jacob cayeron hasta el suelo empujando con él al joven. Permanecieron un rato asustados por el ruido que habían producido. El ventanuco que tenían casi delante de sus caras se encendió una luz, correspondiente sin duda al candil de uno de los sirvientes. Jacob miró a George, tentado de levantarse y salir huyendo, y le susurró que permaneciese quieto y agachado. Se abrió la puerta de servicio de la casa. Un sirviente salió con su camisón blanco y una vela y la alzó tratando de divisar el motivo del estruendo. La respiración de los dos policías se aceleró contra el frío suelo, pero ninguno levantó la cabeza. En la academia ya habían realizado ejercicios nocturnos y se habían entrenado a ocultarse en la oscuridad. Aquello era la realidad, pero servía para demostrar que dos cuerpos oscuros en el suelo son muy difíciles de distinguir a la luz de una vela. El criado se acercó a tan solo dos metros, pero miraba hacia la valla, al frente, no al suelo. Esperó unos segundos y desanduvo el camino para entrar de nuevo en la casa. Unos minutos después, la luz volvió a apagarse, pero Jacob insistió en permanecer así todavía un poco más. Después, se levantó suavemente y bajó la ventana. Ayudó a levantarse a George, al que se le escapó un gesto de dolor al mover su pierna herida. Volvieron a saltar la verja y desaparecieron.

A las siete y cinco de la mañana oyeron el chirrido de las ruedas del tren que iba a Nueva York. Ambos tenían un semblante muy serio. George sudaba a causa de la preocupación. Al pasar delante de uno de los bancos de la estación, George dio un salto al identificar al hombre de negro que en la anterior visita le había seguido, pero Williamson le hizo sentar con su mano.

—No te asustes, es mi amigo Karl.

—¡Ese es el hombre que me siguió!

—Tranquilízate, muchacho, te siguió porque yo le mandé que lo hiciera; para protegerte.

—¿Y por qué no me lo dijo?

—Porque no quería que supieses lo preocupado que estaba por ti.

—Pues menudo susto me llevé. Creí que me seguían, que podían venir a por mí otra vez…

Calló al darse cuenta de que estaba exagerando y que su amigo ya le había dado suficientes explicaciones.

—Lo siento; es evidente que estoy demasiado sensible —terminó diciendo George.

—Lo estás; pero es comprensible.

—¿Qué vamos a hacer ahora?

—Admito sugerencias mi joven amigo.

3

El éxito de la expedición

EATON SE AFANABA con el bisturí en abrir una de las momias que tenía sobre la mesa. No iba a mirarlas todas, pero quería demostrar la teoría de que la mayoría eran mujeres jóvenes vírgenes del templo y no guerreros. Meticulosamente, desprendió un poco las vendas de la parte de la cabeza. La misma forma redondeada, la misma piel arrugada, los dientes que evidenciaban la juventud de la persona, la nariz chata, la frente amplia. Kate no terminaba de familiarizarse con esos viejos cadáveres que seguían manteniendo parte de su piel por un método trabajadísimo de momificación. Tras ir rompiendo las vendas y retirando las telas algodonosas que recubrían el cuerpo, Eaton dijo en voz muy baja: «Otra joven virgen». Kate se sorprendía de la facilidad con que adelantaba el experto profesor lo que se iba a encontrar, pero se basaba en datos concretos: la cara, los dientes, el pecho, las caderas, antes de llegar a la zona púbica. El profesor limpiaba meticulosamente con pinzas los restos adheridos al cuerpo hasta que aquella piel oscura y arrugada quedaba totalmente expuesta al aire después de cuatro siglos. No iban a abrir más fardos. Era demasiado riesgo para el viaje. De modo que estudiaría todo lo posible de aquella última joven inca y volvería a taparla. Bradis ya trabajaba en realizar tablas con la vegetación circundante para trasportar en las mulas tanto las momias como los objetos. Emplearían hierba para aislar y proteger los valiosos objetos en el interior de las cajas. Hiram había dispuesto los viajes necesarios para trasladar hasta Cuzco todo lo encontrado. Las mulas iban a ir muy cargadas y el descenso sería muy peligroso, de modo que había que aprovechar al máximo esos días soleados para ponerse en marcha cuanto antes. El plano de la ciudad estaba completo. Los trabajos de limpieza, avanzados. La expedición tocaba a su fin. Mientras la reata de mulas realizaba los viajes necesarios, Hiram, con Pedro César y Kate, continuarían inventariando todo lo encontrado. Los viajes servirían a Bradis para precisar el camino y las referencias. Eaton se ocuparía de que todo llegase en perfectas condiciones. Habría de habilitarse un almacén en Cuzco para clasificar todo perfectamente.

Con la salida del sol la primera caravana enfiló el camino de vuelta a Cuzco. Hiram supervisaba las cargas con sus fornidos brazos y su sombrero ladeado, arremangado como en él era habitual a pesar del fresco del amanecer y la niebla. Pedro César observaba a Kate, que no había querido perderse tampoco esa primera salida. Su piel estaba curtida por el sol, por el viento de la montaña. Parecía más una nativa que cuando la conoció, aunque su cabello rubio la delataba. Ya había abandonado la ropa femenina y vestía con pantalón y botas de montaña. Mantenía los brazos en jarras como una auténtica experta que veía concluidos todos los objetivos de aquella magnífica expedición. El cinturón de cuero ajustaba su delgada cintura y marcaba sus caderas.

Hiram golpeó las ancas de la última mula y se volvió rápidamente, sin apenas mirar a la pareja que se encontraba a su lado. Era habitual verlos juntos los últimos días, por lo que no tenía nada de especial que en ese momento también lo estuvieran. La complicidad entre personas jóvenes es algo normal, máxime a tantos kilómetros de casa. Tenían vínculos de edad y no había que darle más importancia. Kate había demostrado su responsabilidad en el trabajo y a nivel personal, y él no se había comprometido a hacer de niñera, por lo que no iba a imponer o prohibir ningún tipo de relación. Solo cuando ya se alejaba, y sin volver la cabeza, les dirigió un «a trabajar» que les hizo sonreír a ambos y tomar rumbo al almacén para continuar con sus tareas.

Esa noche, después de cenar, Pedro César y Kate salieron, como venía siendo costumbre, al exterior. La plaza estaba mucho más limpia por el paso continuado de personas y bestias y no se corría riesgo de tropezar.

—¿Qué ocurrió con el oro de Rumi Ñawi? —preguntó Kate.

—Bueno, eso es un misterio. Era un sacerdote muy duro, mantuvo las más ancestrales costumbres hasta el último detalle, pero también era en cierta medida una especie de visionario y místico. Desde el primer momento se dio cuenta de que Atahualpa nunca sería devuelto con vida. La ambición de aquellos extranjeros blancos, tan blancos como los hermanos Ayar que fundaran su pueblo, no tenía límites, y además eran muy poderosos. No se iban a conformar con un tributo, por muy grande que fuera, pudiendo como vencedores cogerlo todo. El oro de los incas corría por la ciudad de modo abrumador. Si se une el misticismo con la riqueza, se entiende que se decidiese construir el templo más fastuoso jamás conocido al dios Inti. Coricancha significa oro, «cori», y recinto cerrado, «cancha». Debía resplandecer tanto como el sol. Así que primero pusieron las piedras perfectamente ensambladas con barras de hierro en su interior para asegurarlas ante posibles terremotos y ajustadas al milímetro, y luego las recubrieron con una capa de oro que en algunas zonas sobrepasaba los veinticinco centímetros de grosor. Se cubrieron puertas y ventanas, los marcos. Todo era un refulgir fastuoso de brillo dorado desde que se entraba y por donde quiera que se pasara. El jardín interior estaba decorado con flores y árboles de oro. A veces nosotros mismos nos preguntamos de dónde podía proceder tanta cantidad del rico metal. Y ellos no lo valoraron como riqueza económica hasta ver la ambición de los conquistadores, sino como riqueza mística. Por eso Rumi Ñawi se propuso esconderlo todo. Tenía un inmenso valor material, pero para él tenía mucho más valor por cuanto significaba un modo de dirigirse a su Dios. Era el centro de la Tierra, su Templo, como el Templo de Jerusalén para los judíos. El templo de los Babilonios o los templos egipcios. No era solo riqueza material, era el símbolo de una religión y la trascendencia con un Dios que abría las puertas a la eternidad. Y eso se ha repetido en todas las civilizaciones, una a una.

—Sí, pero si me dijiste que se habían trasmitido de sacerdote a sacerdote tantos misterios, ¿el lugar del tesoro escondido no fue uno de ellos?

—Uhm. —De nuevo Kate se adelantaba inteligentemente a su plan establecido. Resultaba muy difícil seguir una estrategia determinada con esa chica—. Cuando lleguemos a Cuzco tenemos que hablar con ciertas personas. De momento, permíteme que no responda a esa pregunta.

—Si es muy sencillo. ¿El tesoro existe sí o no?

—Ya te he dicho que es un misterio. Misterio significa que tiene un componente desconocido, aunque existan indicios de su existencia. Nunca la gente lo ha visto desde que Rumi Ñawi lo ocultara, si a eso te refieres.

—La gente no, pero ¿los dignos sucesores del patrimonio cultural de los incas?

Pedro César rio la ocurrencia. Sonaba a ironía y, sobre todo, a tratar de sonsacarle una información con los más hábiles recursos, incluido el de la mirada directa, los hermosos ojos chispeantes y la media sonrisa de tono benevolente. Kate empezaba a explotar hábilmente sus armas de mujer sin apenas proponérselo.

—Todo a su tiempo —respondió Pedro César casi en un susurro, como evitando negar algo a la chica—. En una noche como esta los habitantes de la ciudad pasearían por la plaza a la luz de la luna y bajo las estrellas, sintiendo el mundo a sus pies.

—En noches como esta —continuó Kate—, el cielo está más cerca de los hombres, pero los hombres utilizan a sus dioses para que les favorezcan en sus ambiciones, sus luchas... nunca aprenderemos a unir cielo y tierra para vivir felices los unos con los otros. Una civilización arrasa a la anterior y esta a la siguiente.

—Efectivamente. Los mismos templos de culto de los incas fueron reconvertidos para adorar a otro dios todopoderoso, realizar parecidos rituales de sangre, la sangre de Cristo, con otras vírgenes, en este caso monjas que preparan vestimentas y brebajes, y nada cambia. El ser humano se propone someter a los adoradores de un dios y someterlos a otro idéntico, que será sustituido por otro en los mismos lugares. No tiene mucho sentido.

—Cómo va a tenerlo. Fundamentar el cambio en creencias, razas o costumbres. Me enseñaban en Filosofía que el espíritu del hombre, si es eterno, no puede basar su existencia en los cambios materiales, que son pasajeros, perecederos. Se quiere asociar a Dios con rituales humanos, recintos materiales donde encerrarlo y riquezas materiales con que atraerlo y comprarlo. ¿El espíritu del hombre es libre, Pedro César?

—Qué duda cabe que está sometido al materialismo corporal con todos sus defectos. Pero tampoco podemos justificar los grandes males de la humanidad en la imperfección de nuestro cuerpo. Un hombre que desea imponer su espíritu tiene mecanismos para hacerlo. El gran mal de la humanidad es confundir mente con espíritu. No, no es lo mismo. El razonamiento mental y la inteligencia no son el espíritu eterno y libre, perfecto. La mente pertenece al cuerpo y es el resultado de la fusión de los sentidos con la energía generada en el cerebro.

—Es muy interesante esa idea. No creo que la mayoría de la gente llegue siquiera a cuestionarse ese tema.

—¿Cómo habrían de hacerlo? Si establecemos unas prioridades según las necesidades humanas, las más básicas ocupan el primer lugar. Cuando no se tiene qué comer es difícil preguntarse por la mente o el espíritu. Este cuerpo nuestro es muy exigente en sus necesidades. Nos demanda demasiada atención.

—¿Es usted sacerdote?

La pregunta fue lanzada, como solía ocurrir con Kate, a boca de jarro, sin previo aviso y totalmente incisiva. Kate volvía a ser la joven intelectual directa que no daba margen a ambigüedades. Si se quería hablar con ella, se debía estar dispuesto a enfrentarse con las verdades más íntimas. Ella no admitía menos. Saber era enterarse de todo.

—En nuestra hermandad no todos son sacerdotes. Su padre no lo era y decidió unirse a nosotros. De hecho, el gran sacerdote solo es uno. El más famoso de cuantos existió fue el Huíllac Huma, Vila Oma para los españoles. El sumo sacerdote poseía un gran poder entre nuestro pueblo. En noches como esta estaría en el Intihuatana contemplando las estrellas para decidir la celebración de las fiestas. Los conocimientos de astrología estaban muy avanzados y marcaban los calendarios con enorme precisión. Ser sacerdote era motivo de prestigio y orgullo. Era quien mantenía la doctrina del Estado. Su educación era exhaustiva y reservada solo a la clase dirigente. La «universidad» de los sacerdotes era el Yayayhuasi, la casa del saber. Supongo que esto recuerda a los monasterios medievales contemporáneos en Europa. Los clérigos eran los cultos, quienes preservaban el saber. Allí adquirían todos los conocimientos necesarios para desempeñar cualquier cargo, no solo sacerdotal, sino también burocrático, puesto que en cierto modo se mezclaba religión y estado, y eran considerados funcionarios. Sus educadores eran los sabios «amautas», guardianes de las tradiciones y cultivadores de la ciencia. Yo me encuentro en la segunda fase de la educación. Los amautas siguen existiendo. Los tiempos evolucionaron ya en la última época de los incas; con Viracocha se permitió la entrada al saderdocio a las clases menos favorecidas y dejó de ser hereditario. Además de la vía hereditaria, los otros dos modos de ingresar en él son la elección por parte de otros sacerdotes o jefes locales y, la última, cuando se percibe que un individuo posee poderes especiales o dotes de adivinación. Como comprenderás, esta última hace muchos años que se perdió. Nadie busca personas con poderes especiales, y mucho menos se considera como tal el hecho de nacer entre trillizos.

—¿Y tú por qué camino has accedido a esa educación?

—Fui elegido por un sacerdote de mi localidad. Convenció a mis padres de que valía para los estudios y de que podrían prepararme. Mis padres son gente sencilla y no fue difícil, dado que significaba, lisa y llanamente, acomodar a uno de los siete hijos y una boca menos que alimentar. Soy un hombre del pueblo llano. Ya no quedan nobles incas, aunque algunos defienden su dignidad sanguínea.

Ambos seguían contemplando la noche abrigados en sus mantos de lana de llama. Aquellas charlas largas, pausadas, suponían un auténtico aprendizaje para Kate.

—¿Por qué te eligieron a ti para que me acompañaras?

—Fue el castigo por una falta leve dentro del yayayhuasi —ambos rieron por la respuesta—. ¡Es verdad!

—¿Y qué hiciste?

—No puedo contarlo, me da vergüenza.

Pedro César sentía en lo más profundo de su ser una gran atracción por aquella joven y que, además, aquellos días, y sobre todo aquellas noches, estaban siendo los más felices de su vida. Cada vez esperaba más ansioso el momento de salir a dar el paseo nocturno, sentir la cercanía de la joven, contarle sus secretos y escuchar su voz. Ella le había hablado de aquel joven policía de Nueva York y había entendido que existía un sentimiento que él no debía entorpecer, y se decía a sí mismo que no lo hacía; no obstante, era lícito que desempeñase la misión que le habían encomendado y que tan a disgusto había iniciado en Cuzco. En esos momentos pensaba en cómo revelarle la anécdota de su castigo. La verdad es que fue una tontería, al menos para el mundo exterior, pero en su educación las normas son muy estrictas y pueden pasar estas cosas. Lo había confesado del modo más espontáneo y no creía que pareciese algo gravoso para su persona, como en un principio pensó.

—¿Y bien?

—Vaya, parece que no tendré más remedio que contarlo. ¿Recuerdas la visita que hicisteis en Cuzco por todos los puestecitos de chucherías?

—Sí, lo recuerdo. ¡Ay, que no quiero pensar lo que estoy pensando! ¿Tú?

—Espera; fue sin mala intención. Nos mandaron preparar refrescos y pastas. Nos habían hablado de vuestro grupo y de las intenciones con la expedición. El templo siempre envía ese día a algunos de los aprendices a preparar bebidas exóticas a la vieja usanza. Es el día ideal para elaborar todo lo que hemos aprendido de nuestros ancestros, e incluso se nos permite también probar con el «itarashum runati». Bueno, el caso es que todos los años los seminaristas gastan una broma a algún joven tímido conocido del lugar, sin que se enteren los maestros, claro. La bebida estaba preparada por si se presentaba la ocasión propicia. Cuando les vimos aparecer, salimos a obsequiarles con nuestros refrescos de frutas, pero aquel joven, que resultó ser el hijo del rector, la miraba a usted de un modo nada inocente.

—¿Mi primo Jeremy? ¿En serio? ¿Tanto se le notaba?

—Yo creo que sí. Lo comentamos con nuestro tutor, que nos explicó que era el economista enviado desde América, y en ese momento se me ocurrió la idea de hacerlo protagonista de la broma…

Kate tenía la impresión de que alargaba la explicación avergonzado por el tema, pero en realidad Pedro César estaba jugando sabiendo el interés que había despertado en Kate y solo trataba de mantenerla en vilo. Le encantaba que le prestara atención.

—Solo que, cuando me acerqué al puesto, vi el frasco de «maca», el principal componente del brebaje, y lo cargué un poco más de la cuenta. En realidad, se me fue la mano. Lo siento.

—¿Maca?

—La maca andina es un extracto de una planta que se usa desde siempre para la excitación sexual. Es muy conocido que cuando los animales españoles tenían dificultades en la reproducción por la altura de Perú, les daban maca y así conseguían que se aparearan.

—Pues me llevé un buen susto con tu broma…

—¡Cuánto lo siento! —exclamó sinceramente Pedro César—. No pensé en las consecuencias. Ahora me doy cuenta de lo que le podía haber pasado a usted.

—¿Y qué ocurrió después de la broma?

—Pues que en esta ocasión se dio cuenta el sacerdote del templo, cuando al día siguiente se supo lo de su primo. —Kate puso cara de extrañeza—. No me mire así. Los criados nos cuentan todo lo que pasa en la casa cada día. El caso es que debían necesitar una persona para esto y lo tomaron como excusa. Lo he pensado muchas veces desde entonces y quiero creer que fue la oportunidad perfecta para enviarme, creyendo que yo podría desempeñarlo mejor que el resto, menos atrevidos, menos prudentes y menos fuertes físicamente.

—O sea, que tenían determinado enviarte de todas formas —le empezó a tutear Kate de modo natural— y solo les facilitaste la excusa para comunicártelo —y volvió a reír—... pero a mi costa. Y el susto que me llevé fue enorme.

Pedro César no pudo evitar una gran emoción. ¿Era aquello amor? No lo sabía con seguridad, pero estaba dispuesto a aprovechar al máximo cada segundo al lado de aquella mujer que tanta felicidad le proporcionaba.

—Háblame más de los rituales incas. El otro día te exaltaste mucho en el Intihuatana y la gente respondió.

—Bueno, son frases muy conocidas. Solo quise demostrar que, lejos de los conocimientos típicos de los extranjeros, hay una realidad popular que ha pasado de boca en boca durante generaciones. No nos descubren nada nuevo.

—Hiram tampoco lo tomó a mal, a mi entender.

—No, no. Creo que es un buen estudioso de las costumbres, pero comete el error de desvirtuarlas con fines sensacionalistas y eso le lleva a sobrevalorar los objetos que son la base de la creencia de los turistas. Nuestras costumbres y objetos no existen para ser adorados por turistas extranjeros ni para que los conozcan en el mundo «civilizado». Existen porque son un modo de vida, ni más ni menos respetable que el resto. Cada raza, cada pueblo, cada nación es en sí misma una cultura maravillosa que engrandece al hombre y al universo al que pertenece. No es algo exótico, una rareza a contemplar desde el mundo avanzado. Progresamos con nuestra cultura.

—Háblame más de tu cultura. Quiero aprender.

—Los rituales eran fastuosos de colorido. El protocolo era riguroso en las formas. El gran sacerdote presidía las ceremonias religiosas dedicadas al Sol, revestido con el *huámpar chucu* o casco en forma triangular. La capa era de oro y joyas preciosas y hasta las sandalias estaban revestidas de oro fino. Con sus collares y brazaletes refulgía al sol situándose en un plano superior al pueblo. También dirigía la ceremonia de nombramiento del príncipe heredero. Cuando moría el rey, ejercía la tarea de gobernante interino. En el caso de Rumi Ñawi ocurrió así. Preso Atahualpa, asumió el mando. Era la única persona que podía coronar al príncipe heredero o *auqui*. Desde niño he imaginado una ceremonia de coronación, sobre todo en el Cori Cancha. El gran sacerdote nombraba diez sacerdotes que dirigían los principales templos del imperio llamados *villcas* y estos a su vez nombraban a los sacerdotes locales como el que me eligió a mí.

La noche iba avanzando, la niebla volvía a ocupar la ciudad en ruinas y apenas se percibía el pico de Huayna Picchu a la luz de la luna. Entraron en silencio en el habitáculo cubierto a la vieja usanza con las ramas de la vegetación circundante. Pedro César se acomodó en su saco en un extremo mientras Kate lo hacía detrás de la tela que hacía de celda. Ambos dedicaron unos minutos a pensar en todo lo sucedido durante el día. Kate aún tuvo tiempo para rezar sus oraciones aprendidas desde niña y apretar contra su pecho la fotografía de sus padres. Cerró los ojos. Su mente se llenó de imágenes de incas, de la selva y también de la ciudad de Nueva York y de George. Su última carta había llegado hacía dos semanas con los muleros. Le hubiera gustado que estuviera allí con ella y vivir todas sus experiencias juntos. Estaba muy cerca de encontrar la solución a toda aquella trama. Allí, tan lejos de la civilización moderna. Con George le hubiera resultado más fácil. Lo necesitaba. La distancia no había conseguido que disminuyera su recuerdo... no, su afecto por él. Y con esta idea se quedó dormida.

Cuando despertó ya habían desayunado todos. A Hiram no le importaba: pensaba que una mujer joven quizás necesita más horas de sueño y que las charlas nocturnas no eran de su incumbencia. Tampoco podían suponer nada perjudicial a los intereses de la expedición. Hiram era un aventurero y no dedicaba su tiempo a esos pequeños detalles. Cada cual vivía la aventura a su manera.

La actividad era menor que los días anteriores debido a las pocas personas que habían quedado en la ciudad. Cuando acabó de desayunar, Kate fue directa a recoger su cuaderno para seguir anotando todo lo que se empaquetaba. Pedro César trataba de recomponer las piezas de una vieja vasija de barro. Hiram, a su vez, comprobaba el mango de un cuchillo de bronce con el filo en forma de media luna, quizás de los que se utilizaban para desangrar animales como llamas o quién sabe si en sacrificios humanos. La concentración de Hiram parecía demostrar que su imaginación volaba mientras tanto. Kate se acercó a Pedro César. Cada trozo de la vasija había sido marcado con un número. En la piedra, varios restos de vasijas esperaban para ser catalogados igualmente. Kate se sentó en otra piedra y fue anotando con el lápiz. Se encontraba a no más de dos metros del joven. De pronto, algo pareció moverse junto a ellos y Kate levantó rápidamente la mirada. De la bolsa de cuero que siempre acompañaba a Pedro César salió una serpiente con la cabeza erguida y la lengua bífida y se dirigía hacia el joven vibrando veloz con intenciones amenazadoras. Lo único que le dio tiempo a percibir fue que se trataba de una serpiente muy grande y con anillos de colores. Kate se levantó de un salto tirando el cuaderno por los aires y retrocediendo, a la par que soltaba un grito estridente. Pedro César se volvió asustado dirigiendo su mirada a la mochila. La enorme serpiente ya se encontraba a menos de un metro del joven y retiraba la cabeza hacia atrás para soltar sus colmillos repletos de veneno mortal. El corazón de Pedro César latía desbocado. Quedó paralizando y expectante ante aquella cabeza triangular y esos pequeños ojos que oscilaban hipnóticamente ante su presa. El momento fatal se produjo. La serpiente cogió impulso con todo su cuerpo y saltó hacia él. La sorpresa y agitación de ambos fue mayúscula cuando el camino del bífido quedó interrumpido de golpe y su cabeza salió volando separada del cuerpo. Hiram, con el cuchillo inca en la mano permanecía mirando a ambos jóvenes visiblemente afectados. Los tres observaron el cuerpo degollado con anillos negros, rojos y blancos sacudiéndose todavía en el suelo.

—Se trata de una *naca naca*, como la llaman los nativos —dijo Bingham—. Ha tenido suerte. Es una de las especies más venenosas que podemos encontrar, y hemos visto unas cuantas. Su nombre real es *Micrurus peruvianus*. ¿De dónde ha salido?

—De la bolsa de Pedro César —exclamó Kate asustadísima y señalándola en el suelo.

Era cierto que habían visto algunas durante el viaje, pero ninguna tan cerca y mucho menos dentro de una mochila. Pedro César se sentó frotándose la frente con su mano. Hiram recogió la serpiente y la arrojó fuera del recinto.

—¿Dónde había dejado su bolsa, Pedro César? Tenga más cuidado. Las serpientes buscan el cobijo cálido del cuero. —Y sin más, se volvió hacia la piedra con los objetos que estaba estudiando y limpió cuidadosamente el cuchillo al tiempo que sonreía—. Todavía corta después de todo.

Los trabajos continuaron todo el día. Había que darse prisa si querían tener todo listo para la siguiente caravana, que había de ser la última, en tan solo tres días más.

4
El regreso

Las mulas estaban cargadas de nuevo y preparadas para emprender el viaje de vuelta. La mañana se había presentado con el cielo totalmente cubierto y una intensa lluvia concedía al paisaje ruinoso una apariencia aún más misteriosa. Bingham volvió la vista atrás por última vez. No sabía si regresaría a aquella ciudad fascinante. Ni Vilcabamba, la última ciudad de los rebeldes incas tras el asesinato de Atahualpa, objeto de su llegada a Perú, ni ninguna otra inspeccionada más tarde, superaba en grandiosidad a Machu Picchu. Atrás quedaban las más de seiscientas terrazas, los canales de agua con sus diecisiete fuentes, los templos y edificios, el Intihuatana y aquellos dos picos. ¡Por Dios que jamás iba a olvidar aquella ciudad, ni el mundo olvidaría que él la había descubierto después de cuatrocientos años de permanecer oculta entre la maleza!

Recubierto todo, personas y cargamento, con telas y lonas para amortiguar el efecto de la lluvia, decidieron iniciar el descenso. Era peligroso, muy peligroso, sin duda, pero el agua del cielo, según decían los nativos, no iba a cesar en varios días, y cada hora de espera agudizaría el problema. Había que descender cuanto antes y alcanzar el sendero de la orilla del río. Por otro lado, el Urubamba empezaba a aumentar su caudal y podría impedirles el paso a la altura del puente. No había otro remedio.

No debían aumentar el riesgo personal ni arriesgar tan preciada carga. Se habían traído diez mulas más esta vez para no tener que volver a subir y la larga caravana de hombres y animales comenzó a seguir el sendero serpenteante entre el barro y las rocas.

Era preferible pisar fuera del sendero, en las rocas o sobre las ramas, que en el barro resbaladizo. Abrigados con mantas y sombreros, solo veían un metro por delante de sí, preocupados en no caer y pisar de modo seguro. Aquello se estaba poniendo muy mal. El guía, un hombrecillo de cara arrugada y entrado en años en quien todos los indígenas confiaban, se detuvo. Levantó la pata delantera de su mula y con tiento limpió el barro de la pezuña. El animal llevaba tantos años con él que se dejó hacer tranquilamente. Confió la rienda al segundo y se dirigió a Bingham. Apenas hablaba español, porque toda su vida había vivido en su casita de la sierra, pero todos entendieron, más por la expresión de su rostro que por las palabras, que el camino estaba muy difícil y que sería un milagro si lograban bajar sin sufrir un accidente.

Las mulas resbalaban a cada paso varios centímetros y aquella todavía era la parte suave del descenso. Estaba por llegar la más pronunciada. Bingham contrajo sus mandíbulas y, abriendo los brazos, pidió una solución. El hombrecillo pensó unos segundos. A continuación se dirigió a una de las mulas y extrajo unos largos cordajes que llevaba consigo. Bingham entendió la idea y comenzaron a atar a los animales unos a otros. Si uno resbalaba, el resto contendría la caída. A continuación repitió la operación con las personas. Todos la realizaron con la mayor brevedad para continuar la marcha cuanto antes.

Por la mente de Bingham pasó de nuevo el recuerdo del ascenso embarrado y dificultoso de la primera vez, una mañana como aquella. En esta ocasión, el descenso era todavía peor. La marcha continuó muy despacio. El viejo guía se colocó delante de su animal de carga y la conducía con su cuerpo haciéndole pisar por el terreno más seguro, teniendo sumo cuidado, además, de no verse arrastrado por un inesperado resbalón. El resto de los muleros le imitó. Comenzaban a empaparse, y las botas, llenas de barro, ya no ofrecían una mínima seguridad. Kate levantó la vista y contempló unos metros más abajo que se acercaban al tramo más pronunciado. Respiró hondo tratando de controlar las pulsaciones que se aceleraban por momentos. Y fue en ese instante cuando uno de los muleros resbaló y cayó al suelo con un pequeño grito de susto. Su mula, asida por las riendas, también se balanceó coceando y el hombre que le seguía también rodó por el suelo arrastrado por la soga a la que estaba amarrado. La confusión fue mayúscula. Hombres y animales descendían por el barro entre caídas y gritos. Los animales trataban de mantenerse en pie con sus cuartos traseros y los hombres se agarraban a los matojos para no seguir cayendo pendiente abajo. Pedro César cogió con una mano el brazo de Kate cuando la soga se tensó por delante de ellos, mientras inclinaba su cuerpo y con la otra mano se sujetaba a una rama tratando de clavar la suela de sus botas al suelo. Pasó rápidamente la soga alrededor de una roca para impedir ser arrastrados. La soga se tensó, pero al quedar amarrada en la roca evitó la caída.

El panorama, más abajo, era desolador. Los muleros revueltos con sus animales por la pendiente embarrada trataban de agarrarse como podían. Uno de ellos seguía resbalando ladera abajo. No había atado bien la soga alrededor de su cuerpo y esta se había salido de su cintura. El barro impedía que pudiese parar y daba tumbos y giros como una piedra en una avalancha, hasta que, unos metros más abajo, se fue a estrellar de cabeza contra una enorme roca puntiaguda. El brutal golpe le hizo perder el conocimiento. El cuerpo entero, como si de un muñeco se tratase, bajaba cuesta abajo sin control. Kate gritó por lo que se preveía como un desenlace fatal. Los que habían conseguido aguantar de un modo u otro, miraron a Kate. Hiram ordenó que todos se sujetasen antes de ir a socorrer al mulero.

Cuando todo pareció detenerse, Bingham lo examinó detenidamente tratando de evaluar los desperfectos. La imagen era dantesca bajo aquella cortina de agua y barro. La carga de dos de las mulas estaba desperdigada en varias decenas de metros. Otras dos mulas parecían haber desestabilizado la suya. Algunos hombres permanecían en el suelo envueltos en el barro y sus caras eran difícilmente reconocibles. Varios de ellos, incluso, tenían sangre en las manos y la cara y las ropas desgarradas. Pidió a Bradis que le sujetase la soga mientras él mismo bajaba a recuperar el cuerpo de su compañero. En tanto, el resto intentaba tranquilizar a los animales y asegurarse de nuevo. Hiram trató de comprobar si respiraba, pero no lograba percibir movimiento alguno en aquel hombre. Insistió en encontrarle el pulso. Fue entonces cuando un sentimiento de desaliento le invadió, provocándole un fuerte nudo en el estómago. Permaneció unos segundos en silencio mirando el cuerpo sin vida del infortunado y llamó a uno de los muleros para que se acercase a ayudarle.

—Era la segunda expedición del chico —le dijo el guía veterano—. Su familia lo va a sentir mucho.

—Lo sé —respondió Hiram levantando la cabeza con su sombrero de ala ancha que chorreaba el agua por delante de su cara—. Envolvedlo con una lona y sujetadlo en una mula. Hemos de continuar.

Miró hacia abajo. Apenas habían superado la mitad del descenso y la lluvia no cesaba. Con un «¡Cargad esos bultos de nuevo!» se manifestó como el líder resuelto que un grupo en apuros necesita para recomponer su orden. Los indígenas, mucho peor calzados que los americanos, limpiaron sus suelas en la vegetación para eliminar en todo lo posible el barro que se les había acumulado. Colocaron la carga en su sitio, sujetaron la del resto de los animales y reemprendieron el descenso. Kate levantó la vista al cielo y este le devolvió fuertes gotas de lluvia que empaparon su rostro.

Sin duda, este era uno de los momentos más difíciles desde que habían llegado a Perú. Las nubes no ofrecían ni un resquicio azul. Se encomendó a su padre. No había llegado hasta allí para que todo acabase de modo fatídico. Quiso convencerse de que al acabar la mañana se encontrarían junto al río, si no seguros, al menos en mejor situación. Sintió el brazo de Pedro César.

—Vamos Kate. Sujétese fuerte a mí. Debemos continuar.

El guía ralentizó todavía más el descenso. Cada paso suponía acercar el pie al suelo y asegurarlo aferrándose en alguna piedra que lo sostuviese. Aquello resultaba penoso, y además comenzaban a sentir el efecto del frío, pero no podían detenerse. Kate cayó sentada en el suelo y sintió ganas de decir «dejadme aquí que ya bajaré», pero Pedro César volvió a tomarla del brazo y mirándola con una sonrisa le ayudó a erguirse. Ella suspiró. No tenía ganas de sonreír, aunque hizo un esfuerzo para no ser descortés. Bingham volvió la mirada, se percató del sufrimiento de la muchacha y esbozó una pequeña sonrisa. Eso sí era poner a prueba a una joven de ciudad, y por Dios que no estaba saliendo mal parada. Tenía agallas.

Solo se oía el relincho de las mulas y alguna orden en quechua de sus amos sujetándolas o arreándolas, según el caso. Y por fin, la pendiente se atenuó. Lo peor había pasado. Bingham ordenó detenerse y reponer fuerzas. Habían sido cerca de cuatro horas de duro descenso y había que comer y beber. Y secarse en la medida de lo posible.

Al fondo observaban ya el río Urubamba. Habían salvado quinientos cincuenta metros de desnivel respecto de la ciudad que dejaban oculta entre las nubes y la niebla. El mito de la ciudad perdida quedaba atrás. Había sucumbido ante el gran explorador Hiram Bingham. Aunque se ocultase, su camino estaba trazado y su aspecto desvelado, aunque aún no muchos de sus secretos. Hiram, sentado en una piedra tapado hasta los ojos con una gruesa manta, seguía pensando en ello. ¿Será efectivamente una ciudad de templos con mujeres vírgenes? ¿Por qué dejó de ser habitada? ¿Quién ordenó construirla y por qué? Cabían tantas suposiciones, pero había llegado el momento de celebrar un gran triunfo. Las respuestas irían llegando, sin duda. Se levantó, se desprendió de su manta y volvió a ordenar la marcha.

La lluvia, tal y como habían predicho los nativos, no cesaba. Tras cinco horas más de marcha, se acercaban al puente del río. Ya no iban amarrados y el grupo se prolongaba más de doscientos metros. Las fuerzas escaseaban para todos, pero era imprescindible cruzar el río antes de que la crecida los dejase completamente aislados y a merced de la selva. Podría suponer una situación límite. Si conseguían cruzar, podrían montar las tiendas y acampar. Bradis era quien más conocía el terreno, dado que había completado tres viajes y había ido cumpliendo su cometido de fijar el recorrido en el mapa. Bingham miró al grupo. O paraban enseguida o acabaría por agotarlos a todos. La cara de Kate era de absoluto desfallecimiento y Pedro César la aguantaba de pie cada vez que se detenían mínimamente para reagruparse. Si consentía que cayese, probablemente ya no podría levantarla. Bradis miró a Hiram. «Solo un poco más, Hiram». El viejo guía, fuerte como una roca, silencioso, inexpresivo, miró al líder. Hiram solo bajó la cabeza y el viejo se volvió y reanudó la marcha.

Se aproximaban al puente. Pedro César se detuvo. Kate se quedó mirando. Estaban cerca del descanso final del día y ahora era el joven peruano quien se detenía.

—Lo siento. Algo se me ha metido en la bota. Espera que me la suelte.

El paso del puente sería lento y tendrían tiempo para descansar. Solo había que cruzarlo. Bradis había dicho que a trescientos metros más allá había una explanada ideal para la acampada. No había pérdida. Kate cayó desplomada al suelo mientras esperaba que su amigo extrajese lo que había causado que se detuviese. Pedro César vio a lo lejos cómo las mulas comenzaban a cruzar. Bradis permanecía en la entrada del puente supervisando el paso. Pedro César miró a Kate. Permanecía tumbada boca arriba y con el brazo cubriendo su cara y resguardándola de la lluvia. Decidió esperar un poco más. Anudó los cordones de sus botas, se ajustó el cinturón y sentado con los brazos por delante de las rodillas esperó a que todos hubieran cruzado. Cuando volvió a dirigir la mirada al puente, ya no vio a nadie y sacudió suavemente a Kate. Era el momento de partir y terminar el sufrido trayecto del día. Kate despertó remoloneando, abrió los ojos y, reconociendo la situación, trató de incorporarse, pero estaba demasiado cansada; le dolía hasta el último músculo del cuerpo y apenas sentía los pies. Pedro César una vez más la ayudó a incorporarse.

—Vamos. Hay que cruzar.

No se atrevía a cogerla por la cintura, pero sí a sostenerla por el brazo, y ambos se fueron acercando al puente. A medida que lo hacían oían el estrépito del agua chocando contra las rocas. El río no tenía el el mismo aspecto que cuando lo cruzaron hacía más de un mes. Observaron que los cordajes habían sido reforzados y algunos troncos atravesados por tablas clavadas horizontalmente. Sin duda, Bradis había intervenido para dejar el acceso en perfectas condiciones. Empezaron a cruzarlo muy despacio. Las mulas habían dejado restos de barro en las tablas y el suelo estaba resbaladizo. Ambos caminaban asidos a la cuerda del puente con la mano exterior y sujetándose con la interior mutuamente.

Apenas quedaban un par de metros cuando Pedro César resbaló. Su pie derecho se fue desplazando irremisiblemente hacia el exterior del puente y ni tan siquiera fue capaz de mantener el cuerpo dentro de él. Se había soltado de Kate y esta dio un grito al sentir que su amigo se escurría por debajo de la cuerda directo hacia el caudaloso río. Agarrado con una mano a un saliente de madera, el resto del cuerpo ya estaba engullido por el agua que amenazaba con arrastrarlo. Kate se tumbó sin dudarlo en las tablas y cogió con fuerza el brazo de Pedro César. Pensó que era el peor momento para que ocurriera aquello. Estaba demasiado cansada, pero debía sacar fuerzas de flaqueza y resistir. Pedro César soltó con la otra mano su cinturón y, pugnando con el agua, se lo dio a Kate para que esta lo pasara por entre las grietas de las tablas; pero ella no entendía qué pretendía mostrándole aquel cinturón y seguía aferrada al brazo como si fuese lo único que le interesara. «¡Átalo!», le oyó decir por dos veces, y lo arrojó con fuerza con la mano libre. Esta vez sí lo entendió y pasó el cinturón por detrás de la viga perpendicular que servía de soporte a las tablas horizontales. Escuchó un «¡Ciérralo!» contundente. Anudó rápidamente la hebilla del cinturón y, entendiendo la idea, lo pasó entre el brazo extendido de Pedro César y su cabeza. Ahora estaba todo el cuerpo sujeto por el cinturón, pero la corriente del agua seguía siendo demasiado fuerte para que el joven pudiese elevarse por sí mismo hasta alcanzar la plataforma. Kate seguía aferrada al brazo y daba gritos de socorro en un intento desesperado de que alguien acudiese en su ayuda. Transcurrieron larguísimos minutos. Trataba de levantarlo hacia el puente, pero sus fuerzas eran insuficientes. Por fin, dos muleros se acercaron corriendo. Habían oído los gritos. Entre ambos alzaron a Pedro César. Kate cayó desfallecida en las tarimas y se desmayó.

Cuando despertó, había amanecido y todo el campamento estaba en pie. Habían transcurrido más de doce horas. Sintió hambre. Pero cuando se echó la mano al estómago comprobó que estaba desnuda. Apenas la prenda inferior de la ropa interior. Se asustó un poco y, al levantar los ojos, vio toda su ropa tendida en una cuerda. Pero en la expedición del último regreso solo había hombres y se ruborizó de pensar que uno de ellos le habría quitado sus ropas. Pero ¿quién habría sido? Probablemente Hiram...o Pedro César, y aún se ruborizó mucho más pensando en cualquiera de ellos dos. No cabía duda de que lo habían hecho por su bien, para preservarla de una ineludible pulmonía. Escuchó. Seguía lloviendo, aunque parecía que más ligeramente. Se levantó y comenzó a vestirse. Sus ropas estaban ligeramente húmedas todavía, pero no era cuestión de buscar la mula en la que se encontraba el resto, y probablemente todo estaría empapado. ¿Cómo estaría Pedro César? Se asomó al exterior entreabriendo la lona de la tienda. Los muleros terminaban de cargar todo de nuevo y preparaban la partida. En un cobertizo hecho con cuatro estacas y una lona superior humeaba un fuego que había servido para calentar el desayuno y que durante la noche habría cobijado a las bestias, tan cansadas y mojadas como todos ellos. Fue Pedro César quien dirigió la mirada hacia la tienda y la vio en la entrada. Se dirigió corriendo para cobijarse de la lluvia.

—¿Has descansado?

—Sí, mucho. La verdad es que estaba absolutamente agotada.

—Hiram ha dispuesto la salida para las diez de la mañana. No se puede esperar más. No sé cómo agradecerte que me salvaras ayer la vida.

—Yo no te salvé la vida. Fueron los muleros.

—Ellos dicen que fuiste tú y tu valor aguantándome durante tanto tiempo del brazo. Sin tu ayuda hubiera sido arrastrado por el agua.

—Si ya no tenía fuerzas ni para tenerme en pie...

—Gracias, Kate.

Lo dijo mirándola fijamente a los ojos. Era una mirada delicada y respetuosa. Entre ellos se había formado un vínculo de amistad, de verdadera amistad.

Ambos salieron de la tienda corriendo y se dirigieron al cobertizo en busca de alimento. Debían desayunar de modo copioso para aguantar otra dura jornada de caminata bajo la lluvia. Esta vez casi todo el recorrido sería de jungla, menos peligroso en cuanto a las caídas, pero mucho más a causa de los animales salvajes, ramas y fosas de barro. Todos lo sabían, pero, otra vez, Bingham fue contundente: había que salir de allí a toda prisa. En las ruinas de Ollantaitambo podrían establecer el campamento esa noche si todo salía según lo previsto. Allí podrían permanecer a cobijo durante varios días si hacía falta a la espera de que cesara la lluvia. No tardaron en dar la orden de terminar de desmontar las últimas tiendas y empaquetarlas y cargarlas en las mulas. De nuevo la caravana se puso en marcha por el sendero de la selva. Esta vez dos de los muleros caminaban por delante con sus machetes y en ocasiones debían quitar las ramas que sobresalían y cruzaban el sendero. Así fueron avanzando durante todo el día. A diferencia de la primera jornada, descansaron para comer montando el cobertizo de lona. Tuvieron tiempo para cambiarse de ropa y cocinar comida caliente. El agotamiento era extensible a todos los miembros del grupo, pero particularmente a los pocos que habían permanecido en Machu Picchu y no habían dormido en cama desde hacía más de un mes. La complexión robusta de Hiram le permitía soportar grandes esfuerzos, pero también él había perdido varios kilos de peso y la delgadez de su cara manifestaba el cansancio de la expedición. Kate disimulaba con su sonrisa su estado físico, dado que su ánimo había cobrado un nuevo impulso e interiormente bullía una esperanza que aumentaba cada día y en cada conversación con el joven peruano. Los enigmas empezaban a encontrar un modo de solución. Las preguntas, un camino hacia la respuesta; eso la mantenía firme. Divisaron las ruinas al atardecer. La lluvia cesaría pronto, se había acabado el sufrimiento de caminar empapados.

5
Cuzco

Cuando la señora Esther Matto descorrió las cortinas de la habitación de Kate eran casi las diez de la mañana. La joven tardó en abrir los ojos y tomar conciencia de dónde se encontraba. Tantos días en la montaña la hicieron extrañar aquella habitación lujosa que tenía ante sus ojos y que apenas recordaba de la noche anterior. La señora Matto era consciente del cansancio y la necesidad de dormir de la joven, pero el aspecto famélico con que la había visto llegar le hacía priorizar la comida al sueño. Todo fueron agasajos y carantoñas a los que se sumaban alabanzas por su valentía y reproches por aquella expedición a todas luces evitable e innecesaria para una mujer. Mientras la ayudaba a levantarse y preparaba ropas elegidas de su propio armario, iba mezclando lo uno con lo otro sin parar. Kate no respondía o lo hacía con monosílabos. Tenía una bañera de bronce preparada con agua caliente y jabón y ella misma iba a ayudarle a quitarse el polvo pegado al cuerpo. Aquello no era para una mujer y mucho menos para una joven de buena familia. Kate sonreía interiormente. Visto de modo retrospectivo, era lo mejor que le había sucedido en toda su vida, y presentía que todavía quedaban grandes cosas por llegar, aunque no era capaz de imaginar cuáles. Recordó que Pedro César le conminó a esperar a llegar a Cuzco para hablar con «ciertas personas» y que había una organización de defensores del pueblo inca, aunque no entendía muy bien el alcance que aquello podía tener ni cómo podía afectarla a ella.

Las emociones vividas se agolpaban en su mente y la devolvían a la ciudad en ruinas, a la selva, al río Urubamba, incluso a los sueños de esa misma noche. Era una amalgama no solo de pensamientos sino también de sentimientos lo que afloraba a su mente en tanto se relajaba en aquella bañera que era como el paraíso y las palabras de la señora Matto sonaban monótonas y casi ininteligibles a lo lejos. Su mundo seguía siendo Machu Picchu. Era difícil regresar del todo de aquella fascinante ciudad.

Todo fueron felicitaciones por el éxito de la expedición durante todo el día. Hiram se ocupó personalmente de revisar todos los hallazgos depositados en un almacén propiedad de la universidad. Su principal preocupación había sido que las momias no se hubiesen empapado con la lluvia, pero los muleros había realizado perfectamente su trabajo cubriendo con lonas las mulas que llevaban tan preciados descubrimientos. Ahora había que preparar todo para trasladarlo primero en tren y después en barco hasta Nueva York primero y a la Universidad Yale después. Un largo viaje, sin duda, que requería la máxima atención. Los economistas dicen que una transacción no se termina cuando se vende sino cuando se cobra. Un expedicionario no termina cuando ha descubierto importantes tesoros, sino cuando los deposita en un museo después de catalogarlos y estudiarlos debidamente.

Hiram, al poco de llegar, ya improvisaba conferencias con su amigo Albert, quien no dejaba de preguntar y solicitar toda clase de detalles. El rector era un hombre ávido de conocimientos, abierto a nuevas ideas, promotor de descubrimientos y un antropólogo destacado. Hiram, por su parte, un expedicionario inquieto y lleno de experiencias. Ambos formaban una pareja que entusiasmaba al auditorio más selecto. Albert ya estaba pensando en su universidad y en sus jóvenes estudiantes. Aquello había que aprovecharlo antes de la partida del grupo a Estados Unidos que se produciría en un par de semanas. Había reservado los billetes del tren para toda la expedición, se ocuparía de facturar todo, pero antes había que celebrarlo, y esa iba a ser una gran noche de fiesta. Además, en unos días comenzaban los campeonatos deportivos en la universidad y él participaba junto con sus alumnos. Albert era así, y eso era precisamente lo que tenía maravillado a todo el alumnado. De la crítica inicial por su nombramiento, por ser yanqui, se había pasado a una poderosa admiración por el hombre que relanzaba el sistema de estudios y al pueblo peruano en tan solo tres años.

En el salón del palacio, ocupado por el rector y su familia, bullían los invitados a la fiesta. Las mesas, colocadas en el centro, rebosaban de toda clase de viandas. La señora Matto volvía a hacer gala de su delicadeza protocolaria agasajando a los asistentes con platos típicos del país. Albert también había querido estudiar la gastronomía, pero se encontró con que la procedencia de los platos era una amalgama que mezclaba las recetas originales de los incas, con las españolas, que a la vez aportaban la influencia morisca, la posterior de los esclavos subsaharianos y las más recientes de finales del siglo XIX francesa o italiana. En definitiva, la señora Esther no lo había tenido fácil para encontrar cocineros que preparasen una buena pachamanca, compuesta de carnes de vaca, cerdo, pollo y cuy maceradas con especias y aderezada con papas, camote y yuca. Su elaboración había requerido una cuidadosa cocción al calor de piedras precalentadas. El cebiche con sus carnes marinadas con aliños cítricos, los ricos pescados, mariscos. Tampoco fue fácil encontrarlos frescos, pero Albert pagó de su bolsillo a los transportistas desde la lonja. Arroz cocinado al estilo peruano, influencia de los emigrantes chinos, pequeños platitos de ají, camote, papas y toda clase de frutas, como chirimoyas y lúcumas, de intenso sabor y aroma. Nunca desmerece una fiesta ofrecida por el matrimonio Giesecke. Y no puede faltar el aguardiente que ya probaron los expedicionarios la primera vez que cenaron en la casa, el pisco.

Mientras Albert saboreaba uno de aquellos cigarros habanos, regalo de Hiram, se paseaba erguido y orgulloso con las manos en los bolsillos. Subió al primer peldaño de la enorme escalera. Uno de los invitados, al ver que el rector se disponía a hablar, llamó al silencio con la campanilla destinada al servicio. Los invitados se acercaron expectantes El rector, sonriente, feliz, después de expulsar el humo de su habano, comenzó a dar las gracias a cada uno de los expedicionarios por el éxito de la misión en la que la universidad y él personalmente habían colaborado, tanto económicamente como con influencias en la gestión. Agradeció al presidente Augusto Leguía su colaboración sobre todo a nivel burocrático. Giesecke había aceptado el rectorado de la universidad luchando contra sus detractores. Ahora el presidente le ayudaba con las gestiones para excavar en Machu Picchu y poder trasladar los restos a Estados Unidos con el fin de estudiarlos con los medios adecuados y ser catalogados.

El interés educativo era el denominador común del presidente y el rector. El pueblo peruano lo percibía, pero Pedro César hizo una mueca de desaprobación al llegar a este punto. No estaba de acuerdo en absoluto con que el patrimonio saliese del país. Kate miró al joven peruano y le dolió ver cómo bajaba la cabeza y realizaba un ligero gesto de negación. Las intenciones del rector parecían buenas, pero aquello era un grave error. El entusiasmo del rector provocado por los aplausos cerrados de los asistentes, le hizo lanzarse a anunciar nuevos proyectos que tenía pensados para la universidad. Dirigió la mirada a Kate, alabó su coraje y determinación y la erigió en adalid de las mujeres y premonición de que el sexo femenino iba a hacerse con un sitio en la sociedad. Por ello, había decidido impulsar la enseñanza femenina en su universidad. Aquello arrancó nuevos aplausos de los asistentes. Levantó la mano de nuevo y, cuando se hizo el silencio, siguió con nuevas reformas educativas, convencido de que sus propuestas serían aceptadas de buen grado por el presidente de la nación, el señor Leguía, a quien tenía de su parte. Por fin, adelantó el programa de actividades de la universidad para esa misma tarde. Él mismo correría con los alumnos en las competiciones deportivas, lo que fue acogido con una algarada de gritos y aplausos. Albert Giesecke no era un rector corriente y estaba revolucionando no solo la universidad de Cuzco sino también gran parte del sistema educativo peruano. Aquello agradaba a los cuzqueños, que veían renacer de algún modo la grandeza de sus antepasados perdida hace mucho tiempo. Quizás los extranjeros habían decidido devolver mínimamente algo de lo robado tan ampliamente durante siglos.

Pedro César seguía serio y cabizbajo. Kate se le acercó y le preguntó qué le pasaba. El joven volvió a negar con al cabeza una vez más. No era ese el camino que él había aprendido de sus maestros. Las intenciones eran buenas, pero veía en el rector una persona joven, impulsiva y que trabajaba de modo individualista, a impulsos de sus emociones. No había una planificación general, no estimulaba el trabajo de los propios peruanos y no dejaba en ningún caso margen a que ellos mismos gestionaran los estudios. ¿Por qué habían de trasladar todos los objetos arqueológicos, cientos de muestras recogidas en Machu Picchu, hasta Estados Unidos? La Facultad de Historia y Arqueología recientemente creada necesitaba de la confianza del rector allí mismo y esto justamente lo que mostraba era lo contrario. ¿Por qué no se creaba una facultad de filología donde se aprendiese el quechua a nivel de licenciados para propagarlo por la nación. Eran demasiados detalles que confundían al joven y a sus maestros. Definitivamente, el rector era una gran persona, pero los peruanos necesitaban tener voz y voto en la gestión o un nuevo colonialismo acabaría con las ilusiones poco cimentadas de Giesecke. No es suficiente con la buena voluntad.

Cuando llegó el momento de la competición, todos los que participaban en el proyecto acudieron, excepto el grupo de Bingham, que seguía con los preparativos para el viaje, y su primo, que continuaba en Lima según había comunicado por telégrafo.

La pista de carreras se había marcado en la zona exterior del Campus Universitario. Se trataba de un largo sendero que lo rodeaba, en el que se había puesto una cuerda, de cerca de un kilómetro y en el que habían añadido algunos obstáculos con troncos elevados a un metro de altura. En total había que dar tres vueltas a aquel recorrido. El mismo rector se había encargado de solicitar las últimas botas de carrera con cuero de la mejor calidad que había repartido entre los voluntarios, jóvenes estudiantes entrenados durante el curso.

Cuando Albert Giesecke apareció en la línea de salida con sus largos calzones blancos y su camiseta de algodón, el público estalló en aplausos. El rector respondió elevando la mano, pero rápidamente se la tendió caballerosamente a los cinco rivales que competirían con él en aquella prueba. Tenía la experiencia de haber corrido en Estados Unidos como punto a su favor para compensar la juventud y el mayor número de horas de entrenamiento de sus rivales.

Albert se colocó en la línea de salida con un estilo impecable, las piernas flexionadas, adelantada la izquierda para abatirla con la derecha en cuanto se indicase la salida, la posición de los brazos invertida y la cabeza ligeramente agachada. Se veían sus músculos en tensión. Observó a sus rivales colocados a su derecha y miró hacia el profesor que delante de ellos mantenía el pañuelo elevado. En el momento en que soltó el pañuelo de su mano los seis corredores partieron veloces. Albert salió lo más rápidamente posible, pero, una vez cogida la cuerda, aflojó su paso consciente de lo importante que era mantener un ritmo durante todo el recorrido. Fue adelantado por tres de los muchachos, que también tomaron la cuerda. A los doscientos cincuenta metros se encontraba el primero de los cuatro obstáculos. Albert respiraba profundamente marcando la inspiración y expiración con técnica aprendida. Empezó a marcar los pasos, se abrió para no verse obstaculizado por sus rivales y saltó apoyando su pie en el tronco, tomando impulso en la salida. Había adelantado a dos de los jóvenes, que habían reducido sus zancadas para saltar, pero pronto volvieron a adelantarle. Los allí presentes observaban entusiasmados la dificultad que tenían los corredores para mantenerse en primera posición. Era una carrera muy igualada en la que la victoria iba a estar realmente reñida. El rector se mantuvo tranquilo, sabiendo que cualquier sobreesfuerzo se pagaría al final de la carrera. En el segundo obstáculo volvió a abrirse, pero el más alto de los chicos quiso obtener cierta ventaja y de un codazo apartó al que iba en cabeza, que tropezó con el obstáculo y cayó ante las exclamaciones del público. Ahora Albert se encontraba en segunda posición, pero la primera vuelta se le estaba haciendo muy larga. Redujo su zancada y se vio adelantado de nuevo por otros dos rivales. Habían quedado rezagados el más jovencito y el joven de la caída. El público los ovacionaba intentando animarlos, dándoles fuerzas para seguir. Pasaron por primera vez la línea de meta. El más alto le llevaba quince metros de ventaja. Volvió a recuperar la respiración y a mantener las piernas elevadas como siempre le habían enseñado. Saltó con corrección los obstáculos viendo cómo sus compañeros de carrera perdían potencia en el salto en cada tronco. La distancia no aumentaba, pero el joven caído se recuperaba y le iba adelantando por la derecha. Ya no iba a abrirse en los obstáculos sino a disminuir la distancia por la cuerda. Comenzó a acelerar el ritmo. El impulso del tronco le acercó a los dos corredores más próximos, pero uno de ellos, de complexión muy atlética y fornida, vio la maniobra y también aceleró el paso acercándose al primero. El joven estudiante creyó que el rector le marcaría el ritmo, y en efecto, tras los dos siguientes obstáculos, ambos se aproximaron a dos metros del primero. Albert pensó que aquel chico no merecía ganar por el codazo propinado a su compañero y que debía hacer lo imposible por adelantarle. Se colocó detrás de él. El joven notó la respiración marcada a su espalda y aceleró cuanto pudo, pero aquello le hizo aproximarse al último obstáculo sin marcar los pasos y cuando se produjo el salto Giesecke le adelantó con la batida de sus potentes piernas. El joven salió trastabillado. Ahora solo quedaba el fornido atleta que le acompañaba por la derecha de modo persistente. Los aplausos y los gritos eran ensordecedores y resonaban en los oídos de los participantes, que luchaban por mantener el ritmo. En la recta de meta ambos pugnaban codo con codo. La velocidad del joven se iba imponiendo a la de Giesecke, que, deportivamente, luchó con todas sus fuerzas hasta el final, pero, llegado el momento de entrar en meta, cedió, dado que la victoria de un alumno causaría un mejor efecto que la del rector. Él por su parte había cumplido con su objetivo de dar ejemplo y apoyar una vida sana desde la cabeza de la universidad. El joven fornido levantó los brazos y se volvió rápidamente a dar la mano a su rival, que trataba de recomponer su respiración con los brazos sobre sus muslos.

Los compañeros del joven ganador estaban entusiasmados, y todo el público aclamaba el esfuerzo que habían realizado. El mismo Giesecke quiso entregar el trofeo al ganador, que consistía en una copa de hierro forjado de una barra marcada como hierro puro, *all iron*.

6
El grupo de los Runs Simi

KATE HABÍA QUERIDO presenciar la carrera y Pedro César la había acompañado. Habían disfrutado muchísimo de la competición y la comentaban animadamente mientras se dirigían a la salida.

De pronto se encontraron ante ellos a un anciano de aspecto venerable, serio, de pelo blanco y rasgos claramente peruanos, de frente chata, nariz aguileña y tez morena. Kate se detuvo impresionada. El anciano la miraba de frente y estaba tan cerca que se diría que la estaba esperando.

—Te presento a Pachacútec, nuestro Huíllac Uma —le dijo sonriente Pedro César a Kate mientras esta fruncía el ceño cada vez más extrañada.

El anciano siguió mirándola fijamente a los ojos, aunque ahora trataba de esbozar una sonrisa que parecía un saludo de bienvenida.

—Encantado de conocerla, señorita Chapman. Es un honor hacerlo personalmente.

La voz mostraba serenidad, así como todos sus gestos. Kate solo tuvo que acercar su mano para que el anciano sacerdote la estrechara con suavidad entre las suyas como un padre. Kate sintió el contacto con afecto y la mantuvo así mientras miraba aquellos ojos profundos. Pedro César sonreía seguro del efecto que causaba siempre la primera vez que se estaba frente a Pachacútec. Kate no sabía qué decir y lo primero que se le ocurrió fue alusivo al nombre.

—Pachacútec era un rey inca, ¿verdad?

—Así es —respondió el anciano—, al igual que en otras religiones, el sacerdote elige su nombre el día de ser ordenado. Pachacútec fue mi elección. ¿Desea que demos un paseo?

Reconoció en la invitación una forma amable de continuar aquel inesperado encuentro.

—Me han llegado muy buenas referencias sobre usted —dijo con las manos a la espalda y la cara al frente. Kate miró de soslayo a Pedro César, que la evitó, a la par que su piel se ponía más colorada.

—No sé exactamente a qué se refiere —Kate disimuló, pues deseaba una explicación sobre la presencia de tan ilustre personaje.

—Me refiero, claro está, a su comportamiento durante toda la expedición a la ciudad sagrada de Machu Picchu, a cómo ha trabajado y cómo ha aprendido con interés de nuestro pueblo, al respeto que ha manifestado en todo momento por nuestra cultura y nuestras costumbres, además de haber superado la prueba de iniciación de nuestra orden.

—La verdad, no sé de qué prueba me está usted hablando.

—Usted mostró una gran valentía al salvar la vida a Pedro César en aquel río, según tengo entendido.

—Yo... solo lo sostuve para que no lo arrastrase la corriente —añadió mientras miraba a Pedro César, que seguía sin intervenir.

Kate se daba perfecta cuenta de que había informado meticulosamente de todo cuanto había ocurrido aquellos días en el viaje y durante la estancia en la ciudad perdida. La actitud silenciosa de Pedro César obedecía seguramente al respeto y a que quería que aceptase su versión como válida a pesar de que ella percibiese la información como un tanto exagerada, pues, en el fondo, lo había hecho con buena intención y para simplificar lo que había de venir después. Kate recordaba perfectamente las palabras del joven con las que le anunció que al llegar a Cuzco le enseñaría mucho más.

—Pedro César ya le ha explicado lo más importante, no obstante, me gustaría que nos viésemos de modo más tranquilo —añadió el sacerdote—, pero una invitación de ese tipo a una joven dama solo puede hacerse de modo personal. Además, estaba ansioso por conocerla.

La cortesía del anciano invitaba al respeto y el silencio, pero Kate ya estaba pensando en todas las explicaciones que iba a solicitar a Pedro César en cuanto se quedaran solos.

—Su padre no se equivocaba cuando hablaba de las cualidades de su hija. Siempre hablaba desde el amor. Su pasión por su profesión no eludía jamás algún comentario sobre su niña pequeña. Echaremos en falta no solo su colaboración sino sus consejos, sus palabras amigas... y un maravilloso enlace en una de las mejores universidades americanas.

Kate repasó mentalmente cada uno de los agradecimientos. Como solía decir su abuela, las personas inteligentes no dan puntada sin hilo, lo que en aquella ocasión significaba que cada palabra estaba meticulosamente preparada para causar su efecto. Su padre era un enlace en la universidad. Todos los restos de Machu Picchu iban a tener como destinatario el museo Peabody de la Universidad de Yale. Iba a ser más que necesario mantener un enlace en la universidad, alguien de confianza que supervisara todo y que en su momento hiciese cumplir el trato de hacerlo regresar a su legítimo dueño. Su cerebro trabajaba a la velocidad de vértigo, dándose cuenta de que, mientras ella seguía tratando de esclarecer el asesinato de su padre, en Perú el objetivo ya era ella misma. No le causaba dolor, pero sí veía claro que tenía que aprovechar aquella situación para cerrar primero el capítulo que le había llevado hasta allí. Y lo iba a intentar inmediatamente.

—Me encantaría poder ayudarles —dijo del modo tan directo que en ella era habitual—. La arqueología es mi vida y tengo intención de realizar los estudios que se me permitan para especializarme. Ojalá pueda ser digna de sus expectativas. Pero primero tengo que solucionar aquello para lo que vine. ¿Ustedes saben quiénes y por qué asesinaron a mi padre?

—Mira, mi niña —Su tono era tan cariñoso que Kate pensó que sería una expresión habitual en él—. Todavía hay muchas cosas que desconoces. El sol tiene muchos rayos de luz, pero los obstáculos con que tropiezan dan sombra y oscuridad en algunos lugares. Si subimos a la montaña, hay más luz, si salimos del bosque, hay más luz. A veces nosotros mismos y nuestras obsesiones somos el principal obstáculo y es necesario elevarse espiritualmente sobre uno mismo para ver con nitidez.

Aquel hombre era un místico, pero no era tan difícil entender el significado de sus palabras.

—¿Y usted me va ayudar en esa tarea de iluminación de la verdad?

Sorprendió a Pachacútec la rapidez con que aquella joven se involucraba en los mismos términos de su conversación. Podría ser una buena alumna. Su gesto de cabeza hizo sonreír a Pedro César, quien seguía con interés cuanto se hablaba. Pachacútec se había dado perfecta cuenta de la validez de la joven norteamericana.

—Le mostraré algunas maravillas reservadas a unos pocos si su compromiso es firme. Puede que eso le ayude en su camino, pero no le prometo que halle toda la verdad. Usted tendrá que revisar su vida y la de su padre, y será quien tenga todos los nudos a su disposición para leer el mensaje.

Era evidente que la metáfora se refería a la forma de escribir los mensajes de los incas a través de los quipus.

—No hay mucho tiempo. Mañana al salir el sol acompañarás a Pedro César donde él te indique.

El joven peruano retuvo suavemente con la mano a Kate, indicando que la conversación había terminado y que el anciano sacerdote se retiraba. Era como ver alejarse un fantasma perdiéndose entre la gente bulliciosa sin hacer el menor ruido. Pedro César bajó la cabeza. Sabía lo que se le venía encima.

—Bien —empezó Kate con ironía, aparentando tranquilidad—, así que tenía un espía a mi lado. ¡Ya puedes empezar a contarme todo lo que has dicho sobre mí y qué es todo eso de la prueba! Pero ¿es que nadie va a decirme la verdad en todo este maldito viaje?

—Pensaba explicártelo todo a su debido tiempo.

—¿Y cuándo se supone que es el debido tiempo? Estoy harta de que ¡todo el mundo! me trate como a una niña indefensa.

Pedro César no la dejó terminar.

—Yo no te trato como a una niña y menos indefensa. No seas injusta conmigo. He hecho lo que me han mandado y mucho más. Te he contado cosas que no debía porque me diste la confianza necesaria, pero mi orden sobrevive gracias a la discreción y al anonimato. No me atosigues tú ahora.

Kate pensó un poco mientras respiraba con fuerza para serenarse.

—Está bien. Qué prueba es esa que se supone que yo he pasado sin enterarme.

—Bien. En primer lugar yo debía acercarme discretamente y saber si eras de fiar, como ya te dije en su día. Si estaba conforme, debía explicarte lo más básico y demostrar nuestras buenas intenciones, como también hice. Por último, debía poner a prueba tus valores personales y tu demostración de generosidad, incluso arriesgando tu propia vida. ¿Recuerdas la serpiente que me atacó? Fue la primera idea que tuve, pero salió mal. Era pedirle demasiado.

—¿Quieres decir que la serpiente no era venenosa y que no corrías peligro?

—Es una serpiente de mordedura mortal, la más peligrosa, pero en el seminario nos enseñan a extraer el veneno para utilizarlo como medicina. Antiguas recetas incas. La serpiente no tenía veneno en aquel momento, pero apareció Hiram. Así que se me ocurrió que en la siguiente ocasión estaríamos los dos solos y no habría posibilidad de intromisión. Solos tú y yo.

—No me digas que lo del río...

—Estaba todo preparado. Mis amigos porteadores habían elegido el lugar del río. Nunca corrí peligro, y en caso de haberlo, ellos estaban cerca preparados con cuerdas. Lo importante es que tú arriesgaste tu vida por mí. Era más que suficiente.

—Para poder poner en tu informe a Pachacútec que yo te había salvado.

—Tú creíste que corría realmente peligro y, agotada como estabas, no dudaste en mantenerte firme junto a mí.

Tras unos segundos, Kate levantó la mirada hacia Pedro César.

—Estoy confundida. De repente, nada es lo que parece desde hace seis meses en mi vida. Voy descubriendo verdades y mentiras y todas vienen juntas. No sé distinguir los secretos de las evidencias que tengo delante. Todo es confuso. Pienso que estoy en una niebla, como cuando estábamos en la cima de la ciudad perdida y, sin embargo, nunca me he sentido tan a gusto, como en aquella niebla real. Esa otra que encuentro entre mis iguales me desalienta y me tiene totalmente desorientada.

—Piensa en lo que te ha dicho el maestro. Probablemente la respuesta está dentro de ti, la encontrarás mucho mejor si te tranquilizas. Piensa y busca en tu interior. Lo que te vamos a mostrar puede impresionarte, pero lo mismo le ocurriría a cualquier turista. Para que encuentres lo que estás buscando, prepara tu espíritu. Si tu ánimo está dispuesto, es posible que la niebla que nubla tus ojos se disipe.

—No sé si quiero más sorpresas. Quiero algo tan simple como la verdad.

—Nosotros no sabemos lo que le ocurrió a tu padre, aunque, si mostramos todas las cartas de nuestra baraja, a lo mejor las puedes comparar con la jugada de aquellas personas de tu ciudad, de aquella universidad, y descubres lo que llevó a esa o esas personas a hacer lo que hicieron. Esa es nuestra intención. Queremos ayudarte sobre todo y ante todo. Ya habrá tiempo de unir nuestros objetivos si Dios ha dispuesto que sean los mismos.

—¿Dios? ¿Qué Dios?

—¿Acaso eso importa? Llamarlo Inti o Jesús o de otras mil maneras. Dios es el Universo que existe y todo lo creado. Todo lo que existe es Dios y es la suprema bondad. Eso es lo que creemos.

—Yo no sé en lo que creo.

—Empieza por creer en ti misma. A fin de cuentas, somos parte de Dios en la tierra, creados a su imagen y semejanza.

7
La prueba

EL DÍA AMANECIÓ nublado como correspondía al comienzo del periodo otoñal. No amenazaba lluvia, aunque Kate lo temió acordándose de los días precedentes. Había comunicado a la señora Giesecke su proyecto de salir de excursión con Pedro César, que iba a enseñarle una serie de ruinas incas de gran interés, empezando por el palacio de Coricancha, el gran palacio de oro, según su propio nombre indica. No le hizo mucha gracia a Esther, que se ofreció incluso a acompañarla. Pero Kate la tranquilizó con las buenas intenciones de Pedro César. Esther llegó a pensar incluso que podía haberse establecido un vínculo entre los dos jóvenes, aunque la razón principal por la que accedió finalmente fue su otro vínculo con los peruanos y la raza de Pedro César, su pueblo amado, cuya cultura parecía ser el objetivo de tal excursión de varios días. Incluso tuvo que ser ella misma quien la justificase ante el rector cuando preguntó por ella.

—¿Y los has dejado irse solos?

Hiram intervino tranquilizando a su amigo. Kate sabía cuidarse perfectamente sola, como había dejado claro el último mes y medio. Aunque le sorprendió ese interés. Creía que ya habría tenido suficiente aventura y sonrió al darse cuenta de que el espíritu aventurero de la joven, como el suyo, parecía no tener límites. Después de Machu Picchu era evidente que cualquier otra ciudad inca no causaría gran sensación a Kate. Había visto la ciudad inca más importante y sin duda la mejor conservada, pero se hacía necesario llegar a Sacsayhuamán para entender algo más de su pueblo. Estaba solo a dos kilómetros de Cuzco, como ya sabía Kate. A diferencia de Machu Picchu, Sacsayhuamán, «lugar donde se sacia el halcón», era una imponente fortaleza, con su doble muralla, sus torreones, sus almacenes para el caso de que fuera sitiada, sus templos y anfiteatro, su Intihuatana. Las características eran totalmente distintas. Kate escuchaba a Pedro César y le acompañaba mientras le hablaba de la ciudad. Sabía que todo llegaría a su tiempo, y la paciencia era algo que había que practicar con aquel peculiar pueblo. Cuando le oyó decir que Pachacútec fue el inca que mandó construirlo y Huayna Capac fue quien le dio la forma definitiva, fue atando cabos. El sumo sacerdote había elegido el nombre de Pachacútec y con Huayna Capac el imperio del tauantinsuyo llegó a su final con la división del reino entre sus dos hijos. Todo le empezaba a resultar un poco más familiar. Cuando subieron a uno de los torreones, construido con esas piedras ya familiares, aterciopeladas, de tallado perfecto, hechas para unirse como un todo unas en otras, Pedro César le mostró el paisaje. Se encontraban a una altitud de 3.700 metros. El valle que tenían ante sí era una enorme extensión de 3.093 hectáreas, cercado por tres imponentes picos: Ausangate, Pachatusán y Cinca, y bañado por el río Tullumayo. Todo era magnífico, pero Kate tenía la impresión de que Pedro César solo estaba esperando alguna señal o simplemente la hora para empezar el auténtico motivo de su excursión.

Y de pronto, entre las piedras de uno de los pasadizos del castillo, encontraron una abertura a una cueva y a dos metros de la entrada un inca vestido con los hábitos del siglo XVI. En la penumbra parecía un espectro del pasado. La túnica, el *chullu*, de lana de alpaca constituía la base para todos los adornos sobrepuestos. Una corona dorada o de oro, no lo sabía Kate, con tres puntas sobresalientes cubría su cabeza de largos cabellos, Un taparrabos que los incas llaman el wara cicoy, entre las piernas, también de oro. Pedro César le explicó que en las clases altas cobraba especial significación, porque indicaba la virilidad del portador. El inca permaneció en su sitio como petrificado mientras Pedro César trataba de tranquilizar a Kate explicando lo que veía. Es el guardián de la puerta. La lanza que porta con cintas de colores indica la región a la que pertenece y la importancia de lo que guarda. Grandes cintas de todos los colores rodeaban la lanza hasta el suelo, y el hacha de la punta, de oro puro, era indicativo de la guardia personal del supremo inca. Pero lo que más resplandecía era el peto de oro, un escudo circular labrado en oro que representaba al dios Inti.

—Es impresionante —fue lo único que acertó a decir Kate, que se acercó al inca y comprobó que el oro era realmente macizo. A cada objeto que tocaba o miraba, Pedro César le citaba el nombre inca y la daba la explicación correspondiente.

—Las plumas del casco o *chucu* se llaman *corekente* y son de halcón, el ave que caza en el cielo. Las pulseras son de oro labrado, *chipana*. La copa de la mano derecha significa la invitación y la bienvenida. Debes beber antes de acceder al interior.

Kate tomó la copa de oro de la mano derecha del guardián y bebió del líquido que contenía. El sabor era ligeramente dulce y su textura espesa. Al separar la copa, se detuvo a contemplar el color intensamente rojo oscuro.

—¿Qué es? —preguntó haciendo una mueca con la cara.

—Esa era la forma de recibir la invitación oficial. En su origen debió de ser sangre, de sus enemigos, quizás, pero no te preocupes, en este caso supongo que será algún sucedáneo.

Pedro César tomó la copa y terminó su contenido, como estaba establecido en el ritual. Entonces añadió:

—Aunque está tan bien simulado que bien puede ser sangre de animal.

Kate se echó la mano a la garganta y puso cara de asco.

—¿Quizás llama? —ironizó con tono burlón.

Kate no quiso responder a su amigo.

—Prosigamos.

El guardián avanzó hacia el muro que había justo delante de ellos. Dejó la copa y la lanza para utilizar sus dos manos en girar la piedra más grande, que, a modo de puerta giratoria, se abrió ante ellos. El guardián recuperó la copa y la lanza, con la que indicó que pasaran adelante.

Dejaron atrás al guardián, que permaneció en la misma postura en la que se lo encontraron, y empezaron a caminar por el túnel. Oyeron que detrás de ellos la puerta se cerraba de nuevo, pero ahora las paredes estaban iluminadas suavemente por unas antorchas situadas cada treinta metros aproximadamente. El ambiente seco del exterior se estaba tornando húmedo. Sus pasos resonaban en el suelo empedrado. Todo cuanto veían era piedra inca tallada. Kate tuvo la tentación de coger la mano de Pedro César, pero en ese momento él volvió la cabeza, y se contuvo con una mueca de sonrisa que era más bien incertidumbre.

—¿Dónde vamos?

—No lo sé. Es la primera vez que vengo y, de hecho, se trata de descubrir el camino.

—Más sorpresas, no, por favor. Dime que todo está previsto.

—Todo está previsto que sea así. Al terminar la formación en el seminario y superar la prueba de la solidaridad hacia el prójimo se ha de pasar la prueba final del paso al Intihuatana y la recompensa del iniciado.

—¿Y cuál es esa recompensa?

—No lo sé. Te digo que yo estoy superando la prueba como tú.

Kate se detuvo.

—¡Nadie me ha dicho que yo debía superar más pruebas ni nadie me ha consultado si quería realizarlas!

—Ayer el sumo sacerdote te invitó y tú aceptaste.

—Espera —dijo sujetando el brazo de Pedro César, que pretendía continuar para escabullirse de lo que Kate consideraba una encerrona más—. Pachacútec habló de mi padre y de lo que tú le habías dicho de mí. No hubo nada más.

—Te habló de mostrarte maravillas reservadas a unos pocos «si tu compromiso era firme» —resaltó la última frase—. ¡Tú te comprometiste!

—No, no, no. Nadie me habló de más pruebas ni de meterme en un pasadizo, me invitó «a enseñarme maravillas».

—Pero ¿qué te pasa? ¿No buscabas aventura? Estás donde has querido estar toda tu vida. ¿Te traigo al lugar indicado y tú me dices que no quieres? —dijo él mientras aligeraba el paso por el pasadizo.

—Está bien, pero al menos prométeme que me vas a decir la verdad de todo lo que suceda. —Se detuvo para gritar por última vez—. ¡Promételo!

—Te he dicho la verdad. Yo estoy tan nervioso como tú. Soy el primero de mis compañeros en acceder a esta prueba y encima de las dificultades propias de este último paso, tan importante para mí, me obligan a pasarlo junto a ti.

—¿O sea, que me consideras un lastre?

—¡Yo no he dicho eso! ¡Oh, por Dios, me parece increíble lo que estoy oyendo! ¡No seas niña!

—¿Niña? Hago un viaje de miles de kilómetros por medio mundo para subir a una ciudad perdida por selvas y ríos, en un mundo de hombres que me engañan... —En ese momento se acordó de Rose. Estaba repitiendo los mismos inconvenientes que ella le puso para tratar de impedir su viaje—. ¡Está bien! No diré nada más, pero al menos explícame en qué consiste esto.

Su tono lastimero, en la penumbra del pasadizo, detuvo por fin al joven que había acelerado el paso.

—¡No lo sé! No sé qué nos vamos a encontrar. Siempre nos hablan de este pasadizo como la última prueba, pero no sé nada más. Es el secreto mejor guardado de nuestra orden. Quien lo supera alcanza el derecho a ser ordenado y poder jurar los votos. He pasado tres años de dura educación para llegar a esto. Tú solo has recibido mis indicaciones y tienes la enorme suerte de que te concedan estar aquí conmigo. ¿De qué te quejas?

—¡Ah, es eso! Ahora resulta que soy un lastre porque no he sido educada como tú. Soy una privilegiada, y porque han matado a mi padre me hacen el favor de saltarme tres años de duro trabajo iniciático.

—No me malinterpretes, ¡yo no he dicho eso!

Se volvió y se encontró cara a cara con Kate, que lo seguía de cerca. Sus ojos vidriosos y enfurecidos brillaban en la luz tenue de una antorcha. Su cabello revuelto sombreaba la cara delicada y suave, blanca, tan distinta a su propia tez morena. Kate cambió sus pensamientos al fijarse en los ojos de Pedro César. Había visto esa mirada en su primo Jeremy cuando el desagradable incidente del brebaje. No, más bien eran los mismos ojos de George, cuando le sorprendía mirándola sin previo aviso y los retiraba rápidamente. ¿Pedro César sentía algo por ella? Los segundos transcurrieron lentamente mientras ambos se miraban retadores. Pero para Pedro César no era un reto. Se estaba convirtiendo en una pregunta. Se acercó un poco más, a escasos centímetros de su boca. Kate rompió la inercia de su acompañante y siguió caminado.

—Dejemos de discutir y solucionemos esto de una vez. ¿De acuerdo?

Pedro César bajó la cabeza y se volvió en su dirección resignado.

—De acuerdo. Creo que juntos podremos superarlo.

—Yo no estoy preparada. Creo, sinceramente, que tú me llevarás a nuestro destino, como has venido haciendo desde que nos conocimos, cuidando de mí.

—¿Un ataque de humildad?

Esta vez Kate solo sonrió. Se acercó a Pedro César y le dio un beso en la mejilla. El chico se puso colorado, aunque estaba lo suficientemente lejos de la antorcha para que pasara desapercibido. La siguió por el pasadizo.

Llevaban caminando más de dos kilómetros interminables. Pedro César estaba preparado. Sacó de su bolsillo una brújula.

—Hemos avanzado hacia el noreste. Es decir, nos acercamos al cerro Socorro. Debía suponerlo. El nombre en quechua Quenco significa laberinto, y está en el mismo valle sagrado de los incas. Si nos encaminamos a Quenco, debemos estar subiendo.

—¿Qué hay en Quenco?

—Es un centro de adoración con su Intihuatana. Pero lo que le hace famoso son sus galerías subterráneas. Por supuesto, las que la gente conoce. Algo me dice que hay muchas más inaccesibles. Además hay innumerables fuentes, aunque nosotros no hemos oído todavía el agua. Los túneles engañan. Quizás no estamos lo suficientemente cerca todavía. Siempre se ha hablado de Quenco como uno de los lugares más sagrados de los incas, pero, la verdad, nunca nos han dicho si el monumento es solo de adoración o una tumba. Quién sabe. Además de al dios Inti, se adoraba a la Pacha Mama, representada en el gran pico Ausangate. Ya has visto —explicaba mientras seguían caminando— el misticismo de mi pueblo asociado a la tierra, a la piedra y los accidentes geográficos. El respeto a la naturaleza, al amor por lo creado.

—Sin embargo, contrasta con la crueldad con que trataban a los enemigos. Incluso hacían sacrificios humanos.

—Sí, pero no era mayor que la crueldad de otros pueblos en la misma época. La adoración por los dioses y por la madre Tierra, por el dios Sol, era superior al respeto por otros individuos crueles. Tanto, que morir en honor a los dioses era un privilegio. Y esa era la intención de los sacrificios humanos. Honrar a los dioses. Pedir humildemente por las cosechas que los mantenían vivos año a año.

—Pedro César, ¿qué es lo que te ha llevado exactamente a ser un miembro de este grupo de incas del siglo XX?

—Un *runa simi*. *Runa Simi* es el quechua del pueblo. Así se llama mi grupo, bueno, el grupo al que quiero pertenecer. Creo que entré un poco a probar algo nuevo, pero ahora la cultura de mi pueblo es un objetivo de toda una vida. Ver a personas tan buenas como mis maestros que han dedicado la suya en pleno a trasmitir el amor a un pueblo es motivo suficiente para seguirles. Hay muchas personas que en toda su vida no encuentran un solo motivo por el que luchar; levantarte por las mañanas y decir: hoy es un día maravilloso y tengo muchas cosas que hacer, y realizarlas me ayuda a ser feliz. Un pueblo sin memoria es un pueblo sin historia, dice siempre Pachacútec. Mantener viva esa memoria, recuperar la historia de mi pueblo, mantenerlo vivo, es recuperar a nuestros antepasados y hacer útiles sus vidas dando utilidad a las nuestras.

—Yo busco esa motivación, pero siento que no la alcanzaré mientras no salde mi deuda con el ser que más he querido en esta vida.

—Mi maestro me lo advirtió. La muerte de un familiar es una situación muy dura para una hija única. Tu padre debía llenar demasiado tu entorno, y su vacío es difícil de colmar. He oído hablar mucho de él aquí. Debió ser un gran hombre... claro, que viendo a la hija...

El túnel se bifurcaba en aquel momento. Pedro César se detuvo. Sacó su brújula.

—Escucha —dijo Kate mientras arrimaba su oído a la pared de roca.

—Sí, es agua —confirmó el joven.

El sonido procedía del interior y rompía aquel silencio del subsuelo profundo si se escuchaba con atención. Era un murmullo inconfundible.

—Creo que está claro que debemos seguir hacia Quenco, pero ninguno de los dos túneles apunta directamente hacia el noroeste.

—Bueno —añadió Kate—, tú has hablado de fuentes en los laberintos de Quenco. Sigamos el ruido del agua. El sonido llega del de la derecha claramente.

La intuición de la chica era una buena ayuda después de todo y su lógica razonadora también. No hizo falta añadir más. Siguieron unos minutos por el túnel de la derecha, que poco a poco fue dirigiéndose de nuevo en dirección noroeste, y avistaron un canal de agua que, saliendo de la pared de piedra, comenzaba a circular por el túnel perfectamente encauzado.

—Parece que hemos elegido el camino correcto —dijo Kate.

—Solo si el destino es Quenco. Enseguida lo comprobaremos.

Efectivamente, el túnel se cerró de modo inesperado. No había continuación.

—Parece que hemos llegado —fue el comentario de Kate al contemplar el paredón al que se enfrentaban.

—No puede ser. No ha habido dificultades. No puede ser tan sencillo. Veamos.

Miró el entorno. Sus maestros habían ido dejando pistas en sus enseñanzas y de ellas debía hacer acopio ahora Pedro César para salvar aquella situación.

—«En tu entorno, en la propia naturaleza que te rodea, debes encontrar las soluciones. Todo está a tu disposición, solo hay que verlo y saber utilizarlo». Nada. Todo piedra.

Miró el suelo. Ninguna grieta, marca o algo que pudiese ceder. El techo totalmente empedrado igualmente. Lo único que sobresalía era la antorcha cercana. Se acercó. No estaba sujeta mediante una argolla. El anclaje de la base se introducía en una hendidura en la propia piedra. Tocó la madera, tocó la piedra. Podía ser una palanca. Tiró de ella hacia abajo. Se oyó el ruido de una cadena interior y una piedra lateral del muro se movió con un chirrido, pero apenas unos centímetros. Los jóvenes se miraron. Subió la palanca y volvió a tirar hacia abajo. El mismo sonido y un nuevo movimiento de la piedra. Repitió el movimiento una y otra vez hasta que la abertura les permitió pasar. En realidad entraron a un pasadizo estrecho con una escalinata pronunciada que desembocaba en una gran losa. Esta era de mayor grosor en uno de los lados que sobresalían hacia abajo. Siguió mirando detenidamente. La palpó y, efectivamente, en los laterales había unas hendiduras para meter las manos y poder hacer fuerza. Lo hizo y tiró hacia abajo. La piedra comenzó a levantarse del lado contrario. Los primeros rayos de luz natural se introdujeron en el pasadizo. Continuó tirando hacia sí hasta que la piedra quedó en posición vertical. Ahora pudo ver que había girado sobre sí misma gracias a unos salientes que tenía esculpidos en el centro. Una pieza perfectamente trabajada. Pero había más. Las dos piedras laterales en las que se sustentaba tenían unas ranuras laterales, así que la empujó en esa dirección hasta que se desplazó permitiendo el acceso al exterior.

Una vez fuera, vieron que se encontraban en lo más alto de un cerro con una gran roca coronada con el Intihuatana perfectamente tallado. Divisaron el valle con sus tres cimas de referencia, pero ahora el Ausangate se veía mucho más cerca. Respiraron con ansiedad el aire de la mañana. Llevaban más de dos horas caminando por pasadizos y sentían un gran alivio.

—¿Hemos llegado? —preguntó Kate sentándose en el mismo Intihuatana.

—No, no creo. Lo que hemos recorrido hasta ahora lo podría haber encontrado cualquier arqueólogo aficionado. Tiene que haber más, por supuesto. Esto es solo el comienzo.

—En algún momento alguien nos estará esperando, ¿no?

—Eso creo. Según todo lo aprendido, los últimos votos se realizan al terminar el camino.

—¿Y qué hacemos ahora?

Pedro César miró alrededor. La belleza del paisaje, la montaña... Recordando sus propias palabras, trató de estudiar el entorno. Los cuatro lados del Intihuatana, al igual que en la ciudad perdida, marcaban direcciones concretas, como el Ausangate el norte, lo que indicaba que el lugar había sido elegido estratégicamente. Sus antepasados adoraban el sol y la piedra, y eran astrónomos. Volvió a mirar al sol. Sacó su reloj de cadena. Era casi mediodía. Kate le observaba en silencio. No sabía qué buscaba exactamente. La verdad es que quería impresionar a la chica haciendo algo, pero no tenía ni idea de qué. Después de dar varias vueltas pensó que si seguía con esa dinámica ella iba a darse cuenta, así que se le ocurrió recitar los poemas al sol para tratar de calmar los nervios.

Surge de entre la Pacha mama
acunado por las brumas.
El grito del cóndor le anuncia,
las estrellas apaga,
y al lograr su cenit resplandece.
Enamorado de la Tierra
sus brillantes rayos arroja
para inseminar el agua
y poder penetrarla.
Inti será tu guía.
Quién contra ti,
ni el poderoso enemigo
ni el obstáculo infinito.
Encomiéndate a él.
Él será tu fuerza,
él será tu guía.

Había recitado muchas veces el poema traducido del quechua. Ante la mirada atenta de la joven, repitió el último verso: «Él será tu guía». Era el único verso que se repetía. Se sentó junto a ella con las manos en uve sosteniendo su cara. Fue Kate quien se dio cuenta entonces.

—¡Mira!

La escalera comenzaba a iluminarse con el sol. Él se levantó de golpe.

—¡No puede ser! Pero ¿por qué no? Es mediodía, el sol está en su cenit y comienza a iluminar la tierra... no, la tierra ya estaba iluminada, ¿lo profundo de la tierra?

Los rayos solares siguieron iluminando la escalera hasta alcanzar la acequia de agua que se perdía por debajo de la pared. Bajaron las escaleras rápidamente. La acequia estaba totalmente iluminada. «Para inseminar el agua y poder penetrarla». Pedro César no lo pensó dos veces y metió su mano en la acequia para pasarla al otro lado de la pared.

—Ten cuidado —es lo que acertó a decir Kate, aunque deseaba que lo hiciera tanto como él.

Tiró de repente hacia atrás con una soga muy recia en sus manos.

—Bueno, parece que aquí está nuestra llave para penetrar la muralla. Ayúdame.

Pasó la cuerda por encima del mástil de la antorcha para que hiciese de polea y comenzaron a tirar con fuerza. La roca inmediatamente superior a la acequia comenzó a desplazarse hacia atrás resonando en la estancia. Cuando vieron que la abertura era accesible, pasaron al otro lado. Algo había cambiado. La estancia ya no estaba recubierta por las rocas talladas de los incas. Era, lisa y llanamente, una cueva. Vieron el sistema de rodillos de piedra que había realizado las labores de polea para mover la roca.

—Espera, situémonos —dijo el joven—. Si la entrada se ha hecho accesible a las doce y estaba preparado para ello, significa que vamos perfectamente de tiempo y que, de haber llegado tarde, nunca lo hubiéramos encontrado.

—No me habías dicho que había un tiempo límite.

—Yo no tenía ni idea. Hemos tenido mucha suerte.

—Ahora ya no dirás que cualquier arqueólogo podría haber encontrado el pasadizo. Se necesitaba conocer el poema.

—Aun así, me da la impresión de que lo peor no ha llegado. Y si lo voy entendiendo, voy a tener que hacer acopio de muchos de los conocimientos.

—Pues espero que estuvieras atento en clase.

—No era mi fuerte —ironizó Pedro César—. Esto debió de ser la cueva original sobre la que empezaron a construir los pasadizos, la que tapiaron para ocultarla de los curiosos, y probablemente se construyó el altar y el Intihuatana en el lugar más próximo a la salida y con la orientación debida.

—¿Cuánto crees que va a durar esto?

—No lo sé, pero todo parece indicar que todo el día. No te preocupes. He traído en la mochila comida por si acaso. Algo de fruta y queso con tortas de maíz. Será suficiente. Agua parece que vamos a tener en abundancia. ¿Avanzamos?

—No solo había cambiado el tipo de pasadizo, también la orientación y el relieve. La brújula indicaba al norte; el suelo era de arena y comenzaba a inclinarse hacia abajo. El canal de agua les seguía acompañando. Siguieron caminando al menos durante dos kilómetros más y siempre descendiendo.

—¿No crees que hay algo raro?

—¿A qué te refieres Kate?

—A que es imposible que estas antorchas estén encendidas a perpetuidad en estos túneles. Tengo la impresión de que nos observan por delante y por detrás siguiendo nuestro camino.

—Eso ni lo dudes. Pero se trata de que lo hagamos solos.

De repente, el estrecho pasadizo comenzó a abrirse y desembocó en una enorme cueva de más de veinte metros de altura, con un lago en el centro de agua tan trasparente que se veía el fondo. La luz de las antorchas se reflejaba tiñendo todo de tonos multicolores. Era muy hermoso, pero de nuevo ambos tuvieron la impresión de que aquel aún no era su destino. Ambos dieron unos pasos admirando el techo y las paredes, que refulgían.

—Es un lugar precioso. Comamos algo.

—¿Y si el tiempo apremia?

—No lo creo, hemos llegado sin problemas de ninguna clase. Comamos. No sabemos cuánto va durar esto.

A Kate le pareció buena idea. Se sentaron en una roca y dieron buena cuenta de las frutas y el queso, pues tenían hambre después de la caminata. Pedro César seguía repasando mentalmente todo cuanto había aprendido. No tenía más poemas ni había más rocas que girar o desplazar. No se veían más aberturas. Esta vez sí que iban a tener que discurrir. Comenzaron a recorrer la cueva buscando algún indicio. Nada. Pedro César se dirigió a una de las antorchas, miró el mástil de madera. No se introducía en la roca. Se dirigió a otro. Lo agarró y tiró con fuerza hacia abajo. Solo consiguió quedarse con él en la mano. Notó al tacto que no era de madera. Lo miró detenidamente. Era cuerda... cuerda de colores y nudos. Y una idea cruzó rápidamente por su cabeza haciéndole reaccionar nervioso. Desenrolló la cuerda del palo. Efectivamente, era un *quipu*. ¡Allí había información! Información solo para personas preparadas para leerla. Kate se acercó rápidamente a su compañero.

—¿Qué has encontrado?

—No estoy seguro todavía. Mira las demás antorchas. Si tienen cuerdas como esta, me las traes.

El novicio comenzó a leerlo. «Camino al sol». Demasiado poco. Kate apareció con dos más.

—¡Estupendo! ¿Cuántas antorchas hay?

—Seis en la cueva.

—Espero que las antorchas del pasadizo no sean también *quipus*. No nos hemos fijado. Trae todos los que encuentres.

Siguió leyendo. «Treinta pasos». ¿Treinta pasos hacia dónde? ¿Desde dónde?

—Espera, espera. Hay un orden para leerlos.

—¿Empezamos por la antorcha de la derecha?

—No, no, no. El camino del sol. Es de este a oeste. —Sacó su brújula—. El primer *quipu* es el de la antorcha que señala al este, y de ahí hacia el oeste.

Kate no discutió y fue ordenando los *quipus* tal y como le había pedido.

—Veamos ahora: «Ojo. Estrella».

—¿Cómo puedes leer eso? Y aún más, ¿cómo puedes entender su significado?

—No todo es la lectura del caballo, Kate. Mucha práctica. Mira, el ojo significa la mirada y la estrella por antonomasia es la Estrella del Sur. Mis antepasados...

—Sí, ya lo sé, eran grandes astrónomos.

—Cuando entras en la cueva debes mirar al norte. Situémonos. «Treinta pasos» —siguió leyendo—. Bien, treinta pasos dirección norte. «Tierra y pie». Debemos remover el suelo con el pie para retirar la tierra.

Así lo hicieron, pero no encontraron nada.

—Espera —dijo Kate—. Estás un poco nervioso y tus pasos quizás han sido demasiado largos.

Pedro César la miró.

—¿Qué?

—Puede ser, ¿no? Yo no dudo de que leas bien, solo de que hayas dado con certeza los pasos.

Esta vez fue el joven quien accedió y siguieron removiendo con los pies el suelo alrededor del lugar aproximado.

—¡Mira! —dijo Kate—. Madera.

Limpiaron el suelo alrededor. Parecía una portezuela de madera sin asidero. Solo tenía dos pequeños orificios en los lados. Pedro César intentó meter en ellos el dedo, pero eran demasiado pequeños. ¿Sería posible que lo hubiesen encontrado?

—Sigue leyendo.

Pedro César exclamó:

—«Luz y muro».

—Si esto es la entrada, hemos de encontrar la forma de abrirlo. Las junturas de la madera están debajo de la roca. No cede ni hacia abajo ni hacia arriba. La luz del muro puede referirse a las antorchas, pero aquí un palo no sirve de nada. Veamos los dos últimos mensajes. «Suma y longitud», dice el primero, y el último «Entra tierra».

—¿Has traducido bien?

—La lectura es correcta. A esto no había quien me ganara. He seguido la indicación de los nudos y colores. Es un sistema alfabético, nada parecido al nuestro, pero muy eficaz si se conoce el vocabulario quechua.

—¿Y entonces qué hacemos ahora? Mira, siento ser una inútil, de hecho no sé qué hago yo aquí exactamente. Solo soy un estorbo, y además te pongo nervioso. Quizás debas seguir tú solo.

—Estamos muy cerca y sé lo importante que es para ti. Acompáñame, por favor. Lo deduciremos juntos. Tenemos seis palabras y conocemos el orden.

Estaban cansados. Allí abajo la falta de luz agobiaba un poco y se había pasado el efecto de la belleza del lago. Paseando, sentados, pensando, en definitiva, el tiempo iba pasando. El reloj marcaba ya las tres de la tarde. Tenía ante sí seis antorchas, varios *quipus* y no sabía qué más debían hacer ante aquella puerta que podía ser el último eslabón. Si no encontraban una solución, podían llegar a quedarse sin luz. No corrían ningún riesgo, porque irían a por ellos, pero eso significaría no poder formar parte de la orden. Su inteligencia estaba en entredicho. Había que unir los cabos.

De pronto se le ocurrió algo.

—Un momento. La clave es «unir». Unir la luz para penetrar la tierra.

—No lo entiendo —replicó Kate, un poco cansada de los misterios y acertijos.

—Dame las antorchas.

Kate fue reuniendo las antorchas a su alrededor. Pedro César tocó los palos por la parte inferior. No todos eran iguales, pero para poder encajarlos unos en otros había que quitar la parte ardiente. Era algodón empapado, así que cogió dos piedras. Pidió a Kate que sujetara el palo por su extremo inferior y amontonó los algodones alrededor de la portezuela de madera para poder ver. Entonces fue cuando fue encajando las antorchas unas dentro de otras por los extremos tres a tres. Quedaron dos mástiles de tres metros. Intentó meter el primero en uno de los orificios de la portezuela. Empujó hasta el fondo. Notó cómo quedaba encajado. Hizo lo mismo con la segunda pértiga. También pareció hacer tope.

—¿Y ahora qué?

Ambos miraban en dirección a la plancha de madera del suelo, que, de golpe, cedió y dejó el acceso libre. Otra vez lo habían conseguido.

—¡Bien! —exclamaron al unísono.

—Venga, descendamos. No sabemos de cuánto tiempo disponemos.

Bajaron por las escaleras perfectamente alineadas. Se veían muy desgastadas. Aquello parecía muy antiguo y muy usado. Estaban entrando en el corazón de la cueva. No había luz. Pedro César tomó dos de los palos de las antorchas y volvió a subir. Introdujo los palos en los algodones y entregó una de las antorchas a Kate. Continuaron bajando por el túnel de apenas un metro de ancho y uno ochenta de alto. Kate se sintió un poco agobiada en aquel estrecho y oscuro pasadizo. Habían estado descendiendo durante más de hora y media y seguían haciéndolo.

—¿Vamos a llegar al centro de la tierra?

—El cerro está a 3.500 metros. Fíjate si podemos descender.

—Se nos apagarán las antorchas.

—Tal vez en esta ocasión ese sea el límite de tiempo.

—Posiblemente.

—Pero no podemos correr. No creo que haya habido personas mucho más rápidas que nosotros.

—¡No me interesan las competiciones, Pedro César! Quiero decir que solo quiero terminar con esto sea lo que sea. Llevamos todo el día por túneles y cuevas.

—Lo siento, pero, como comprenderás, no podemos renunciar ahora. Estamos muy cerca, ¡te lo aseguro! Lo presiento.

Pedro César la cogió de las manos. Era la primera vez que se atrevía a hacerlo; la intimidad del túnel y tantas emociones le animó a ello.

—*Qamwanqa llapachanta manachayqa imatapas* —pronunció despacio.

—¿Qué significa?

—«Te necesito, contigo, todo, sin ti, nada».

Kate le miró emocionada. Siempre había tratado de imaginarse qué sentirían los hombres por ella. ¿Resultaría atractiva?

¿Atraería más por su inteligencia o por su belleza? ¿Cómo se entabla una relación con un hombre? Allí estaba, sola con un hombre en un túnel a no se sabía cuántos metros de profundidad y caso a oscuras. Recordó a George y trató de aclarar en unos segundos lo que había sentido... no... lo que sentía por él. Recordó la primera vez que vio en su casa a Hiram... y a su primo y su peculiar forma de tratarla... y la experiencia de la habitación bajo los efectos del brebaje... Demasiado en muy poco tiempo. Miró fijamente a los ojos a Pedro César. Era un buen chico y digno de confianza.

—¿Cómo se dice iremos juntos? —dijo a modo de conclusión de sus reflexiones.

—*Cusca risun* —respondió sorprendido y satisfecho el joven.

—*Cusca risun*, Pedro César.

Le cogió de la mano y tiró de él para seguir caminando. Lo hicieron quizás un kilómetro más. No se podía tener control de la distancia, y de nuevo una bifurcación. Pedro César se detuvo, consultó su brújula. El camino del sol le había dado resultado. De este a oeste. Eligió el oeste. Una nueva bifurcación y, fiel a su elección, siguieron hacia el oeste. Las antorchas estaban empezando a debilitarse. La de Kate, de hecho, tenía una tenue llamita que amenazaba con apagarse en cualquier momento. Y de pronto vieron a unos metros algo que brillaba.

—¿Qué es aquello? —preguntó Kate con débil voz de cansancio.

—Creo que algo dorado.

Continuaron acercándose. La figura fue tomando forma. Era un segundo guardián vestido exactamente igual que el primero que esperaba frente a una enorme puerta de piedra.

—*¡Napaykachay!* —saludó el guardián levantando su lanza.

—*¡Napaykachay!* —repitió Pedro César.

—Habéis llegado a vuestro destino, jóvenes aprendices. En vuestro honor se abre la puerta del tiempo de nuestros padres.

Se giró y la puerta se abrió tirada por dos fuertes guerreros incas que permanecieron a un lado al terminar su tarea.

Frente a ellos varios incas perfectamente ataviados rodeaban al sumo sacerdote, Pachacútec, que con todos sus complementos de oro era difícilmente reconocible. Parecía más joven y más alto, y portaba el cetro de mando o *sunturpauccar*.

—Bienvenidos —resonó su voz en la cueva—. Vuestra decisión de formar parte de nuestro pueblo ha quedado suficientemente probada. Por ello, que tenéis derecho a pronunciar las promesas de la Suprema Orden. Vestid los hábitos de la ceremonia.

Varios hombres se dirigieron a por las ropas de Pedro César y varias mujeres a por las de Kate. En el caso de él, fueron colocándole el *uncu*, una túnica que llegaba justo a la altura de las rodillas. Un segundo hombre le colocó la faja dorada en la cintura, el *topaco*. A continuación una capa sobre los hombros de color rojo intenso o *llaccolla*; según la simbología inca, el color rojo representaba la madre tierra, *aka-pacha,* y al hombre andino en su aspecto intelectual. Le colocaron también unos aros de oro en las orejas, los *tulumpi*. Kate pudo ver que Pedro César ya tenía los orificios, algo que no había percibido hasta entonces, quizás porque no solía mirar al joven demasiado tiempo directamente a la cara. A continuación le colocaron el casco, *chucu,* con una borla central a la altura de la frente que llaman *puyllu* y las plumas de ave que ya habían visto en los dos guardianes, *ccorekente*. Las pulseras en las muñecas también eran de oro y se llaman *cchipanas*. Todo el color amarillo de los adornos simboliza la energía y la fuerza, *ch'ama-pacha*, que es la expresión de los principios morales del hombre andino, es la doctrina del *pacha-kama* y *pacha-mama*: la dualidad *chacha-warmi,* que son las leyes y normas, la práctica colectiva de hermandad y solidaridad humana. Adornaron sus piernas con unas ligas de flecos por debajo de las rodillas y en los tobillos, que en quechua se llaman *saccsa*. Y le pusieron las *usuta* o sandalias de cuero de llama. El escudo, *pullcancca* estaba hecho de cuero y madera y con el dibujo de un cóndor con sus agudos ojos y sus alas desplegadas. Con la lanza, Pedro César quedó en pie completamente ataviado.

Ahora era el turno de Kate. Su túnica, *acsu*, también era de color blanco, pero le cubría todo el cuerpo, como solían los trajes de gala de las mujeres. En la cintura, a modo de fajín, el *tocapo,* tejido con los cuadrados de la *whipala,* especie de estandarte inca con los siete colores del arco iris. Kate se dejó hacer mientras le iban colocando la mantilla azul *lliclla* que representa al espacio cósmico, al infinito *araxa-pacha*, expresión de los sistemas estelares del universo y los efectos naturales que se sienten sobre la tierra. El cierre de la mantilla era una aguja de hueso llamada *tupu*. El paño para cubrir la cabeza, o *sukkupa*, prendido al cabello con el *tupayari*. Los adornos y accesorios, mucho menos llamativos que en los hombres, se completaban con las flores o *ttica* en la mano izquierda y una especie de bolsito en la derecha llamado *chchuspa*. Las sandalias también de cuero. Kate supo que algo extraordinario estaba pasando. Había merecido la pena tanto esfuerzo y sacrificio. Se sentía realizada y feliz y hasta emocionada al ver el sentido de cuanto había realizado su padre a lo largo de los años y dónde le había llevado definitivamente. Ella lo había logrado gracias a él muchísimo antes. Definitivamente, era emoción, y sus mejillas se inundaron de lágrimas que había contenido quizás durante mucho tiempo. Cuando elevó la mirada, descubrió la de Pedro César dirigida hacia ella.

Quedaron los dos mirándose mutuamente, totalmente transformados. Había sido un día muy intenso y el final demasiado emotivo. Pachacútec comprendió la emoción y esperó unos minutos. Cuando entendió que Kate apaciguaba su ánimo, continuó recitando en quechua el ritual de iniciación. Al terminar, Pedro César respondió:

—*Arí munani*. Sí, quiero pertenecer a la orden Runa Simi y proteger a mi pueblo, su cultura y sus costumbres, por siempre.

La repitió para Kate, que también respondió:

—*Arí munani*. Quiero pertenecer a la orden Runa Simi y proteger a su pueblo, su cultura y sus costumbres por siempre.

—El pueblo inca es desde hoy el tuyo, hija —añadió Pachacútec, e impuso las manos sobre la cabeza de Kate—. Y tendréis que proteger algo más desde hoy, y esto incluye el juramento solemne —ahora se refería a los dos—, su patrimonio.

Kate pensó en todos los descubrimientos de la expedición, pero estaba muy equivocada. Pachacútec levantó su cetro y varios guerreros abrieron con una gran llave una enorme puerta dorada.

Era de oro macizo. La gran puerta original del Coricancha. De esta manera pudieron entrar a una gran cueva resplandeciente en forma de sala. Todo brillaba por doquier, porque todo era oro. Las paredes estaban recubiertas con planchas de hasta treinta y cinco centímetros de espesor. La llenaban objetos organizados según sus utilidades; había armas, escudos, utensilios del hogar, adornos. Todos de oro.

—Tenéis ante vosotros el legado de nuestros antepasados, el gran tesoro inca traído por Rumi Ñawi tras el encarcelamiento de Atahualpa, el último emperador inca. Eso, y mucho más que se ha ido añadiendo durante siglos.

Kate y Pedro César recorrían la sala incrédulos. En realidad, Pedro César había intuido algo del patrimonio de los incas y que desde luego muy importante había de ser para tomar tantas medidas de seguridad y mantener sobre él tanta discreción. Y por encima de todo, por haber dado lugar a crear una orden tan importante y ultrasecreta, pero aquello superaba todo cuanto hubiera imaginado. ¡Estaban ante uno de los mayores tesoros de la humanidad! ¡Nada menos que el tesoro de Rumi Ñawi, nunca encontrado, jamás reconocido oficialmente porque nadie jamás lo había visto! Objeto de mil leyendas y ubicado en mil lugares diferentes del enorme territorio inca desde Ecuador a Chile. ¡Allí estaba custodiado! ¡Intacto casi cuatro siglos después!

Los maestres de la orden eran conscientes del efecto que producía la estancia en los nuevos miembros y dejaron a los jóvenes que deambularan tocando aquí y allá sorprendiéndose con cada objeto, con el peso del oro, la exuberancia y la riqueza, imaginando lo que pudo ser Cuzco en pleno esplendor.

Aquellas enormes planchas de oro debieron recubrir todo el templo e incluso algunos edificios. La fuente debió adornar el patio refulgiendo con el sol, y hasta el suelo debió estar recubierto con láminas de oro. Cada adorno personal, pulseras, collares, cetros, todo era auténticamente de oro. Los objetos del hogar. Toneladas y toneladas de auténtico oro... El precioso metal era lo más impactante, pero había mucho más. Cientos de momias, objetos de cerámica y del hogar. Vestimentas de finos tejidos y ricos colores. Miles de *quipus* que suponían la mayor biblioteca inca.

La orden seguía recogiendo riquezas de todas partes del antiguo imperio inca para impedir su expolio o venta ilegal. Sus tentáculos llegaban mucho más lejos de lo que el mismo Pedro César podía imaginar. Kate recordaba el recorrido que había realizado por el museo Peabody de la Universidad Yale. También el cambio de carácter de su padre del que todos hablaban. Aquello mismo debió sentir su padre al recibir noticias de tanta historia concentrada, salvada de cientos de ladrones, los huaqueros, o de intrépidos arqueólogos en aras de la fama. Riqueza, poder y fama iban de la mano en el expolio de estatuas, momias, vasijas o todo aquello que formaba parte del pasado de un pueblo que gozó de esplendor tan solo cien años y se convirtió en el imperio más poderoso en toda la historia de América. Uno más de los pueblos del mundo que habían sucumbido: el persa, el egipcio, el griego, el romano, el chino, el otomano... el español. El mismo lugar al que aspiraba llegar el norteamericano en su actual situación privilegiada y creciente. Un ascenso hasta la cumbre del mundo. Pero si la historia enseña algo es que todos los imperios, por grandes, poderosos, ricos y extensos que hayan sido, con el tiempo, caen y sucumben ante el poder de otro creciente. Subir a la cumbre no es lo más duro. Lo más duro es mantenerse en la cima. Es una ley universal, mantenida desde el inicio de los tiempos, que la renovación y el progreso se lleva a cabo a costa de sustituir a quien ostenta el poder, por muy grande que sea. Pero los que lo pretenden y ostentan se obstinan en no aprender de la historia y olvidan que esa misma ley ejercerá todo su poder sobre ellos. A veces es progresivo, otras veces a través de un pequeño detalle, pero la ley, como la muerte, acaba por imponerse. La energía se transforma y los países, al igual que las energías, también. El tiempo… siempre el tiempo… esa creación humana que marca lo efímero de la existencia, te exige descender, y los que no se preparan, mueren a causa de lo que fue su propio éxito y allí permanecen... pero convertidos en esqueletos y ruinas. Restos expuestos al expolio de los ladrones y de los invasores. Esa era la última lección de los Runa Simi.

Pero no era la última sorpresa que aquel intenso día les deparaba.

8
Quién es quién

Pachacútec y el resto de maestres permanecían en la enorme puerta del templo de Cuzco. Kate y Pedro César continuaban su particular recorrido por la peculiar estancia, única en el mundo, cuando escucharon desde la puerta el tono de una nueva voz, extraña para el joven peruano, pero muy conocida para Kate.

—¡Por fin lo hemos descubierto!

Kate volvió su mirada hacia el lugar de donde provenía aquella voz tan fuera de contexto. Efectivamente, era su primo Jeremy. Tenía los ojos muy abiertos y reía a carcajadas que resonaban en las paredes y el techo de la enorme cueva. Se le veía gozoso y desafiante, conocedor de que en aquel lugar no era un invitado sino un intruso, como un depredador que ha encontrado la entrada secreta a la madriguera donde está la mayor fuente de alimentación jamás imaginada.

Paradójicamente, nadie de entre los presentes se movía, como si la presencia de aquel hombre fuese esperada. Solo los dos jóvenes. De ellos, fue Kate quien se dirigió enojadísima hacia él.

—¿Qué haces tú aquí? ¿Cómo has llegado? ¡No tienes derecho!

—Tranquila, primita. No me culpes. Tú y tu amigo me habéis ido abriendo todas las puertas y solo he tenido que ir pasando. Hace tiempo que sabía que acabarías accediendo al secreto de los incas, pero esto —dijo mientras iba tocando totalmente extasiado los distintos tesoros allí acumulados— supera todas las expectativas. Es algo increíble. ¿Tienes idea de lo que podemos hacer con todo este tesoro? ¡Es el descubrimiento más grande del siglo! ¡Con esto podemos ser los dueños del mundo!

—¡Estás loco! ¿Esto es lo que has venido a buscar a Perú? Ahora lo veo claro. Me has estado utilizando desde el principio. Solo querías llegar aquí.

—Pues claro, niña, tú eras el reclamo. Pero te propongo que lo compartamos. El gobierno peruano estará de acuerdo en cualquier inversión que se haga.

Hablaba como si hubiese pensado en aquel momento tantas veces que ya tuviera ensayado lo que había de decir. Su alteración era suma y mientras seguía tocando una copa de oro por aquí, un collar por allá, seguía riendo entusiasmado. Ni Pachacútec ni ninguno de sus acompañantes habían movido un músculo. Kate se dio cuenta y se dirigió al viejo líder.

—¿Cómo es posible que haya podido llegar hasta aquí?

—No es la primera vez que ocurre —dijo pausadamente el líder espiritual—. No te preocupes, mi niña. Hace muchos días que le seguimos. De hecho, desde que llegasteis a Perú. Nunca ha escapado de nuestra vigilancia.

Jeremy escuchó lo que dijo el anciano y se dirigió a él.

—Pues claro. Fuisteis vosotros, sin duda, los que tratasteis de arrojarme del tren en marcha y después envenenarme.

—Dos de nuestros hombres iban en su tren, es cierto, pero su caída fue un accidente con un pasajero, y fue uno de nuestros hombres quien avisó al señor Bingham para que saliera rápidamente.

Kate relacionó rápidamente a aquellos dos jóvenes del tren vestidos de manera tradicional aunque pulcra con las personas que definía Pachacútec.

—En cuanto al brebaje, era inofensivo —miró a Pedro César—, o debía serlo si la mezcla se hubiera hecho como nosotros ordenamos.

Jeremy iba recuperando las pulsaciones y recomponiendo las formas.

—Oigan, en serio, no pensarán ustedes que todo esto se puede mantener en secreto mientras su país pasa mil penurias. Esto puede ser, sencillamente, la mayor fuente de inversión jamás conocida.

—¡Y han de venir ustedes a decirnos lo que hemos de hacer con el legado de nuestros antepasados, claro!

—Creo que no lo entienden. Su país puede convertirse en una auténtica potencia mundial.

—Señor Jeremy, usted no entiende que nuestro pueblo tiene su propia forma de vida, que fueron potencias extranjeras quienes estuvieron a punto de hacernos desaparecer pasándonos a cuchillo y relegándonos durante siglos a la sumisión y la esclavitud, a los peores trabajos imaginables, para satisfacer su ambición. No necesitamos que vengan a rescatarnos. Puede comprobar que no tenemos nada en contra de su pueblo ni de sus habitantes, solo de los ambiciosos como usted, personas engreídas que piensan que su capacidad intelectual les da derecho a imponer su voluntad.

Los maestres escuchaban al maestro con las manos cruzadas; Pedro César, admirado. Nunca había oído al maestro una frase tan larga. Kate, avergonzada, con aquella ropa de *coya* puesta, entre dos civilizaciones, no estaba dispuesta a seguir escuchando a su primo en esos términos.

—¡Ten un poco de decencia, Jeremy! Estás en un lugar sagrado para los incas.

—Mira, primita, porque te hayan disfrazado de mujer prehistórica no te has convertido en nada que no fueras antes de llegar aquí. Los arqueólogos buscan tesoros, y cuando los encuentran, cobran por ellos y siguen buscando más. Tu padre buscaba objetos por todo el mundo. Objetos que Hiram se encargaba de descubrir, obtener y llevar hasta el museo de la universidad.

Aquello colmó la paciencia de la joven.

—¡Cómo te atreves! ¡No tienes ningún derecho a comportarte así y mucho menos a hablar así de mi padre!

—Mira, primita, ahora vamos a salir tú yo y haremos una declaración en el juzgado más próximo.

—Usted no irá a ninguna parte —interrumpió Pachacútec.

Jeremy sacó de su bolsillo una pistola, a la par que Kate soltaba un pequeño grito tapándose la boca con ambas manos.

—¿Y cómo piensa impedírmelo?

El sumo Sacerdote no pareció alterarse en ningún momento.

—Mire, señor Chapman, usted no parece entender la situación. Usted entró porque el guardián lo permitió, pero esa puerta ya está cerrada. Antes de que pueda llegar a ella, todas y cada una de las puertas que han ido abriendo nuestros jóvenes, también. Como se puede imaginar, los mecanismos de apertura se hacen accesibles de un modo más o menos ingenioso para que nuestros aspirantes superen la prueba, pero las pruebas han concluido y cada entrada a este lugar es ahora mismo totalmente hermética. Ni siquiera saldremos por ese camino. Existen otros laberintos cuya existencia solo conocen los maestres. Sabemos de la entrada de dos personas hace años y nunca salieron de este lugar.

—¿Me está usted amenazando?

—Si no cambia su actitud me temo que va a pasarlo muy mal.

—Soy yo el que tiene la pistola.

—No eres el único —dijo desde la puerta de oro otro nuevo personaje que acababa de acceder acompañado por un inca vestido de mensajero.

—¡George! —exclamó Kate entusiasmada mientras echaba a correr como podía con su traje hacia él.

Kate se abrazó al joven sargento, que la recibió emocionado ante el asombro de Pedro César y Jeremy.

—Esto parece un congreso —dijo Jeremy—. Como si su secreto hubiera salido anunciado en algún periódico americano —bromeó de manera sarcástica.

Pachacútec seguía inalterable y con una ligera sonrisa en sus labios.

—El señor Barcroft es bienvenido en nuestro refugio, al igual que la señorita Chapman. Usted, no.

—Vaya, todo el mundo es bienvenido menos yo. Quizás soy el único con un poco de sentido común. Este par de tortolitos no han madurado todavía. No se dan cuenta de que esto no es un juego. Claro, os habéis pasado todo el día jugando a los aventureros. ¡Por favor, seamos serios! Estamos hablando de estados y situación internacional.

—De eso habla usted, señor Chapman. Nosotros hablamos de un pueblo masacrado que preserva su legítima existencia y el derecho a utilizar el oro en sus celebraciones religiosas para honrar a sus dioses y no para obtener poder o fama o cualquiera de los valores mundanos.

—¡Vaya! Ya salió el misticismo. Yo soy un hombre de este mundo.

—Pues ya que es usted de este mundo, tendrá que responder de los hechos de este mundo —añadió George visiblemente enfadado y con manifiesta prisa por hacer saber lo que había descubierto por fin.

—Ya habló el policía. ¿Qué hace usted aquí? ¿Se ha alistado de marinero porque de policía no tenía futuro o viene en busca de una mujer? ¿No se le ocurre otra cosa para enamorarla?

Kate se dirigió a su primo y le dio una sonora bofetada en la cara mirándole con resentimiento.

—Resultas odioso, ¿sabes?

—Déjalo, Kate —la tranquilizó George—. Primero tendrá que explicarnos muchas cosas. No, no he venido de marinero. He venido a prevenir a Kate del significado de esta expedición, pero, afortunadamente, he descubierto desde mi llegada que aquí tiene amigos que la protegen.

—¿Prevenirla de qué? ¿Contra quién? ¿Acaso piensas que yo le haría daño a mi prima? Vuelve a tu comisaría a ponerte al día. Creo que tus superiores te darán órdenes precisas para hacer tu trabajo. Estás fuera de sitio.

Las palabras de Jeremy resultaban demoledoras y a la vez esclarecedoras de quién estaba acostumbrado a imponer su voluntad en New Haven.

—El único que está fuera de sitio eres tú —le dijo Kate—. Quizás empezamos todos a situarnos y tú estás demostrando de qué lado estás.

—¿De qué lado estoy? Yo te lo diré. Estoy del lado de la civilización, del avance y del progreso. Estoy del lado de la economía de este país que necesita dinero para invertir y crear fábricas, industrias y puestos de trabajo.

—Y precisa usted este oro para esas... industrias y fábricas —continuó Pachacútec— en las que mi pueblo sería la mano de obra barata y ustedes los inversores que se llevarían las ganancias. ¿Verdad? A mi pueblo no le gusta ese negocio.

—Porque ustedes se han negado a progresar. El día que decidan aprender, podrán ocupar los puestos que ocupan ahora los extranjeros que vienen con buena voluntad a sacarles de la miseria.

—Mire, señor Chapman —comenzó a hablar de nuevo Pachacútec con gran serenidad—, no tendría por qué darle explicaciones, puesto que ha venido a quitarnos lo que es nuestro, lo que pertenece a mis padres y antepasados, como si fuera suyo, pero hay personas queridas aquí que merecen oírlo. Todos los que tiene a su alrededor tienen una formación superior en lo que ustedes enseñan. No es nuestra cultura, pero deben conocer la de ustedes para poder entender la nuestra. Todos conocen el quechua, el aymara y el lenguaje de los *quipus*. Todos respetan la Pacha Mama y cualquier otra religión, porque todas entrañan el espíritu de la creación cuya mayor obra es el hombre; el hombre en la naturaleza a la que respetan. Está usted muy equivocado. Su formación no servirá a mi pueblo para salir de la miseria. Tendrá que ser la propia, si algún día ustedes se deciden a respetar a otros pueblos, razas, culturas y religiones. El gran tesoro de mi pueblo no es el oro que llena esta estancia. Nuestro gran tesoro es nuestro bagaje cultural. Su tío quiso aprender con nosotros y, llegado el momento, lo defendió. Quizás lo pagó con su vida, lo que concede a su hija el derecho de sustituirle en nuestra orden. En cuanto al señor Barcroft, llegó tan solo hace unos días a nuestro país haciendo preguntas, buscando a la señorita Chapman en la creencia de que su vida corría peligro. Quizás debido a su empresa. Nos explicó lo que había descubierto y decidimos confiar en él. Solo usted sabe si efectivamente la vida de la señorita Chapman corría o no peligro. La pregunta clave es que, dado que usted está aquí porque tenía información que solo el señor James Chapman poseía, ¿cómo obtuvo usted esa información?

Kate aguantó la respiración mientras cogía a George de la mano. A George le temblaba la pierna. No se había recuperado del todo y el descenso le había resultado muy trabajoso. Pedro César se sentía un poco desplazado, pero desde su lugar esperaba el resultado de aquel encuentro. Sabía que el sumo sacerdote era muy inteligente y creía que ya había previsto todo aquello. Todo lo controlaba. Era la persona más inteligente que conocía. Nada escapaba a su mirada. Quizás era así como debía ser un sumo sacerdote para conseguir que su pueblo sobreviviera como lo había hecho.

—A ver si nos aclaramos todos —dijo Jeremy muy altivo y con voz firme—. Puesto que de mis declaraciones parece depender mi vida aquí, en este lugar que usted menciona como tumba de otros atrevidos intrusos, no tengo más remedio que defender mi posición. Yo tampoco entiendo por qué había de hacerlo —dijo irónicamente, emulando al sumo sacerdote y colocándose a su nivel—, dado que Kate me conoce y sabe que jamás le haría daño, como ya he dicho antes. Pero el hecho de tener a un joven policía aquí delante también me relaciona con una investigación llevada a cabo en New Haven y a lo mejor la pregunta que todos quieren que responda es si he tenido algo que ver en la muerte de mi tío. ¿Verdad, Kate?

Kate no respondió, lo que no descartaba la posibilidad de que lo estuviera pensando. Apretó la mano de George con la suya mientras los dos corazones se aceleraban al unísono. George tenía ganas de abrazarla, de besarla, después de semanas pensando en ella, temiendo por su vida, embarcándose hasta aquel lugar lejano para protegerla. Por fin se sentía como aquel vaquero, cubriendo a Kate con su cuerpo y protegiéndola de cualquier peligro. Ambos esperaron en silencio a que Jeremy respondiese. Este se rascó la cabeza tratando de buscar las palabras adecuadas. Era demasiado inteligente para no entender que estaba atrapado y demasiado orgulloso para descartar que saldría airoso de aquella situación.

—¿Lo ven? —continuó Jeremy—. Si no regalas unos botines a un niño descalzo no eres buena persona, aunque intentes salvar a todo un país. No, yo no tuve nada que ver en la muerte de tu padre. La información de que en Perú había posibilidades de inversión fue el objeto de mi viaje y del interés de la universidad. Lo de un posible tesoro sonaba a cuento chino, aunque mi padre me pidió que te cuidara.

—Y de paso me vigilaras por si el cuento tenía algo de realidad.

—Yo no creía una palabra. Fue aquí donde empecé a creer que podía haber algo detrás de tanta expedición y tanto inca y que esta gente tuviese tanto interés por ti.

—No has respondido a la pregunta de cómo obtuviste la información —cortó Kate de modo tajante.

—Tenemos a un investigador con nosotros que no habrá venido sin motivo —respondió Jeremy, que había entendido que si George se había atrevido a emprender aquel viaje era porque disponía de todas las piezas del puzle y quería mostrarlo a Kate—. Hagámosle justificar su viaje contándonos la versión oficial. Seguro que no ha venido solo a... ¿pedirte matrimonio?

Kate rabiaba en su interior mientras seguía apretando la mano de George. En tanto, todas las miradas se dirigieron al joven, mucho más moreno que en New Haven. Parecía más adulto y, desde luego, más policía que nunca. En esos instantes apoyaba su brazo en el hombro de Kate, visiblemente cansado y con su pierna dolorida que parecía no soportar su peso. Recompuso su figura a duras penas.

—Está bien. No tenía intención de revelar esta información en este momento, pero parece que se hace necesario. El señor James Chapman por lo visto fue comunicándose con otros doctores y personas insignes de la profesión. Su amistad con ellos acabó por hacerle conocedor bajo juramento de confidencialidad de la orden de los Runa Simi. El nombre lo he averiguado estos días. Muchas gracias, amigos —sonrió a Pachacútec, quien le devolvió una ligera sonrisa—. James contacta con ustedes y el proyecto le atrae. Decide formar parte de él. Recibe información, la comparte y cada vez se va entusiasmando más, hasta que al final se apunta al grupo. Y poco a poco comienza a defender ciertos ideales que en la universidad no entienden y se aleja de la mayoría; pero hay una persona que se le acerca cada vez más, el profesor Grisham. En él ve el señor James un nuevo adepto al grupo. James le habla, le va contando, le va introduciendo como habían hecho previamente con él; pero para entonces el viejo decano ya es un alcohólico consumado y en una de sus noches en la taberna, cada vez más habituales, comienza a hablar. Se encuentra cerca nuestro periodista local, hábil en sacar información, el señor Judson, quien le sigue la conversación de manera divertida... y le invita a unas cuantas cervezas más hasta obtener todo lo que necesita saber. Lo que le ha contando es tan fantástico que, de no haber sido un periodista empeñado siempre en contrastar la información antes de rechazarla, no le hubiera prestado un minuto de tiempo; pero Judson decide hablar con James Chapman, quien, ante lo que está oyendo, se pone muy, muy serio. No sabe cómo reaccionar y lo único que se le ocurre decir es que son habladurías de borracho. El señor James estaba preparado para todo menos para una cosa así y el periodista sospecha. Y acude al rector, quien rechaza lo oído en un principio, pero lo comenta como algo curioso con el alcalde. El sexto sentido de este para los negocios le hace concebir el plan: enviar a alguien de su confianza para sonsacar información al señor James Chapman antes de descartar la versión de Judson. Es imprescindible saber a qué atenerse antes de llevar a cabo el proyecto de la fabulosa inversión de capital en Perú. Consultan a los altos directivos de Nueva York y la empresa se pone en marcha. Es solo un viaje de negocios, pero tienden el anzuelo a Kate haciendo coincidir el viaje con la expedición de Bingham. Las altas instancias de Nueva York solo conocen el objetivo económico de la universidad que se encomendará a Jeremy. Así que en la universidad tienen prisa por saber exactamente qué es todo eso de una orden secreta que guarda hallazgos de los incas, quizás tesoros de los enterramientos u objetos valiosos, porque el señor James no ha contado todo al pobre señor Grisham. El rector visita a su hermano y tantea el terreno sin ningún resultado. James Chapman ha recibido dos visitas y comienza a tomar medidas porque ve un riesgo de peligro real. El alcalde, mucho más impaciente, y por su cuenta, decide enviar a uno de sus sicarios para obtener resultados si es necesario por medios más expeditivos —al llegar a este punto, Kate se tapa la boca con las manos—, un policía corrupto que ya había realizado otros trabajos similares para él. De conseguir esta información se encargó el sargento Williamson, a costa de perder muchas amistades en el departamento. De hecho, una vez termine todo, si termina bien, se jubilará inmediatamente —lo dijo con suma tristeza, demostrando su afinidad con el viejo policía y a la vez sintiendo la pérdida de un amigo en el departamento, una persona muy valiosa que había decidido apoyarle y terminar de modo íntegro su vida policial aun a costa de tan alto precio.

George hizo una breve pausa para mirar a los presentes. Todos seguían el hilo, especialmente Jeremy y Kate, que conocían a cada uno de los protagonistas. Esperaban intrigados el momento de la muerte del querido profesor. George respiraba con dificultad por el esfuerzo, y ante un leve gesto del sumo sacerdote, uno de los guardianes le aproximó un enorme sillón de la estancia, que George agradeció, para continuar.

—El sicario, un policía llamado Arthur Stromg, entró en el despacho del señor James a altas horas de la noche. Había estado vigilándole tres días y decidió entrar en acción. La conversación debió ser tensa y con duras amenazas, pero el profesor no dijo una palabra, así que el sicario decidió pasar al chantaje más cruel, el daño a su hija, su bien más preciado.

Kate no pudo reprimir un grito de horror al pensar en el sufrimiento de su padre. Hasta el viejo Pachacútec frunció el ceño apretando los puños. George se volvió para abrazar a Kate ante la atenta mirada de todos los presentes. El joven Pedro César sentía una sana envidia por aquel joven policía, por no poder ser él quien consolara a Kate como en tantas noches en la ciudad perdida. Finalmente, George decidió terminar el relato y no prolongar la espera.

—El señor James se levantó de su silla y pidió al policía que se marchara de su despacho cada vez más irritado, pero este le reiteró la amenaza como algo seguro. El profesor le empujó contra la chimenea gritando y, al sentirse acorralado, el asaltante cogió lo primero que tenía a mano para deshacerse del señor James: una figura de piedra de la repisa de la chimenea, y golpeó con ella al profesor dos o tres veces. Uno de los golpes impactó en la cabeza... y el señor James cayó muerto.

George volvió a hacer una breve pausa para reponerse él mismo de la emoción. Kate rompió a llorar y se refugió en los brazos del joven policía, que la acogió en su pecho compartiendo su dolor.

—Yo no sabía nada de eso —exclamó Jeremy, quien también se había emocionado al escuchar el relato—. ¡Te juro Kate que yo no lo sabía!

—Usted sabía lo suficiente —le respondió George con dureza—. Sabía que su tío formaba parte de una especie de orden secreta perteneciente a un pueblo lejano de Sudamérica o así es como ustedes lo interpretaron. Sabía que un chivatazo hablaba de que esa orden podía estar protegiendo ciertos tesoros y que se le estaba presionando para que les contase lo que sabía para mejorar los beneficios de su inversión extranjera, ya prevista, lo que les venía como agua del cielo para completar el negocio.

Mientas hablaba George, Jeremy negaba con la cabeza. Kate tenía la impresión de que su primo no podía ser tan duro como para que aquellas acusaciones y los hechos sufridos por su padre le dejaran indiferente. Pero George continuó.

—Y después de la muerte de su tío, usted sabía y, si no, lo intuía, que el móvil había sido sacarle información al respecto. Lo que le hace, si no cómplice, al menos objeto de acusación por ocultar información y, desde luego, por obstrucción a la justicia.

—Pero ¿qué dice? Si yo hubiese sabido que mi tío corría peligro, habría actuado, y si hubiera tenido constancia de que el móvil era ese, también lo habría comunicado, no les quepa la menor duda.

Esta vez fue Kate quien, a la vista de lo que estaba escuchando, intervino de modo airado.

—Eres una persona sin escrúpulos. Jamás te perdonaré lo que has hecho. ¿Cómo has podido utilizarme después de todo para obtener... qué? ¿Riqueza, poder...? No eres digno de nuestra familia ni de nuestra universidad ni de nuestro país por mucho que presumas de ello.

—¿Nuestro país? ¿Nuestra universidad? Yo he defendido mi país y mi universidad mucho más que nadie. Después de la muerte de tu padre, hubo que seguir adelante, y no era nada fácil, créeme. Solo el amor a mi universidad y a mi país me dio fuerzas para continuar y hacer este viaje. Ahora que se ha conseguido lo más difícil, solo te pido que unamos nuestras fuerzas para terminarlo con éxito. No dudes de que puede ser un éxito rotundo y puedes ayudarme a ello.

—Sigue sin darse cuenta —añadió George— de que todo ese proyecto suyo está ya desmantelado. Su padre ha sido detenido en Estados Unidos y usted lo será si vuelve.

—¿Cómo?

La cara de Jeremy se contrajo en un gesto de sufrimiento.

—Y lo que es peor: el señor Crawford apareció muerto hace tan solo unos días en su casa en extrañas circunstancias, según me han notificado. La versión oficial es suicidio por intoxicación con pastillas.

Ante la cara de sorpresa de Jeremy, visiblemente afectado por la detención de su padre y la noticia de la muerte del alcalde, George decidió hurgar aún más en la herida del joven profesor, que parecía desmoronarse definitivamente.

—Extraoficialmente, el telegrama del señor Williamson me hablaba de que desconocidas instancias superiores a él quedaron disgustadas por tratar de aprovecharse a sus espaldas de beneficios extranjeros y han eliminado posibles cabos sueltos que pudieran ponerlos en evidencia.

La mueca de Jeremy cada vez marcaba un mayor impacto. Aún con la luz de las antorchas se percibía su rostro blanco, y solo la fortaleza del inteligente profesor evitó que cayese desmayado. Pero George había sufrido demasiado para detenerse ahí.

—El periodista, el señor Judson, ha desaparecido. Debió sentirse culpable y quiso colaborar con nosotros, pero vio que, después de todo, el asunto acabaría por salpicarle. ¿Queda claro que usted no tiene ningún vínculo en activo en New Haven? Su proyecto económico y social está erradicado. No tiene a dónde ir ni qué hacer.

Tras esto, todo quedó en silencio en aquella sala tan llena de contrastes. Un sumo sacerdote y unos maestres de una orden desconocida y oculta; unos guardias vestidos al modo inca con sus corazas y lanzas; dos jóvenes recién ordenados con sus ropas tradicionales fulgurantes, oro macizo por todas partes; y allí, en medio de todo aquello, un policía de Nueva York con su ropa pulcra y su bombín, todavía con la pistola en la mano, y un insigne economista de una de las más prestigiosas universidades del mundo apoyado contra la pared casi desmayado. El ambiente invitaba a que la máxima autoridad pusiese fin a aquel episodio.

—Y ahora, si lo desea, puede salir —añadió Pachacútec elevando los ojos y mirando fijamente a Jeremy.

—¿Le dejarán salir para que nos delate y rompa el secreto del tesoro de Rumi Ñawi? —exclamó Pedro César.

—No te preocupes, hijo. ¿Qué iba a decir? No tiene ninguna credibilidad. Es una leyenda repetida con mil versiones.

—¿Y si decidiera venir a buscarlo?

—¿Y qué iba a hacer? ¿Contratar dos mil obreros para excavar a doscientos metros de profundidad en una extensión de dieciséis kilómetros cuadrados? Para cuando empezara a buscar, el tesoro estaría en otro destino. Ha estado guardado en distintos lugares y hay laberintos de entrada y salida que desconocéis. No, dejar enterrado al intruso es algo que se hizo en el pasado, no seré yo quien ordene tal crimen en la actualidad. No tiene dónde ir. Señor Chapman, las puertas están abiertas. Váyase en paz y procure vivir conforme a las leyes del universo, ya que no es capaz de hacerlo conforme a las leyes humanas.

Jeremy temblaba, entre la rabia, la impotencia y el orgullo herido. Había entrado ahíto de poder y fama. Ahora se le despedía vacío de todo lo que había constituido su vida, como un perro humillado con el rabo entre las piernas. No era su estilo. Buscaba con la boca temblorosa y los ojos brillantes una respuesta adecuada, pero miraba a Kate, que le había vuelto la espalda abrazándose al policía. Pedro César le observaba desafiante, oponiendo al orgullo de un reconocido economista internacional la razón de un humilde estudiante recién incorporado a la orden de los

Runa Simi. Nada de lo que dijera cambiaría su destino sentenciado por aquellos sacerdotes que en su mundo serían motivo de burla y chanza. No era posible que aquella cueva hubiese vuelto del revés en quince minutos toda su vida. Pero así era. Jeremy dio media vuelta y se detuvo junto a aquella puerta de oro macizo que tocó con las yemas de sus dedos queriendo saborear lo que pudo haber sido y nunca sería. El mayor tesoro jamás conocido, en sus manos. Permaneció así unos segundos pensando... no podía permitirlo. ¿Había llegado hasta allí y se iba a ir de vacío? La ira y el enfado comenzaron a crecer en su interior. Todo su cuerpo estaba completamente rígido y en absoluta tensión. Tenía ante sí un tesoro de valor incalculable; era suyo, él lo había descubierto. El silencio era absoluto entre todos los presentes, que le observaban victoriosos y seguros de que nada se les podía escapar. Sintió cómo una gota de sudor recorría su espalda. De repente, dio media vuelta y avanzó rápidamente hasta donde se encontraba su prima de espaldas y abrazada a George, al que no le dio tiempo a reaccionar contra la embestida de Jeremy. La tomó por la muñeca y la colocó contra él rodeando su garganta con el brazo, casi ahogándola. Estaba fuera de sí, no era consciente de la fuerza que hacía, mientras retrocedía y colocaba rápidamente su mano derecha apretando su pistola Bayard corta contra la sien de Kate. George la pudo contemplar de cerca y la reconoció rápidamente: era como las que se usaban para poder ser escondidas fácilmente bajo los chalecos. Todos quedaron sorprendidos por el movimiento rápido e inesperado de Jeremy, que parecía haber enloquecido y se retiraba despacio hacia atrás con su prima sujeta por el cuello, que lloraba angustiada pero sin poder articular palabra.

Pachacútec extendió sus brazos pidiendo calma a los guardianes, que se habían colocado en posición de ataque con sus lanzas de punta de oro. La misma situación suponía una prueba importante para George, que veía en peligro a la chica y sabía que debía mantenerse inmóvil para preservar su vida.

—Bien. Y ahora —dijo Jeremy con los ojos desorbitados—, me dejarán salir a buscar a mis amigos del gobierno peruano.

Y volveremos a entrar, y entonces, con testigos, nadie dudará de que el tesoro está aquí escondido. Seguro que ellos aprovecharán esta inmensa fuente de ingresos. Seremos el país más rico del mundo.

—Tranquilícese —trató de apaciguarle Pachacútec con las manos extendidas y las palmas hacia el suelo—. Usted es un intelectual y su actitud no es propia de un hombre de sus características. Le permitimos que se marche en paz, pero, si decide el camino de la violencia, solo encontrará violencia. Sabe que no es posible que entre con nadie más a este lugar. Firmarían su sentencia de muerte.

—No, no, no… usted va a firmar la sentencia de muerte de su discípula si no me permite salir.

El nerviosismo de los presentes iba en aumento, aunque todos preferían confiar en la inteligencia de su sumo sacerdote y esperar a que él solventara aquella difícil situación. Pachacútec era capaz de mantener la calma en las situaciones más extremas. Sus palabras tenían una gran fuerza y las pronunciaba muy seguro de sí mismo, sin miedo a su adversario, pese a la tensión y el miedo que se respiraban.

Aquello había tomado un cariz demasiado trágico.

—Reflexione un momento, joven Jeremy. Si usted saliese con la señorita Kate y volviese a entrar, a su regreso quedarían sepultados para siempre. No es negociable que el legado de nuestros antepasados quede al descubierto. En realidad, aunque usted no lo pueda concebir, no importan nuestras vidas. Estamos preparados para darlas en servicio de nuestro fin: preservar el tesoro de nuestros antepasados por encima de todo. ¿Puede entender eso?

—Puedo entender que al final esto será descubierto por alguien. ¿Qué más da que sea yo o cualquier otro arqueólogo como Hiram Bingham u otro huaquero de medio pelo? Yo lo utilizaré en beneficio del país. ¿Es que no se dan cuenta?

El sumo sacerdote fue acercándose a Jeremy muy despacio, seguro de sí mismo y de sus palabras.

—Nuestro país, el país… La humanidad es un colectivo muy amplio y no se cataloga por países trazados con líneas en un mapa. Todos somos hijos del mismo Dios. Todos somos hermanos, y ni la organización política ni las fuentes de ingresos mejorarán a la humanidad si no cambiamos nuestros corazones. —Siguió acercándose—. Sé que no es capaz de herir a un ser tan querido para usted. Deme el arma y váyase en paz. La suerte ya está echada, joven. Usted no tiene salida. Entréguenos el arma antes de que haga daño a alguien.

Jeremy negaba con la cabeza y se le veía cada vez más nervioso. Le temblaba la mano, sudaba, y el índice apoyado en el gatillo parecía que iba a moverse por momentos. Pachacútec seguía acercándose paso a paso y estaba a tan solo dos metros. Los ojos de Kate mostraban tanto miedo que dejaban salir lágrimas que rodaban por sus mejillas y caían sobre sus vestidos de *coya*.

—¡No se acerque más y ordene que me acompañen hasta la salida!

—Le acompañarán a usted cuando deje el arma y se vaya pacíficamente.

Y dio otro paso más. La mano del arma de Jeremy pasó de la sien de Kate al frente amenazando al maestro.

—Ni un paso más…

Pero Pachacútec volvió a dar otro paso y el economista flexionó el brazo hacia atrás por el codo dispuesto a cumplir su amenaza. Sudaba mucho y temblaba visiblemente. Estiró el brazo apuntando a Pachacútec. Y entonces un fuerte disparo resonó por toda la sala.

—¡Noooooooooooooooooooooooo!

Y cuerpo del maestro cayó desplomado por el impacto de la bala de 6.35 mm de la Bayard.

Jeremy fue el primero en asustarse del estruendo de su pistola resonando en la estancia, y al aflojar sus brazos, Kate se alejó corriendo. George levantó su arma apuntando a Jeremy, pero, antes de poder ejecutar su disparo, vio como una lanza atravesaba el hombro del profesor.

Entonces se acercó a la muchacha, que daba gritos y lloraba histérica sentada en el suelo. Los guardianes incas se abalanzaron sobre Jeremy. Los maestres y Pedro César fueron a recoger al gran Pachacútec, que yacía inmóvil en el suelo de la gruta.

Cuando todo parecía serenarse, Kate se levantó y lentamente se acercó al cuerpo sin vida del maestro. Pedro César lloraba arrodillado a su lado. Kate se arrodilló también y cogió la cabeza con sus manos. Se agolparon en su mente todas las palabras y enseñanzas que le había transmitido el gran maestro, consiguiendo transformarla plenamente. Tantos descubrimientos, tantas experiencias maravillosas... para terminar con la vida de aquel buen hombre. George posó su mano sobre el hombro de la joven.

—Ha muerto dando la vida por los demás y defendiendo a su pueblo. Él ha cumplido su juramento, Kate. Él creía que podía solucionar todo por la vía pacífica ante estos nuevos invasores. —Y miraba a Jeremy, que seguía retenido por lo guardianes con su mano derecha apoyada en el hombro sangrante—. Pero ha sido asesinado, una vez más, como tantas miles de personas desde que los españoles invadieran estas tierras.

—Era la persona más íntegra que he conocido —seguía balbuceando Kate entre lágrimas.

—Ya lo creo.

Pedro César se levantó pausadamente, sin importarle mostrar sus lágrimas, y se acercó a Jeremy.

—Salga de aquí de una vez, señor Chapman, y no vuelva jamás —dijo de modo tajante.

—Perdone, Pedro César —le interrumpió George—, yo soy policía y haré que pague su crimen.

—No, amigo —respondió Pedro César con dulzura—. Usted es una autoridad en su mundo, pero aquí rigen las leyes del nuestro —y miró a los maestres, que aprobaban su decisión—. Si arresta al señor Chapman, se abrirán investigaciones, y eso traerá consecuencias a mi pueblo y a mi orden. Se cumplirá el plan establecido por el maestro. Se marchará para siempre y vivirá con su culpa. Y espero que algún día reconozca su crimen y la causa del mismo. Solo su arrepentimiento podrá salvarle. Nuestra orden no busca venganza. La venganza se ejecuta mediante el odio y el odio solo atrae más odio. No. No seremos nosotros quienes nos contaminemos con el veneno del odio. Y más aún en honor a nuestro maestro. Nuestro camino es el perdón, George.

Repetía las palabras y le costaba articularlas, pero el mensaje era claro y tajante, y sus compañeros lo reafirmaban. Así que el policía lo dio por válido.

Levantaron a Jeremy, que, sangrando y con un vendaje precario sobre su hombro, desapareció en el túnel acompañado por el mismo mensajero que había servido de guía a George. Kate ni siquiera alzó la mirada para ver a su primo.

El grupo formado por Kate, el policía, Pedro César y los nuevos ordenados salió por otra puerta en dirección contraria. Llevaban en volandas al maestro inerte. Reinaba un silencio absoluto.

9

El viaje a New Haven

Cuando George salió a la cubierta del barco, Kate permanecía en silencio apoyada en la barandilla contemplando el inmenso mar abierto. George miró al horizonte. La luz del amanecer irisaba el agua mostrando la gama cromática más variada que jamás había visto. Desde los cálidos rojos y naranjas que bañaban el cielo dorado, hasta el azul del mar que poco a poco se iba aclarando mientras el astro rey hacía surgir toda su luminosidad. Kate habría salido a contemplar el inicio de aquel maravilloso día en el Pacífico. Se acercó pausadamente. No quería interrumpir sus reflexiones. Había estado muy silenciosa aquellos primeros días de travesía, pero era normal dado el final tan trágico que había sufrido el maestro y el desafortunado desenlace de su primo Jeremy. George había meditado mucho sobre lo sucedido. Quizás no debió insistir tanto delante de Jeremy en su culpabilidad y la de su familia. Arrojarle a la cara todo aquello una y otra vez pudo haber sido el detonante para que reaccionase del modo en que lo hizo. Aún le quedaba mucho por aprender y esperaba hacerlo. Se acercó hasta la joven. Cuando Kate sintió su llegada, se volvió y le sonrió. Para George fue un alivio verse bien recibido.

—¿Te molesto? —fueron las primeras palabras del joven policía, siempre tan correcto y preocupado por no invadir el espacio ajeno.

—No, no. Solo estaba pensando.

Y tendió su mano hacia George. Era evidente que sentía la misma atracción por él y eso le hacía sentirse feliz. Aquellos meses lejos de Kate le habían hecho pensar que si volvía a estar cerca le haría conocedora de sus sentimientos. No iba a dejar escapar más la oportunidad. Tantos sucesos trágicos le habían convencido de que la vida ha de ser aprovechada, y, cuando se encuentra una persona buena con la que quieres compartir la tuya, has de hacérselo saber lo más rápidamente posible o el tren puede pasar y no regresar jamás.

—Yo... quería decir...

Pero cerca de Kate las palabras se le hacían un nudo en la garganta y le costaba vencer su natural timidez.

—Sé lo que quieres decir, George —le ayudó ella acariciando su mano y mostrándole la mejor de sus sonrisas—. Porque yo siento lo mismo. Quizás en estos momentos estoy muy afectada por todo lo ocurrido; pero soñaba con que aparecieses en Perú conmigo, que compartieses todas aquellas vivencias y, si no era posible, volver a encontrarnos enseguida.

—Gracias, Kate. ¿Sabes? Mi vida ya no es posible sin ti. ¿Recuerdas al principio cómo empezó todo? Solo era celo profesional. Debía resolver el caso por la dedicación plena a mi oficio, pero poco a poco fui descubriendo que el oficio sin las personas no es posible. Te tomé tanto cariño que mi mayor objetivo era ayudarte.

—Bueno —continuó Kate—, las dos cosas iban unidas en este caso. Resolver tu asunto policial era ayudarme. Y bien que lo has hecho. Eres muy listo... y muy bueno. Una gran persona, George. Y un gran policía.

Kate se le acercó aún más y puso su mano derecha en la mejilla del joven. Los ojos de George se rasgaron vidriosos de emoción con aquellas palabras... y aquel gesto. Era el momento con el que tantas veces había soñado. Apenas retrocedió unos centímetros hasta darse cuenta de que aquello era lo que deseaba e iba a hacerle frente. Volvió a acercar su cara. Kate percibió el movimiento y la mirada fija de sus ojos. Su corazón comenzó a latir con fuerza. Estaba segura de que hasta George podía escuchar sus latidos. No era una chica descarada, pero aquel joven la amaba y necesitaba un pequeño... empujón. Se acercó, manteniéndose a escasos centímetros de sus labios; podía sentir la irregular respiración de George. Suavemente, rozó con sus labios los de George, que se dejó hacer entreabriéndolos apenas para recibir los de ella, carnosos y dulces. George cerró los ojos disfrutando de aquel momento, apoyando su mano en la barandilla del barco para no tambalearse. Lo saboreó hasta que ella se separó levemente. El marco incomparable del horizonte marítimo al amanecer era el colofón a la escena idílica que ambos estaban viviendo. Con aquel beso quedaba sellado su amor y no hacía falta decir nada más. George abrazó a su chica, que le rodeaba con los brazos la cintura. Kate sintió que por fin George tomaba la iniciativa. Le gustaba que fuese así: sencillo, tímido; pero decidido y audaz en su trabajo. No le gustaban los hombres altaneros o engreídos. Recordó a su primo Jeremy y una punzada de dolor recorrió su cuerpo, y aún se abrazó más fuerte a George contra aquella barandilla. Apoyó la cabeza en su hombro y contempló el amanecer.

Con las mentes puestas todavía en todos los sucesos vividos en aquellos meses desde que falleciese su padre, abrazados en la cubierta del barco y en el incomparable marco del mar, la pareja soñaba con una nueva vida. Kate sonreía pensando en la cara de Rose cuando les viese aparecer juntos, aunque le preocupaba el destino de aquella preciosa carga que transportaban en la bodega. De un modo u otro tendría que hacerse con un puesto en el archivo, en la biblioteca o en el departamento de Arqueología de la universidad, y se juraba que aquellos tesoros volverían algún día a su país.

—Tengo que cumplir mi juramento, George —dijo suavemente sin levantar la cabeza del hombro del joven.

—Lo sé, Kate. Lo cumplirás. Sé que puedes hacerlo... Yo también tengo otra noticia para ti.

Kate levantó la mirada posando aquellos ojos dulces en los de George.

—He pedido el traslado a New Haven y hay muchas posibilidades de que me lo concedan. Como simple policía, claro está, pero prefiero patear las calles de New Haven que ser inspector en Nueva York.

—O sea que… ¿pretendes venir a vivir a New Haven?

—Si a ti te parece bien…

—Me parece bien y… ¿dónde pensabas vivir?

Kate sonreía interiormente disfrutando con la timidez de George y pinchando por si era capaz de decidirse a decir lo que estaba pensando. Aún disfrutaba más viendo la cara del joven enrojecida totalmente. George pensaba en la respuesta a aquella pregunta. No tenía experiencia con las chicas y aquello le ponía muy, muy nervioso.

—Bueno… al principio podría alquilar una casita con mi madre… y cuando nos fuésemos conociendo mejor…

—¿No me conoces lo suficiente?

La cara picarona de Kate desbordaba al pobre George, que sudaba ostensiblemente y se movía mirando a un lado y a otro.

Kate le sonrió, le encantaba bromear con él. Le rodeó el cuello de nuevo con sus brazos y se le quedó mirando. Le quitó el bombín de la cabeza y con un rápido movimiento de brazo lo arrojó al mar. El sombrerito iba girando sobre sí mismo hasta que se posó en las aguas del Pacífico. George iba a protestar, pero la boca quedó cerrada por los labios de Kate, que se le echó encima satisfecha.

—Te quiero, George; aunque creo que vamos a modificar algunas cosas.

—Estaré encantado si las cambiamos juntos.

Epílogo

En la actualidad, la Universidad Yale y el gobierno de Perú, a través de la Universidad de Cuzco, siguen negociando el retorno de todos los hallazgos arqueológicos del doctor Hiram Bingham y su equipo a la ciudad de Machu Picchu. La ciudad fue declarada en 1983 Patrimonio de la Humanidad por la Unesco junto con sus restos. Esto ha producido el efecto deseado, accediendo a buscar acuerdos sobre el polémico tema de los hallazgos. Están trabajando en ello, conjuntamente, a dos bandas, Yale y la Universidad San Antonio Abad de Cuzco, el Centro Internacional para el estudio de Machu Picchu y la Cultura Inca: UNSAAC. El 23 de noviembre de 2010 se firmó un histórico Memorando entre la universidad norteamericana y el gobierno de Perú y el primer resultado fue el embarque de algunas de las antigüedades hacia la Universidad de Perú. Yale, a través de su profesor Richard Burger, se compromete a la exposición, exhibición y conservación de los numerosos objetos y restos, así como a designar un cuerpo de asesores y técnicos de ambas partes. Se comprometen al intercambio de estudiantes y eruditos. El acuerdo se firmó en Lima y ambas partes quedaron satisfechas de sus términos. La exposición se inauguró el 24 de julio, fecha del primer centenario del descubrimiento, en el palacio llamado Casa de la Concha en Cuzco. El resto de las piezas se han comenzado a devolver en dos etapas. La primera en diciembre de 2011 y la segunda en 2012. Cuando acabe la entrega, la universidad peruana cederá parte de ellas por plazos determinados a la Universidad Yale para su exposición en el Museo Peabody en recompensa por los estudios realizados y años invertidos en trabajos de restauración y conservación.

La Universidad Yale sigue siendo una de las más prestigiosas de Estados Unidos, hasta el punto de que es llamada la universidad de los presidentes. Desde 1972, un graduado de Yale ha estado presente en la contienda por la presidencia, cargo que alcanzaron George W. Bush y Bill Clinton. Seis antiguos alumnos de esta universidad han ganado el Premio Nobel desde 1994. También cinco Premios Pulitzer. Vicesecretarios, gobernadores y un largo etcétera. Con notables actores como Paul Newman, Meryl Streep o Edward Norton entre sus alumnos. A nivel deportivo, el fútbol americano, uno de los deportes preferidos por los americanos y sus universidades, lo inventó un entrenador de esta universidad. A nivel académico es la más selectiva del mundo. En la Facultad de Derecho solo el seis por ciento de los solicitantes consigue su admisión.

En cuanto al tesoro de Rumi Ñawi, muchos afirman conocer la historia, la leyenda, y muchos hablan de que se encuentra en un lugar cercano a donde ellos viven. Ya se sabe, la mayoría pretenden gozar de algo de protagonismo al contarlo. Una cueva cercana que tenía un ave cuyo pico marcaba la entrada, pero lo movieron. Un lago que hace imposible el acceso... Lo cierto es que el tesoro existe y que nadie lo ha encontrado jamás. A mí se me hace extraño que un tesoro tan espectacular y que requiera tanto espacio material se haya esfumado y que aquellos, posiblemente cientos de personas, que trabajaron para ocultarlo de los españoles muriesen todos sin dejar ni el menor rastro ni testimonio a sus descendientes. Así que prefiero pensar que está bien custodiado y que mi historia, si no real, es muy próxima a lo que debió acontecer.

Se ha conmemorado el centenario del descubrimiento de Machu Picchu. Yo también prefiero decir que del momento en que Bingham lo descubrió al mundo. Muy pronto hablaremos de la primera década en que todos los hallazgos se exponen en San Antonio Abad en Cuzco.

En lo que respecta al ascenso a la cumbre, el lector habrá comprendido que hay una ambición de ascenso social y que los estados pugnan por encumbrarse en los primeros puestos del orden mundial. Pero, como hemos dicho, todo lo que sube un día tiene que bajar. Y como muestra valga el momento en que escribimos estas páginas, en el que se repite la recesión y cierto caos económico mundial, casi de iguales dimensiones al famoso *crack* del 29. Pero mi optimismo natural me dice que el hombre siempre ha superado tales crisis y, aunque sea con ciertos cambios drásticos, la economía mundial volverá a serenarse y continuará su camino. Mi humilde deseo sería que, por una vez, se contase con los países menos ricos, los que no están en el G8, G20, ni similares, y que saliesen reforzados para mejorar el nivel de vida de todos. El dios Inti sale cada día para todos. ¿O es Ra? Bueno, Alá, Jahveh, Jesús... Todos estarían encantados de que el mundo pensase en la totalidad de los que lo formamos. Todos manifestaron de un modo u otro que solo hay una ley universal: el amor. Y solo a través de la manifestación de esa ley el mundo mejora... y quienes lo conformamos. Y también el Universo entero.

Agradecimientos

A mi esposa Marián, por su amor y paciencia infinitos conmigo. Seguro que entre toda su comprensión hay un hueco para disculpar tantas horas en el ordenador. A mis hijos Adrián y Paola que llenan mi vida y por quienes todo esfuerzo merece la pena.

A mis padres Jesús y Petra, quienes, además de una educación, me inculcaron la virtud del trabajo y el tesón sin límites. Al resto de mi familia: mis hermanos Miguel y Rita. Mis suegros, cuñados, sobrinos, primos y tíos. Por la ilusión que han manifestado con esta obra y su apoyo constante.

A Pili Mendizábal, mi correctora, cuyo rigor y perfeccionismo me hicieron mejorar tanto.

A todos mis amigos, esos que se mantienen a tu lado en los mejores y los peores momentos. Mis vecinos de Cadreita, que me manifiestan su afecto cada día por la calle.

A la Compañía de Jesús, que, además de proporcionarme trabajo, me incluyeron en un segundo hogar. Mis compañeros del colegio, mi otra gran familia. Mis alumnos y exalumnos, con quienes he ido aprendiendo el significado de las palabras «maestro» y «literatura».

Al equipo de Kailas: Ricardo, Marta... por creer en mí y en esta obra.

Muchas gracias.

Índice